光尘
LUXOPUS

Us Three

永远的女孩

RUTH JONES

[英] 露丝·琼斯 著

万亚莉 译

北京联合出版公司
Beijing United Publishing Co.,Ltd.

献给我勇敢、美丽的莫逆之交们

目 录 Contents

序 言

2017 年

这双鞋太坑人了。她的脚趾已经麻木到没有任何知觉，而且脚下的细高跟每一次落在粗粝的地面上时，都会发出嘎吱的声音，让她不禁咬紧牙关。又一次，她的虚荣心占据了上风，促使她将舒适抛至脑后。这双鞋选得可真不错，拉娜。

她脚步略显不稳地走在圣西奥多教堂旁边的贝西默广场上。几十年前，还是青少年时，她们经常混迹于此，偷偷摸摸地喝上几杯苹果酒或是抽上几支香烟。她叹了口气，心情沉重，失去和悲伤的灼痛压得她喘不过气来。脚上的不适也让这一切变得更加糟糕。

她缓缓走到广场与主街相连的拐角处，看见一些人身着黑衣正朝着教堂走去——有的孤身一人，有的成双成对，还有一些三五成群，这些人都因失去了亲人、友人而聚在一起。毫无疑问，仪式现场会相当拥挤。拉娜一想到即将要发生的事情——她一个极好朋友的葬礼，心就像突然熄了火的引擎一样。

"拉娜。"背后有人叫住她。

小心翼翼，同样悲不自胜。

是朱迪思。

她们的见面总归是不可避免的——尤其是在像今天这样的日子。

1

两个人面面相觑，彼此之间的不确定感慢慢消逝了，但在是否要拥抱的问题上，她们都犹豫了一下，最后决定还是算了。

"简直不敢相信会发生这样的事，这太荒谬了不是吗？"拉娜问道，她的声音颤抖着，在包里摸索着找出一小瓶急救宁，然后像喝威士忌一样大口地喝了下去。

"他们想让我们站到前面去。"朱迪思说。

"什么？不会吧，我不知道我能不能应付得了……"拉娜惊慌地答道，"离棺木那么近……我不太擅长……"

朱迪思直接打断她："但今天的重点不是你，拉娜，你明白吗？是卡特琳。"

拉娜咬住嘴唇，克制住自己不要对此做出过激的反应，气氛一下子尴尬起来。然后，在没有任何征兆的情况下，也可以说是在最糟糕的时间点上，拉娜感到一股熟悉的热浪从头皮后面蔓延到她的脖子，就好像她被插在了墙上的插座上，从头到尾被加热了一遍。"该死的潮热！"她嘟囔着骂道，一把扯下披在肩上的黑色丝绸披肩，迅速拍打着裙子的领口，试图让自己凉快下来。

"给你这个，借你的。"朱迪思见状，不情愿地在包里翻找出一把西班牙风格的扇子。

"谢啦。"拉娜说着，像跳弗拉门戈舞那样将扇子甩开，对着自己一个劲儿地扇，慢慢地，她凉快下来。过了一会儿，潮热消退了。

"我们现在进去吗？"朱迪思的语气稍微温和了一些。

"走吧，"拉娜凝视着朱迪思，"我们可以做到的，对吗？"

第一部

毕业旅行

1986

1

卡特琳

　　卡特琳的父亲正在鼓弄他那套所谓的"未雨绸缪方案"，每当卡特琳或她哥哥要撇下父母去旅行时，四十八岁，拥有一半威尔士血统、一半爱尔兰血统的休·凯利都会来这么一下。

　　卡特琳第一次接触到父亲的"未雨绸缪方案"是在她五岁的时候，当时她正要去参加班级老师约翰夫人组织的科伊德·瑟尔林博物馆的参观活动。自那以后，每当卡特琳要去参加曲棍球、无挡板篮球和游泳比赛之前，他都会拿出这套方案；她去露营或参加青年俱乐部组织的比利时远足，或是卢尔德的教堂朝圣之旅，以及六年级去奥地利滑雪旅行的时候，这套方案也不曾缺席。"未雨绸缪方案"也被称为"实用性方案"或是"应急操作方案"，其下隐藏着一位父亲的惶恐不安。他就像是在守护着珍贵无比的宝物，随着时间的流逝，宝物也变得越来越有价值。这位忐忑的父亲目前就在想：如果你出了什么事，我这辈子就完了。

休的担心情有可原，因为卡特琳即将踏上的是一次长途旅行——在希腊进行为期一个月的跳岛游，陪伴她的是朱迪思·哈里斯和拉娜·劳埃德，这两个姑娘从卡特琳五岁起就是她最好的朋友。三个女孩大相径庭，就像是粉笔、奶酪和巧克力搅和在了一起。但是她们都非常了解也很爱自己的朋友，从幼儿园的第一周开始，一直到现在，她们三个都是如此要好。在她们长达十三年的友谊当中，三个女孩几乎每天都腻在一起，而且都清楚一点，那就是这次旅行回来以后，她们的人生就会走向截然不同的方向——卡特琳会在卡迪夫学医；朱迪思会去伦敦读经济学专业；拉娜则是会接受训练，成为一名音乐剧演员。所以这不仅仅是一个假期，这是她们三个最后的欢聚，是在开启人生新篇章之前最后互相陪伴的机会。敲定这次旅行的目的地绝非易事：是去澳大利亚徒步旅行，还是在新西兰房车自驾游？又或者是前往法国采摘水果？朱迪思还建议买火车通票游欧洲大陆，说是可以感受欧洲大城市，比如汉堡和尼斯的历史和魅力。卡特琳则想去看看巴黎和罗马，她极为向往地感叹道："这太浪漫了。"

"有钱才能浪漫！"拉娜警告道，没有丝毫停顿就给朋友们泼起了冷水，"我们三个每天只有十英镑的预算，我宁可在海里泡澡，在沙滩上睡觉，也不愿在满是瘾君子的恶心火车上度过一个月。"

"就你讲究。"朱迪思讽刺地说道。卡特琳则叹了一口气。

"听着，"拉娜的语气软了下来，"跳岛游怎么样？希腊历史悠久，好玩的也不少，朱迪，这就符合你的要求了。然后卡特，如果你想要那些乱七八糟的浪漫，还有什么能比斯基亚索斯岛的日落更有诗情画意呢？至于我嘛，可以享受沙滩和酒吧，就这么简单。你们觉得怎么样？"

她们勉强同意了。两个人都习惯了拉娜的为所欲为，但令人沮丧的是，她通常都是对的。"太好了！"拉娜笑着说道，"跳岛游，就这么定了。"

"你要一直绑着它，听见了吗？就算是睡觉的时候也得绑着！"休一边叮嘱着卡特琳，一边拿出一只非常难看的卡其色贴身防盗包。

"但是爸爸，我不可能绑着它游泳或者洗澡呀。所有的旅行支票和现金都会湿透的。"卡特琳回答道。

"休，她说得有道理。"卡特琳的母亲莉兹劝道，她手上正拿着一双新的人字拖，鞋底粘着标有价格的标签贴纸，她在试图把它撕下来。

"伊丽莎白，我们已讨论过了，"休每次想严肃点的时候都会喊妻子的全名，"卡特琳每到一个地方都得找到离她最近的保险柜——无论是在雅典的青年旅舍，还是科斯岛的酒馆……"

"爸爸，我可不认为那些简陋的小旅馆里会有保险柜。"卡特琳二十一岁的哥哥汤姆插嘴说道，他睡眼惺忪地走进厨房，翻找起小麦片，准备给自己垫垫肚子。

"别捣乱，汤姆。"休叹了口气。

"你不是应该九点上班吗？"莉兹问道，她很高兴还在上学的儿子可以在面包房做暑期工，因为他会带回来各种各样的美味点心。

"我请了一天假呀，你忘了吗？我要跟青蛙头说再见的。"

"嘿！"卡特琳笑着朝汤姆扔了一块面包皮。从她出生第一天被带回家以后，汤姆就一直叫她青蛙头。三岁的小汤姆当时默默地盯着刚从医院抱回来的她，足足看了有十秒钟，然后就向全世界宣布她看起来像只青蛙。

卡特琳·凯利若不是有意模仿，看起来一点儿都不像青蛙。她遗传了祖母苍白的爱尔兰肤色。"在烈日下外出，必须要涂防晒指数为 50 的防晒霜，你得保护好自己的皮肤。"莉兹一次又一次地警告她。她还继承了凯利奶奶会笑的绿眼睛，她喜欢这双眼睛——还有她不喜欢的草莓金头发，这主要是因为它总是不听话地乱长，并且发量很多，还是螺旋状的鬈发，根本不好打理。这些头发在她两岁的时候就这样了，从那以后就再也没有变过，完全无视地心引力的作用，再多的头发拉直产品也没用。人们总是对她说："我真希望能拥有你这样的头发！"卡特琳听后会礼貌地微笑，心想："不，你根本不想，这就像头上顶着一头苏格兰高地牛四处走动一样。"卡特琳对于自己的体貌特征有诸多的不满意：她觉得自己的鼻子太像"小精灵"了，一点儿都不好看；腿太短，膝盖内翻，当然别人都不这么认为。而且她对自己其他讨人喜欢的特征也视而不见，比如她心胸开阔，富有同情心，对自己所爱的人忠贞不渝。但卡特琳的父母认为她是世界上最漂亮的女孩，无论是从内在还是外在来说。

"想想吧——我们可能再也见不到你了，你可能会爱上某个希腊嬉皮士，然后就再也不回来了！"汤姆接着说道。

"不会有人爱上什么嬉皮士的！"休斩钉截铁地说道，"也别朝你哥哥扔食物了。"

"但是希腊有嬉皮士吗？"莉兹极为坦率地发问。

"拜托！你们能不能严肃点！说的就是你们三个！"休颇为沮丧地叫道，他小时候经常带着的爱尔兰口音都给急出来了，每当他有些心烦意乱的时候，说话都会不由自主地带着这种口音。他把防盗包递给卡特琳。"现在绑上它，试一下，我看看需不需要调整下宽度。"

"好的。"卡特琳听话地照做。这些年来，她已经明白，在父亲如此焦虑的情况下，顺从他是最好的应对方式。这样至少可以让他安心，尽管她知道自己在离开之前，会偷偷把这个防盗包藏在床底下，根本不会带着它。

"昨天晚上真的太感谢你们了，"卡特琳边说边把防盗包系在腰间，"每个人都玩得很开心。"

"啊，确实很开心，是不是，休？卡特琳的朋友们也都太可爱了。"莉兹笑着说。

"嗯，挺有意思。"休应和道，昨天晚上他们组织了一场告别派对，结果他的头现在还有些发晕。

"朱迪思没待多久，"汤姆边说边吃着早餐，"我们本来还要掰手腕啥的。"

"掰手腕！"莉兹喊道，"我的天，怪不得你没有女朋友，居然在派对上和年轻的女孩子们掰手腕！"

"她得早点回家，"卡特琳说，"你知道她妈妈那个性子的——噢！爸爸，轻点！你别这么粗暴。"休使劲扯着防盗包，让卡特琳几乎失去了平衡。

"我只是在测试它的强度。"休解释道，但听起来更像他在自言自语。

"要我说，朱迪思应该会很乐意和那个女人决裂的，"莉兹说，"我真不知道朱迪思是怎么容忍她的。"

"不过她爸爸还好——前几天在俱乐部里我还跟他打过球，"汤姆说，"你还别说，他看起来像是个老好人，拿起台球杆后简直就是个恶魔。"

"嗯，但是今天我们什么也别跟她说，好吗？"卡特琳说，"让朱迪答应一起去旅游就已经够折磨人了。拉娜费了很大的劲才说服她，反复跟她说帕特里夏没有她在身边也可以。爸！带子嵌进我的肉里了，我觉得我都要出血了。"

"噢，抱歉，对不起……"

门铃此时响了起来，卡特琳的父母对视了一眼。"啊，一定是奥利里神父。"休一边往大厅走去，一边故作潇洒地说。

"他来干什么？"汤姆问。

莉兹显得很难为情，她转向卡特琳："唔，你父亲认为既然你星期天没能去做弥撒……"

"妈！我说过多少次了！"卡特琳说，"我不会再去做弥撒了！"

"她现在是一个羽翼丰满的无神论者了，跟我一样。"汤姆调侃道。

莉兹用茶巾轻轻抽了抽他的胳膊，咬牙切齿地低声说："别胡扯了，托马斯·凯利！我们门外正站着一位教士，你怎么可以这么说话？"

然后她突然转变了态度，笑容满面，仪态甚是优雅地转身——"奥利里神父！"。神父走进了厨房。奥利里身材矮小，有些臃肿却颇为结实，他看上去都可以在比武台上大展拳脚，更不用说在圣台上了。一进厨房，他就热情地向大家点头。

"嗨，莉兹？最近怎么样？还好吗？"奥利里神父来自卡迪夫，口音相当浓重，嗓音高亢尖厉，总是让听到他说话的人诧异不已。不知道为什么，作为一位教士，他说话的感觉听起来实在是太过于都市化了。

休站在奥利里神父身后，紧盯着他的孩子们，以防他们在这位基督尘世代表面前胡闹。"卡特琳·玛丽，你现在能给奥利里神父倒杯茶吗？"休强行让自己高兴起来，然后对卡特琳吩咐道，他的口音现在忽然变得非常像科克人了。当他身处教堂、在教士或修女附近时，经常会发生这样的变化。

卡特琳腰上仍然绑着那个卡其色的防盗包，她先是用挑衅的目光回望了一眼休，然后才应道："当然，我亲爱的教父，我这就给您倒茶，马上！"

教士正在穿他做礼拜的常服，似乎没有注意到卡特琳的嘲讽。

她径直走向水壶。

卡特琳确实很爱她的父母，但她无法接受这种向教堂卑躬屈膝的行为。她其实不像汤姆那样是个无神论者，她只是感觉有点什么——但是更具体的她就说不清楚了。她小时候特别喜欢去做弥撒，喜欢跟弥撒有关的一切，为初领圣体①进行装扮，编造罪恶以便可以忏悔，像念幸运咒一样连续不断地重复念叨着万福马利亚。但随着年龄的增长，卡特琳的信仰开始崩塌。当然，她喜欢基督耶稣积极的一面——他看起来是个好人，有很多美好的品质：善良、富有同情心、宽容。但除此以外呢？抱歉，还是算了吧。因为除此以外全部都跟罪恶和报应有关。所以他们家经过激烈的讨论以后各退一步，做出了一个决定：卡特琳会继续去做弥撒，直到她满十八周岁，因为在那之后，她就会成年，她所做的每一个决定就会是出于成年人的考量，这才是公平的。而现在她已经是一个成年人了。

她从来没有告诉过任何人，包括朱迪思和拉娜，在没有去做弥撒的第一周，她躺在床上痛哭不已。她这是在冒险吗？会不会有什么可怕的事情发生在她身上？现在她变成了……实际上，她是不是已经变成了什么东西？异教徒？不信神的怪物？她整个成长过程中一直被灌输着天主教的教义，由此产生的负罪感是不容易消退的。

---

① 基督教名词，指第一次进行"领圣体"仪式。耶稣在最后的晚餐时，以饼和酒作为"圣体""圣血"祝福大家，接受"圣饼""圣血"即为"领圣体"。——编者注

卡特琳的父母从来没有逼过她，从来没有说让她周日早上必须加入他们，一起去做弥撒，她对此很是感激。但是当圣诞节来临的时候，她还是要做子夜弥撒的。"我觉得自己是个伪君子。"她告诉朱迪思说，但朱迪思却不明白为什么。

"我觉得这没有什么大不了的。你就不能在想去教堂的时候去吗？就像做健美操那样，想去就去，不想去就不去，不可以吗？"

"也许吧。"卡特琳说。但她心里还是觉得不舒服。

水烧开了，卡特琳煮了茶。"所以，今天下午你就要走了，是吗，凯特？"十八年了，奥利里神父从来没有叫对过她的名字。

"是的，神父。"莉兹替女儿回答。

"其实，我的名字叫卡特琳。"她徒劳地嘟囔着。因为莉兹直接越过她，跟奥利里神父交谈了起来。

"休会在一点钟把她们送到布里斯托尔机场，然后她们就会直飞雅典。"因为卡特琳已经选择了"放弃教堂"，所以她的母亲很紧张，完全不让她主动回答神父的问题，怕她在驱魔者的唆使下长篇大论地抨击亵渎神灵。

"啊，雅典，原来如此。好吧，现在，事情是这样的……"

虽然有些古怪，但是卡特琳觉得奥利里神父说话的方式很迷人。他那带着卡迪夫口音的话语好像可以直戳人心。他说话的方式很碎片化，内容简短，不连贯，稍显僵硬。就像音乐手稿上的一连串星罗棋布的八分音符。他一边说着话，一边从包里拿出一个十字架，小心翼翼地将它放在厨房的桌子上。莉兹悄无声息地拿走了汤姆的那盒小麦片。"你的父母——他们想让我为你祈祷，希望你一路顺风，就像……"

汤姆看了他妹妹一眼，拼命忍住笑。她瞪了他一眼，有些憋屈窝火。

"那么，让我们低头祈祷一分钟，好吗？"他的声音变了挡，降低了一个八度，变得紧张而神秘，但仍然像机关枪一样快速地说着话。"主啊，耶稣基督啊，您是光明，是希望。上帝啊，请保佑您的仆人——凯瑟琳——"

"是卡特琳，是——"

"嘘。"莉兹发出嘘声，她的眼睛紧闭着。

"……保佑她可以在您的看护下，在旅行守护神圣克里斯托弗的保护下，在遥远的希腊安全地旅行，还有——"

汤姆控制不住了，扑哧一笑。

"阿门。"

休和莉兹也齐声结束了祷告："阿门。"

"不好意思，我能问个问题吗？"卡特琳插嘴道。

"不行，嘘。"休直接拒绝。教士又打开他的包，在里面翻找起来。

"但是在他把我名字弄错的情况下，祷告怎么能起作用呢？还有，我甚至怀疑他在我受洗的时候有说对我的名字吗？"卡特琳低声争辩道。

这时，汤姆不得不借用他母亲印有伦敦塔的茶巾来抑制自己快要控制不住的狂笑，他把几乎一半的茶巾都塞进了嘴里。

"这个给你！"奥利里神父说着，拿出一个蓝色的小盒子。卡特琳注意到盒子的边缘已经掉漆了。他打开它，里面是一个灰色的塑料海绵垫，上面摆放着一条艳丽花哨的银色项链。

卡特琳凑近看了看，发现这是一条俗气的圣克里斯托弗吊坠，是他们在教堂后面那个满是灰尘的陈列柜里卖的那种吊坠。

"你觉得怎么样？"奥利里神父问道，眼睛闪闪发亮，仿佛给她看的是一颗柯依诺尔钻石。

"它可以保证你旅途的安全！"休直接拍板宣布。

"太棒了！"莉兹紧跟着说道，"现在就戴上它，好吗？这样它就可以开始生效了！"

卡特琳难以置信地看着她的母亲。

汤姆直接笑出了眼泪，感叹地说："太美了，凯伦。"当然，除了卡特琳，没有人察觉到他的暗讽。她站在那里，绑着卡其色的防盗包，戴着镀镍的圣克里斯托弗吊坠。说实话，这个吊坠看起来更像一个 SOS 纪念章，只是没那么精致。

"嘿，这看起来可真不错！"奥利里神父说。

门厅里的电话忽然响了起来。

"我来接！"卡特琳大声叫道，迫不及待地离开了厨房。她跑到门厅，抓起电话。"5—0—6—5？"她说。

"卡特，是我，拉娜。"

"哦，感谢上帝！听着，你们越早来，我们越早开溜去希腊越好。我家人都疯了。我妈妈她——"

"亲爱的，我们有麻烦了。"

卡特琳屏住了呼吸。

"怎么了？"她担心地问道。

在电话的另一头，拉娜叹了一口气。

"是朱迪思。该死的，她说她不来了。"

2

朱迪思

巡视了一遍卧室，确认没有忘记任何东西后，朱迪思拿起她鼓鼓囊囊的背包，轻轻颠了颠，感受了一下重量就把它扛在肩上。她已经迫不及待要出发了。计划这次旅行使她暂时逃离了考试的压力。这是她在繁重的复习时间表、速溶咖啡、各种死记硬背和紧张压力折磨下的一盏小小的明灯。但现在她可以把这一切都抛在脑后了：马上她就要飞往雅典，与她最好的两个朋友进行一次值得铭记一生的冒险啦。

后院忽然传来的巨大声音打断了她的遐想。她走到窗边，看见父亲正在招呼猫咪过来吃东西，勺子敲在锡碗上叮当作响。每天早上，他都以同样的节奏和速度敲击那个碗。他很爱那些猫。"贝蒂！贝蒂！过来！旋风！吃早餐了！"

他伸着懒腰，望着他们那朴素的后院，朱迪思注视着他，深深地叹了一口气。"我知道你不快乐。"她想。一阵悲哀突然攫住了她的心：没有她，父亲真的可以吗？仿佛感觉到她在那里，父亲转过身，抬起头。"都收拾好了？"

"应该差不多了！"她非常高兴地回答道，这样他就不会难过了。

"出发之前有时间来一局吗？"他笑着问。

二十分钟后，他们坐在两张尼龙背椅上，沐浴着阳光，啜饮着浓浓的格兰蒂茶。她的茶加了三颗糖，顶上还铺了奶盖；他的茶颜色稍淡。两人面前摆放着一张曾经差点被摔坏的旧茶几，是他及时将它扶住，把它给挽救了下来。但是茶几腿还是有些问题，在使用时，必须得将啤酒垫折一下垫在下面才能将其稳定住，不至于摇晃。茶几上面是一张双陆棋棋盘，朱迪思掷出骰子，然后移动了一下自己的棋子。两人舒舒服服地坐着，并没有交谈，就像他们每次玩棋的时候一样。贝蒂和旋风两只猫咪躺在他们脚边温暖的铺路石上，享受着早餐后的小憩时光。

朱迪思在棋盘上移动棋子的时候偷偷瞥了他一眼，她从六岁起就像爱自己的亲生父亲一样爱着他。对旁人来说，她也像是他的亲生骨肉。朱迪思拥有一头浓密的深色齐肩长发，现在扎了起来，用玳瑁发夹别在脑后，她和他的头发颜色和质地都一样——至少和他年轻时一样。还有她那小鹿斑比般的棕色眼睛，让她看起来很严肃的微微皱起的眉头，也都像他一样。但当她微笑时，她的愉悦还是很有感染力的。

她忽然开口，用体育评论员的口吻低声说道："现在局势开始紧张了，女士们、先生们。世界双陆棋冠军乔治·安德鲁·哈里斯担心他的王冠会被人偷走！"

他笑了，拿起自己的骰子扔了出去。

乔治并不是她继父的真名。

安德鲁和哈里斯也不是。但当他 1973 年从塞浦路斯来到威尔士时，他很快就发现根本没有人能正确发音，叫出他本来的名字：乔治亚斯·安德烈亚斯·查拉兰博斯，尽管这里的人们可以轻松读出一堆任意组合的字母，例如 Rhosllanerchrugog，或者 Llanfairpwllgwyngyllgogerychwyrndrobwllllantysiliogogogoch。朱迪思一直很喜欢听乔治亚斯变成乔治的故事：他来威尔士的第一份工作是在建筑工地干活，工头告诉他说，"你得改变一下，伙计。在这里工作还用外国名字有点滑稽"。所以过了一夜，他就成了老乔治·安德鲁·哈里斯。每次他都面带微笑，把它当成一个笑话讲给朱迪思听。但朱迪思知道她父亲其实在偷偷地怀念自己的真名。她不止一次听到他小声对猫咪说："我叫乔治亚斯·安德烈亚斯·查拉兰博斯，很高兴认识你们。"

他们结束了比赛。他"让"她赢了——朱迪思知道这一点，但她没有说出来。她开始收拾整理棋盘，他把那套红色的骰子——他的骰子——拿了起来，然后从口袋里掏出一个手工雕刻的小盒子，小心翼翼地把它们放了进去。

"这是哪儿来的？"她问道，盒子的工艺做得相当不错。

"哈哈，这个是我在清理库房的时候发现的，"他"啪"的一声关上了盒子，"应该是我在几年前无聊的时候做的。"他把盒子递给她，"我希望你能带着它，也许你会在旅行中玩双陆棋，谁知道呢？"

她知道他说这句话是什么意思——"当你旅行到塞浦路斯时，你也许会玩双陆棋"。奇怪的是，他们从来没有真正谈论过他的祖国。她曾经试着去问过几次，但他总是回避她的问题，要么就是简单的一两个单词，要么就是突然转变话题。

从她多年来收集的零星信息中，她知道他来自一个叫卡科佩特里亚的地方，而且在那里已经没有家人了。他是独生子，父母在他离开之前就已经去世了。他说这都是很久以前的事了，就像上辈子一样。"我现在已经是个威尔士男孩了，不是吗？"他开玩笑地说道。

她捧着小盒子，摸着它光滑的边缘，她知他细心地用砂纸打磨了一遍。"但如果我拿走了你的骰子，"她说，"我不在的时候你就不能玩了。"

"我还能和谁一起玩？"他笑了，"可没有人能玩得像你一样好！"

她忽然感觉很奇怪。任何看到这一幕的人估计都会说，他只是在和他十八岁的继女分享一个简单的小笑话，让她可以开开心心踏上她那里程碑式的假期之旅。但她感觉这其中还隐藏着什么，她只是不能确定那究竟是什么。

他伸出手，握住她的手。"你将会有一场非常棒的冒险，朱迪崽。"他说道，还是惯用他给她起的昵称。从她记事起，他就一直这么叫她。

"我们即将迎来狂风暴雨，我知道的。"

他停顿了一下，笑了起来。"不单单是这次假期，还有我们的生活！"

她皱起眉头，问道："爸爸，你还好吗？"

他的嘴唇颤抖着，似乎还想再说些什么。这时后门传来了急促的敲门声。两只猫瞬间跳了起来，警惕地看向后门方向。

"请问哈里斯先生在吗？"一个他们谁也不认识的声音传来。

乔治站起来，走到门口，打开门闩。

门外站着一位女警察。

"噢，谢天谢地。我觉得你家的门铃应该是坏了……"

"怎么了？请问有什么事情吗？"乔治问，他紧张的时候声音总是有些颤抖。

"我猜你就是哈里斯先生吧？"

"是的。"朱迪思和乔治同时回答道。

这位警察深吸了一口气："是这样的，先生。你的妻子出事了。"

3

拉娜

　　十八岁的拉娜·劳埃德坐在加雷斯·梅特卡夫的本田 500 重机车上，看起来又美又酷。她也深知这一点。拉娜经常被称为"冲浪女郎"——尽管她从来没有接触过冲浪板——她身材高挑，体态苗条，一头富有层次感的金发，为了向史蒂薇·妮克丝致敬，还刻意烫成了卷，淡褐色的双眼看起来雾蒙蒙的，笑容灿烂，肤如凝脂。

　　在她去机场之前，他们俩骑车最后去兜了一圈，沿着他们最喜欢的路线，盘旋在山谷路的顶端。她紧紧地抱着他，为摩托车呈现出来的速度和力量而兴奋不已。骑行在蜿蜒的道路上，可以看到威尔士山谷的壮丽景色。这绝对是世界上最美好的感受之一。

　　拉娜和加雷斯差不多是一年前认识的，当时她那辆新的老式嘉年华车才第二次开上路。她为了这辆车省吃俭用，把她周六在糖果店打工和周日在酒吧当服务员挣来的每一分钱都积攒起来。这不仅仅是她的骄傲和快乐，还是她通往自由的门票，而且她给它——不，应该是她——起了个名字叫"戴安娜"，因为她就像一位公主一样。拉娜从小就学会要独立，不能去打扰可怜的爸爸，因为他总是在忙着换尿布或者去轮班工作，所以拉娜决定学习一些基本的汽车维护知识。因为万一戴安娜坏了，她不用依靠其他人也可以将她修好。

于是她去了位于城外小工业区的惠特利修车厂。她把车开到了后面的车间，看到三个不同年龄段的汽修工正在埋头苦干：一个在弯腰检修，一个躺在汽车下面在维修，最后一个坐在车里。车间正在播放第一电台的广播，声音很大，西蒙·贝茨正在他的节目《我们的歌》中讲述一对不幸的夫妇的悲惨故事。

她"砰"的一声关上车门，先引起大家注意，然后大声喊道："嘿，哥们儿，可以来看看我的戴安娜吗？她出了问题，需要好好检查一下！"

白色面包车下的那个家伙听到声音，迅速滚动身下的滑轮板滑了出来，快速说了一句"等一下，快完工了"，然后又滑回面包车底下。

拉娜站在那里，广播里西蒙·贝茨把他的故事已经讲到了戏剧化的结局，她有些困惑。"火葬场的帘子慢慢地拉上了……"菲尔·科林斯的《勇往直前》前奏在此时响了起来，应和着西蒙的讲述，"杰西知道她终于永远地失去了他。是时候了，是时候说这最后的、令人心碎的告别了，一路走好！"音乐越来越大，歌声此时响起：

我怎能让你离开？

让你消失得无影无踪？

　　修理曼斯特汽车音响的汽修工听到这里，高声欢呼鼓掌；俯身检查一辆蓝色科沃兹的年长修车师傅也抬起头，擦去眼角的泪水："哦，这个不错，讲得真好！"最后，面包车下面的那个人又滑动着板子出现了。"是的，一定要告诉他，贝茨讲的故事永远是最棒的！"然后他从滑轮板上下来，跳了起来，用抹布擦了擦油乎乎的手，朝拉娜笑了笑。"不好意思，不过我们每天都收听这个节目。"

　　拉娜依旧站在那里，说不出话来。

　　"这个节目，《我们的歌》。"他解释道，"好了，你需要什么？"

　　拉娜花了点工夫才明白她为什么说不出话来。是因为看到三个成年男子被这样的感情琐事感动得流下了眼泪，还是被眼前的美色——这个身材高大、皮肤光滑却被晒得黝黑、肌肉结实、热爱《我们的歌》这个节目的汽修工帅傻了呢？他看起来比她大一点，或许是二十出头？双手沾满油污，但手指修长，骨节分明，还有一头浓密的黑发和一双灰色的眼睛。她被彻底迷住了，直到他开口说话，打断了她的遐想。

　　"需要我看一下吗？"他指着她的车说，还在擦手上的油。

　　"是的，麻烦你了。"她声若蚊蝇。

　　"我的声音听起来像只绵羊，声音又细又小。"她想。她竭力使自己振作起来。

但接着他笑了。她真希望他没有这样做，因为她感到自己的脸迅速涨红了。他的微笑是她所见过的最迷人、最有魅力的微笑。

"那就把她打开，"他说着，朝汽车走去，"我想你知道该怎么做吧？"

"哦，我，我不太确定。"

"找到方向盘下方的卡扣，往朝着你的方向拉一下。"

"好了。"她按照他的指示做了，并且满意地听到了引擎盖打开的声音。她望着他灵巧地找到第二个闩锁，打开引擎盖，用撑杆把它固定好。"你不介意我把这些都记下来吧？"她说着拿出了一个笔记本和一支笔。

"记吧。"他回答，很明显对她印象相当深刻了，"这车谁给你买的？爸爸妈妈送的礼物吗？"

"哈！你在开玩笑吧？我们一家七口人。我过生日的时候，要是能得到一张五英镑的博姿①代金券我就很开心了！"

"哦，好吧。"说罢，他开始检查引擎。然后他教她如何在查看油量之前擦干净机油尺——"但是注意一点，必须得在发动机冷却以后才可以"——以及如何添加风挡玻璃清洗剂和水。他还解释了保险丝盒的作用、如何使用跨接电线。最后，他教会了她如何换轮胎。

---

① 博姿（Boots），英国连锁药品和美妆（药妆）店。

"天哪，我希望我永远都用不到这些！"她边说边画完了一组复杂的图表。

"算了，把本子给我。"他指着她的本子和笔说道，她把本子递给他，他潦草地写下了一些内容，"这是修车厂的电话号码，把它放在安全的地方——最好是放在前排的储物盒里——如果你的车出了故障，你随时可以打电话给我们。"

"啊，谢谢。"然后她看着他从便笺簿上撕下一张纸，写下了另外一列数字。旁边则是一个名字：加雷斯。

"这是我的名字。"他把本子递给她，她伸出手去接，两人的手指短暂接触了一下，"如果你想带她出去兜风，就给我打个电话。我来教你怎么做手刹漂移和抢发车！"他们的目光交会在一起，她笑了。

"如果你愿意的话，加雷斯，我们干脆跳过这些铺垫直接进入主题吧，今晚去看电影？"她说。

十个月后，他们就成了她父亲所说的拥有"稳定关系"的一对。这是爱吗？她不知道。她所知道的是，加雷斯是她的男朋友这件事确实让她扬扬自得。拉娜不像学校里的其他女孩那样还在和青涩的男孩约会，她的男朋友是一个真正的男人，这让她很是欢喜。她喜欢年龄比自己大的人——尽管只大了三岁——最重要的是，他真的是太、太性感了。

"你喜欢有点粗野的人，拉恩？"卡特琳戏谑地说道，她们刚刚结束六月的毕业派对，正溜达着走回家。

"我当然喜欢。"她实事求是地回答说，但是语气略显平淡，就好像有人在问她要不要在茶里放糖一样。

"嘿，你还记得之前咱们在游乐场玩旋转飞车时遇到的那个家伙吗？叫科马克的那个？"卡特琳继续说，"戴舌钉，腿上有蛇形文身的。"

"闭嘴吧你！"拉娜微笑着反驳道，"那根本不叫男朋友！我跟他在一起不过一个星期而已。"

朱迪思插嘴说："她同时还在和迪克西斯烧烤店的副经理约会呢。"

"是啊，而且说实话，他年纪也挺大的！"卡特琳紧跟着说道。

"嘿，这是怎么啦？"拉娜笑了，"你们这是在开拉娜评判大会吗？丹尼斯才二十五岁！而且，我也不记得你那个时候抱怨过啊，卡特琳·凯利，他还把自己那份免费的洋葱圈给了你呢，你不记得了吗？"

"哦，对，这倒是真的。"

"她只是想要几个备胎而已，对吧，拉娜？"朱迪思继续说，"我的意思是，天涯何处无芳草，何必单恋这一棵。"

那时她们都喝了几杯酒，有点上头，拉娜知道，如果她不一笑置之的话，最后很可能会变成一场愚蠢的争吵。所以她没有上钩，聪明地改变了话题。

拉娜和朱迪思在男朋友这个问题上，一直存在着敌对情绪。在加雷斯和拉娜开始交往时，拉娜并没有介绍朱迪思和加雷斯认识，这已经不是什么秘密了。出于同样的原因，拉娜也从来没有花时间去认识一下朱迪思的前男友马修·普莱斯。他是学校的学生会副主席，在拉娜看来，他乏味，过于老实，而且特别无趣。虽然拉娜承认从身材上看，他还是很有吸引力的，魁梧有力，还效力于郡里的橄榄球队。去年圣诞节，马修和朱迪思分手时，拉娜马上就告诉她这是一件好事儿。"那家伙自视甚高，居然没遭受过什么打击，这也真是个奇迹。"但朱迪思非但没有感激拉娜的支持，还反唇相讥："哈！你在和一个只通过中专考试，还对泡泡糖上瘾的汽修工约会。拉娜·劳埃德，你根本没资格评论我对男人的品位！"

卡特琳不得不在事情变得糟糕之前进行干预。"嘿，姑娘们！听着，我们可能不喜欢对方的男朋友，但我们决不能让他们影响我们之间的关系，好吗？"

拉娜和朱迪思私下里都认为卡特琳的这番话说得很对，尽管她这辈子还从来没有交过一个正式的男朋友。但她们也知道不能直接把这件事说出来，否则对卡特琳来说就太残忍了。亲爱的卡特琳，总是充当外交官的角色。至少她认为加雷斯还好，尽管朱迪思觉得他很讨厌。

拉娜也觉得加雷斯很好——在接下来的几周里，她真的会很想念他的。她也会想念他家的，他的房子对拉娜来说一直是个避难所。他住在一套两居室公寓里，位于科伊德瑟尔林一家老旧洗衣店上面，科伊德瑟尔林字对字翻译成英语的话就是冬青树的意思。这套公寓与她自己家完全是两个不同的世界，随着家庭成员的增多，她的家可以说是被挤得满满当当。

就在拉娜四岁生日之前，她的母亲突然去世了。拉娜对母亲几乎没印象了，但她确实记得，在母亲去世后的三年里，就只是拉娜和父亲基思两个人而已。然后，詹妮斯凭空出现了，两个人变成了三个人。詹妮斯人很好。她对继女一直都很耐心，很友好，像对待亲生女儿一样对待拉娜。但没过多久，拉娜就有了一个小妹妹，接着又有了一个，然后一个接着一个，直到拉娜身为独生女的那些日子成为遥远的记忆。她现在是五个女孩中最大的那个。

这些天，她和她十五岁喋喋不休的妹妹同住一间卧室。她家里的一切都是嘈杂、混乱、戏剧化的。并不是说大家总是在争吵，只是每个人都喜欢大喊大叫。有时候，拉娜渴望和睦，就像在尘土飞扬的摩托车旅途中渴望喝上一杯冰镇柠檬水一样。这就是为什么她需要不断地在加雷斯的两居室小公寓里寻求安慰。她喜欢它。是的，它很破旧，装潢也很糟糕；房间里没有暖气，只有一个旧的燃气取暖器，天冷的时候他们就把它从一个房间拖到另一个房间，公寓里也从来没有足够的热水让他们泡澡。冬天，水汽凝成的水珠会顺着窗户滴下来，夏天打开窗户，洗衣店里飘上来的洗衣粉刺鼻的味道常常让他们恶心。但她还是喜欢它。

回到科伊德瑟尔林的时候，加雷斯抄了一条路过维多利亚路的捷径。就在那时，他们看到了警车，停在朱迪思家门外。他放慢摩托车速度，然后停了下来。"你要不要进去看看？"

"我不知道——也可能是他们的邻居。朱迪思说他们老是吵架。"

但就在加雷斯准备再次发动引擎骑走时，一位女警察从房子里走出来，朱迪思和她爸爸跟在后面。

拉娜见状，喊道："朱迪？"

"我妈妈出事了，"她轻声说，脸色苍白，"她在急救室。"

"什么？！"

"他们认为是心脏病发作，但还在做检查。"朱迪思的父亲站在几步远的地方，似乎急于离开，那位女警察把车门打开，"我得走了。"

"你需要我们陪你一起吗？咱们一起去医院？"拉娜问。

"别傻了，你还得赶飞机呢！"朱迪思勉强笑了笑。

过了一会儿，拉娜才明白过来，她叫道："朱迪，我们不可能抛下你自己去玩的，你傻不傻！"

"我不去了，拉娜，"她听起来几乎有些恼火了，"这种情况下，我怎么可能离开？"

"但我们可以搭乘晚一点的航班，或者明天走也行……甚至是下周！"

"亲爱的，你还不明白吗？"朱迪思继续说道，"我妈妈需要照顾，我不可能在这个时候离开她。"

拉娜叹了口气："这真是……我不知道……我们都到最后这步了,真的只差临门一脚了。"

朱迪思紧紧地抱了一下拉娜,说:"你和卡特琳,你们会有一段超级美好的时光。我要至少十张明信片,记住了吗?"

拉娜点点头,哽咽着说不出话来。她们精心策划了一年的旅行在几分钟内就被破坏了。这一切真的太不公平了。

"好了,"加雷斯轻声说,"你最好跟卡特琳也说一下。"

再说下去已经没有意义了。拉娜点点头,坐回到摩托车上,更加用力地搂着她的男朋友,寻求着安慰。

4

朱迪思

据送她来的救护人员说，帕特里夏·哈里斯在那天上午十点被发现倒在科伊德瑟尔林大街的地上。在桑德林汉姆酒店的厨房轮班结束回家时，她感到手臂和胸部剧烈疼痛，心想："天哪，又来了。"在她摔倒的鞋店外，一位过路人打电话给999急救中心，几分钟后救护车就赶到了。救护人员对哈里斯女士进行了常规的医学病史询问，她解释说，在过去的十年里，她曾三次心脏骤停。所以这次很可能不是普通的昏厥或低血糖事件。

"留在我身边，好吗？亲爱的？"帕特里夏央求着实习护士诺丽，"就等一会儿，等我的家人赶到这儿就好了。"

诺丽不敢说不。她发现哈里斯夫人既可怕又迷人。她今年五十一岁，是位白人女性，略低于平均身高，高1.61米；体重则是略高于平均值，重64.7千克；总是呈现一股充满挫败感的疲态，饱经风霜，却有种异样的吸引力——她过去肯定很美丽，很性感。尽管她每个月都会严格地涂上家庭装的染发膏，但是一点儿都不自然的赤褐色头发根本无法掩盖住底下的灰色发根，这些发根透过头皮仿佛在嘲讽着说：你是逃不开我们的，女士！她的妆容也已经过时了，浓厚的眼影加上似乎被反复使用好几次的假睫毛。她的口红看上去就像结了霜的桃子，指甲上的深红色甲油也已经破损掉色。她让诺丽想起了祖母卧室里那个二十世纪六十年代的灯罩。

但她对哈里斯太太最感兴趣的地方是医生没发现她有什么毛病，尽管病人坚持说她病得很重。他们给她做了心电图，检查了血压和血氧饱和度，结果都显示她的心脏没有任何问题。所以他们告诉帕特里夏，如果再感到不舒服，别过分在意，要放轻松，之后可以再找全科医生看看。但是帕特里夏抱怨说自己在不停地颤抖，请求医院给她找个轮椅，她担心自己走着走着又会晕倒。

"他们来了！"当乔治和朱迪思一个小时后赶到医院的时候，她喊道，脸上挂着一抹不易察觉的微笑，"我的丈夫，我可爱的女儿，感谢上帝！"她强忍住泪水，"噢，乔治，真吓了我一跳！"当他们走近时，她大声说道，"这个小姑娘真是个天使！"她指的是诺丽。诺丽礼貌地朝他们笑了笑，开始解释诊断结果。但她还没来得及说完，帕特里夏就打断了她，"亲爱的，别再让我浪费你宝贵的时间了！你来一下！"她热情地吻了护士的双颊，略显炫耀地向她表示了感谢，然后把一张一英镑的钞票塞到她手里。

"哦，我们不收小费。"诺丽推辞道。

"拿着吧！"帕特里夏催促着，语气中甚至带着一丝威胁的意味。

护士照吩咐收下了，然后和他们说了再见。

朱迪思和乔治站在那里干瞪眼，不知道下一步该做什么。

"你们一点儿都不着急。"帕特里夏低声说，和她几秒钟前那个虚弱、情绪化、塞小费的病人形象相比，简直是天差地别。

"警察来了，"乔治说，"我们不知道你——"

"我在路面上躺了足足十分钟，再躺五分钟，我就死定了！急救人员也是这么告诉我的！"

"那他们为什么不让你继续待在急救室？"朱迪思问。

"怎么？你是医生吗？还是说你是医学专家？"帕特里夏问。

朱迪思刚想开口回答，帕特里夏直接打断她："行了，现在带我回家吧。医生说我需要卧床休息，一天二十四小时，持续至少一周。"她说这话的时候，看都没有看他们俩。

"我去叫出租车。"朱迪思主动说道，她看了看乔治，两个人都苦笑了一下。

她走近护士台时，看见那个实习护士正把帕特里夏给的一英镑钞票放进桌子上的慈善盒子里，盒子的底座上刻着几个字：让悲伤的孩子们快乐起来……朱迪思拿起座机，拨打出租车专线然后等待回复。"不好意思，"她对实习护士说道，"我能问一下……我妈妈她——她是不是心脏病发作了？"

诺丽朝她笑了笑："呃……不是。她没告诉你吗？我们认为是激素引起的问题……我们只检查了心脏，因为她有既往病史。"

"什么既往病史？"

诺丽环顾一下四周——她还不太擅长这种事情。她会侵犯患者的隐私权吗？应该不会，她毕竟是那个女人的女儿。"好吧，她对救护人员说她之前心脏病发作过三次。"她小声地说道。朱迪思脸上困惑的表情削弱了护士的信心。"所以……这就是我们检查心脏……的原因，我这样解释可以吗？"她说得很慢，与其说是一种陈述，还不如说是一个问题。

"我母亲从来没得过心脏病。"朱迪思说。

"瑟尔林出租车。请问你要去哪里？"出租车司机的声音从电话那头传来。

"呃，你好，我们去维多利亚路，"朱迪思说道，她浑身颤抖着，似乎气到了极点，"三名乘客。约车人姓哈里斯。"

护士给了她一个同情的微笑，她看着朱迪思放下听筒，走回到父母身边。

在回家的出租车里，朱迪思没有说话。这并不是说之前她在母亲面前有多爱说话，但这一次她完全沉默了。她父亲也是如此。帕特里夏并没有注意到这一点，她在跟瑟尔林出租车的司机闲聊，当然有人甚至会说她这是在调情。她向司机描绘着自己那戏剧化的早晨，并解释说这是因为她有轻微的心脏病，之后还得去医院做更多的检查，而且医院的人对待她就像对待王室一样，感谢我们的国民健康保险制度。司机完全被骗了。他认为帕特里夏很迷人。他们总是这么认为。

朱迪思坐在前排，竭力抑制着自己的愤怒，她想大喊大叫发泄心中的不满，凭什么她要有这样一位母亲？这太不公平了。凭什么她要有一个故意破坏女儿盼望已久的假期的母亲？凭什么她要有一个为了阻止女儿获得任何幸福而无耻撒谎的母亲？

我恨她，她在心里像咒语般一遍又一遍地重复着。因为极端的愤懑，她不断地转动着手中装骰子的小盒子。自从上午乔治把它送给她以来，她就一直装在口袋里，像幸运符一样。

车在房子前停下，乔治先下了车，给司机付过钱后就为帕特里夏打开了车门。

为了能让周围的邻居看到，帕特里夏迅速切换成了受害者模式，她挽上丈夫伸出的胳膊，让他慢慢带她进屋。

朱迪思走在他们前面，尽可能地把自己和母亲之间的距离拉开。她径直走进厨房。她的背包就放在壁炉旁，耐心地等待着，希望可以离家去冒险，就像一只渴望被人牵走去遛弯的小狗。她走到水槽边，从水龙头里给自己接了一杯水。透过窗户，她可以看到外面院子里摆着的双陆棋，只收了一半，还像警察来敲门时那样放着。

她听到母亲那熟悉的声音从客厅里不断地传过来：别做这个……一定要这样做……阻止、打断、唠叨、嘲笑……这些就是朱迪思一家生活的原声音乐，不断地循环往复。她深吸了一口气，硬着头皮走到客厅。

"我去烧壶开水。"乔治在朱迪思回来时正好从她身边走过。她的母亲瘫倒在扶手椅里,闭着眼睛,仰着头。

"接下来你要怎么办?"朱迪思平静地问她。

"下星期我再去看看专家。"帕特里夏喃喃地说道,声音没有任何起伏。

朱迪思点点头,过了一会儿,又开口问道:"他们说是心脏病发作,对吗?"

"乔治,给我拿点我可舒适止痛片,好吗,亲爱的?"帕特里夏朝厨房喊道,有时候她妈妈的声音听起来是那么地甜美和正常。"还有止痛药。我偏头痛要发作了。"很显然,她并不想回答这个问题,真是狡猾。

"你需要帮我联系贝丽尔,告诉他们发生了什么事……"

"那么究竟发生了什么?"朱迪思问,她的嗓门提高了一些。

帕特里夏再次回避了这个问题,说:"当然,你也可以告诉他们,你可以代替我去轮班。现在就给贝丽尔打电话,亲爱的,告诉她。医生推测说我要休息好几个星期。"

乔治拿着我可舒适止痛片走了进来,递给帕特里夏。帕特里夏谢都没谢就接过了药。她将药片咽了下去,叹了口气。然后盯着女儿,质疑地问道:"你还等什么?贝丽尔越早知道就越容易安排。"

朱迪思稳住颤抖的手,径直问道:"妈妈,你知道我现在本应该在去机场的路上吧?我本应该在赶飞机的。我本应该跟我的朋友们在一起的。这个假期我们已经计划两年了。"

帕特里夏冷冷地看着她,不带一丝同情。"那你要我怎么办呢?"她问,"我能在市中心控制住自己,让该死的心脏病不要发作吗?啊?哦,真抱歉我生病了,原谅我快要死了!"

"但你没有生病,不是吗?根本不是什么心脏病发作,你更没有像你跟医生说的那样以前犯过三次心脏病!"

"她在说什么,帕特?"乔治问。

"我完全不知道她在说什么,"帕特里夏回答,"现在请你立刻给贝丽尔打个电话,免得太晚,我不想给她带来麻烦。"朱迪思看了看母亲头顶上方的挂钟,在半秒内做出了决定。

她朝壁炉走了两大步,从壁炉架上拿起钱包和护照,把背包背在背上。

"你现在究竟在干什么?"母亲不敢置信地看着她。

"我要去度假。"

帕特里夏的身体似乎突然恢复了健康,她站了起来,试图把背包拉回到地板上。

"你不能离开这座房子!"她喊道。但朱迪思下定决心要反抗,怒气使她变得更为坚定。帕特里夏根本阻止不了她。

"哦,但我就是要走,"朱迪思回答,大步朝门口走去,"你已经毁了我足够多的生活了,妈妈。"她侧着身子穿过小走廊,背上的笨重行李很不方便。

"别光站在那儿,乔治,看在上帝的分儿上!"帕特里夏尖叫着,乔治朝朱迪思走过去。

"别这样，爸爸，没必要——"

但乔治并没有试图阻止她离开。他帮她打开门，让她走。

"哦，我明白了，又是这样，对吗？"帕特里夏笑了，朱迪思对那讥笑很熟悉，"跟往常一样——老是合起伙来对付我！你们俩都应该感到羞耻！"她叫道，同时眼泪也流了下来。

朱迪思看着乔治，强忍着想哭出来的冲动，说："再见，爸爸，八月份再见，好吗？"

乔治张开双臂搂住她，说不出话来。他紧紧地搂着她，仿佛这是他整个生命的寄托。他凝视着她的眼睛，看了一会儿，终于放开了她。

"朱迪思·哈里斯，有本事你就走出那扇门，"帕特里夏低声说，"这是最后一次了，你记住我的话。"

"妈妈，祝你好运！早日康复！"朱迪思喊道，她异常兴奋地踏出了家门。刚走出屋子几步，就听见玻璃杯砸向客厅墙壁的声音。

"有本事你就一辈子都别回来！听见了吗？"帕特里夏尖叫道。

朱迪思沿着街道向公交站走去，感觉像被人打了一拳。她被击垮了，被打败了，真的是非常非常的孤独。

十五分钟后，她站在公交站台上，瞪大眼睛看着时刻表，默默地哭了起来。突然一个声音喊道："你妈妈还好吗？"

是骑着摩托车的加雷斯，他后面的那辆车不满他忽然停下来，很不耐烦地按着喇叭。不知道为什么，她看到他在那里就很生气。

加雷斯却挪动着，把摩托车开进了公交车站。

"我刚好错过了，"她说，声音颤抖着，"我是说公交。本来可以及时赶到卡迪夫，然后搭火车去布里斯托尔中心的，然后，我不知道，也许会打辆出租车，可现在我错过了这该死的一切……"她一下子没忍住，又哭了起来。

"哦，好吧，"他停顿了一下，"但我以为……"

"你到底想干吗，加雷斯？"她怒气冲冲地问道，像被全世界抛弃了一样。朱迪思站在那里，背包和湿衣服沉重地压在她身上，她的心也跟着不断下沉。

他解开拉娜经常戴的那顶备用头盔。"上来吧，我带你去。"他说着发动了引擎，准备出发。

她不知道说什么好。她和加雷斯就算私下撞见，也基本没怎么说过话。现在他却提出要帮她，还是这么大的一个忙。她沉默了下来，不确定要不要接受。

"快点吧，"他说，"我们时间不多了！"

不到半小时，他们就驶上了 M4 高速公路，朝东开往布里斯托尔机场。

5

拉娜

因为现在只需要送两个人去机场，车上就多出了一个空座位。莉兹·凯利根本不需要邀请就立马主动提出填补这个空缺。她告诉拉娜，她从一开始就想不顾一切地陪女儿去机场，但休的福特塞拉轿车并不宽敞，所以就没让她来。

"我甚至有过坐火车去那里，然后和休一起回威尔士的念头，但家里人都说我太夸张了！"她笑着说，"所以说不骗你，虽然朱迪思不能来，我也很伤心，但至少我可以好好地和我女儿道别了，可以在登机口说再见，就像电影里演的那样。"

卡特琳听罢，翻了个白眼。

从科伊德瑟尔林到布里斯托尔机场的两个小时很愉快，但感觉时间被拉长了，因为凯利夫妇这两个小时一直在说话。拉娜与卡特琳坐在后排，当听到前排一些可笑的评论时，才勉强挤出一些笑意；

但在大多数时间里，两个女孩就坐在车里，要么仔细听着他们说话，要么单纯不予理会。她们还沉浸在最好的朋友临时取消行程的坏消息当中，要知道，她们期待这次旅行真的好久了。

休戴着眼镜，双手紧紧握着方向盘，小心翼翼地沿着 M4 高速公路行驶，速度比限速低两英里。他说："我可从来没有觉得她是个有心脏病的人。"

"嗯，同意，"莉兹说，"我的意思是，她一点儿也不胖，对不对，休？她那样的真不能说是胖……"

"当然不——不那么胖——当然也不是说瘦。我觉得应该说是……"他努力地想找到一个合适的形容词。他不想过分称赞帕特里夏·哈里斯，不过说实在的，他一直觉得她很迷人。但那是一种肮脏的、放荡的、杰奎琳·肯尼迪式的迷人。"我觉得她是……身材比例恰当的。"

"噗，这个太敷衍了！听起来像是在形容一个餐具柜。"

"呃，好吧……标致？"

"标致？标致的少妇吗？"莉兹笑了。

"那就曲线美吧！"休最终又换了个词，但他马上就后悔了，暴露般地羞红了脸。

"天啊，休，你是喜欢她吗？"

"抱歉，请适可而止，不要再说了，这种对话过分了，"卡特琳打断了莉兹的话，这让休暗自松了一口气，"你们在讨论的是朱迪思的母亲！"

"哦，抱歉，是的，对不起。"莉兹在胸前画着十字，"上帝保佑她那卑鄙的灵魂，让她安息吧。"

"她没死！"卡特琳喊道。她的父母有时真的很让人费解。

"问题是，"莉兹继续说，"你父亲只是说帕特里夏·哈里斯看起来不像是会得心脏病的人，对吧，休？"

然后他们又偏离了主题，开始讨论起各种各样的心脏病患者，并将他们的身材与帕特里夏·哈里斯进行比较，接着开始讨论各种各样的饮食习惯，莉兹觉得F计划在减重方面有着额外的优势。"我告诉你，休，那个女人每天早上、中午和晚上都只吃烤土豆，结果瘦了差不多22千克！"

一小时后，卡特琳和拉娜坐在机场休息室，痛苦地喝着第二杯咖啡，盯着航班信息板，等待着广播报出她们的登机口号码。拉娜一开始曾建议说，大家都在这儿等完全没有意义，凯利夫妇可以先回家，但是休不同意。"如果航班取消了，我和莉兹高高兴兴地开过塞文河大桥往家赶，结果你们被困在机场，只能坐在长椅上怎么办？"

拉娜怀疑如果整个行程都取消了，卡特琳的父母会更高兴。但更重要的是，她想知道卡特琳自己是否希望行程取消。"我就是有种不太好的预感，拉恩，"卡特琳有些绝望地悄声说道，"一开始就不太顺利，好像注定要发生些什么似的。"

"别傻了。"拉娜说，但听得出来，她同样不是很肯定。

突然，她被一个熟悉的声音打断了。"姑娘们！"

她们抬起头来，看到了一幅最奇怪的景象：向她们走来的是……加雷斯！走在他旁边的是朱迪思，她手里拿着护照，背着背包，脸上带着灿烂的微笑。

"天啊！朱迪！你来了！"卡特琳无法控制地尖叫道。

"嘿，亲爱的，我不明白……你们……"拉娜结结巴巴地说。

"说来话长。"朱迪思打断她。

"我是在立普顿公交车站发现她的，"加雷斯笑着说道，他俨然觉得自己是一个英雄，"不过来的时候运气不太好。我的驾照可能会被扣掉几分，但也算值啦。"

"无论如何，感谢上帝！"休盖棺定论。

"谢谢你，加雷斯。"朱迪思小声地说，她站在那里，尴尬地表示感谢，拉娜则在加雷斯笑容满面的脸上重重地吻了一下。

"我是不是交了世界上最好的男朋友？"她炫耀地问道。

"二十三号登机口！"莉兹兴奋地喊道，她一直像老鹰一样盯着出发时间牌，"二十三号！快来！赶紧出发！"

朱迪思和拉娜兴奋地尖叫起来，抓起她们的包。卡特琳似乎很诧异她们居然真的马上就要离开了，还有些茫然，匆匆忙忙地拥抱了一下父母，跟着两个最好的朋友朝登机口走去。她们没走多远，卡特琳就停了下来，拉娜和朱迪思走了几步才发现。"怎么了？"拉娜回头问道。

"我做不到。"卡特琳小声说，她的声音被机场的噪声淹没了。

"你说什么？"朱迪思避开迎面走来的旅客问道。

"我只是……现在就想家了。你们两个比我勇敢。"

"瞎说什么呢？"拉娜说，"你的旅行经验比我和她都要丰富得多。你还去过马略卡岛！"

"还有南斯拉夫。"朱迪思补充道，她毫不掩饰自己一直羡慕卡特琳和家人一起度假的事实。

拉娜说："我们俩去的最远的一次旅行，就是比利时那次特别糟糕的青年俱乐部之旅。"

"说句公道话，还有布里斯托尔动物园。"朱迪思苦笑着说，卡特琳也勉强笑了笑。

"前往雅典的哈里斯、凯利和劳埃德旅客请注意：这是AF369航班的最后一次登机广播，"广播系统传来了略带鼻音的广播通知，"请立即前往二十三号登机口登机，登机口即将关闭。"

三个人都没有理会它。

"来，卡特，过来，"朱迪思说，"拉娜！来，咱们抱一个！"她们三个在蜂拥的度假者中挤成一团，"我们要度过一段最好的时光，明白吗？"

"是的，她说得对。"拉娜很认同。

"对不起。"卡特琳抽了抽鼻子，"我这样很傻，我知道……"她哽咽了一声，她觉得自己像个讨人厌的四岁孩子。

"好吧，你知道我们现在需要做什么吗？"拉娜问道，同时露出一抹顽皮的微笑。

"不，拉娜，"朱迪思笑了，"我们不要唱歌，才不要在这里唱！"

卡特琳破涕为笑，说："我们该登机了！"

"不唱完这首歌，我是不会登机的。别骗自己，你们也想唱的，"拉娜说，"它一直很管用！"

时间退回到 1973 年，当女孩们第一次在约翰夫人的课堂上相遇时，卡特琳的父亲就创作了一首傻乎乎的歌，借用了《她将绕山而来》（*She'll Be Coming Round the Mountain*）的编曲，重新作了词。从那时起，这首歌就成了她们三个自己的歌。她们三个分别站着，手挽手拥抱在一起，这三个最好的朋友——其中有两个刚开始还有点不情愿——唱起了她们那老旧的主题曲。

卡特琳·凯利，朱迪思·哈里斯，拉娜·劳埃德！

掉进了泥泞的沟里，弄脏了自己的衣服，

身上还有股臭气，

所以她们回到科伊德瑟尔林，

卡特琳·凯利，朱迪思·哈里斯，拉娜·劳埃德！

"希腊！我们来啦！"拉娜喊道。

"希腊！"朱迪思和卡特琳跟着喊道，然后她们三个跑向二十三号登机口。

6

卡特琳

卡特琳其实完全不需要担心。三个星期后,她离家的焦虑就完全烟消云散,消失在炎热的爱琴海了。她简直不敢相信自己竟会犹疑要不要来——她正在享受人生中最美好的时光。她们三个已经晒足了日光浴,紫外线吸到饱,也已经习惯了以茴香烈酒和橄榄为主的饮食。

在斯基亚索斯岛,她们无意闯进一个天体海滩,被一个留着下垂胡子的赤裸苏格兰人训斥,说她们没有把衣服脱干净;在科斯岛,一些友好的年轻男士让她们留宿过夜,她们也天真地接受了,但其实那些人是亚美尼亚的恐怖分子。在帕罗斯岛,她们穿着托加袍参加了一个希腊主题之夜,在米科诺斯岛的一个海滩酒吧里观看了弗格森和安德鲁王子的王室婚礼,在那里拉娜大声唱着威尔士国歌,试图表达她的共和主义。现在,游玩过八个希腊岛屿后,她们终于在克里特岛登陆了。

在卡特琳此行必看景点清单上排名第一的就是撒玛利亚峡谷。

她在父亲的《国家地理》杂志上读到过这个地方，当时就被这个古老峡谷的照片深深迷住了，它蜿蜒曲折地流淌在莱夫卡山脉和佛利卡斯山之间。这次的一日游并不便宜，但卡特琳向朱迪思和拉娜保证，她们不会后悔在这儿花了一千八德拉克马的，一分都不会。前一天晚上拉娜强烈要求，想在莱克西酒吧喝上几杯，但卡特琳坚决反对，坚持要早睡一晚。"我们得六点起床，然后至少要徒步八个小时。你们最后绝对会感谢我的。"拉娜不情愿地点了点头，三个人在阳台上玩起了凯纳斯特卡牌，卡特琳给她们每人倒了一杯雪碧，然后开始洗牌。

巴士停在哈尼亚港北侧的一家咖啡馆旁。导游安吉莉娜正在她的写字板上勾选着名字，微笑着对每一位乘客说早安。爬上车的人年龄和国籍各不相同，但是人人都精神饱满。卡特琳对此很是诧异，印象尤为深刻，要知道当时才早上七点。

安吉莉娜看了看手表，然后敲了敲手持麦克风，试了试声音。她向大家解释说，虽然还有两名乘客未到，但他们不能再等下去了。

伴随着热情的欢呼声，司机米克斯关上了车门，发动引擎。

就在他们准备离开时，车门处传来一阵疯狂的"砰砰"声，米克斯踩下了刹车。车门又打开了，一名黑白混血青少年走上车，他穿着短裤和背心，背着一个小背包，气喘吁吁。他看起来像是已经跑了好几个小时了。"抱歉，抱歉。"他几乎说不出话来。

安吉莉娜同情地笑了笑，"您是库克先生还是？"

"布莱斯。我是布莱斯，"那家伙说道，"埃迪来不了了。他是库克。但他不是厨师①，他会成名一位兽医，我的意思是，他是你名单上的库克，库克先生。"

安吉莉娜看上去十分困惑。她从名单上勾掉了他的名字，然后让他找个座位坐。他走到巴士的后面。卡特琳刚刚被这阵小混乱暂时分散了注意力，此刻她又回到了她的旅行指南上，继续阅读关于遗忘之村撒玛利亚的内容，书上说只要他们徒步到那里，就算走了一半路程了。

突然一个声音响起。

"我可以坐在这儿吗？"是那个迟到的家伙。

"呃……可以！"她把太阳镜和羊毛衫挪了挪，给他腾出地方来。她心里有些失望，因为她拥有的空间变小了，看来不能放肆地伸懒腰了。

他把他的小背包，还有系在腰间的运动衫都放在他们上面的行李架上，然后重重地坐到座位上。

他喝了几大口水，长舒了一口气。"这下好多了。"他对着空气说道。

卡特琳藏在旅行指南后面，好奇地看着一滴汗珠从那个家伙的额头上流下来，顺着鼻子往下滑，然后停在他的嘴唇上，似乎颇为犹豫地徘徊着。他用手背把它擦干净，然后转向她。

---

① 库克（Cook）与厨师（Cook）同音。——编者注

"我叫所罗门。"他说。

卡特琳完全被他那出乎意料的美丽笑容惊艳到了。

他们一路上都在聊天，朱迪思和拉娜坐在他们前面的座位上，早就睡着了。他略带英格兰北部口音，在谈论令他兴奋的事情时脸上仿佛会发光，卡特琳被他迷住了。而且她发现他们有很多共同点，不，是非常多共同点。

他也是在去上大学之前选择了旅行——和他的伙伴埃迪一起度过间隔年①，看看世界。"是那位没露面的库克先生吗？"卡特琳笑了。

"就是他，"所罗门也笑了，"他本来今天也该来的，可是那个笨蛋昨晚喝得烂醉，今天早上动都动不了。他去了一家好像是叫莱克西的酒吧。"

卡特琳又笑起来，心想，要不是昨天晚上她坚决反对，拉娜就会是第二个埃迪。"哦，我知道那家酒吧。"她说。

"也许今天早上我应该待在他身边，看着他，省得他出事——他现在没准已经死了，谁知道呢。但问题是，我全程都在期待着撒玛利亚峡谷。"

"我也是。"她说。

"而且埃迪也知道这一点，唉，不说他了！我第一次知道这个

---

① 间隔年（Gap year），青年们在升学或毕业后用一段时间长途旅行、参与公益项目，或从事感兴趣的工作，以此来增进对自身的了解，帮助他们选择更好的正式工作。——编者注

地方大概是在十岁的时候。"

"《国家地理》？"趁他不备，卡特琳赶紧问道。

"对，你怎么知道？"

"因为我也是！"她回答道。

无论是卡特琳还是所罗门，谈话中都出现了很多次的"我也是"。在这短短四十五分钟的巴士旅途中，他们几乎把自己到此为止不算长的人生总结了个遍。他们都有一个哥哥叫汤姆，都喜欢猫王埃尔维斯·普雷斯利，还都对猫过敏。"是的，我知道，这其实很讽刺。"卡特琳说。

"什么意思？"所罗门看上去有些困惑。

"我的名字叫卡特，但是我却没法靠近猫咪！①"

"哦，这个确实！"越来越多的共同点被挖掘出来，他的眼睛也越来越亮：两人都没有丝毫的艺术天赋，都很擅长游泳，而且都很喜欢地图和地球仪。但最奇怪的是——真正奇怪的是——他们都是左撇子，都是背弃了天主教信仰的天主教信徒，都要在十月份去学医。

"卡迪夫，你呢？"当他问她是哪所医学院时，她回答说。

"剑桥，实际上，是剑桥大学三一学院。"他有点尴尬。

她笑了："哇，那你肯定绝顶聪明。"

"不，其实算不上聪明，我只是比较幸运。哦，对了，我有一个表哥就是上的卡迪夫，"他改变了话题，"他说那儿很棒。"

---

① 卡特（Cat）和猫（cat）同形，读音近似。——编者注

"是吗？我很期待。我是觉得它离家足够远，这样会给我一种自己完全独立的感觉——我在做我自己的事情。同时，如果我没吃的了或者没钱去干洗衣服的时候，我还可以选择回家，毕竟学校离家也算足够近。"卡特琳笑着说。

这就像是忽然发现了一位久违的朋友。在他说话的时候，她总是偷偷地看他。并不是在去往克里特岛峡谷的巴士旅途中，陌生人之间礼貌交谈时的那种看，感觉更像是偷窥——她几近全神贯注地注视着他，凝视着他的黑色短发，仿佛可以真切地触摸到那种质感，还有他在努力记住一个名字时揉乱头发的样子，她还注意到他那双笑眯眯的深棕色眼睛里有一些淡褐色的斑点。在她的视线无意识地下移、开始描绘他嘴唇的轮廓时，她才反应过来他在问自己问题。

"抱歉？你刚才说什么？"她觉得自己暴露了。

"阿吉雅伊利尼峡谷，只是想知道你去过没有，"他说，"比撒玛利亚徒步要短，大概只有三个小时，但是更安静，因为知道它的人更少。"

"哦，好吧，说老实话，我今天是逼着姑娘们跟我一起来的，她们会不会再来一趟很难说。我想我一个人去应该也没问题……"她思忖着，但她马上意识到自己有在暗示他和她一起去。这太荒唐了——她认识他才半小时。

"你可以的，这条路线十分安全。"他回答说。看来她的暗示给得太不明显了，但接着他的话完全出乎她的意料。"我本来想和你一起去的，"他说，"但我们今晚就回家了，十一点的航班。这次的行程其实都是强行挤出来的。"

"啊！"她不禁流露出失望的神情，她觉得自己听懂了他的潜台词。

但还没等她想好怎么回复，他们的谈话就被打断了，安吉莉娜宣布他们已经抵达国家公园的门口。拉娜和朱迪思伸了伸懒腰，活动了一下身体。"噢，我做了一个特神奇的梦，"拉娜睡眼蒙眬地嘟囔着，"梦里有条狗，它还穿着我的鞋！"

所罗门站起身，从头顶的行李架上拿下他的帆布背包。卡特琳感觉到他想继续说话，她甚至想问他是否可以加入她们的徒步队伍，但他后面的人迫不及待地想下车，没有丝毫耐心地催促着他。

因此他们的告别有些仓促和尴尬。"很高兴认识你！"他一边沿着通道往前走，一边高兴地说。

"我也一样！好好享受这次徒步旅行吧！"卡特琳知道她的声音听起来有些过分热情。

"他是谁啊？"朱迪思等所罗门走远了，确定他听不到了才问道。

"噢，谁也不是，"她回答，"就只是不相干的人。"

最初的四公里，拉娜几乎全程都在抱怨：她很冷，她很热，她很累，她脚疼，她头疼，她很渴，她很饿。当她们到达途中的第一处天然泉水尼鲁斯柯时，口渴的游客们已经排起了长队，迫不及待地想灌满他们的水瓶。"我想坐下休息一下。"拉娜说。

"拉恩，你能不能消停一会儿，跟子弹似的突突突个没完，"朱迪思说，"你连一个三岁的孩子都不如。"

卡特琳感觉她们马上就要吵起来了，赶紧插话说："我跟你说，如果你能再坚持多走几分钟，我们就可以走到前方的圣尼古拉斯小教堂，那里可以休息，而且有更多的水。"

"我还想吃点东西。"拉娜有些暴躁地嘟囔着。

"当然可以。"

"我们快到了吗，妈妈？"朱迪思开玩笑地说。拉娜轻轻拍了拍她的胳膊，然后她们继续往前走。

十五分钟后，她们来到了小教堂，灌了泉水解渴。

"来吧，我们找个地方坐下来歇歇。"卡特琳说，试图让大家高兴起来。

在教堂后面，她们发现了一小片尘土飞扬的草地，旁边是一棵高大的柏树。卡特琳从背包里拿出一些希腊面包和酸奶黄瓜，然后把一个苹果切成六块。她就像一位极有耐心的家长，把手上的食物一一分享出去，明显感到之前弥漫在她们之中的紧张感消失了。

"吃吃喝喝还是很有用的。"她感慨道，然后躺了下来，闭上眼睛准备休息几分钟。她在阳光下轻轻打盹，附近游客的说话声和云雀的歌声让她感到无比舒心。

"你找到了克里特岛最高的柏树！"

卡特琳睁开眼睛，眯起眼睛向上看。所罗门正站在那里，欣赏着景色。

"嗨，你好。"她说，没注意到自己再次见到他是多么高兴，反而担心自己看上去会有些狼狈，因为她出了不少汗。

"嘿，小伙子，"拉娜说，"你是巴士上的那个人，对吧？"

"是的，我叫所罗门，"他说，"如果你们愿意的话，也可以叫我索尔。"

"你进到里面去了吗？"朱迪思指着那座古老的建筑问。

他们四人走进了圣尼古拉斯教堂，里面有些阴凉，同时很安静；墙上挂了很多精美的圣像，让他们叹为观止。卡特琳大声朗读她的旅行指南，声音故作优雅，带着些许矫揉造作，隐隐有些急于打动某人的迫切。她告诉他们："这个小教堂脚下的土地非常神圣，曾经是祭拜阿波罗的地方。"他们听罢，都颇为尊敬地默默站着，气氛霎时沉重庄严起来。

"嘿，索尔，科伊德瑟尔林有一家叫阿波罗的夜店，"拉娜说，无意中破坏了这一神圣时刻，"有个叫丹尼·里斯的家伙去年在那里被刺伤了。因为他从艾瑞尔·思麦克那儿借了位手持割草机，一直不还给人家。"

卡特琳对她怒目而视。

"噢，是的！"朱迪思说，没有注意到卡特琳的尴尬，"这很奇怪，因为你也不会想到艾瑞尔·思麦克居然会有一台割草机，要知道他可是经常嗑药的。"

卡特琳为朋友们留下的印象感到有点羞愧。她看着索尔，他在想什么呢？

"朱迪，我不知道，"他板着脸说，"你不能因为一个人海洛因成瘾，就说他是糟糕的园丁。"他停顿一下，又笑了起来。拉娜和朱迪思闻言，突然放声大笑，出乎意料地对他热情起来。卡特琳感觉皮肤隐隐有刺痛感，可能是太激动了。

当他们继续徒步剩下的路程时，拉娜和朱迪思走得并不快，所以索尔和卡特琳很自然地拉开了与她们的距离。但卡特琳很高兴。因为她想做的就是和索尔沿着峡谷漫步，和他说话，甚至是被岩石绊倒，这样她就有借口靠在他身上，和他说更多的话。

他们不久就抵达了遗忘之村萨玛利亚，两人就在废墟周围随意走着，抚摸着那些好奇的长角山羊，这些山羊看样子已经在这里安家了。树荫下还有长凳，所以卡特琳坐了下来，拿出她的盒装午餐。"你不饿吗？"她问道。索尔坐在那里，双手放在空无一物的膝头上。

"其实饿坏了，"他承认道，"但我没有时间买任何东西。"

她微微一笑，把她那一大份餐食放在两人中间。"吃吧。"她说。还没来得及介绍盒子里的"鱼子沙拉"，他就拿起希腊面包，狼吞虎咽地吃了起来。

一小时后，他们来到一个地方，零星的几个人正在那里用小石头搭建小金字塔，然后低声祈祷。卡特琳和索尔不想错过，自己也都搭了一个。虽然他们并没有告诉对方自己的愿望，但两个人都承认，在做类似这种可以被模糊定义为异教行为的时候，背叛天主教的那种负罪感让他们觉得很奇怪。他们已经走了七个小时了，卡特琳知道这一切很快就会结束了。

在穿过被称为天门的狭缝时，他们笑着伸出双臂来证明两块巨石之间的空间是有多么的小。"它们就像两个巨大的保护神，"卡特琳说，"护送我们离开。"

"的确是这样！"索尔笑了，"嘿，把你的相机递给我。"然后他给她拍了几张照片——她站在巨石之间，摆出姿势，让自己看起来像是被巨石三明治夹在中间的人型肉馅。但在他把相机还给卡特琳之前，他拦住了一个过路的徒步者："不好意思，打扰一下，伙计，你能帮我们两个拍张照吗？"只是听到他说"我们两个"就让她快要融化了，她甚至想让这一刻永恒，不想结束。他们的手臂搭在彼此的肩膀上，好似在诉说这份新生的友谊。

他们放下胳膊，松开彼此，卡特琳拿回了她的相机，他们默默地对视了一下，又各自闪躲着挪开了。虽然只有一瞥，却似乎隐藏了无数的悸动。他们都知道，这不仅仅是友谊。

他们到达峡谷的另一端，默默地走向曾经被洪水淹没的村庄阿吉亚努美利，还有那慵懒的蓝绿色大海。卡特琳已经提前安排好了，大家完成徒步以后，她会与拉娜和朱迪思在一家叫作艾琳的咖啡馆见面。索尔说他可以和她一起等半个小时，但之后他需要乘渡轮去斯法基亚。"我真希望我能留下来，"他说，"我想再见见你的朋友们，她们好像很喜欢笑。"

"就只有这一个原因吗？"她揶揄道，心里有点害怕他会对此不否认。

"我想你知道不是的。"他看着她，温柔如水，带着些许嗔怪。

他们每人点了一杯法奇那汽水，服务员很快地把饮料端了过来，还端来了两个装满冰块的玻璃杯。索尔向他要了一支笔和一张纸，迅速写下了他的电话号码。"卡特，我希望咱们可以保持联系。"他说。

她看了看从服务员点餐纸上撕下的那张小纸。一张很薄的、廉价的小纸片，如此微不足道，却承载了那么多东西。"也把你的名字写下来，"她说，"我到家的时候可能已经把你忘了。"两个人都笑了。事实上，她想要记住更多的关于他的事情，而不仅仅是一张纸上的一串数字。

他拿回那张纸，写了些别的东西，还用手挡住不让她看见，然后折起来放在她的杯子下面。"很抱歉，我得走了，"他看了看表，显然对自己要离开这件事感到有些烦恼，"如果我错过了这趟渡轮，我就会错过飞机了。埃迪估计已经在想我在哪里了，我跟他说我会在一个小时前回到酒店的。"

"什么？"她笑了，"你跟他说你能在五小时内走完撒玛利亚峡谷？"

"大家都知道五个小时可以的，"他微笑着穿过小咖啡桌，拉起她的手，小声说，"我爱死今天了。"他前额轻轻碰了碰她的额头，他们的手指相扣。

"我也爱死今天了。"她低声说，害怕得不敢说话，担心声音会哽咽。

人们在附近的沙滩上玩耍，在海水中戏水；甜烟草的气味在空气中弥漫，混合着防晒油、咖啡和新榨柠檬的气味；艾琳咖啡馆里，一个婴儿在笑，一个小型播放器在播放着希腊本土音乐。这真是一个完美的夏日假期。

周围的一切都是如此完美。

当然，还有那个完美的吻。

他没有说再见。她看着他走向渡轮，登上甲板，朝她挥手致意。她也挥了挥手，一直看着，直到再也看不见渡船的尾流，听不见引擎的轰鸣。当她意识到他终于走了以后，就从杯子底下拿出那张珍贵的纸，打开它读了起来。在他的名字和电话下面，他写道：

今天当我们在搭建卵石金字塔时，我的愿望就是能再次见到你。我相信这必将实现。

她深深地吸了一口气，文字背后折射出来的意思像潮水一样澎湃而来，彻底将她淹没。

远处有人在叫她的名字。她抬起头，看见朱迪思和拉娜正朝她走来。她迅速地把纸片重新叠好，放进口袋深处。"你的脚怎么样了？"她喊道，发现自己控制不住地想要微笑。

7

拉娜

尼科西亚的喧闹与希腊岛屿的慵懒相去甚远，但拉娜私底下其实更喜欢都市的喧嚣。她们在塞浦路斯已经待了两天，今天要去卡科佩特里亚，朱迪思父亲乔治·哈里斯的家乡。"你觉得这玩意儿真能把我们送到那儿吗？"拉娜开玩笑地问道。她们现在在索罗莫广场，正要登上那辆黄绿相间的老贝德福德巴士，准备坐两小时车前往特罗多斯山。

在这次的旅途中，拉娜和卡特琳坐在了一起，朱迪思选择独自坐在前排。她说她需要时间去思考：去她父亲的家乡是件大事，尽管那里已经没有什么人可以让她去探望了。乔治的父母早已去世，乔治也是独生子。其实没有什么理由需要去那里。但卡科佩特里亚是他长大的地方，朱迪思想去看看。乔治身上有一种莫名的脆弱感，让人感到很是心疼，尽管朱迪思永远弄不明白那究竟是为什么。

当他们驶进卡科佩特里亚的小广场时，朱迪思从前排座椅转向她们，微笑着。至少这次旅行似乎让她的心情好了一些。三个女孩下了车，开始环顾四周。这比繁忙嘈杂的尼科西亚安静多了。她们呼吸着山上新鲜的空气，伸了个懒腰。

"我着急上厕所，想尿尿。"拉娜说。

"你总是着急上厕所。"朱迪思笑道。她们去了一家叫莱尼亚的餐厅，装潢得很漂亮。

在柠檬马鞭草遮阴的棚架下，三张桌子被拼凑在一起，一大家子塞浦路斯人围坐成一圈，正在享受周日迟来的户外午餐。大人们有说有笑，孩子们则坐在父母或阿姨或叔叔的膝盖上，像玩抢椅子游戏一样间或交换着大腿坐。一位妇女正在小心翼翼地给孩子哺乳，还有一个大约六岁的男孩在玩魔方。

一个四十多岁、看上去有些疲惫不堪的服务员走了出来，端着两大盘库巴和银鱼，把它们放在餐桌的空位置上，然后把空盘子端走。当女孩们走近时，拉娜觉得她们像是擅自闯进了一个聚会。但当服务员转向她们微笑时，他的脸就变成了一种亲切的欢迎。

"你们好！"服务员用希腊语打了一声招呼。

"嗨，"朱迪思说道，"请给我们一个三人位。"

"三！"卡特琳伸出三根手指，用希腊语插话道，"麻烦了。"

"还有卫生间。"拉娜说，她快憋不住了。

"跟我来吧。"他说，她们跟着他进了屋，他让她们在吧台就座。拉娜去了洗手间，但当她回来时，卡特琳和朱迪思已经不见了。

"她们在外面，"服务员说，"和新朋友们在一起。"

女孩们被邀请加入了露台上的大家庭，她们坐在桌子旁，孩子们在她们身上爬来爬去，有人给她们斟满了塞浦路斯的鱼尾菊酒。拉娜发现这种很少见的塞浦路斯烈酒有种奇怪的舒缓作用，她静静享受了几秒钟。

其中一位名叫玛丽亚的女士说着一口流利的英语，所以她在对话当中不厌其烦地充当了翻译角色。她解释说，这种家庭聚会一年要举行好几次，这次是因为第二天就是洗礼仪式，会在当地的教堂里举行盛宴。人们会抬着救世主的圣像在村子周围游行，小卡捷琳娜也会接受洗礼。

这家人被这些女孩迷住了——他们还没听说过威尔士。虽然其中有一位相对比较年长的泰米斯似乎听说过理查德·伯顿[1]，拉娜觉得他看起来很睿智。大家都很赞同她们三人秋季继续接受高等教育的行为，尤其佩服卡特琳，因为她将会成为一名医生。

"嘿，干杯！"他们用希腊语欢呼道。

莱昂纳德叔叔说了些什么，逗得全桌的人都笑了起来，玛丽亚帮她们翻译了一下，说莱昂纳德有拇囊炎，卡特琳如果能帮他瞧瞧就再好不过了。

---

[1] 理查德·伯顿（Richard Burton，1925—1984），英国著名演员，出生于南威尔士。曾被七次提名奥斯卡最佳男主角。代表作有《多尔文的末日》《最长一日》《埃及艳后》等。

这个下午变成了一场出乎意料的愉快聚会，并非提前计划好的、独特而难忘的聚会。品尝完美味的菜肴，剩下的空盘子在大家向厨师表示感谢的欢呼声中被端走，服务员又端出了几盘令人垂涎欲滴的塞浦路斯甜点——果仁蜜饼、千层牛奶玉米糕，以及一种叫作"mahalepi"的蛋奶冻，是用玉米粉做的，在吃的时候还会在碗中滴上玫瑰露。

在大家开始享用甜品时，泰米斯低声对玛丽亚说了些什么。"我叔叔想知道，你们明明可以选择去利马索尔的夜店狂欢，为什么要来卡科佩特里亚呀？"

大家都笑起来。新朋友们胸怀宽广，感觉都很热情友好，朱迪思也因此有了自信，向他们讲述了自己和卡科佩特里亚的这种联系：她父亲在 1973 年搬到威尔士之前，是在这里长大的。当大家意识到朱迪思实际上是一个塞浦路斯人时，都高兴得不得了。"他是我的继父，"她很快澄清说，"所以我不是真的塞浦路斯人。"

"啊，是继父。"玛丽亚向大家解释道，他们都有点尴尬地点了点头。拉娜此时才意识到，在塞浦路斯，继父继母似乎并不常见。"你父亲叫什么名字？也许我们会认识他家里的人。"玛丽亚问。

"可能性不是很大，"朱迪思说，"他是独生子，而且父母在他大约二十岁的时候就去世了。我不太确定——他很少谈论这件事。"

玛丽亚给其他人翻译了这句话，但拉娜感觉到他们的好奇心反而被激起了，他们想知道更多的信息。

"呃……他现在叫乔治·哈里斯，他的中间名是安德鲁。但那是他来到英国后改的名字。"

"是啊，因为我们威尔士人都懒得学外国名字的发音！"拉娜插嘴道，刚刚喝的鱼尾菊酒让她有点醉醺醺的。

玛丽亚随即给大家翻译了拉娜的话，虽稍有滞后，但还是引起了大家的哄笑。

"但他的真名——他的希腊名——是乔治亚斯·安德烈亚斯·查拉兰博斯。"朱迪思说，显然对自己完美的发音感到自豪。

朱迪思以为大家会对她的希腊语报以鼓励的掌声，没想到会是一阵震惊的沉默。接着，桌子上的人开始窃窃私语。只有孩子们置身事外，他们有更重要的事情要考虑，比如如何趁没人注意的时候再偷吃一份甜品。

"对不起，你能把名字再说一遍吗？"玛丽亚问。

"当然可以——乔治亚斯·安德烈亚斯·查拉兰博斯。事实上，我这儿有他的一张照片，"她说着拿出了她和乔治的合影，那是她一直放在包里的，"这大约是十年前的事了——是我们去威尔士国家洞穴中心一日游的时候拍的。"

这家人把照片传了一圈，很多人都发出震惊的喘息声，彼此之间进行着激烈的交流，一张张脸都透露着担忧的神情。他们嗓门不由自主地提高，有人摇头，还有人找起了汽车钥匙。其中一个女人哭了起来，另一个女人在一旁安慰她，又在自己胸前画了个十字，把照片还给了朱迪思。

姑娘们面面相觑，很是迷惑。

"怎么了？"拉娜问，她感觉不太好，大家的反应不对劲。

没有人回答她，大家仍然沉浸在各自混乱的反应中。

"听着，也许我们该走了。"她说。与其说是告知在座的其他人，不如说是单独对朱迪思和卡特琳说的。

"别，"玛丽亚说，"请等一下。"她的丈夫上了自己的车，然后冲玛丽亚喊了几句。

"好的，我知道了！"她用希腊语回答了丈夫，然后转向朱迪思，"我们认为……"玛丽亚环顾了一下桌子四周，看着全家人——所有人都如坐针毡，他们急于知道朱迪思对她即将要得知的情况的反应，"我们认为你的父亲乔治亚斯·查拉兰博斯可能是我们一位朋友的哥哥。"

三个女孩试着消化她们听到的东西。

"什么？"拉娜问，朱迪思显然震惊到说不出话来。

"我丈夫尼科，他有个朋友，叫伊阿尼斯，伊阿尼斯的妻子名叫索菲亚。"玛丽亚顿了顿，给她们一点时间来消化听到的内容，"几年前，索菲亚的哥哥乔治亚斯离开卡科佩特里亚去英国住了一年。但他再也没有回来。我们认为……"

拉娜接过话头："你们认为索菲亚是朱迪思的姑姑？"

8

朱迪思

十五分钟后，一个三十多岁、有和朱迪思父亲一样笔直的鼻子和和蔼的棕色眼睛的女人从尼科的车里走了出来，后面跟着两个困惑而笨拙的孩子，还有一个男人，朱迪思认为他就是那个女人的丈夫。一开始，他们谁也说不出话来，于是尼科插了进来，他的英语显然不如他妻子好，有些蹩脚，但对于交流来说是够好了。"这是索菲亚，乔治亚斯的妹妹。"他轻声地说。

朱迪思盯着索菲亚，她有些克制不住地想笑，于是拼命忍住，这是情绪异常激动的反应吗？相反，索菲亚——索菲亚姑姑——像婴儿一样颤抖、哭泣着。

"你好，我是……我是朱迪思。"她说，不知道下一步该做什么。她的世界仿佛被彻底颠覆了。她的父亲并不是她想象的那样，她在短短十分钟内就继承了一个完整的塞浦路斯家庭。她紧张地向索菲亚伸出双臂，索菲亚完全不需要她的鼓励就立即拥了上来。朱迪思一生之中从未被如此紧紧地拥抱过，接着是一长串的紧紧拥抱、捧脸抚摸和大声哭泣，直到索菲亚终于平静下来。这毫无戒心的一大家子原本只是简单地在周日来吃个午餐，现在却发现自己成了一出真实戏剧的观众，他们坐在"贵宾席"上为这神奇的重逢鼓掌。卡特琳和拉娜也加入了他们的行列，呈现在眼前的可是幸福大团圆啊。

至少，朱迪思希望这是一个永远幸福的结局。

意识到她们不可能永远站在那儿，于是玛丽亚走了过来，让朱迪思和索菲亚到露台去，坐下来聊聊。卡特琳委婉地道歉，指出现在已经五点钟了，她们还没有找地方住。"朱迪和索菲亚先在这里聊，我和拉娜趁这会儿先去找个住处。"

当玛丽亚把这句话翻译过来时，索菲亚又活跃起来。这个问题甚至都不用讨论。"她说你们得跟她住在一起，"玛丽亚说，"你们三个一起。"

"真的吗？"

"当然了，你们是她的家人！"玛丽亚笑着说道。

就这样，在同姑姑、姑父和两个表弟表妹相认后不到一个小时的时间，朱迪思就和卡特琳、拉娜一起去了索菲亚的小农场，那里离村子大约一英里远，她们将在那里过夜。玛丽亚答应和他们一起过去帮忙翻译，朱迪思觉得这样不太好，本来她是要参加自己家庭聚会的。但转念一想，就像拉娜说的："我敢打赌她一定很想知道乔治的事！"

院子里有几只鸡，还有一只带着两只羊羔的山羊，这些小动物听见动静，都跑了过来，似乎是要看看发生了什么。走进房子，索菲亚的丈夫伊阿尼斯邀请他们所有人坐在餐桌旁，自己则去倒水、煮咖啡。索菲亚端出一大盘芝麻黄油饼干和装得满满当当的glyka——被称作"汤匙甜品"，是由无花果、樱桃和核桃仁做成的蜜饯。

"等我回家的时候就要胖成鲸鱼了！"拉娜喃喃地对卡特琳说，卡特琳则一点儿也不在乎，迫不及待地想要吃掉这些点心。

他们终于在索菲亚厨房的餐桌旁安顿了下来，这时，玛丽亚上场了，他们开始在她的帮助下解开乔治亚斯·安德烈亚斯·查拉兰博斯的神秘面纱。

"你可能听说过那场战争。"玛丽亚说。

"什么？像希特勒那样的？"拉娜问，卡特琳小心翼翼地在桌子底下踢了她一脚。玛丽亚说的显然不是那场战争。

"你是说在塞浦路斯这里，对吗？"朱迪思说，"七十年代中期？"

"是的，1974年。土耳其军队入侵了塞浦路斯北部，很多家庭不得不背井离乡。当时的情况非常糟糕。"

"Papagálos。"伊阿尼斯说，他正坐在玛丽亚旁边，紧张地抽着烟。

"Papagálos是谁，是教士吗？"朱迪思问。

玛丽亚难过地笑了笑。"不，Papagálos 的意思是鹦鹉。他们家曾经有一只宠物鹦鹉，他们把它留下了，他们以为战争只是暂时的，很快就可以回家了。但他们再也没能回去。这种情况发生在很多很多家庭身上。他们失去了一切。"

"这太让人伤心了。"卡特琳说，她狠狠地吃下一口汤匙甜品。

"但是我不太明白，"朱迪思在心里算了算时间，说道，"乔治——我爸爸他那时不住在这儿。"

"对，"玛丽亚苦笑着说，"因为乔治亚斯他，是一个聪明的年轻人。在战争之前，他就意识到土耳其和希腊之间会有纷争，他认为继续留在北方会很危险。所以他对他母亲说，我们必须离开，咱们去找尼古拉斯叔叔吧，在卡科佩特里亚我们会安全的。所以在1971年，他们从北部的佩特拉搬到这里，开始住在这个房子里。早在战争之前就来了。"

朱迪思瞥了一眼拉娜，伊阿尼斯给了拉娜一支烟，她正抽着，显然被这个由索菲亚讲述、玛丽亚翻译的故事迷住了。

"他们在这里住了快两年。乔治亚斯在地方政府做文员，是一份不错的工作。他偶尔会去尼科西亚——"

"天哪，我希望他坐的不是那辆贝德福德巴士，"拉娜插嘴说，"你得非常结实才能忍受得了那辆车！"

"闭嘴吧你！"卡特琳嘘了她一声。

"我想象不出来我爸爸作为公务员的样子，"朱迪思若有所思，"他现在在一家工厂上班，做电子产品。"

玛丽亚给其他人翻译了一下，朱迪思觉得自己在他们的脸上觉察到一丝失望。然后她继续转述着索菲亚说的故事。

"然后塞浦路斯的形势因为战争变得越来越严峻，一切都……怎么说呢，一切都变得不确定？乔治亚斯担心他会失去工作，所以他决定去英国工作——也许就工作一年，挣到钱以后就回家。"

玛丽亚把手放在索菲亚的手上，询问地看着她是否想继续。她点了点头。

"那是 1973 年的夏天。他走了，然后她就再也没见过他。"

"什么？！就这样消失可不像是乔治的作风。他一直都那么正派。"拉娜说，卡特琳又瞪了她一眼。

"起初他会给他们写信，"玛丽亚说，"他们那时没有电话，所以只有书信往来。还有礼物！"听到索菲亚说着哥哥寄回家的礼物，玛丽亚笑了，那些礼物有装着大本钟的水晶球，有给妈妈的雅德莉肥皂、一罐沃克斯的黄油酥饼，甚至还有一双威灵顿长筒靴！

"他一直在寄礼物。"

"那你知道他住在什么地方吗？"朱迪思问。

"不，他一直说等安顿下来再给我们地址，因为他经常搬家，就算告诉我也没什么用。"索菲亚喝了一口水，然后继续说下去，"然后他写信告诉我们他找到工作了。"玛丽亚转述道："他成了建筑工地上的工人，工资不错。他说，他将在那里再待八个月，然后就回家，带着所有的钱。"

"但他并没有回来……"朱迪思说。

"是的，他并没有回来。"玛丽亚重复了一遍，他们默默地坐着，听着这一切。

"所以，显然，那是因为他遇到了我妈妈，然后结了婚……"朱迪思说道，"那时我五六岁了。"

"我记得有一次朱迪思来学校后，说她有了一个新爸爸，"卡特琳说，"你还记得吗，拉恩？那时候我们还在欧文太太的班里。"

"天哪，是的，"拉娜转向朱迪思，脸上露出喜色，"我那时候可嫉妒你了，因为你要做花童，要穿漂亮的衣服。"

但朱迪思没有理会她的朋友们，她试图把所有的信息拼凑起来。

"我知道他们相遇后很快就结婚了，因为他们为彼此神魂颠倒，"朱迪思看着她的朋友们说，"现在真的很难想象。"

"神魂颠倒？"玛丽亚不是很熟悉这个成语。

"我母亲帕特里夏说，她和乔治非常相爱，这就是他们这么快就结婚的原因。"

当玛丽亚把这句话翻译给索菲亚听的时候，她倒吸了一口气，摇了摇头。

"但我不明白为什么这会阻止他和她——和我们一起——回到塞浦路斯来！"朱迪思说，"那时候我们本来就可以相认的！一辈子都是一家人！"她的声音开始发颤，"如果一直以来我都有表兄妹和姑妈……对我来说会是莫大的帮助。真的！"

卡特琳紧紧握着朱迪思的手安慰她，但父亲的谎言明显对她的影响很大。"为什么他没跟我说起过你们？"她说，声音带着愤怒，

"为什么我母亲从来没提过你们？抱歉，我不知道我要怎么办，我接受不了。"

"没关系，宝贝儿，"拉娜轻声说，"这对你来说是个巨大的冲击，我知道的。"

接着，索菲亚轻轻对玛丽亚说了几句话，仿佛在泄露什么秘密，大家都看到玛丽亚对此有些不赞同，不知道她是否应该告诉大家接下来的故事。"索菲亚要我告诉你，有关克莱欧妮基的事。"

"太好了！"朱迪思讽刺地说，"还有更多的故事！"卡特琳同情地看了她一眼。

玛丽亚继续说着，索菲亚则站起身来，开始在梳妆台里翻找。

"在塞浦路斯，我们有一种叫'两姓之好'的习俗。媒妁之言，就是给两个不同家庭的儿子和女儿结亲。"

"有点像《相亲》里演的那样！"拉娜插话说。

玛丽亚看着她，有点困惑。

"这是茜拉·布莱克在独立电视台的一个节目，"她嘟囔道，"算了，这不重要。"

玛丽亚点点头，接着说下去。

"嗯，在乔治亚斯离开之前，已经和克莱欧妮基相过亲了，他们是非常般配的一对——就像你说的，他们为彼此'神魂颠倒'，所以就顺其自然地订婚了。克莱欧说她会等乔治亚斯一年后从英国回来，然后他们就可以结婚了。"

"我的天啊！"朱迪思简直不敢相信自己听到的一切。

"但是有一天，乔治亚斯给索菲亚写了一封简短的信——就是这封。"索菲亚向玛丽亚点点头，递给她一个褪了色的信封，上面贴着一张英国邮票。她花了一些时间翻译里面的内容。

我最最亲爱的索菲亚——我无法向你解释为什么我必须这样做，但是请相信我，这是最好的安排。我不能回塞浦路斯了，再也回不去了。我不能再联系你，也不能再联系我最亲爱的母亲。我打心眼里为伤害了你感到抱歉，也为伤害了克莱欧妮基感到抱歉，她值得一个比我更好的男人。我希望你一生顺遂。我还寄了一些钱给你，尽管这些钱永远无法弥补我所做的一切。请原谅我，忘记我这个怯懦、软弱的哥哥吧。我永远爱你，愿上帝保佑你，乔治亚斯。

朱迪思注意到拉娜扬起了眉头，看着卡特琳，慢慢地低声说了句："我——震——惊——了！"

现在她的好奇心压倒了愤怒。"好吧，显然他已经娶了我母亲，所以他不能回来和克莱欧妮基结婚了，"她沮丧地说，"但这不是什么一辈子都无法原谅的罪行吧？人们总会改变主意的，不是吗？"

"是啊，就像我表哥莱尼一样，"拉娜尖声说道，"他在婚礼上被未婚妻梅里抛弃了——她跟莱尼的亲兄弟私奔了！"他们都瞪眼看着她，她接着说："糟糕得不得了。而且，他们还得继续吃着婚礼上的自助餐，因为不吃就太浪费了。"

"安静，拉娜。"卡特琳说。

"当时婚礼上什么吃的都有，还有一个用冰雕成的东西。"

"我的意思是，"朱迪思不理睬拉娜，说道，"你肯定会理解的吧？你会原谅他吗？"

当玛丽亚把这句话翻译过来时，索菲亚哭了起来。

"她说当然会！他们也许一开始很生气，但后来还是选择了原谅。索菲亚一直以为乔治亚斯做了什么坏事，她的母亲也这么认为，猜测他可能进了监狱。或者最糟糕的——他也许自杀了。他们不知道什么可怕的事情会让他这样毅然决然地与家里断绝关系，还与自己的国家彻底隔绝。他明明很爱塞浦路斯。"

"他是个好人，"索菲亚哭着用希腊语说道，"是个好人！"

"她说他是个好人。"玛丽亚低声说。

朱迪思握着索菲亚的手，叹了口气。"他现在也还是个好人。"她说。

乔治显然太羞愧了。他来到英国是为了改变自己的前途，想给在塞浦路斯的家人攒一些钱，他是坚信自己会回去然后娶克莱欧妮基的。然而，他却遇到了帕特里夏，爱上了她，在威尔士开始了全新的生活，成为小朱迪思的继父。索菲亚所求不多，只是希望他告诉他们这一切。但凡知道这么多年他还活着，他们就不会那么难过。而且最悲哀的是，他们的母亲阿拉西亚在1984年去世了，她那时以为儿子已经不在人世了。这真的太让人伤心难过了。

索菲亚看着朱迪思，用希腊语说道："我的哥哥，我想见他，想跟他说话！"

"索菲亚想知道什么时候能见到他哥哥，什么时候能跟他说话？"玛丽亚说。

朱迪思一想到要安排这样一次重聚就有些惊慌失措，这使她难以忍受。她感觉自己又回到了六岁的时候，她只希望爸爸能让一切都好起来。"我不……我不知道……"她结结巴巴地说，"请告诉索菲亚稍微耐心点，我需要先回家，还得想想该怎么安排比较好，但这一切肯定都会发生的。"

玛丽亚点点头，表示理解。

"我保证她会再见到她哥哥的。"

那天晚上，朱迪思躺在小小的行军床上，卡特琳和拉娜则睡在沙发上。她盯着天花板，那么多的想法在她的脑海里盘旋。她长这么大，浪费了这么多的时间，却不知道她在塞浦路斯还有家人存在；她多么希望自己能在这里多待一会儿，她现在完全不想离开——而且在她已经知道了这么多以后，根本不可能没心没肺地继续走完剩下的旅程。

她的生活怎么可能再跟以前一样呢？

更糟糕的是，她该怎么告诉父亲她已经知道了他的事情？他是不是还隐瞒了什么？

9

卡特琳

"要是他们现在可以见到我，我的那个小团体……"她一边冲洗头上最后一点泡沫，一边轻声地唱着。不得不说，这是这次旅程到目前为止最神奇的体验了，但她还挺喜欢：在特罗多斯山的一个谷仓里，对着一个老旧的锡沐盆洗头发，用了两桶温水，手边的空锡罐是用来倒水的，还有一瓶维赛娜香波。而她在做这一切时还有可爱的旁观者——一只好奇的山羊奶妈和它的孩子，它们就站在角落里盯着她。

她用手指捋了捋头发，确定已经洗干净了，就挤出多余的水分，伸手去拿那条褪了色的毛巾。她用毛巾把头发紧紧地裹上，并在后脑勺下面掖好。不经意从一面破旧的镜子里看到自己，她笑了。现在她的笑容不一样了，自从遇到索尔以后就不一样了。虽然只有她自己知道这一点。

距离他们相遇已经过去整整一周了。他是真实存在于这个世界

74

的，在这整整七天的时间里，这个认知仍然让她百感交集。他现在就在某个地方——也许在他贝菲尔德家里的床上，在睡觉，在呼吸。直到在克里特岛上那次命中注定的相逢，她才意识到有这么一个人是多么幸福，而且现在这个人已经永久地停驻在她的脑海里了。她仍然没有把索尔的事告诉朱迪思和拉娜。不知道为什么，很神奇，她只想把他当作秘密一样守护起来。

几天前，当她履行每周给家里打电话的约定时，她忽然产生了一种非常奇怪的感觉——她好像在欺骗她的父母。她不会让父母知道自己那视若瑰宝的秘密，也不会让他们知道即将回家的女儿已经不是一个月前在布里斯托尔机场离开的那个了。

"你吃得怎么样？"母亲的声音因为信号而断断续续，直接打断了她的思绪，"他们那里好像……你奶奶也这么说……那边全是肉，什么索瓦兰吉、木莎卡、烤肉串，还有别的什么……"

"索瓦兰吉就是烤肉串，妈妈。"卡特琳说。但她妈妈完全忽略了她的解释。

"我的意思是，我知道希腊人都很好，但我确实担心他们的饮食习惯。你可别便秘！"

"妈！"卡特琳觉得自己脸红了。

突然，电话那头传来了她哥哥的声音，他对着听筒喊道："奶奶想知道你出恭了没有！"她听见他笑着匆匆跑开了，他知道怎样逗她笑。奶奶常用的一些表达总是能娱乐他们——"出恭"听起来就像是当地名人用金剪刀剪彩，然后把自己的照片登在《公报》的头版上一样。凯利家的人动不动就讨论一下身体机能，她爸爸认为这很健康，很好。但是卡特琳觉得这很丢脸。

"我们吃了很多沙拉。"她喃喃自语道，注意到她的电话通话时间快要用完了。

"哦，好吧，那还行。但是你一定要把生菜洗干净——"

"妈妈，我的电话费剩得不多了，让我和爸爸说几句吧。"

"稍等，我现在叫他过来。"

又是"我现在去叫他"这种无意义的小把戏，他们经常这样，莉兹总是会假装去叫休·凯利，但卡特琳知道，她父亲一直在卧室里用分机听着她们说话。

"嗨！爸爸！"她说。

"我的小南瓜怎么样？"他愉快地问。听到爸爸声音的那一刻她想哭。

她想告诉他有关索尔的一切——"我见到他了，爸爸！"她想这么告诉休，"我遇到了那个让我心甘情愿、想为他生孩子的男人，他很完美。你会喜欢他的。他还读《国家地理》！"但她只是清了清嗓子，问了父亲他种的西红柿怎么样了。

"啊，卡特，我今年大丰收啊。你回家后，就会有很多西红柿可以吃了，尽管你妈妈威胁我说要把它们做成番茄酱！"

卡特琳笑了，电话机上的数字显示通话即将结束。"我爱你，爸爸，"她说，"电话马上就要被切断了！"

"嘀——"电话挂断了。

这次通话是她在整个假期中第一次想家。只要再过两个晚上，她们就会飞回去了。一想到回家以后就可以再次联系到索尔，她就发自内心地感到喜悦，除此之外，还有其他更多的家庭因素让她想要回家。首先，她想睡在自己的床上；其次，她再也不想背着背包过日子了，不管她把背包抖多少次，衣服里总是有沙子，尤其是裤子；再次，她想回家吃妈妈做的牧羊人派了；最后，她回家就可以冲洗胶卷了，这样她就可以看到那张期待已久的、她和索尔在撒玛利亚峡谷拍的照片了。她不抱希望地希望着她的眼睛在镜头里不要闭上——她拍照一直都不好看。"实在不行，我还是可以把自己从照片上剪下来的。"她想。毕竟，她想看的也只有索尔而已。

她环顾了一下谷仓，想找个地方把水倒了，但是并没有。于是她抓住锡沐盆两边的把手，把它拖向门口——哎呀，这盆可真重啊！意识到有人在看她，她抬头一看，就发现十二岁的安德烈亚斯和他十岁的妹妹丹努拉正坐在两个空木桶上踢着脚。他们盯着她，两个人都吹着巨大的、令人印象深刻的粉红色口香糖泡泡。

她对他们笑了笑，用希腊语试着说了一句不太自信的"早上好！"。

没有任何反应。

不远处突然传来一声喊叫，他们从木头上跳了下来，这时他们的母亲索菲亚走来，用希腊语责备他们没有去帮助客人。还没等她反应过来，安德烈亚斯和丹努拉就把盆子把手从她手里拿开，两人摇摇晃晃地端走了。索菲亚留下来道歉，微笑着让卡特琳进屋去，用希腊语说道："进来！进来！"

在凉爽的简朴厨房里，拉娜正坐在那里为大家倒刚煮好的土耳其咖啡，朱迪思在切一个大西瓜。索菲亚在餐桌上摆好了丰盛的早餐，包括大块新鲜的哈罗米奶酪、她们现在都很爱吃的美味的芝麻面包、多汁的熟透了的西红柿片和装得满满一陶碗的酸奶，在它旁边是一小罐他们自己采来的蜂蜜，连蜜蜂都是自己养殖的。

"这个哈罗米芝士是索菲亚自己做的。"朱迪思说，她完全被索菲亚的手艺折服了，"面包也是。"

"是的！"索菲亚显然明白了她们说话的要点，重重地点了一下头，用希腊语应道。她从头顶的架子上取下一个大平底锅，准备开始煎自家母鸡刚下的鸡蛋。

"你真好，索菲亚。"拉娜说。

卡特琳拿起她的常用语手册，试图把它翻译成希腊语："你真好！"

索菲亚对她们笑了笑，催促她们赶紧吃早餐。"安德烈亚斯！丹努拉！"不出几秒钟，她的孩子们就像饥饿的小狗一样蹦蹦跳跳地跑了进来，吐掉了嘴里的口香糖，坐在桌子旁。

早饭后，她们步行到村里的小教堂去拜访乔治母亲的永眠之地。

"阿拉西亚·卡西娅，"卡特琳念道，"希腊人的名字真好听。"她若有所思地说。她看着朱迪思俯下身，抚摸着墓碑上镶着金色框的照片，那是她的祖母。阿拉西亚那被阳光吻过的脸也开心地对着她们微笑，充满了活力。"天主教徒就是这样的——把照片放在——"

"你能不说话吗？卡特琳·凯利！"拉娜小声说道，"朱迪思只是想静静地待一会儿。她不需要你没完没了的唠叨。"

"对不起。"卡特琳说。

朱迪思跪在墓前，种下了一株从索菲亚花园里摘下的粉红色仙客来，她轻轻拂去墓碑底座周围的土壤。花茎中间有一张小卡片，上面用希腊语写着"献给我的祖母"。卡特琳默默地看着她悲伤的朋友，喉咙哽咽了，她侧过脸去看拉娜，发现她也被感动了。对两个女孩来说，朱迪思在她这个年纪所经历的实在太多了。

之后，她们走进教堂，悄然而庄重地点燃了蜡烛。卡特琳小时候就很喜欢在自己的教堂里这样做。它很简单，很传统，但又如此感人，具有非常大的象征意义。她看了看那抹摇曳的微小火焰，然后闭上眼睛，开始默默祈祷。

这是感恩祈祷，感恩她与索尔那秘密而神奇的相遇——上帝保佑，让我再次见到他吧——也感恩她这两个美丽的朋友，以及她们一起度过的、不可思议的这段时光。"我们三个人何其有幸，能够早早相识，一直互相陪伴，"她低声说，"我真的，真的这么认为。"说着，她画了个十字，从天主教的习惯中脱离了出来，然后拂去一滴从脸颊滚落的泪水。

10

拉娜

伊阿尼斯坚持要把她们带到拉纳卡机场，去赶飞往雅典的航班。跟索菲亚、丹努拉和安德烈亚斯说再见真的是太困难了。即使是这么短的时间，两个孩子也已经越来越喜欢这三位说话声音颇为古怪的客人了，他们为三个女孩都做了礼物：一些漂亮的小念珠和几块手绘山石，每块石头上面都有一个大的红心。作为交换，卡特琳给了他们她那本《傲慢与偏见》，但他们看起来好像并不兴奋。拉娜则捐出了她的威尔士橄榄球上衣，她经常穿着它睡觉，但从来没洗过，两个孩子接过这个礼物的时候还是有点困惑的。可是，当朱迪思把乔治送给她的装双陆棋骰子的小盒子递给他们时，他们终于有了正向的反馈，非常开心。索菲亚也很高兴，她说乔治亚斯一直都很擅长做东西……

索菲亚自己送给朱迪思的礼物是一个小小的希腊圣像，她说这可以保护她，还有一条嵌着"恶魔之眼"的银链，可以抵御恶鬼。

卡特琳说她真的不喜欢恶魔这个发音，但是也承认它比她那俗气的圣克里斯托弗吊坠好看多了。不过，最动人的礼物是索菲亚从梳妆台上的一个小盒子里取出的一枚漂亮的金戒指，上面有着辫子样式的条纹。这本来是乔治妈妈的戒指，朱迪思一开始是不肯收下的——可是索菲亚坚持要给她，她不收下就不让她走。而且它真的非常适合朱迪思。

索菲亚在女孩们出发前不断地拥抱她们，一直在流泪，还给她们拿了两个特大的特百惠盒子，里面装满了她自己做的食物：一个盒子里都是甜点，有果仁蜜饼、千层牛奶玉米糕和黄油芝麻饼干；另一个装的都是咸口的，有橄榄、葡萄叶包饭和哈罗米芝士片，还有两条美味的芝麻面包。

"我跟你说，卡特，"拉娜低声说，她们刚刚坐上了伊阿尼斯的车，"我才不会想念那个女人做的菜呢！"

她们上午就到了雅典，在一家名为玛克辛的旅馆给每个人都定了一个房间，这家价格很便宜，房间也很舒适，所以她们决定小小地奢侈一把。她们入住后把东西都放了下来，然后前往帕特农神庙和雅典卫城进行了最后一轮的观光，感谢索菲亚，她提供的特百惠盛宴似乎是享用不尽的，她们吃了整整一天。到了下午六点，她们已经洗完澡，穿上了仅剩的、差不多还算干净的衣服。

"好了，走吧，女士们。让我们在雅典来场最后的狂欢吧！"拉娜宣布，"我们要轰轰烈烈地结束这个假期。"

几个小时后，她们来到了一家名为德梅特里的龙舌兰酒吧。拉娜比另外两个人喝得都要多，精神还好，但是已经喝醉了。

"她这种状态让我有点害怕。"朱迪思一边听着音乐一边对卡特琳喊道。卡特琳透过她朋友的肩膀看向吧台，然后脸色立刻沉了下来。

"哦，天哪，快看！"

朱迪思转过身，看到拉娜在桌子上挑逗地跳着舞，一些活跃的爱尔兰人在为她欢呼，朱迪思吓坏了。

"我觉得她会脱光衣服的！"

两个人赶紧朝着拉娜跑过去，奋力地挤开人群。

"拉娜，下来！"朱迪思喊道，但拉娜只是冲她笑了笑，没有理睬，继续跳着。

卡特琳设法让拉娜注意到了她们。"拉娜·劳埃德！"她喊道，"别显摆了，给我马上从那张桌子上下来！"说着，她抓住拉娜的胳膊，把她从临时搭建的舞台上拉了下来。

那些爱尔兰人发出了扫兴的嘘声，然后转过身继续喝他们的啤酒。

"卡特琳·凯利！你太扫兴了！"拉娜非常不爽。

"走吧，"朱迪思说，"我想你需要吃点东西，把你喝下的那些龙舌兰酒中和掉。"朱迪思和卡特琳把她们喝醉了的朋友从酒吧里拽出来，沿着熙熙攘攘的游客街道走去，最后发现了一家安静的小餐馆。

"三人桌，麻烦了。"卡特琳对好心的店主说，店主对她们的态度真是太友好了。

　　她们分享了一大碗撒上胡椒粉的通心粉，狼吞虎咽地吃着无限供应的希腊面包，直到拉娜清醒了一些，但她仍然有些微醺。她现在处于醉酒的"情感溢出"阶段，女孩们在她喝了一定的酒之后会自动识别出这一阶段。她坚持要她们唱《纯洁的心》和《敬所有忠实的人》，包括和声部分，她们知道反对是没有任何意义的。

　　店主斯塔夫罗斯觉得很愉快，其他顾客也是。当女孩们结束表演后，他们热烈地鼓掌。拉娜给三个姑娘每人点了一杯琥珀烈酒迈夏尔[①]，尽管朱迪思告诉她不能再喝了。

　　"哦，你能不能别这么讨厌，"拉娜说，"今晚是我们旅途的最后一晚。谁知道我们什么时候还能有机会再来一次？"

　　朱迪思心软了下来。"敬我们三个！"当酒被端上来时，她举杯喊道。她们碰了碰杯子，一起干了一杯。

　　过了一会儿，卡特琳突然安静下来。

　　"怎么了？"朱迪思问道。

　　"姑娘们，"卡特琳有些紧张，她深吸一口气，开口说道，"有件事我得告诉你们。"朱迪思和拉娜交换了一下眼神。

　　"继续。"拉娜好奇地说。

　　"呃，怎么说呢……"她犹豫了一下，然后说出来了，"我恋爱了。"

---

① 迈夏尔（Metaxa），希腊产的一种琥珀白兰地。——编者注

"什么？"朱迪思震惊到有些结结巴巴的。

"是跟一个女人吗？"拉娜含混不清地问道，"没什么问题，你知道吗，宝贝儿，我一度怀疑——"

"闭嘴，拉娜，"朱迪思厉声说，"你继续，卡特。"

她和拉娜坐在那里，听卡特琳讲述撒玛利亚峡谷的故事，以及她是如何亲吻所罗门·布莱斯的。

"他真漂亮，"她低声说，眼里含着泪水，"他给了我这个。"她从钱包里拿出那张薄薄的纸，上面是索尔写下的文字和电话号码，"看！"

她们盯着它看了一会儿，然后拉娜开口说道："好啦，好啦，好啦，卡特琳·凯利，你真是蔫坏蔫坏的，不鸣则已，一鸣惊人！"她伸手拥抱了她的朋友，朱迪思也抱了抱她。

"宝贝儿，我真为你高兴。"朱迪思说道，激动得不得了。

"我也是。"拉娜说，喜不自禁。

卡特琳告诉她们，她打算在她们回家后的第二天就给索尔打电话。每当他出现在她的脑海里，她的胃就会剧烈地翻腾。"所以天知道我真正跟他说话的时候会是什么样子。"她说。

"你怎么瞒了我们这么久？"朱迪思笑着问。

"我想我需要一些时间来消化它。老实说，我现在感觉还有点不真实。"

"好吧，"拉娜醉醺醺地说，收拾着她的东西，"理论上来说你还是单身，而且时间还早，所以我们再回去刚才的酒吧，来大显身手一下。"

"不，拉恩，"朱迪思说，"我们带你回旅馆。"

"但是我们十八岁了！就应该出来参加派对！"

"抱歉，但朱迪思是对的，"卡特琳说，"我们需要睡会儿觉，否则明天的飞行你会受不了的，时间可不短。"

回酒店的路上，拉娜一直在生闷气。一路上她绞尽脑汁想把她的朋友们拉进经过的每一家酒吧，包括德梅特里酒吧，之前的那群爱尔兰人就在酒吧外面坐着。他们认出了拉娜，想让她把之前跳的舞跳完。但是朱迪思还没等她开口说话就把她拉走了。

回到旅馆后，她们扶拉娜进了她的房间，脱下了她的鞋子，把她放到了床上。睡着之前，她还嘟囔着说她们俩是"一对无聊的浑蛋"。

但当她们悄悄关上房门后，拉娜又睁开了眼睛，等着两个朋友的脚步声渐渐消失后，她立刻坐了起来。

八个小时后，她感觉脑子里像是在进行一场拳击比赛，一直"砰，砰，砰，砰"的。并没有睁开眼睛，她迫切地伸出手去摸床头柜，她确定自己昨晚在那里放了半罐健怡可乐。当时她做好了万全的准备，万全的夜晚外出的准备。

昨晚。

我的天。

她的手落在罐子上，从枕头上抬起头来，颤颤巍巍的，慢慢把可乐送到了唇边。平淡、甜美的化合物就这么被她倒进了嘴里，对她来说简直就是久旱逢甘露，在那一刻，那半罐可乐就是她这辈子喝过的最棒的饮料。她吃力地从床上爬起来，试探性地睁开眼睛，大胆地看了看。

他并不在床上，她如释重负地舒了一口气。但她知道自己还没有脱离困境。她清了清嗓子，喊道："嗨？"

没有人回答。

她想不起他的名字，"你还在吗？"

还是没人。

最后，当她确信他已经走了以后，她挪到床边，准备站起来。她得分阶段慢慢地站起来，不能有突然的动作，否则她可能会吐出来。天哪，龙舌兰酒到底是谁发明的？

太可怕了，真的太可怕了。

她试着向前伸出双臂，慢慢地站起身来。"就是这样，"她小声说，"你能行的。"然后蹑手蹑脚地走到窗前，小心翼翼地把廉价的拉绒尼龙窗帘拉开，让阳光照进来。

外面，雅典城正渐渐地苏醒过来。这是一个阳光明媚的夏日早晨，她正在一个美丽的城市，一个美丽的国家，这是她和她两个最好的朋友的假期的最后一天，她应该感到非常高兴。

可是，完全相反，她觉得自己仿佛掉进了黑暗和令人厌恶的绝望深渊。

她该死的都做了些什么？

11

朱迪思

"我能暂时歇一下吗？"拉娜又咽下一口食物，然后说道。

旅馆隔壁有家宝琳咖啡馆，她们现在就正坐在店外的阴凉处，卡特琳和朱迪思正在以非常非常缓慢的速度喂煎蛋卷和薯条给她们那宿醉欲绝的朋友。

现在拉娜已经吃得够多了，朱迪思把餐盘移开，卡特琳递给她一杯茶。

"我简直不敢相信。"卡特琳说。

"是龙舌兰酒，它让我想不起任何事了。"

"拉娜，你不能把这事赖在酒身上。"朱迪思说，她意识到自己对这个朋友的态度比卡特琳要严厉得多。但她很生气，她控制不住。当她们昨天晚上离开拉娜的时候，两个人明明都确信她已经睡死过去了。只是，没想到拉娜非但没有去享受黄金般的睡眠，反而又偷偷溜了出去，回到龙舌兰酒吧。那里的派对仍在进行，她又去寻找那群爱尔兰人了，特别是去找达米安或多里安，不管他叫什么名字——拉娜本人都不是很确定。然后她拿着一瓶琥珀烈酒，把他带回到了她的房间，和他整晚做爱。

"你用避孕套了吗？"卡特琳问，她从来都是一个理智的人。

"显然。"

"显然是什么意思？"朱迪思厉声说道，她被拉娜的漫不经心惹恼了。

"我看见几个被用过的在——"

"好了，可以了，不用告诉我细节。"朱迪思叹了口气，后悔问了这个问题。

"我不知道，他身上有某种特质……你们知道吗，当一个男人自信又有趣的时候，而且……他真的会让人兴奋，不是吗？"

"会吗？"卡特琳有些困惑。

"而且他有北爱尔兰口音。他身材真的很好——他是个建筑工人。你们看到他的胸肌了吗？"

"拉娜！"朱迪思斥责道，"你已经有男朋友了。"

"我知道，我知道了好吗？"拉娜低下头。

没有人再开口说话了，三个人都陷入了沉思。服务员一边和旁边的顾客聊天，一边笑着清理盘子和杯子，完全没意识到五号桌的紧张气氛。

"哦，我的天哪，"拉娜说，打断了大家低落的情绪，她突然想起了一件可耻的事，"我刚想起一件事……"

"什么？"卡特琳好奇地问。

"当他在……嗯……"

"什么？"卡特琳睁着一双懵懂的大眼睛。

"噢，闭嘴，拉娜。"朱迪思说，她总是比卡特琳快一步意识到拉娜要说什么恶心的话。

"最后，当他……那啥……"

"说下去。"卡特琳天真地说。

"我记得每次他……'结束'的时候，他都会说……"然后她模仿出了纯正的贝尔法斯特口音，"他会说，'爱尔兰人要来了，爱尔兰人要来了！'然后'咦嗬'一声，像一个牛仔！"

幸运的是，服务员打断了拉娜的回忆，把她们的烟灰缸放回原位，问她们是否还要茶。她们没有再添茶。"我们现在结账。"朱迪思说。

"我想那是因为我想他了。"拉娜悲伤地说。

"谁？加雷斯吗？"卡特琳并没有跟上节奏。

"哦，那很好，"朱迪思说，"'对不起，加雷斯，我真的很想你，所以跟一个来自都柏林的建筑工人上床了'。"

"其实是贝尔法斯特①。"拉娜喃喃地说。

"好吧，性质忽然完全不一样了呢！"朱迪思讽刺地说。

又安静了下来。

---

① 都柏林是爱尔兰的首都，贝尔法斯特是作为英国一部分的北爱尔兰的首府。所以下面朱迪思说性质不一样。

朱迪思确切地知道她为什么对拉娜感到恼火。首先，从一开始就不该是这样的一种旅行。在她们离开之前，三个人都同意，这次旅行仅仅是关于她们自己的，是关于卡特琳·凯利、朱迪思·哈里斯和拉娜·劳埃德这三个好朋友的，她们应该一起开怀大笑，一起看东西、发现东西，在彼此的陪伴下度过一段美好的时光。因为她们可能再也没有机会进行这样的旅行了！之前她们就知道，等这次回家以后她们就要去上大学了。她们多年以来已经习惯的生活——那种从五岁开始几乎每天都见面的生活——就要结束了。然而现在，不仅是卡特琳在一日游中爱上了一个随机认识的男人，拉娜还同在酒吧里认识的某个男人发生了一夜情。她是嫉妒吗？她可不这么认为。她只是失望。

因为这本该是一次友谊之旅。这并不是一场性爱盛宴，也不是什么假日浪漫大搜索。如果她们想要那样的旅行，完全可以像贝基·威廉姆斯和她的伙伴们那样单纯纸醉金迷两个星期。但她们比那些人要好。至少，她是这么认为的。

"他有一个巨大的——"

"够了！"朱迪思打断她，"我真的不想知道。"

卡特琳看起来想让拉娜继续说下去，但她知道最好还是不要再问了。

"好吧，姑娘们，我搞砸了，好吗？我举手投降，我是个彻头彻尾的笨蛋。我不该喝那么多，如果我没喝醉，我就不会这样了。我不应该跟那个叫丹尼或者唐尼或者无论什么鬼的浑蛋上床。如果你们想让我道歉，我愿意，好吗？我真的抱歉。"

大家都安静了一下，然后卡特琳说道："不过，你不应该对我们说对不起，不是吗？"

"嘿，等一下，我可不打算告诉加雷斯。"

"最好别，仔细想想，那真的是个坏主意。"卡特琳说。

"废话。"朱迪思和拉娜异口同声地说。卡特琳的想法也不是每次都会全票通过的。

"但是，姑娘们……"拉娜接着说，"答应我，你们对任何人都不要讲这件事——作为交换，我向你们保证，我绝对不会让这种事再发生了。"

朱迪思叹了口气，勉强地点了点头。

"当然，"卡特琳说，她从桌上拿起一个空的红色万宝路烟盒，"咱们发誓吧。"

"你要干什么？"朱迪思问，仍然很不高兴。

"就像我们小时候那样。还记得当时我们对着科里威利巧克力棒的包装纸发誓永远是朋友吗？让我们现在对着这个烟盒发誓永远不说出拉娜的秘密。我知道这不是科里威利，但也只能这样了。现在跟着我说……"

"对不起，我现在没心情。"朱迪思叹了口气，口气柔和了些，"你说得对，拉恩，你是个白痴，但我们都会犯错误。"她搂住了拉娜，"那就让我们忘了它吧，好吗？"

"别抱得太紧，朱迪，你这样我不太舒服。"拉娜嘟囔着说道。

服务员把账单递给她们，卡特琳伸手到背包里拿钱包。拉娜从口袋里掏出一把德拉克马扔在桌子上，朱迪思也跟着扔了一把。

　　"怎么了？"她问道，卡特琳已经开始把背包里的东西倒在桌子上。

　　"我一直都把钱包放在最底下的。"卡特琳说道，脸上还带着微笑，她接连拿出了一副太阳镜、一本书和一瓶驱虫剂。但是她拿得越多，她的笑容就越淡，直到她脸上写满了恐慌。"不见了！"她说，"我的钱包不见了！不到一小时前还在呢！"

　　朱迪思把背包里的东西都掏了出来，系统性地又检查了一遍所有的口袋，然后在桌子底下和周围的地方开始搜寻，也什么都没有。她们不得不承认：卡特琳的钱包确实不见了。

　　"这都什么事啊！"拉娜说，一边尽力表现出支持卡特琳的样子，一边抑制着自己想要吐的冲动。

　　"该死的，谁把它偷走了？"朱迪思同情地说道。

　　"就在我们眼皮底下，太浑蛋了。"拉娜完全帮不上忙，只能用手挡住过分灿烂的阳光。

　　"听着，别担心，"朱迪说，"至少今天是我们最后一天，我和拉恩可以把你点的煎蛋卷钱付了。"

　　"我不在乎那个该死的煎蛋卷！"卡特琳尖叫道，现在她已经开始歇斯底里了。其他顾客听到声音都转过身来盯着她们。"我的钱包，"她哭着说，"索尔的电话号码在里面！"

12

卡特琳

休在机场给三个小姑娘接机，卡特琳出来一看到休就哭了。

"嘿，看看你们三个！"看见他的小女儿，他极力克制着自己的情绪，"你的提姆叔叔特地去美黑过了都比你们白！"

回家的路上既有愉悦的笑声，又有担忧伤心的沉默。跨越边境进入威尔士的时候，她们又都高声唱起了国歌《父辈的土地》，然后给休分享她们那些经过删选以后的旅途故事，小心地避开了"塞浦路斯丑闻""贝尔法斯特建筑工人"，当然还有"所罗门·布莱斯的悲惨故事"。她们还试探性地讨论了第二天就会出结果的大学入学考试——她们在整个假期都明令禁止讨论这个话题，但现在已经无法再回避了。

他们先把拉娜放下了。拉娜的一大家子都站在窗口处，她的父亲基思正抱着一个蹒跚学步的孩子，另一个孩子紧紧抱着他的大腿，还有两个孩子兴奋地向她挥手，热烈欢迎她的归来。包括休在内，他们也都向孩子们挥了挥手，三个女孩在拉娜家的前门深情地拥抱了一下。拉娜擦去眼角的泪水，低声说："我爱死你们俩了！"然后转身朝房子走去。快走到门口时，她又回头给了她们两个一个招摇的飞吻，然后走进家门，消失在她那群妹妹的尖叫声中。

朱迪思是下一个要下车的人，她沉默不语，有些担心，不知道家里有什么在等着她。卡特琳从车里出来时捏了捏她的手。"你知道我们住哪儿，亲爱的。"她低声说。她看着朱迪思走进屋子，却不见任何欢迎她回来的人。快十九岁的朱迪思·哈里斯还是一个挂钥匙儿童，经常被独自留在家里。

与此相反的是凯利家，当他们把车停在房子外面时，看到的是一堆气球和一面巨大的横幅，上面写着：

欢迎回家，卡特琳·玛丽·特蕾莎

她不明白他们为什么要把她的中间名写上去，大概是为了增加戏剧性吧。她家里有十七位成员在等着庆祝她的平安归来，包括祖父母、她的五个堂表亲、两个表姑姑和三个堂叔叔。"仅限于亲人，"她母亲说，"因为我知道你不喜欢人太多。"

汤姆一看见她就把她扑倒在地。"欢迎回来，青蛙头！"他喊道，凯利奶奶则凑到她跟前念了一连串的万福马利亚。除了有些头疼家人的精力充沛，能再次回到她那疯狂而可爱的家人身边，还是很让人欣慰的，尤其是在她心碎需要抚慰的时候。

在欢迎回家的庆祝活动进行了一小时后，妈妈正准备端上她那道著名的火焰冰激凌，这时门铃响了。

"有人能帮忙开一下门吗？"莉兹喊道，"我要把蛋白酥皮做成黄金了！"（"黄金化"是她母亲发明的一个词，卡特琳再次听到这个词的时候笑了。）

汤姆说："啊，肯定是奥利里神父。"

"你在开玩笑吧，"卡特琳说，"天啊，可千万别，妈妈没有邀请他吧？"她朝大厅瞥了一眼，看见父亲正大步走向门口去开门。

居然是朱迪思，是站在门外、带着全部财物、拼命不让自己哭出来的朱迪思。

"真的很抱歉，"她结结巴巴地说，"能借我两英镑坐出租车吗？"

卡特琳的母亲为了出来看看发生了什么，放弃了手上的火焰冰激凌（万幸崔恩阿姨直接接手了）。朱迪思一边啜泣，一边告诉他们，她回到家后发现家里空无一人，然后上楼来到卧室，发现所有的东西都被打包了，收拾得干干净净，"好像整个房间都被洗劫一空"！床上还放着一张帕特里夏写的便条，朱迪思拿给他们看：

拿走你的东西，留下钥匙。这个家不再欢迎你了。

莉兹·凯利迅速评估了一下当下的形势，然后进入了超级妈妈模式，控制了局面，指示汤姆和休先把朱迪思的东西搬到备用房间。她告诉朱迪思，只要她需要，她可以一直住在这里——还用不地道的西班牙语说了一句"我家就是你家"（莉兹的"家"发音错了，汤姆低声纠正了一下，但莉兹没有注意到）——然后给了她一个似乎可以包容一切的拥抱。她坚持要朱迪思一起来参加聚会，路易斯爷爷立刻把一盘香肠卷塞到她的鼻子底下，让她抓着吃。但凡谈及奔涌的、可以压倒一切的爱，凯利家绝对是当仁不让的第一名。

第二天早上六点，两个女孩就下楼了。

卡特琳几乎没有睡觉。这一点也不奇怪，因为她一直在拼命地回忆索尔写在那张纸上的数字，她明明盯着那张纸看了好久好久，时间应该足够长了，她怎么就想不起来了呢？当她没有想索尔的时候，她就一直在担心她的入学考试成绩——万一没考好怎么办？

朱迪思沏了两杯浓茶，她们一致认为这是她们在国外旅行期间最怀念的东西。

喝了一大口茶后，卡特琳又谈起了朱迪思家里的情况。"你打算怎么办，亲爱的？"她轻声问道。

"等我拿到成绩后，我就去找我爸爸，去他上班的地方或者随便哪里。他昨晚去哪儿了？他应该来这里找我的。他知道我什么时候会回家，我是说，很明显我不是在你家就是在拉娜家。再说了——他应该会看到我的东西全都不见了。"

"可是，朱迪，谁知道你妈妈给他施加了什么压力呢？"

"你说的是帕特里夏，我再也不要叫她妈妈了。她已经失去了我这样称呼她的权利。"

卡特琳注意到朱迪思将茶杯举起送到嘴边时，她的手都在颤抖。她伸出手来，试图安慰她的朋友。

"我要变得很成功，非常成功，卡特，即使我考试不及格，或者拿不到成绩——"她说。

"你会通过的。"卡特琳打断她，但是朱迪思完全无视了她。

"无论结果如何，我都要把自己拉出这个深渊。我不会再成为自己可悲成长过程中的牺牲品了。"

卡特琳点点头。她从来没见过这样的朱迪思。

她们的谈话被穿着家居服下楼的莉兹打断了，她顺手拿了一下刚刚送到的邮件。"有谁今天要拿到考试成绩呀？"她愉快地说，嗓门在这个时间点来说显得有些太大了。莉兹特别喜欢陈述显而易见的事实。

"早上好。"朱迪思说。卡特琳看得出来，她很高兴话题的转换。

"你睡得怎么样，朱迪，亲爱的，你……"莉兹忽然停下了脚步，她正在看手上的那堆邮件。"哦，这是给你的。"她拿出一个粉红色的信封，吃惊地对朱迪思说道，信封的收件人是朱迪思·哈里斯以及凯利一家。就连卡特琳也一眼认出了那个笔迹。这是乔治寄来的。

卡特琳和莉兹都看着朱迪思，她慢慢放下杯子，打开信封拿出里面的卡片，卡片正面印有"祝你好运"四个字，镶在四叶草做成的矩形框里。里面还夹着两张五十英镑的钞票。朱迪思什么也没说，将卡片递给卡特琳看。

亲爱的朱迪崽：

　　我不得不离开了。有太多的事情需要解释，但请耐心等待，如果有机会的话，我会告诉你发生的一切。我知道今天对你来说是个大日子，但无论结果如何，请不要忘记你一直是我的骄傲。我在这里夹了一些钱，不管你决定要做什么，我都希望对你能有所帮助。很抱歉，我的朱迪崽。我希望有一天，你能够理解我，原谅我。

　　　　　　　　　　　　　　　永远爱你，你的爸爸

莉兹这一次说不出话来了。

卡特琳把卡片递了回去。"天啊，朱迪。"

她以为她的朋友会哭出来，但朱迪思却继续坐在那里，一口气喝完了剩下的茶，仿佛正在参加饮茶比赛。突然，她站了起来。"我可以洗个澡吗，凯利太太？"

"当然可以，亲爱的。晾衣橱里有干净的毛巾，你自便就好，别客气。"

"谢谢。"说完，她便走了出去。"卡特，我们最好赶紧收拾一下，一会儿出发！"她扭头喊道，仿佛她的生活并没有天翻地覆。

不，应该说是没有再一次的天翻地覆。

莉兹看了看卡特琳，然后小声地告诉她："一会儿你把架子上的备用钥匙留给她，我不想让你的朋友觉得她住在这儿不合适，凯利家可以永远是她的安身之处。"

卡特琳突然感受到了一股爱的冲击，为自己的母亲和她那颗宽宏大量的心。

两个小时后，卡特琳来到学校，双手捧着电脑打印出来的绿色成绩单，注视着三个小小的灰色三角形，它们站在彼此的肩膀上，就像马戏团里的杂技演员一样。

生物 A

物理 A

化学 A

她眨眨眼，想确定自己是否看清楚了。世界突然就慢了下来。三个 A，这？

抬头一看，她发现她两个最好的朋友也是一样的快乐。拉娜大喊："我的英语得了个 B！我！"

朱迪哭了起来："一个 A 和两个 B！真不敢相信，我经济学得了 A！"

三个人互相看了看成绩，然后伸出胳膊搂成一团，跳上跳下，又叫又笑，简直乐疯了。她们做到了。她们努力过，奋斗过，终于成功地找到了开启她们年轻生活下一阶段的钥匙。

卡特琳赶回家告诉父母这个好消息后，就动身去了巴克威尔酒吧那里，她要去取她之前放在那里的照片，那些照片要用一个小时才能冲洗出来。毕竟是在科伊德瑟尔林，她从小长大的地方，所以她几乎认识路上遇到的每一个人——所有人都想知道她的成绩，这意味着她必须要有足够的耐心（他们关心你才问的），还得不断重复同样的话。"我知道！确实很惊讶！……是的，卡迪夫。学医……三个 A，是的！卡迪夫……学医。"

最后，她终于能够沿着米尔扎咖啡馆和铁匠铺之间的小巷走到贝西默广场，在那里她终于可以偷偷打开装着她那些照片的文件夹了。她开始翻找起旅程中捕捉到的三十六张照片，当她抚摸着这些略微粗糙的、5 英寸 ×7 英寸的照片时，她忽然有些恐慌：万一她洗错了照片怎么办？但后来她发现了一张自己、朱迪思和拉娜站在撒玛利亚峡谷入口处的照片。她知道自己在找的那张照片就在这张后面了……

又翻了两张，找到了。

她和索尔笑盈盈地站在莱夫卡山和佛利卡斯山的石壁之间，手臂搂着彼此的肩膀，就像是一辈子的朋友。很幸运的是，她的眼睛在拍照的时候没有闭上，看起来很幸福。她认为这是她一生中见过的最美的照片。

接着，她走向海菲尔德路的电话亭。她拿出一支笔和她的小通讯录。近两周以来，她一直在想象着这个画面，就像这样，站在这里打电话。就在这一天。

但她想象的并不是拨打这个号码。

她想象的是自己直接打电话给他，听着他的声音，听着他大喊"天啊，卡特，这太棒了！"，但是，她只是往投币口投了五十便士，按了三个数字。

"电话查号台。请问您有什么需要？"

"你好，我找布莱斯，他住在诺森比亚的贝菲尔德。"她的心脏跳得太快，不得不强迫自己做深呼吸。

"请问怎么拼写这个名字？"

"B-L-Y-T-H-E。"她的嘴有些发干。在等待对方搜索号码的过程中，她甚至可以听到电话那头传来的敲击键盘的声音。

"我在贝菲尔德只找到一个布莱斯——以字母E开头的布莱斯医生？"

卡特琳几乎尖叫起来。"是的！是的！就是他！他爸爸的名字叫爱德华！"

"对不起，这个号码是不在电话簿之内的。"

她以为自己听错了，问道："什么？不好意思，你说什么？"

"恐怕我不能给你号码，因为他们选择了隐藏号码。"

"不……怎么可以这样！"

"医生通常都是这样。"接线员说，希望能帮上点忙，"还有什么我能帮忙的吗？"

卡特琳想说的是：是的！联系他！告诉他我这个白痴弄丢了他的电话号码！让他给我打电话！修补一下我这颗愚蠢破碎的心！

"呃，没有，不用了，谢谢。"

"嘀嗒"一声，电话就结束了。

随之消失的还有卡特琳再次见到所罗门·布莱斯的希望。

第二部

成长

13

拉娜

六周后

拉娜与朱迪思约好在上学后第一周的星期天见上一面,然后共进午餐。鉴于伦敦市中心距离吉尔福德不到一个小时的火车车程,在开启大学学生生涯的第一周后,她们觉得不出来聚聚,不在精神上支持一下彼此,简直没有天理。拉娜发现朱迪思在竞技场外耐心地等待着,全神贯注地读着一本关于全球化的教科书,对她周围伦敦西区的周末景象毫不关心。

"对不起,我来晚了!"拉娜紧张了一下,扑过去给了她一个大大的拥抱。

"晚十五分钟而已!"朱迪思笑了,"对你来说已经很不错了。真见鬼,你鼻子穿孔了?"朱迪思好奇地盯着拉娜左鼻孔上的银色小鼻环。

"不,这是假的,看。"她把鼻环取下来给她的朋友看。

"不需要演示，谢谢。"朱迪思咯咯地笑着说。

"快来吧，我饿死了。我以前来过这儿。"

她们手挽着手，朝莱斯特广场一家名为"希望与城堡"的地下小酒吧走去。

"天哪，见到你真的是太高兴了，"拉娜说，她们在角落的一张桌子旁坐下，"我有好多话想跟你说！"

朱迪思拿起菜单，说："咱们先点一份蒜蓉大虾分着吃吧？这是这里最便宜的东西了。"

"我还要一大杯白葡萄酒。"拉娜加了一句。

"不是吧，拉恩，中午就喝酒？"

"我们不是在庆祝吗？咱们可是熬过了整整一周……"

"我还是喝姜汁啤酒吧，你个大酒鬼！"

服务员走过来，帮她们点了菜。

"好吧，"拉娜说，"我想听听你那边发生的故事，所有的故事，但是首先：卡特琳·凯利。"她从包里拿出一封信，是写给住在吉尔福德的拉娜的。

"嘿！"朱迪思也拿出了一个同样的信封，上面写的是她在伦敦政经学院学校公寓的地址。看来她们的朋友精神状态还不错，两人都松了一口气，希望上医学院的兴奋能够帮助卡特琳抵消掉失去索尔的痛苦，她明明才刚找到他。

卡特琳给她的两个朋友写的内容都差不多：新生们都非常有意

思——她参加了一场叫作"巴伐利亚节拍"的活动，"基本上就是穿着巴伐利亚服装，互相扔啤酒"。

"太棒了。"朱迪笑了笑，继续读信，"卡特琳说她的课程看起来都非常难，但她仍然很高兴。她已经开始深度学习解剖学了，还被分配了一具尸体，她给它起名为'白漂亮'（Gwynnie），因为它太白了，而且 gwyn 在威尔士语里是白色的意思。"

"我说真的，拉恩，你能想象吗？"朱迪从信上抬起头来问。

"可不是嘛！"

"无所谓了，"朱迪思继续说，"她知道我们要一起吃午饭，所以希望我们两点半给她打电话。"

"我刚才注意到门边有个电话亭。咱们看着点时间。"

服务员端上一盘滋滋作响的蒜蓉大虾，递给她们两把叉子。

"哇，看起来不错！"朱迪思说。

"是的，到你了，朱迪思·哈里斯。"拉娜用叉子叉起一只虾，然后把它塞进嘴里，"你那边怎么样？你住的地方有身材不错的男人吗？有没有很性感的导师？还是说他们都是无聊透顶的经济学家？"

朱迪思嘲笑了一下她这位朋友的奇思妙想，并告诉她，自己是多么热爱在伦敦政经学院的生活。每一刻都很幸福：她的新房间里还散发着新的油漆味，学生宿舍的公共厨房里堆满了笑脸，不断有人在做饭，大家操着不同的口音进行着愚蠢的对话；在社团招新的时候，她加入了希腊社团和游泳队。除此之外，她还有一份写满迷人科目的课程表，每天早上她都迫不及待地醒来，想要学习更多的知识。这就好像在她迄今为止黑白分明的生活中，她第一次发现了色彩。

"哦，朱迪，我真为你感到高兴，"拉娜紧紧握着朱迪思的手轻声说道，"这是你应得的。"

"是的，我想是的，"朱迪思说，并向她吐露，她觉得自己在伦敦政经学院的生活就像是一种奖励，是她对自己那不正常的家庭生活容忍多年的回报。自从她到伦敦后就再也没有收到父母的任何消息，但又有什么必要呢？乔治很高兴地从地球上消失了，至少看上去是这样的。帕特里夏对她唯一的女儿现在住在哪里根本不感兴趣，也不知道她在哪里。

拉娜迫不及待开始跟朱迪思分享她在吉尔福德的生活。她说她和一群"了不起的人"一起住在"这个野房子里"。这群人包括非洲裔美国佛教徒林齐，有着"天使般的声音"；克林特，来自默西塞德郡，他"对政治有着非同一般的看法——我很喜欢他！"；还有杰勒德，他负责舞台管理，可能有点喜怒无常，但她尊重他的诚实。然后课程——嗯，这里的课程都是她梦寐以求的——除了最喜欢的音乐剧模块之外，她还报了解放天性练习、舞台格斗和莎士比亚十四行诗的课程。

"学期末我们要表演《红男绿女》！"拉娜说，眼睛里充满了兴奋。

"嘿，等一下，"朱迪思开玩笑地说，"我想你是把我和其他懂音乐剧的人搞混了。"

"这真的很棒！我扮演的是阿德莱德，她是剧中最棒的女性角色。我想邀请你和卡特一起过来看。在十二月的第一周，你会来的，对吗？"

"当然要来！我猜还有加雷斯，对吗？"

"不知道，如果他到那时还跟我说话的话。"拉娜的脸色忽然沉了下来，她的热情开始消退了，她示意服务员再给她端上一杯白葡萄酒。

"怎么了？他周五过来了吧？"

"他是来了，他周六晚上本来也是要留下来的，但是我们吵了一架。"

服务员把葡萄酒端过来了，拉娜接着告诉朱迪思所发生的事情。

到达吉尔福德不到两天，她就在学校布告栏上看到了一则广告：市中心一家高级俱乐部滑稽歌舞杂剧正在招募舞蹈演员试镜。拉娜就去了，并且得到了这份工作。"我的意思是，这很好啊——因为它是以表演为基础的。而且我在赚钱——一次演出十五英镑，朱迪！我这是为了自己事业的发展。"

"滑稽歌舞杂剧？但是这个，是不是，有时候需要跳脱衣舞？"

"天啊，朱迪，你跟加雷斯一样。不是！这只是一种老旧的艺术形式，我谢谢你了。这是既定的表演传统。"

朱迪思略带嘲讽地扬起眉毛，听着拉娜继续解释，她说加雷斯很不高兴，认为拉娜的这份工作占用了他们周五晚上的部分独处时间。而且，加雷斯只看了二十分钟表演就待不下去了。"他居然直接走了出去！你能相信吗？他说他无法忍受看着我'为一堆醉鬼脱衣服'。我当时真的气死了。"

"对不起，拉恩，但他说得有道理。"朱迪思评论说，这是一句很冒险的话，她直接踏入了拉娜的危险领域。

"但是我并没有脱掉我的行头！无所谓了，还不单单是因为这件事。当我把他介绍给其他室友时，克林特问他最近看了哪部电影，他说他十岁的时候看了《杰克与魔豆》！"

朱迪思笑得差点把嘴里的姜汁啤酒喷出来，但拉娜并不觉得好笑。"他就是故意使坏。我们还做了，但他特别敷衍，很糟糕。就像是吃米饭外卖一样，一开始的时候感觉良好，但是到最后根本吃不饱。"

"哦，可怜的加雷斯。"朱迪思微笑着说，"你们之间还在冷战吗？"

"算是吧，他昨天早上走的，然后我昨晚给他打了电话。你知道他是什么样的人。"

"其实我并不知道。"朱迪思说着，戳起最后一只大虾。

"他不是那种会生闷气的人。他花了一天的时间把那辆摩托车拆了，所以我想这可以转移他的注意力。"

"怎么说呢，或者现在让他过来看你有点太早了。我是说，你才离开一周而已。"

"这倒也是，无论如何，这一切都是最好的安排，因为……"

拉娜的脸又亮了起来，"我昨天上午去参加了一场特别惊艳的表演艺术课，如果加雷斯留下的话，我就不会去了，算是有得有失吧。"

当拉娜描述这堂课的时候，朱迪思看起来并不是很能理解。这堂课是一个叫贝尔的女人给他们上的，拉娜认为她是"我所见过的最了不起的女人"。贝尔要求他们所有人都要与小组成员分享一段非常私人的生活经历，并且要求这段经历最好能激发他们一些强烈的情感，这样他们就可以"储存"这些经历，以便日后在演出时"使用"这些经历。班里有一个女孩叫莉迪亚，她告诉他们，她十二岁的时候被一群奶牛困在谷仓里，然后第二天，她就开始来月经了。拉娜认为这很有趣，但显然她是班上唯一这么想的人。贝尔告诉他们，这对莉迪亚来说是一个重要的里程碑，因为牛群象征着"女性"，莉迪亚被奶牛逼到墙角反映了她对青春期的抗拒。她让莉迪亚站在圈子中间，重新表演她的经历，但不能说任何台词。

她的表演很惊人。至少，这堂课结束的时候大家都是这么说的，拉娜不想格格不入，所以她同意他们所有人的意见，"尽管我心里在想：'真是一群蠢货'！"

"我完全同意！"朱迪思说，但拉娜继续说了下去。

"然后就轮到我和大家分享了。我告诉他们我想不出什么经历，于是贝尔说她会帮我，所以她问了一些有关我的童年还有成长方面的问题。然后我就无意中谈到了我妈妈去世的时候……"

两个人忽然都沉默了，这一刻，时间仿佛也停顿了下来。朱迪思很诧异，因为这是拉娜从未提及的一个话题，甚至都没有跟她和卡特琳说过，更不用说跟一群陌生人了。

"这个有点过分了吧？"她说。

拉娜喝了一大口酒。"朱迪，我不知道，那是……怎么说呢……就像是宣泄，你懂吗？"

"那你告诉他们什么了？"

"就是告诉他们到底发生了什么。前一天还在，第二天她就不见了。我记得我收到了一大堆礼物，周围的人一直在哭，无论爸爸走到哪儿我都黏着他，不知道发生了什么事。"

酒吧的喧闹仍在继续，两个姑娘却又沉默了下来。拉娜并不习惯示弱。她继续说了下去，声音更平静，更温柔，往常喜欢夸夸其谈的拉娜隐匿了起来。"我想我喜欢，嗯，你知道的，那时只有我和爸爸。天啊，我记不太清了，朱迪，那时我才四岁。但是我和爸爸，我们会一起去一些地方——格里芬公园和布雷肯——嗯，应该是布雷肯，我记得有一座山，无所谓了……但后来一切都结束了。"

"詹妮斯来的时候？"

"是的，也许吧。"拉娜又陷入了沉思。她知道卡特琳和朱迪思都没有把詹妮斯当成她的继母，她看起来就像是她的生身母亲。从她的朋友认识她开始，她就一直是拉娜生命中的一部分——就像乔治和朱迪思一样。"你知道吗，我其实真的挺爱詹妮斯的。"

"当然了。"朱迪思说道，她从来没有怀疑过这一点。

"但是后来他们先是生了一个孩子，然后又生了一个，突然之间，爸爸不再是我一个人的爸爸了，他成了我们的爸爸。詹妮斯就像一台生育机器——看起来要一年生一个！"拉娜说到这里，又恢复了往日的活力。朱迪思松了一口气，笑了。

"然后我告诉他们——告诉其他学生，我的意思是——我说，现在我感觉就像是被我自己的兄弟姐妹包围了！我是认真的，他们都是凭空出现的！五个孩子。这完全让人无法接受，"她还夸张了自己的威尔士口音，因为她知道这会让自己听起来更滑稽，"所有东西都是定量配给。因为一个七口之家，东西总是会不够用。所以每个人都只能为自己着想……"

"那么贝尔对这一切，是怎么想的呢？"

"我不知道，她认为我可能一直在寻找可以取代我爸爸位置的人，因为自从妈妈去世后，爸爸就被詹妮斯抢走了，而我对此一直无法释怀。"

"胡说，"朱迪思为她的朋友辩解说，"天哪，我讨厌人们开始分析……该死的流行心理学。说到底，她也不过是个戏剧老师。"

"也许吧，总之，接下来她让我站起来。'让我们看看你的痛苦，拉娜，'她说，'得不到关注的痛苦。让我们看看你绝望的样子，拉娜，对，用手抓……'"

朱迪思笑了起来，欣赏着拉娜对贝尔的模仿，她笑得越多，拉娜就越投入，她喜欢别人对她的关注，喜欢观众看她的表演。

"'你试着喊出来，但是发不出声音……别人听不到你……'老实说，朱迪，我看了看其他人，他们是如此渴望地想看我在情感上彻底宣泄出来……所以我就想，好吧，我要么全身心百分百地投入，要么就从这里滚出去。几秒钟之内，我就即兴创作了一个舞台，脸上带着痛苦的表情，就像爱德华·蒙那家伙画的画一样……"

"是蒙克，"朱迪思纠正了一下拉娜的发音，"你说的是《尖叫》那幅画。"拉娜开始变得兴奋，因为她正在重现她当时的表演。

"就是他。我当时就像这样伸出手臂，祈求着，渴望着。贝尔就在一旁看着，敲着鼓。"

"哦，我的天哪！你，拉娜·劳埃德，真的是万里挑一，"朱迪思说，笑得眼泪都出来了，"不愧是你，果然是你！"

"事情是这样的，朱迪，我一开始表演就觉得很开心。"

"听起来确实是这样！"

"哦，该死的，"拉娜看了看墙上的钟，"快半点了。来吧。卡特琳还在等着我们呢……"

朱迪思在她的通讯录里找出卡特琳的新号码，两个女孩走到酒吧入口处的公用电话亭。拉娜投了两枚十便士的硬币，朱迪思拨了卡迪夫的号码，然后转动听筒，两人都贴上去，这样她们两个就都能听到电话那头朋友的声音了。它只响了一次，卡特琳就气喘吁吁地接了电话。

"朱迪？拉恩？"她说。

"都准点儿到齐了！"拉娜的声音有点太大了，酒精和朋友的陪伴都让她格外兴奋，她甚至有些飘飘然。

"卡特，她有点喝醉了。"朱迪思在电话里喊道。

"听听，这像话吗？"拉娜说道，"我还没怎么开始喝呢！"

"你们俩都在，我太高兴了。我有件事儿要告诉你们。"一百六十英里之外的卡特琳说道，她声音里的紧张并未因距离而减少半分。

"发生什么事了？"朱迪思严肃了起来。

电话那头，她们听到卡特琳在开口前深吸了一口气："天哪，姑娘们。你们一辈子都不会相信……"

14

卡特琳

搬到学生宿舍简直就是活生生的一出大戏。这一切都要归咎于她的父母，他们正因为第二个孩子要离家而伤心欲绝，一直都焦躁不安，紧张气氛高涨。卡特琳知道她必须小心翼翼地灵活处理这种情况。这并不容易，因为面对即将踏入的新世界，她自己也很紧张。她的父母让她感到很尴尬，她也痛恨自己这样的认知，但她真的很担心父母会成为她踏入大学校园的第一个不利因素。她唯一希望的就是，在宿舍楼的同学们可千万别看到任何的"凯利主义"。

他们三人设法一次性就把卡特琳的盒子和箱子搬进了她的房间，其中还有一个装满蛋糕的大罐子。"里面有两块茶果面包，"莉兹说，像往常一样用食物转移自己的情绪，"还有你亲爱的凯利奶奶给你做的一块葡萄干松糕。"

"噢，我爱葡萄干松糕。谢谢你们！"

"那咱们现在开始拆箱吧。"莉兹话音刚落，就去拿卡特琳

116

116

的箱子。

"别！"卡特琳说着，有点着急地伸手阻止了母亲——箱子里装的是她和索尔在撒玛利亚峡谷照的那张照片，现在已经用相框裱起来了。到目前为止，她一直偷偷藏着它，还没让别人看到过，尤其是母亲。她最不希望发生的事情就是招来一些不必要的问题。

也许装裱照片就是个错误——这只会让她想起未能联系到他时的那种心碎，看起来她再也联系不到那个世界上最好的人了。两天前，她给他写了封信，寄往剑桥大学三一学院——这是她最后一次尝试了。她知道现在还为时尚早——剑桥可能至少还要一个星期才开学，所以她必须有耐心。与此同时，她还得处理和父母之间的矛盾。

"告诉你我想看什么吧，"休兴高采烈地说，"食堂！"

她没有拒绝，但她告诉他们，这会是走马观花式的参观，时间不会很长。学生和父母一起闲逛其实很有意思。如果只有她自己的话，她可能不会注意到桌子表面那一层啤酒和汉堡留下的渍迹。所有的桌椅都有一种说不出的黏性，尽管它们表面看上去很干净。但卡特琳有些惊讶地发现，她的父母实际上对这个地方充满敬畏，而不是厌恶。

"你们先找张桌子坐下来，我去拿咖啡。"她说道。

她父亲立刻把一张一英镑的钞票塞到她手里。"我今天不会让你付一分钱的。"

卡特琳笑了，收下钱。她想，没有必要在这个问题上跟父亲争论。

五分钟后，她已经在托盘上放好了三个塑料杯子，抓起一把塑料搅拌棒和糖包，转身朝桌子走去，这时她注意到父亲向她走了过来。

"我们还需要一杯，漂亮的小姑娘。加奶，不要糖。是给你朋友的。"

"什么朋友？"

"我没听清他的名字……"

卡特琳看向桌子方向，她看到母亲正在和一个背对着她的年轻人热烈地交谈。然后，他好像感觉到了她在看他，便转过身来。

直直地盯着她的是所罗门·布莱斯。

她站在那里，感觉就像是一头正在开心吃草却忽然被打断的野鹿，有些恍惚，有些茫然。

他先笑了起来："嗨，卡特。"

她手上的咖啡掉在了地上。

然后他们都笑了起来。

"看起来你们俩有很多话要说。"几分钟后，休开口说道，两个孩子之间暗潮涌动，似乎一场期盼已久的谈话终于姗姗来迟。而他和莉兹无意打扰，所以他们说了再见。他们看着凯利夫妇离开，然后卡特琳转向索尔。"你……你真的就坐在这里，坐在我面前。

118

在卡迪夫。索尔，说真的，这到底是怎么回事？"

当他告诉她他为什么出现在这里的时候，她是带着些许困惑的，心跳也在加速。她的大脑一片混沌，仍然不敢相信他真的出现在了她面前，出现在了她目光所及的地方。

"当我从克里特岛回到家里时，"他说，"我浑身都不对劲，一团乱。我的意思是，好的那种乱，但仍然是混乱的……吃不下也睡不着，我一直很紧张，总是觉得恶心，浑浑噩噩地过了几天！"

"很高兴我对你产生了这么积极的影响。"卡特琳说，心里暗暗高兴。

"我就想，冷静点，索尔，只要你听到她的消息，一切都会平息下来的。我知道你几周内都回不了家，所以我就决定耐心点。"

"但你一直没有接到我的电话……"卡特琳脸上露出不忍的神情。

索尔笑了。"是的，一直没有……所以我开始觉得你一定是改变主意了。"

"我没有！我没有改主意！"

"可我并不知道这些，不是吗？"他笑了，"我猜你应该对我不感兴趣，否则你会联系我的。"

"噢，天啊，你这么说我真受不了，不是这样的。"她说。

"我必须接受，不是吗？"

"我很抱歉。"卡特琳说。

"小笨蛋，这不是你的错。总之，在我要出发去剑桥的前一周，我有了一种……顿悟？我不知道你会怎么称呼这种行为，显现或者是精神错乱什么的，我想，只有时间能证明……"

他停了下来，整理了一下思路。"剑桥的三一学院，这当然很棒。很少有人能考进去，他们都是一种稀有的存在——我知道我能考上这所院校是多么的幸运。但问题是，卡特，我总有一种挥之不去的感觉，不论剑桥它有多了不起，对我来说，那也不是属于我的地方，因为那里没有你，而我不能没有你。"

她有些迷醉地注视着他那张仿若在发光的脸，想弯下腰去亲吻他的眼皮。

他继续解释说，在所谓的顿悟之后，他马上就知道自己要做什么了。他联系了威尔士大学医学院，后者在四十八小时内回复了他，表示愿意与他面谈。他们告诉他，学生想换学校的想法虽不常见，但也并非闻所未闻，他们当然很乐意与他见面并就此进行讨论。上周的一个大清早，他就开车来了，午饭时他已经面见了院长，并获准入学了。

卡特琳觉得自己可能会晕倒。"什么？我没明白？你是要来这里上学？"她说，"卡迪夫？"

"嗯，现在还没最终确定，"索尔说道，"还取决于你的态度……"

她试图改变他的决定，让他离开。不是说她不希望他来，只是她觉得她应该这样做，应该让他放弃。"我们可以经常去看望对方，还可以在周末见面！你真的没必要为了我放弃剑桥……"

"我知道我没必要这么做，但是我想这么做。"

然后他讲了他哥哥的故事，他哥哥在上大学之前和一个叫艾米的女孩彼此相爱。他们许下了很多誓言，做出了很多要保持联系的承诺，从一开始他们就认定他们的爱可以经得起距离的考验，但最终还是失败了。索尔不想冒这个险。"我想成为一名全科医生，卡特。来自彭迪彭尼的琼恩太太，或者是来自小惠普力的布里格上校，随便哪个地方的什么人，都不会在乎坐在他们对面写处方的这家伙是在剑桥还是在喀麦隆度过了五年时光。只要他有资质就够了！"

卡特琳笑着拍了一下他的胳膊。

"我只需要待在你所在的地方，我解释不清楚为什么我会有这样强烈的冲动，但这才是我想要的。而且我向你保证，如果你想让我离开，我会毫不犹豫地走开。不过我觉得你应该跟我想的一样。"索尔说。

她沉默了一会儿，然后抬头看着他，笑了。"你父母会很生气的。"

她说得没错。

接下来的那天，他说当他把这个消息告诉他父母时，母亲笑了，父亲则一直保持沉默。他告诉卡特琳："通常我很喜欢我妈妈的笑，我称之为'灿烂的牙买加咯咯式笑容'。但当她讽刺一笑的时候，真的挺让人不安的。"

"哦，天哪，她说什么了？"卡特琳现在已经开始害怕索尔的父母了。她不知道自己是否会见到他们，也不知道他们与自己的父母有何不同。但首先很不一样的就是他的父母都是医生。

索尔开始模仿他的母亲，表现得很是老练。"'你要放弃剑桥？剑，桥。然后去卡迪夫！哈！'我说：'但是妈妈，卡迪夫很好。'然后我爸爸说：'但那毕竟不是剑桥，对吧，儿子？'"

"然后你怎么说？"

"我只是告诉他们这是我必须做的事情。他们会喜欢你的，因为你……因为你很好，非常好。"

他的手越过桌子，握住了她的手。"那么你是怎么想的呢，卡特琳·凯利？"

等到下一周的星期一，索尔就搬进了卡迪夫市卡斯地区的一所合租的房子里。在本学期剩下的时间里，他和卡特琳每天都会见面。

15

朱迪思

那曾经是她生命中一扇小小的窗户，在那里，她看到了她能成为什么样的人，她会成为什么样的人。她多天真啊，天真地以为它不会被夺走。

她的一切都被夺走了。还不到三个星期，她就无法再接受高等教育，无法再享受伦敦生活了，就像一个好不容易拥有华美衣裳的小女孩瞬间被打回了原形，她甚至不敢相信它们曾经存在过。

她当时正在上一堂关于"共同市场"的课，辅导员从大厅后面走进来。她看到他走近讲台，对经济学教授耳语了几句。她的心莫名地就沉了下去，甚至在她听到自己的名字之前，就知道这一定是个坏消息。

"朱迪思·哈里斯？"教授对着麦克风说。人们转过头来，她感到有一百双眼睛在盯着她看。

他们声称这是一起自杀未遂事件。她无法说出自己对其真实性的怀疑，因为它看起来会是这样的——狠心的女儿不相信自己可怜的母亲；她可怜的母亲，两个月前被冷酷无情的丈夫抛弃（据说是这样），只剩下她一个人，绝望且抑郁。一个邻居在楼梯底下发现了她——她蜷缩成一团，吞下了三十多片扑热息痛（据说）。旁边还有一张字条，上面写着她实在是再也承受不了了。

在 X 光片显示髋部骨折后，她母亲被转诊去看了精神科医生。据说只要家里有人照顾她，帕特里夏几周后就会出院。朱迪思不必急着回来，她可以慢慢来，她的母亲目前在圣卢克医院受到了很好的照顾。校方表示理解，他们说会让朱迪思继续保留学籍，如果她愿意的话，可以推迟一年再入学。

她一直等到下一个星期天才回家。学校一位老师的表妹住在切普斯托，她愿意开车送她回去。宿舍楼里的学生送了一张卡片给她——是那种巨大的卡片，上面有二十三个签名，都是她几乎不认识的人签的，所有人都在说他们听到消息有多抱歉，多难过。这个世界上总有那么一些人可以如此自然地表达出善意，朱迪思对此深受感动。可是为什么善良不能被平均分配呢？她真的想知道。为什么她没有一个善良的母亲——像莉兹·凯利或詹妮斯·劳埃德那样的母亲？

因为没有钥匙，她不得不去敲邻居家的门，要求借走他们的钥匙——这是帕特里夏在远方对她的又一次羞辱。朱迪思走进那间寂静的房子，一股熟悉的气味立刻向她袭来：温热的灰尘和厨房散发出来的陈腐气息，混合着香烟烟雾，以及帕特里夏无处不在的香奈儿5号香水味。她走进客厅，这里是她三个月前戏剧性离家的地方。只有壁炉上那只沉重的时钟在嘀嗒作响，欢迎她回家。

搬回来两天后，她就去了就业中心，申请了威尔士事务部的一个临时职位。朱迪思是个很实际的人。她妈妈可能会在圣卢克医院待上几个星期，所以最好找一份临时工作。

威尔士事务部经济和统计司的一位女士对她进行了面试，并任命她为临时行政助理。这份工作本身并没有头衔所暗示的那样"高大上"——它处于这里所有职位的最底层。她需要接电话、复印、归档，大部分时间都待在收发室里。但实际上，她在一个名字里含有"经济"这个词的地方工作，会让她觉得自己并没有完全被拒之门外，她仍然对自己的事业抱着一线希望。当她下学期甚至是明年回到伦敦政经学院时，至少她会觉得自己没有完全浪费时间。

与她同时签合同的还有另外三位"临时工"，他们的背景都各不相同，这让她松了一口气。他们分别是说威尔士语的长号手林登、正在从事教学工作的格伦尼斯，以及生物学专业毕业生雷切尔，她没有告诉他们任何一个人她的经历。在他们看来，朱迪思想做公务员，无休止地复印或分拣邮件只是她迈出的第一步。因此，他们对她短暂的大学生活一无所知，也不知道她那奇怪的母亲和离家出走的塞浦路斯父亲。

乔治离开后，她一直在有意克制着对他的愤怒。因为在内心深处，对于他逃跑这件事，她隐隐感到欣慰，他终于不再默默接受一切，而是找到了勇气。但在实际的日常生活中，她还是很怨怼，因为所有这些麻烦都留给她来解决了。在她十九岁这个年纪。干得漂亮，爸爸。

唯一让她放心的一件事就是他们的那套小房子不用支付按揭。朱迪思十岁的时候，乔治赌球赢得了一笔虽然不多但也并非微不足道的彩头。帕特里夏当时非常生气，她认为这笔意外之财可以去买皮大衣、买钻石，还可以来一次奢华的海外度假。但乔治罕见地彰显了一下他的男子气概，没有商量就去银行还清了抵押贷款。他说这是为了他们所有人的安全着想。所以至少这件大事解决了。但她还是得吃饭，不是吗？还得支付所有其他的账单。所以找一份工作是她唯一的选择。这就是为什么她每天早上和下午都要乘坐 67 路公交车，往返于科伊德瑟尔林和卡迪夫之间，一周五天都是如此。

她第一次去圣卢克医院看望帕特里夏时，帕特里夏直接说："我不需要你的帮助！"

"好吧，但你别无选择，"朱迪思平静地说，"因为你只有我了。"

圣卢克医院就在卡迪夫，朱迪思下午四点下班后可以步行去医院。有好几次，威尔士事务部的那帮家伙都试图劝她出去喝几杯，或者去看场电影——她并没有忽视林登实际上对她有一点好感的事实。是的，其实她也动心了。他看起来是个可爱的家伙。但朱迪思总是拒绝，她选择对帕特里夏忠心耿耿，坚持每天去医院看她。她恨自己这么没有原则的妥协，但她知道，如果她抛弃了自恋的母亲，她会更加痛恨自己。

朱迪思来看她的时候，帕特里夏很少说话。她骨折的髋关节在慢慢痊愈，但她目前只能坐在轮椅上，大部分时间都在盯着窗外看。

卡迪夫大学就在附近，在课程和时间允许的情况下，卡特琳有时会和她一起去看望帕特里夏。在这种情况下，帕特里夏会很温柔，很轻松，她告诉卡特琳她是多么感激朱迪思放弃了上大学的机会来照顾她。她会说："如果没有我的女儿，我都不知道自己将身在何处！"每当这时，朱迪思都会担心自己的神志是否清醒，尤其是事后卡特琳悄悄对她说："她似乎柔和多了，朱迪，你不觉得吗？"朱迪思用了很大的意志力才忍住没尖叫起来。也许她太偏执，太多疑，但当她给卡特琳描述自己独自探望帕特里夏情况是多么不同时，她都会怀疑卡特琳是否真的相信她的话——她母亲的表现太令人信服了。

一个星期三的下午，正当她要离开圣卢克医院回家时，会诊医生夏尔马先生告诉她，她的母亲周末就可以出院了。他说这话时面带微笑，她也报以微笑。尽管他们都知道自己是在装腔作势。"在她恢复行走之前，她需要帮助，"他说，"但就她的精神健康而言，我得说她正在飞速好转。"一想到帕特里夏恢复以后就可以到处走动，朱迪思就觉得很厌烦，但她还是对医生说了谢谢，并答应周六早上会去接她。她会试着搭别人的车（也许卡特琳的爸爸会帮她），如果不行的话，就叫出租车。

最后，帕特里夏终于找到合适的机会和她忠诚的女儿说了话。"千万别迟到。"她说，然后转过身去。

那天晚上，朱迪思乘公交回科伊德瑟尔林时，她意识到，如果帕特里夏回家了，她的生活又将发生很大的变化。她已经认定独处是理所当然的了，因为这样她就可以自己一个人尽情享受整个房子。但到了周六，整个情况就会不同了。她还得在楼下给母亲铺一张床——除非她的髋部完全好了，否则她是去不了自己卧室的。她往车窗外看了看，叹了口气，雨滴打在玻璃上，似乎也在传达着对她的同情。

"回神啦！"一个声音惊动了她，把她吓了一跳。她抬起头来，是加雷斯·梅特卡夫。

"嗨，你好，"她说，有点不高兴被打断思路，"我都不知道你还坐公交车。"

"我的摩托车正在维修。"他一边说，一边坐了下来，两腿叉开，显然没有考虑到朱迪思的私人空间，"正常情况下，我们上下班的时候会有免费接送车，但那要到明天了。"

"好吧。"朱迪思说，实在不知道还能说些什么。每次他们偶然遇上都是这种情况。当然，自从那一天加雷斯拯救了她，带她赶上了去雅典的航班以来，他在她心目中的地位确实提高了一些，但和他在一起她总觉得有点不自在。是因为她知道拉娜和爱尔兰建筑工人在希腊的最后一夜的秘密吗？她是不是觉得自己也有什么过错——即使这件事与她一点关系也没有？还是因为她知道他和拉娜最近经常吵架？拉娜还觉得有必要给朱迪思写信，告诉她所有的细节。她希望拉娜没有这样做——这些事真的与她无关。

"那么那个老姑娘什么时候回家？"他说，朱迪思闻言瑟缩了一下。不是因为他问的这个问题，问题本身没有错——而是他称呼帕特里夏为老姑娘的这种行为。

"嗯，周六应该会回家。"她回答，眼睛直直地盯着前方。

"救护车？"

"不，我会叫出租车。"

公交车发动了，他们默默地坐了一会儿。

"如果你愿意，我可以去接她回家。"加雷斯突然说。

"什么，坐在摩托车后座上吗？"

"不是，你傻不傻，免费接送车啊。"

"噢，我明白了。"但是朱迪思一想到这个场景就觉得可怕，她不确定自己是否能处理好帕特里夏粗鲁对待加雷斯，又或是加雷斯针对帕特里夏的举措做出反应所带来的压力，"也许吧。"

"天哪，看来拉娜对你的看法是对的。"加雷斯笑着说。

"什么？"朱迪思问，试图掩饰心中的不快。

"说你讨厌别人的帮助。"

"这真的是……这太不公平了。"朱迪思愤愤地说道，自己的好朋友这样谈论她让她感觉有点被背叛了，"我只是不想让我母亲打扰到你，就这么回事。"

"为什么？"加雷斯问，"她咬人吗？"他一本正经地望着她。想象着帕特里夏像约克夏犬一样咬牙切齿的画面让她不由自主地大笑起来。"我就当你同意了。"他一边说，一边倒出一块粉红色的泡泡糖，扔进嘴里。"你要吗？"他把手上的泡泡糖递给她。

"你多大了？十二岁吗？"

"随你便。"他说。在接下来的时间里，他们都没有再说话。

16

拉娜

掌声雷动。她经常开玩笑地说这是世界上动听的声音。如果能有机会返场的话，那就再好不过了。她大致知道那帮人都坐在哪里——她在堂座中间给他们留了很好的位置：朱迪思、卡特琳、加雷斯和索尔。她又鞠了一躬，望向观众席，试图去捕捉他们的身影。但目光所及，皆是刺眼的灯光和礼堂扬起的灰尘。不过没关系，重要的是他们就在这里，在礼堂的某个地方。她知道她呈现了一次精彩绝伦的演出，轰动全场。这持续不断的嗡嗡声真令人陶醉。

"男人只会为美人儿做这样的事情！"她面带微笑鞠了一躬，又鞠了一躬，然后就退场了。演出结束了。

拉娜冲向副台，直奔化妆室，拔下固定在她头上那个四十年代结婚礼帽上的发夹，这顶帽子可是她扮演的角色阿德莱德整套服饰的至高荣耀。她现在只想把身上这套衣服换掉，然后去酒吧见他们。

当她走进来时，他们再次为她鼓掌。她看见卡特琳率先冲了过来，一把抱住了她。"天哪，拉恩，你太棒了！"

"你做到了！天啊！天啊！"

"宝贝儿，我真为你感到骄傲。"加雷斯亲了亲她，然后递给她一杯红酒。

她犹豫了一下，然后嘟囔着问道："亲爱的，能不能给我一杯伏特加？再加点苏打水吧。"

加雷斯看起来很是困惑："你什么时候开始喝伏特加的？"

"几个星期前，"她笑着说，"伏特加卡路里更低。"

他耸耸肩，顺从地走向吧台。

"拉娜，你还记得所罗门吗？"卡特琳害羞地说道，索尔闻言向前走了一步。

"嗨！"

"不太记得了，现在就让我来好好看看你吧，"拉娜笑眯眯地说，"来吧！"然后她给了他一个大大的拥抱，作势在他的嘴唇上亲了一下，发出特别浮夸的一声"mua"。

"噢，别逗他了。"卡特琳笑道。

"演出真的太精彩了，"索尔说道，"我都不知道你是怎么做到的！所有那些台词——还有那些歌！"

"但也比不上拯救生命吧？就像你们两个医学天才一样。"拉娜转过身从加雷斯手里接过伏特加。"谢谢你，宝贝儿。"她说着，吻了吻他的脸颊。

"我都不知道你怎么跳出来的！我是说，那些舞步！"朱迪思显然对这一点印象深刻。

"但是你看过我在学校的演出啊！"拉娜笑道。

"我知道，但是这不一样，这次实在是太专业了！你会成为大明星的！"

"别说了！"拉娜说着笑了起来，她迅速看了一下周围，希望没有同组的其他演员听到。虽然她知道朱迪思的用意是好的，但那样直接说出来还是有点不太好。

"说到明星，"加雷斯说，"我们现在把礼物送给她好吗？"

"哦，对了。"朱迪思说着，伸手从椅子后面拿出了她一直带着的黑色垃圾袋，里面装着一个用薄纸平整包裹起来的尖状物。

拉娜看起来很好奇，她放下杯子，开始拆包装。

"我要说的是，"卡特琳说道，"我和索尔对此没有丝毫的贡献。看来我们这个朋友做得真是不合格。"

"不过，公平地说，"索尔补充道，"我们确实给你买了一大袋散装糖。"他们闻言，都笑了起来。

"这是什么？"拉娜说着，把手上的纸拉开，首先跃入眼帘的一颗非常大的金色手绘星星，中间是拉娜的照片，周围还写了一圈字："拉娜·劳埃德——非凡的超级巨星，我们为你而骄傲！"

"加雷斯做的，我上的颜色。"

拉娜笑了笑，竭力装出一副不胜感激的样子。"啊，这真的是太棒了——谢谢你们！"她说。

"你可以把它贴在化妆室的门上或别的什么地方，"加雷斯说，

"等你下次演出的时候。"

"嗯！"

他们一行人在往吧台走的时候，被拉娜同剧组的演员拦住了，她偷偷地把礼物藏在纸巾下面，不让他们看见。"你会去朱诺家吗？"扮演莎拉·布朗的女孩琪琪问道。

"也许吧，再说，"拉娜的声音有些冷淡，不想介绍他们互相认识，"但也有可能就待在这儿。"

琪琪点了点头，跟着其他人走了。

"你真棒，莎拉·布朗！"加雷斯在她身后笨拙地叫道。但是琪琪没有听到，这句恭维话就这样消失在空气中。拉娜既为加雷斯感到难过，又为他感到尴尬。

"我想她没听见你说什么吧，伙计。"朱迪思笑着说。

"也许她听不懂我那可笑的、浓重的威尔士口音，"他笑着回答道，"谁还想再喝一杯？"

"上帝啊！"朱迪思喊道，看起来非常高兴，"尽情享受吧，伙计们。加雷斯·梅特卡夫要请大家喝酒啦！"

让朱迪思搬去和加雷斯一起住是拉娜的主意。几周前，她收到了卡特琳的来信，绝望地请求她的帮助。"我觉得和帕特里夏住在一起对她真的很不好，"卡特琳写道，"这个女人真的有毒。乔治又不在了，朱迪思一定会受不了的。"所以将朱迪思和加雷斯两个安排成室友似乎是一个显而易见的解决办法。加雷斯的公寓毕竟还是有一间空房的，朱迪思肯定会抓住这个自由的机会。

但出乎意料的是，她对拉娜的建议持的是反对意见："不，拉恩，我想这不是个好主意。"

　　"听我说完，"拉娜说，对她的回答毫不在意，"你不能待在你母亲家，你会发疯的。我和卡特都很担心你。"

　　"但是我很好。"朱迪思点着头说道，明显心口不一。

　　"但是，我已经问过加尔了，他不介意。"

　　严格来说这不是真的。当拉娜第一次问他时，他直接拒绝了："你在开玩笑吧？"

　　"但她是我的——"

　　"即使她是你最好的朋友。我的意思是，当你周末回家的时候会发生什么，如果我想要的话……你懂吗？"

　　"让我赤裸着身子踩着黑色高跟鞋靠在浴室的墙上？如果说有人会有什么的话，那也是我，不是你。"

　　"对，是的，我说的就是那种事。"

　　"我们可以给门上个锁！"

　　"不，对不起，拉恩，这个我接受不了。"

　　所以她晾了他几天，最后使出了终极手段：感情勒索。她知道她必须打出王牌，瞄准他的致命弱点：加雷斯自己的生长环境不太好。他和他的妹妹基本上是由祖父母带大的，他们的母亲总是"忙于其他事情"，他们的父亲也从来没有出现过。

　　"重要的是，你比任何人都更了解被拒绝是什么滋味。"有一天晚上加雷斯过来找她，当他们躺在她那张学生床上时，她略带安抚地摸着他的手臂说道。他闻言停顿了一下。在那小小的停顿中，她知道自己赢了。

"唉，看在上帝的分儿上，好吧！"他终于让步了，"但她得付钱——我可不白养她。"

"可是，我付不了他多少钱。"朱迪思勉强同意后，为难地说道。

"我知道！"

"先提前声明，我不是不领情。就是，你知道的，我和加雷斯，我们……我们俩都不太喜欢对方。而且至少在帕特里夏那里，我不用付房租。"

"哦，没事的。你们俩白天都在工作，晚上也都在做自己的事——你们几乎见不到对方。"

然而，尽管拉娜很乐观，她还是怀疑自己是否犯了一个严重的错误。毕竟，朱迪思是对的。她和加雷斯并不合拍。朱迪思认为他有点粗俗（尽管她否认这一点），加雷斯则认为朱迪思有点傲慢。

因此，朱迪思搬进来的那个周末，拉娜特地赶了回来，只是为了缓和气氛，让新室友们能逐渐适应彼此。但气氛一点儿也不和谐：朱迪思和加雷斯几乎不说话，或者尽管三个人会在同一个房间待上好几分钟，他们也完全不交流，只有拉娜一个人在那里自说自话，她也不知道自己为什么这么热衷于此事，或许是出于一种过度补偿的心理。就在那时，她灵光一闪。

拉娜从未打过台球，但朱迪思和加雷斯都是打台球的高手，朱迪思是乔治教的，加雷斯是从他爷爷那里学的。所以在拉娜回吉尔福德的前一天晚上，她建议在"教练与马"那家店来一场比赛。一开始他们都拒绝了，于是拉娜开始刺激加雷斯，说他是害怕被女人打败，还取笑朱迪思，说她可能忘了怎么玩。他们天生的不服输精神扭转了眼下的僵局，最后两人还是同意了。打了六场比赛后，拉娜无聊地打了一个哈欠，然后宣布比赛打成平局，她终于能离开这个昏暗、烟雾弥漫的台球室了，对此她感激不已；但更让她开心的是，两个新室友似乎找到了一些共同点，对彼此的容忍度勉强高了一些。

从那时起，朱迪思和加雷斯就发展成了某种意义上的朋友。当然，拉娜对此很高兴。它让生活变得轻松多了。现在她和卡特琳可以不再为朱迪担心了，拉娜也暗自觉得自己可以不再为加雷斯担心了。虽然两个人都没有说什么，但自从她来到吉尔福德，她和加雷斯之间的关系就变得有点紧张。至少现在朱迪思可以帮她照看一下，如果加雷斯抱怨见她的次数不够多，或者质疑他们的关系状态时，她第一时间就会知道。

演出结束后的那天晚上，朱迪思在楼下的沙发上睡着了，卡特琳和索尔住在附近的一间小旅馆里。拉娜在床上和加雷斯亲热地搂抱在一起，然后问加雷斯合租的感觉如何。

"嗯，稍微有点了解她以后，其实也还好。"他承认道。不到两分钟，他就睡着了。

第二天午餐时间，拉娜、加雷斯和朱迪思与索尔和卡特琳碰了头，然后一起吃了半价的咖喱午餐。看着她最好的两个朋友、加雷斯以及新伙伴所罗门，拉娜觉得自己幸福极了。"你们一定要走吗？"当他们开始收拾东西准备离开时，她抱怨道，"你们为什么不再待一宿呢？这还有一家非常棒的夜店，我们可以一起去。来吧，趁年轻应该及时行乐！"

"对不起，拉恩，"卡特琳说，"我们明天九点钟还有一节课。"

"生物化学课，"索尔握着卡特琳的手接着说道，"是钱伯斯教授的课，如果你迟到了或者压根没去上课，他可是不会善罢甘休的。"

"而且我们这些普通人也要去工作了！"加雷斯插嘴说。

"是的，我们不能都过这种娱乐圈的生活，你知道的。"朱迪思补充道。

在那一瞬间，她忽然有了一丝怨恨，来得快去得也快，甚至在她意识到之前就已经消失不见。但它在那一瞬确实出现了，就在那一瞬她脑子里有个声音说："噢，你们这些无聊的浑蛋！"

她不知道自己为什么会出现这种念头，这让她觉得有些无地自容。但她还是这么想了。

他们是不是越来越疏远了？是不是越来越不属于同一类人了？

为了驱散这种不愉快的感觉，她给了他们一个大大的、夸张的拥抱，并久久地吻着加雷斯，直到他有些尴尬地抽离。

"嘿，好了！人们会开始议论的！"她笑了。

"都走吧，滚吧，你们这些人！"

她看着卡特琳和索尔亲亲密密地上了车，按了按喇叭，疯狂地向窗外挥手，承诺圣诞节还会和他们再聚一次。看着朱迪思笨拙地爬上加雷斯的摩托车后座，她又笑了。

"这可是有学问的，宝贝儿！"拉娜喊道，声音盖过了引擎的轰鸣声，"你会习惯的。"她挥挥手让他们走了。她一直微笑着，直到他们消失在视野之外，直到摩托车尾气的轰鸣渐渐变成了低语。

她独自站了一会儿，凝视着道路尽头。

这种无法清晰表达自己的感受让她很难过。

就好像她被什么东西拔了插头。就好像她从什么东西里解放出来了。

周一早上，她去学院上莎士比亚辅导课时，仍然觉得心绪不佳。在经过自己的文件柜时，她看见了一个信封。她不认识这笔迹，看起来像是别人亲手送来的。她把信撕开，以为是某位老师的手笔。

嗨，拉娜——别来无恙，这是一封来自过去的惊喜炸弹。

你跟我说过，如果我到这里来工作的话，就直接联系你。所以我来了。

我住在威斯特伯恩路的科林伍德旅馆。大多数夜晚，我都会待在旅馆或者"狐狸和薇薇安"酒吧。来找我吧！重温一下过去的美好。

到时候见！

达米安·马吉尔（达莫）

拉娜站在原地，一动不动。我的天，是贝尔法斯特的那个建筑工人。

所有的记忆都朝她奔涌而来。在雅典的那个晚上。那段她本想抹去的记忆，现在却清晰地呈现在眼前。

"今年晚些时候，我会去吉尔福德工作！那里要建一个新的大型购物中心。"他的声音盖过了夜店的音乐。

"太棒了！那你就来看我吧！"她大声回答道，"我那个时候应该会在学校里四处游荡，已经成了一个令人难以忍受的演员。我确实需要一点粗暴的外力来提醒自己的根基所在。"她笑了起来，继续和他一起跳舞。

她把信折好，放进了口袋，她居然会对这封信感到兴奋，这个认知让她有些心烦意乱。

17

卡特琳

他们一直在等待合适的时机，算算日子，他们已经正式交往长达六个星期了。他们本来没必要这么做的，但鉴于这是卡特琳的第一次，她希望它可以是一次令人难忘的体验。"到目前为止，我们只是接过吻，摸了摸胸什么的……"她在给朱迪思的信中写道，紧接着在括号里写着"不要告诉我妈妈"。

"你想拖多久就拖多久！"朱迪思回信说，"这不是一场比赛。但说实话，如果你问我的话，我会觉得还是有点太快了，不过我相信我们亲爱的劳埃德小姐是不会同意我的观点的！"

就像卡特琳对待生活中大多数事情一样，对于失去贞操这件事，她也抱有一个积极的态度，做好了万全的准备。索尔逗她说，她为此投入的大量研究将使得北极探险都相形见绌。但她说，她只是希望自己可以满足所有要求，把事情做到位，足够细心，这样"我就能好好享受了"。她还去看了医生，要求医生给她开避孕药，不想完全依赖避孕套去"以防万一"。她每天早上八点就开始吃药，尽管一开始她觉得有点恶心，但还是从不间断地坚持了下来。她不确定这是否与因采用避孕措施而感受到的天主教罪恶感有关。但无论如何，她知道，为了消除怀孕的风险，受到的任何良心谴责都是值得的。而且她提醒自己，她已经不再是一个虔诚的天主教徒了！她买不起性感的内衣，但她挑出了她能找到的最好的裤子，以及看起来最不腻烦的胸罩。

当他们决定去看拉娜的表演时，索尔在吉尔福德的科林伍德旅馆订了一个房间，这个宾馆是由非常高效的丹尼尔斯太太经营的。

"我给你们留了希德·詹姆斯这间套房！"她把他们领到房间门口，傲然宣布道，"以希德·詹姆斯命名的。希望你们看过《进行》系列电影，我所有的房间都是以该系列电影的演员的名字命名的。我想这会让人觉得自己很特别。另外，早餐是八点到十点，不许带狗和咖喱饭，而且每晚只能冲一次厕所。好好享受吧！"她略带炫耀地打开了希德·詹姆斯套房的门，往后一站，让他们进去，然后随手关上了门。

他们站了一会儿，直到听到丹尼尔斯夫人离开楼梯时发出的吱吱声，对视了一眼以后，两人不约而同倒在床上大笑起来。

最后，他们停了下来，转过身来，互相凝望着。两人都没有开口说话，脑子里也都在想着同一件事。

"我们赶快结束好吗？"卡特琳小声说道。

"你可真是不解风情。"他闻言，笑了笑，用手指抚摸着她的脸颊。

"你知道我想说什么的……我只是不想太过于小题大做。"

"你是说你想让它……"他开始吻她的脖子，"……平淡无奇？"

卡特琳咯咯笑了。"没有，但是，你知道……"

"没有？"他吻得更低了，她的呼吸开始加快。一种从未有过的感觉开始在她全身涌动。她这是不舒服吗？还是头晕？这到底是什么感觉？

"说实话，我有点害怕，索尔。"

他停了一会儿，把脸藏在她的颈窝里，低声说道："如果我说这也是我的第一次，会对你有帮助吗？"

她直接坐了起来，腰背挺得很直。

"真的吗？可你从没说过！"

"你从来没问过我，"他尴尬地笑了笑，"我只是想让你这么认为，认为我知道我在做什么——就像，'这家伙生而知之'，明白吗？我可是有一半的牙买加血统！我本来就该这么酷……不过说实话，我也不是很懂。"

"哦，好吧，这让我感觉好多了！"她笑了，好像刚刚解决了一个复杂的难题，"这样的话，就算我搞错了，你也不会知道，我也一样！"

"太好了！"索尔笑了，"所以让我们一起把它搞砸吧！"他们又吻在了一起，然后笑了起来。慢慢就都不笑了，只是亲吻着彼此。然后……做了一切。他们并没有搞砸。

18

拉娜

她一整天都在想那张字条。它分散了她的注意力，以至于在十四行诗课上，她的莎士比亚课导师不得不把她带到一边询问她是否一切安好。

"啊，我没事，"她撒了个谎，"只是，演完《红男绿女》之后想放松一下。"

"听着，拉娜，我们这学期也许快结束了，"导师说，"但记住，你还有两周的课要上。你已经不是在高中了，我们不会放松的。所以集中精神，重新写一遍。"

她正在写十四行诗第六十四首，有两行写错了：

毁灭教会我穷思竭想，

时光终将覆灭我毕生所爱。

毁灭。她的终点会是毁灭吗？有时拉娜甚至怀疑她是否了解自己。她知道她喜欢危险和冒险，但为什么？为什么要拿自己拥有的东西去冒险？是什么在她内心驱使她做出这种奇怪的自我毁灭？她是不是在对加雷斯和朱迪思发脾气呢，就因为他们俩这几天关系这么好？就因为他们两个无形中远离了她？她是在怨恨吗？她是否以某种方式，间接地、无理地在寻找这么一个人，让她觉得自己很特别？还是说她只是觉得无聊了？数百种想法在她的脑海里盘旋——她只见过这家伙一次！而且她喝醉了，真见鬼！她甚至都不记得他长什么样子，所以即使她去见他——当然她不会这么做的——她又怎么能认出他来呢？整件事就很可笑。

她会把达莫那家伙的字条直接扔进垃圾箱。然后只要想着两周后回家过圣诞节就好了。圣诞节肯定会很精彩的。她整整一个月都会和加雷斯在一起——睡在加雷斯的床上，跟加雷斯待在公寓里，或者只是出去闲逛。朱迪思当然也会在，不过这没关系，那会很有趣的！当然会。和加雷斯在一起会让一切变得更好。

"我就知道你会来的，"他说着递给她半杯啤酒，笑了起来，她觉得他笑的样子既让她恼火，又让她无法抗拒，"干杯！"

她喝了几口，缓解了一下紧张的情绪。

酒吧位于科林伍德旅馆的那条路上，人很多，她靠在吧台边上。半小时前她站在旅馆前台，问达米安·马吉尔是否在房间里。就在沉迷于《进行》系列电影的丹尼尔斯太太告诉她那些工程承包商通常要到七点才回来时，她听到身后传来一个声音。"嘿，你终于来了，怎么让我等了这么久？"

达米安·马吉尔站在门口，工作服上沾满灰尘，手里拿着保温瓶和一个特百惠的收纳盒，腋下夹着一份《太阳报》，耳朵后面夹着一根金边臣的烟。真是老式做派，拉娜想。同时她注意到他又宽又高的身材，他自信的下颌线条和笑眯眯的绿眼睛。他的脸色红润，还有一头非常浓密的沙色头发，她立刻意识到自己有麻烦了。她拼命想找话说，想了一会儿，却只能蹦出几个字："嗯，我只是路过，你……"

他看着她，咧嘴一笑，仿佛在打量他的晚餐。拉娜立刻就恨上他了。他比她记忆中的年纪要大一些。或许已经三十了？

"把你手上那些东西给我，达米安，我去把它们洗了。"丹尼尔斯夫人插话道，一边拿起他的保温瓶和三明治盒。

"哦，对了，你还是个明星来着，丹尼尔斯太太，你也是个明星。"他说着，对她眨了眨眼睛。"达莫"显然是个很有魅力的人。粗哑的阿尔斯特口音更是增添了他那本就坚如磐石的自信。难怪丹尼尔斯太太也任他摆布。算了，打消这个念头吧。

"你需要洗衣服吗？"丹尼尔斯太太笑着问，"我今晚会洗一些，所以可以顺带帮你洗一下。"

"不用了，你洗自己的就好。亲爱的丹尼尔斯太太，我要带我的表妹出去喝杯茶，会在十点前回家盖好被子睡觉。这一天可真是漫长。来吧，拉娜，跟我说说你的近况。"

表妹？什么鬼。

不到三分钟，他们就已经坐在了狐狸和薇薇安酒吧的吧台上，正在等着酒保上酒，那里现在挤满了提前欢庆圣诞节的人。

　　"我本来无意打扰的，就只是有点好奇，"她说，"说实话，我几乎不记得你是谁了。"

　　"你在雅典跟很多小伙子都上过床，是不是？"他假笑道。

　　"不，我不是这个意思，我——"

　　"嘿，亲爱的，这对我没什么区别，"他说，"我喜欢知道自己在做什么的女人。"他透过啤酒杯的杯沿凝视着她。

　　她强忍住心底的怯意，回瞪了他一眼，拒绝被恐吓。

　　回家吧，拉娜，她对自己说。她甚至在心里对着自己怒喊道：现在该回家了！

　　"好吧，我还得背台词，所以我该走了。很高兴再次见到你，"拉娜喝完啤酒，把杯子放在桌上，"谢谢你的款待。"

　　"随时恭候，你知道我在哪儿。"她离开的时候，他甚至看都没看她一眼，径直走向售货机，往里面投了几枚硬币。

　　外面很冷，拉娜可以听到酒吧里隐隐传出来的音乐声，还有赌客们高唱着他们希望每天都是圣诞节。点燃一支烟，她靠在墙上，想起了她在杂志上读到过的一个女人，那个女人真的想让圣诞节成为一个日常活动，每天都吃火鸡什么的。真是彻底疯魔了。但拉娜，她自己不也跟那个女人一样疯吗？她到底在想什么才会让自己今天晚上出现在这里？她闭上眼睛，吐出嘴里的烟雾，希望每吸一口烟，她都可以更平静一点。

突然，他出现了，又带着那愚蠢的笑容："我看你是不大愿意走的。"

她掐灭了香烟，并没有对他报以微笑："是啊，看起来是这样，不是吗？"

他点了点头——无声的默契开始在两人之间蔓延。

就是这样。

十分钟后，他们锁上了他在科林伍德房间的门，在疯狂的绝望中互相撕扯着衣服。

在她楼下的私人房间里，丹尼尔斯夫人没有注意到正在她楼上的肯尼斯·威廉姆斯套间里发生的重逢，这间套房目前住着迷人的达米安·马吉尔，丹尼尔斯太太刚把他的保温瓶和特百惠的收纳盒洗净晾干，准备明天还给他。

拉娜在接下来的第二天和第三天晚上都来了。这三晚他们只是做爱，几乎都不说话。第三天晚上，她在一旁默默地穿好衣服，他则坐在床上看着她，一边抽烟，一边把烟灰缸放在腿上。她等着他问她第二天晚上是否还会来。但他没有。在她的脑海里，她让自己接受了这样一个事实：这将是她一生中最疯狂的三个夜晚，她失去了立足之地，失去了理智，屈服于这种肮脏的、由淫欲力量所驱使的疯狂。

她快走到门口时，他说："这么说你很快就要回家了？"

"是的，明天走，然后待一个星期。"

"你知道我圣诞节只回贝尔法斯特三天。在这里的度假式加班感觉实在是太好了，我无法拒绝。"

"你告诉我这个是想……？"她清楚地知道为什么他这么说，但她不想再给他任何东西。

"我只是说说而已。如果你改变主意，节假日不回到你的小家伙身边去……"

"他不是什么'小家伙'——他可以和你一决高下！"

说完，她的脸立刻红了，懊恼不已。尤其是当他以一种傲慢的态度回答说："噢，真可爱。"然后他咯咯笑了，接着轻声说道："嘿，过来。"

"不。"

"过来！"他又说了一遍，语气更强硬了一些，但仍然微笑着。她感到自己又被他吸引住了，就像钢针被磁铁吸引住一样。她慢慢地走到床边。

"再近一点。"他轻声说，她顺从了。他把手放在她的脖子后面，轻轻地把她的脸拉向自己，愉快地吻着她。她不愿意承认，但他的吻实在是太美妙了。然后他又吸了一口烟，在她的屁股上拍了一下。"现在快回家吧，明天见。"

她站了一会儿。想告诉他该去哪里，想告诉他这会是他最后一次见到她。

但她并没有，也知道这绝不会是最后一次。

他也一样。

19

卡特琳

学期结束后，她终于同意去诺森比亚，去拜访索尔的父母，而这会是他们的第一次会面。想想还是有点害怕的——她已经尽可能地推迟了很久，但现在她知道自己已经无处可逃，不能再推托了。

"你知道原因的，索尔！"她说，"他们还在因为剑桥的事责怪我，对不对？"

"卡特，我向你保证，他们不会的。"他安抚道，但卡特琳觉得他在说"不会的"这三个字时有些颤抖。

"嘿，除非你亲眼所见，否则你是不会相信我的。所以就直接来我家吧，见一面就好了，见一面你就知道了。"

卡特琳的父母也没有让她的心安定下来。当他们听完了"所罗门为爱放弃剑桥大学医学学位"的完整故事时，休直接吹出了一声恼人的长口哨，莉兹则笑着说："这可真是一个巨大的牺牲，亲爱的，我希望你值得他为你这么做！"

"我谢谢你了，亲爱的妈妈。"卡特琳回答道，很是受伤。

"不，你知道我什么意思。"

"嘿，我们认为索尔是个特别出色的小伙子。你也知道我们确确实实是这样想的！"她爸爸插嘴说，"我们和他在一起很开心，你奶奶也非常崇拜他。关键就在于他的父母是否会像我们看待索尔一样看待你，仅此而已。"

有时卡特琳不知道她的父母是不是她祖母常说的那种"大智若愚"的人。莉兹和休·凯利与爱德华·布莱斯和阿米莉亚·布莱斯当然是截然不同的。她在索尔的房间里见过几张他们的照片，而且索尔告诉她说他们俩都很安静。

"你说的安静，是说会害羞的那种安静，还是会坐着审判我的那种安静？"

"别傻了。"

"我还是有点害怕，索尔，但这不能怪我。我甚至觉得你自己都没那么确信。"她说。索尔开着车，正带着卡特琳向贝菲尔德村的布莱斯家驶去。他捏了捏她的手，她注意到他实际上也没有对此进行否认。

二十分钟后，他们把车开进了碎石道，索尔关掉了引擎，不远处立着一栋乔治亚风格的双层海湾独栋别墅。他没有看她，就开口说道："卡特，我之前不想说这个，因为可能会吓到你，然后你就不来了……"

"什么……"她看上去很是焦虑，"索尔！刚才那话什么意思？"

"呃，就是我妈妈……她遇到新朋友时，会很害羞，有时还会表现得不太好。比如你可能会认为她在无视你或者她很粗鲁。"

"她会无视我？"

"没什么好担心的。就只是，嗯，让她慢慢习惯你就好了。她最终会想通的。"说完他就跳下车，避免进一步讨论这个问题。

"你把她说得像只刚被救援队救下的小狗！"她挣扎着解开安全带，爬出副驾驶座，"还有，你说的'最终'是什么意思？"

但已经太迟了。房子的前门打开了，爱德华·布莱斯医生走了出来——五十二岁，穿着整洁的海军蓝斜纹棉布裤和昂贵的鞋子，银白色的头发非常浓密，面孔英俊，胡子也刮得干干净净。"你终于把卡特琳带来了，你成功了！"他很开心地说道，但卡特琳觉得他这副快乐的样子是装出来的。

"嗨，爸爸！"

卡特琳没有像自己想象的那样转身逃跑，而是挤出了一抹微笑，跟着索尔走到门廊前，看着他和他父亲拥抱，默默地站在一旁等着。他们很快就分开了，卡特琳正要跟爱德华握手，他就率先伸出手来，用非常正式的方式问候她："很高兴见到你，卡特琳。"

"啊，哦，你好。谢谢。"这有什么可感谢的？我在谢他什么？她想。他们走了进去。

"你妈妈在厨房。梅尔？"他忽然大喊了一声，把卡特琳吓了一跳，"他们到了！"没有任何回应。

"咱们最好过去看看。"爱德华说着，指了指厨房方向装饰雅致的走廊。厨房里不时传来几声巨响。

索尔温柔亲切地翻了一个白眼。"今天这又是在搞什么项目？"

他们在厨房门口停了下来，往里面看了看。阿米莉亚·布莱斯医生的牙买加长发被编成了辫子，用一条扎实的带子绑在脑后，看上去一点也不像五十一岁的样子，感觉比实际要年轻至少十来岁，她正弯着腰趴在厨房的桌子上，手里拿着锤子，大汗淋漓。桌子上摊开了一套被拆解了的抽屉。卡特琳认为它们看起来很古老，而且很易碎的样子。但这似乎并没有影响到阿米莉亚，她正在不断敲打着一侧的嵌板，企图将它修补好。

"已经烦了我好几个月了。这该死的东西跟其他的不一样！"她又给了它一锤子，然后直起腰，后退一步，欣赏着自己的作品，"这样应该就行了。"阿米莉亚放下锤子，用茶巾擦了擦额头的汗，然后转过头看见了他们，她立刻哭了起来，走过来迎接她最小的儿子，"所罗门，所罗门——你为什么要离开这么久呢？"

"嗨，妈妈！"

她张开双臂，给了他一个温暖而充满爱意的妈妈牌拥抱，看都没看旁边的卡特琳一眼。

所以卡特琳只能站在那里，一声不吭，紧张地拧着自己夹克上的纽扣，直到那个愚蠢的东西掉了下来，弹跳着飞到了房间的另一头。

"对不起……我，我以后再找。"她含混不清地说道，完全听不出来到底是在跟谁说话。

但是阿米莉亚还是没有朝她的方向看上一眼，她是那么专注地盯着她儿子帅气的脸庞，好像她是第一次看见他一样。

索尔似乎一点也不介意。他一定习惯了，卡特琳想。

她没有注意到爱德华正站在她身后，所以当他说话时，她又被吓了一跳。

"好了，母爱已经表现得足够多了——我们来叙叙旧，喝点茶吧。"

阿米莉亚擦了擦眼睛，走向橱柜，把茶杯和茶托拿出来。

"卡特琳——印度的还是中国的？"爱德华一边给水壶灌水一边问。

"什么？"

"你的茶，"他笑着说，"你更喜欢印度茶还是中国茶？"

卡特琳真的很困惑。她家只有 PG 红茶："呃……"

"她要印度茶，爸爸。你别显摆了。"索尔大笑着说道。

"加柠檬还是牛奶？"

"爸爸！"索尔严肃地看了他父亲一眼，"走吧，卡特，我们先把东西搬到楼上去。"

当他们单独待在客房时，卡特琳终于找回了自己的声音。"索尔！这太可怕了！他们恨我！"

"他们不恨你，你个傻瓜。他们只是紧张。像你一样紧张！"

"可是你妈妈还真的没有跟我说过一个字。"

"听着，关于我妈妈，你必须要明白一件事，她是头百分之百的狮子。平时她可能是一个成熟的医生，拯救生命，诊断疾病，但一涉及她的儿子，她就会变成一个怪物。她会不惜一切代价保护我们。"

"你这么说根本没有起到安慰作用，索尔。"

索尔用手捧着她的脸，问道："你爱我，对不对？"

"你这是什么蠢问题?！"

"嗯，在我母亲的眼里，这是你唯一需要具备的资格。而且我以前从来没有交过正式的女朋友，所以在她看来，她的第一感觉就是自己不再是她儿子生命中唯一的女人了。问问我哥哥汤姆吧——我妈妈讨厌他所有的女朋友。"

"这可真是个好消息！"卡特琳自嘲道。

"头一个小时，这些信息就足够了，"他笑着吻了吻她，"你知道我们得分房间睡吧？"

"废话，我们肯定得分房睡！在这个家里，我是绝对不可能和你睡在同一张床上的——即使他们不介意。还有，不要在晚上偷偷溜进来——我会得心脏病的！"

"恐怕我不能答应。"他开始吻她的脖子。

"所罗门！茶！"他的母亲在楼下喊道。卡特琳瞬间呆住了，坚信她和索尔再也不会发生性关系了。

当然，她也不必担心。索尔是对的。他们一直在小客厅——布莱斯一家管它叫早餐室——喝茶，卡特琳太紧张了，每次放下杯子，茶托都会嘎嘎作响。她想要尿尿，但不敢问，因为索尔和他的父母聊得很深入，回答了一大堆关于课程的问题，聊了一大堆医学术语。她找不到合适的机会打断，但她现在必须这么做了。

"很抱歉，我能用一下卫生间吗？"她最终脱口而出，三个人都转过头来看着她。

"盥洗室？当然可以，"爱德华说，"左边第二个房间就是。"

卡特琳笨手笨脚地放下杯子和茶托，觉得这是她喝过的最糟糕的茶，然后去了厕所。

她坐在马桶上，不知道自己来这儿是不是犯了个大错误，但还是决定相信索尔。毕竟，他们是他的父母。他知道他们是什么样的人。她站了起来，洗了洗手，然后把它们擦干，同时注意到整齐摆放的昂贵的洗手用具，以及一堆干净的、叠得整整齐齐的毛巾。这个地方与她成长的环境完全不同，她突然非常想家。强忍住想哭的冲动，她打开厕所门，那瞬间几乎被吓得魂不附体。阿米莉亚正抱着双臂站在那里等着。

"所以——"她说，卡特琳在想自己是否又做错了什么。

"什么？"

"我儿子告诉我，你是他一生的挚爱。"

"哦……是吗？"

"那他是你的挚爱吗？"

"我的天，当然。我是说，我……我爱他到骨子里，布莱斯太太，哦不，布莱斯医生。还有他的脸，他的手，他的灵魂，他所有的一切！还有他的心，嗯，反正就是他的全部。点点滴滴。"

阿米莉亚盯着她看了一会儿，对卡特琳来说好像有一个小时，然后她眯起眼睛，说："任何伤害我儿子的人，都相当于伤我百倍。你明白吗？"

"但我不想伤害所罗门，"她困惑地问道，"我为什么要伤害他？"

突然间，阿米莉亚哈哈大笑起来——那是索尔一直提过的那种令人愉快的牙买加式笑声。卡特琳也笑了，等回过神来的时候，她已经被阿米莉亚搂在怀里揉来揉去了。"欢迎加入我们，小卡特。"

20

朱迪思

　　帕特里夏打开了房门，她穿着一件不合身的翠绿色尼龙连衣裙，手和脖子上都戴着人造珠宝。她看起来真像一棵圣诞树，朱迪思心想。她们给了对方一个尴尬的、不热情的拥抱——因为是圣诞节。但鉴于朱迪思和帕特里夏从不拥抱，这更像是在彼此背后轻拍了一下。

　　在屋里，她们交换了礼物。朱迪思给帕特里夏买了一棵木质香蕉树和一台酸奶机，希望她能在新的一年里过上健康的生活。虽然她从没见过她妈妈吃香蕉或喝酸奶，但凡事总有第一次。帕特里夏给她女儿买了一件非常不合适的 T 恤，上面写着：把你的手放在这对酥胸上；还有一张二十英镑的博姿代金券，没有什么创意，但至少还是有用的。

　　一小时后，她们在蒙哥马利大厅吃上了圣诞午餐，这家餐厅被认为是科伊德瑟尔林最高档的一家餐厅。从朱迪思十岁起，这就成了他们家的一种传统——当然，去年有三个人。朱迪思感到自己的喉咙有点哽咽，不知道乔治在哪里吃今年的圣诞午餐。她暗自幻想他已经回塞浦路斯了，和他的家人在一起，吃着希腊传统圣诞饼干，玩着孔加纸牌游戏，但她上周才和索菲亚通过电话，结果很是令人沮丧。但可以肯定的是，索菲亚到现在都还没有收到她那难以捉摸的哥哥的消息。

"亲爱的，再给我来点肉汁。"帕特里夏对戴着特大号圣诞帽的年轻女服务员说，"麻烦你了。"

"好的，哈里斯太太。"

看着她离开，帕特里夏的笑容消失了，她隔着桌子向朱迪思的方向略微倾了下身子。"现在的服务员真的是，已经没有受过什么培训了。在我那个年代，你得学银级服务。"

朱迪思看上去很困惑，嘴里嚼着一根很难嚼烂的菜芽，问道："你？受过银级服务培训？"

"小菜一碟。"帕特里夏说着，吃了一叉子火鸡和土豆泥，接着又喝了几口蓝仙姑酒。

"那你继续，展示给我看看。"朱迪思说道。自从她搬出来以后，她和母亲的关系就开始发生了改变。她不会再被她吓到，事实上，她甚至开始享受起忽悠帕特里夏的感觉，识别出她的小谎言和那些夸大其词的故事，抓住她的漏洞，比如她说自己会说威尔士语，或者她曾经见过玛格丽特公主。

"开什么玩笑！你以为我是什么，一只会表演的鸭子吗？"

"是海豹，母亲——你是只会表演的海豹。"

女服务员回来了，舀起肉汁，把它浇在帕特里夏烤得过久的火鸡上。

"别犹豫，接着倒，孩子。"

帕特里夏眼巴巴地看着摆在她面前的食物，脸上还露出一丝喜悦，朱迪思就这样看着她。她真像个孩子，她想。

当酒店经理佩里先生巡场走近她们的桌子时，帕特里夏立刻进入了调情模式，用双关语和毫无顾忌的阿谀奉承来讨好他，而她却完全没有意识到自己的下巴上挂着一片鼠尾草和些许洋葱碎。

吃完圣诞布丁后，朱迪思找了个合适的时间提出该走了。朱迪思早就知道了她母亲的饮酒习惯，默算了一下她喝了多少蓝仙姑酒，她知道帕特里夏很快就会转换模式，进入醉酒状态，会开始谩骂、挑刺、大肆讽刺。醉酒模式下的帕特里夏马上就要出现了。然而，如今最庆幸的事情就是，就算模式转换的开关被打开，她也可以选择离开，而不是站在原地默默忍受。

于是她叫了一辆出租车，准备把母亲送回家。没过一会儿任务就已完成。她确定帕特里夏没什么事后，就给她倒了一大杯威士忌，打开电视，锁定了《广播时报》栏目。她知道，再过半小时，她的母亲就会伴着家里她最爱的原声音乐鼾声大作了。

快三点的时候，她关上身后的门，走到了科伊德瑟尔林街上，因为圣诞节，这里比以往要安静许多。天很快就要黑下来了，但万里无云的天空和冬日的暖阳比往年都要明亮。她去了格里芬公园，在秋千上坐着，直到时间差不多了，才漫步到立顿餐厅外面等着，她早就安排好了，四点半在这里和林登见面。

到目前为止，他们已经约会了五次，包括一个月前的办公室聚会。威尔士事务部的办公室经理卡罗尔选择了旅者酒馆作为他们年度聚会的地点，一是因为她预定的时间太晚了，二是其他地方都订满了，而这家唯一能预订的日期也只剩下十一月二十五日，所以他们别无选择。整个地方都为这盛大的活动做好了准备，为一百名办公室员工举办了一场圣诞"狂欢之夜"，他们中很少有人真正互相认识，甚至大家的雇主都不一样。但是，嘿，这又有什么关系呢？这可是圣诞节！

朱迪思决定那晚要保持清醒。所以当她发现自己在和长号手林登伴着《钟爱一生》的曲子慢舞时，她甚至都不能去责怪酒精。那天晚上她吻了他——一个完美的、敷衍的吻，不会让她心跳加速，也不会让她渴望更多。尽管如此，当他问她是否可以再见到她时，她同意了。因为，为什么不呢？她喜欢他，他聪明风趣，长相不错，谁知道呢，也许烟花已经准备好了，就等发射了，只要有人能过来点燃它们。

他邀请她去他姐姐家喝圣诞茶，她同意了。尽管她真的很喜欢林登，但她仍感到内疚，因为她只是迫切地想找个地方打发时间才同意的。说实话，她其实更愿意蜷缩在公寓的沙发上，读一本好书，或者看一些没有意义的视频，但那是不可能的：拉娜在家只待两天，朱迪思认为最好给她和加雷斯一些私人空间。所以她接受了卡特琳的邀请，平安夜住在凯利家，也接受了林登的邀请一起过圣诞夜。

前一天早上，当她收拾好行李准备去过夜时，加雷斯还拿她的新男友开玩笑："我都不知道你和他，你懂的……"

"我们不是。"

"暂时不是？"他咧嘴一笑。

朱迪思拉上背包的拉链，看了看表。"不管怎样，我得走了，还得去包装一些礼物……我把你的礼物放在树下了，"她说，"没什么特别的。"她没有撒谎。她应该给她最好朋友的男朋友买什么呢？她通常不会给持有这种身份的人买任何东西，但这次她觉得很有必要，因为他们出人意料地成了室友。她只买了双袜子，还有一个特大号三角巧克力。

"给我买了什么好东西？朱迪崽？"这是一句天真、俏皮的话，却使她停了下来。

"你叫我什么？"她结结巴巴地问道。

"朱迪崽……"他的微笑有些迟疑，"对不起，我只是闹着玩的……"

"不，没关系。只是我爸爸以前就是这么叫我的。"

"我真没想到！真是不错的名字，不是吗？"他回答说，试图含糊过去，"我想，你以前一定跟我提到过。"

"不。不可能，我不会的，"她笑了，"但是没关系的，我不介意。"

"给你这个！"他说着递给她一个包装不太好看的大盒子，直接打断了朱迪思的思绪，"你最好现在就把它打开。省得你带着它到处走。"

她呆呆地站在那里，完全不知所措。

"拆开啊，你个傻瓜！"他笑着说。

她照他说的做了，扯下了廉价的包装纸，准备嘲笑他给她买的愚蠢的礼物。

只不过里面的礼物一点也不傻。

"虽然这是二手货，但质量很好。那个人说，如果有任何问题，你都可以拿回去找他，他会解决的。"

朱迪思无言以对。她打开盒子，取出聚苯乙烯的包装，轻轻拿出里面的东西：一台奥林巴斯OM10相机，拿在手里感觉又冷又重，还配了一个合适的皮质相机包和背带。

"里面还有一些胶片，你可以随时开始进行拍摄。"

朱迪思的视线一直在往下看。她知道如果她抬起头来，或者说话，她一定会哭的。相机很漂亮。但这并不是打动她的原因，甚至连这样一份慷慨的礼物也没有打动她——尽管它是二手的，但肯定也不便宜。打动她的是他在选择这份礼物时的心意——他买的时候肯定是在想着她会喜欢什么样的东西。

朱迪思的沉默让加雷斯有点无所适从，他继续说道："拉娜说你以前喜欢拍照。但你的相机好像是在渡船还是什么地方被偷了？"

朱迪思点点头。这是她唯一能做的动作，她把所有的注意力都集中在手里拿着的相机上，感受着它的重量和质地，以及它所蕴含的精湛工艺。但无论她怎么使劲眨眼睛，还是忍不住流下了泪水。

"顺便说一下，拉娜也贡献了自己的一份心意。"他补充道，没有意识到她在哭，"不是说她看到了这份礼物，只是说她会支付一半的钱，就像——嘿！你没事吧，伙计？"

一颗硕大的泪珠落在镜头盖上。

"对不起，对不起……"她哽咽着说，"就只是……真的抱歉。"她试着清了清嗓子，却咳嗽起来，加雷斯不得不捶了三下她的背，还给她端了一杯水。这太丢人了，但幸好，这至少转移了部分的注意力。

最后，当她重新振作起来时，她已经可以正常地表示感谢了，告诉他这是一份多么棒的礼物，并请他感谢拉娜。当然，她下次见到拉娜时也会亲自感谢她的。

"顺便问一句，那会是什么时候？"朱迪思问道，她很高兴能转换一下话题。

"除非你明天能抓到她，否则谁知道呢？"加雷斯笑着说，"她承诺会在演出结束后的新年前夜回来，但我们都知道拉娜的承诺是什么样的。"

两周前，拉娜突然宣布她最后一刻在吉尔福德找到了一份工作，只能在圣诞节飞回来了。朱迪思知道自那以后，拉娜和加雷斯就有过几次激烈的通话。拉娜临时改变计划的行为让加雷斯受到了伤害，但这是可以理解的，拉娜一直野心勃勃——而且她喜欢赚钱，所以这一切在实际层面上是合理的，不能只在情感层面上讨论这个问题。朱迪思私下发誓在这件事上保持中立——不是因为她不想偏袒某一方，而是因为她担心自己会偏袒其中一方。她最不想做的就是破坏她的友谊，无论是和拉娜的，还是和加雷斯的。

一进入格里芬公园，她就看到太阳慢慢沉了下去，晚霞沐浴着一切，整片天空呈现的是一种逐渐减弱的橘红色的光。这是一个令人惊叹的夜晚。而她，在圣诞节这天，独自一人在这空荡荡的操场上。想起小时候她经常在这里玩耍，就慢慢走到秋千旁边，坐了上去。

"别自怜了，朱迪思·哈里斯。"她自言自语道，然后把手伸进包里，拿出那部极其精美、极其珍爱的照相机。那天早上她就已经拍了几张照片——卡特琳和索尔在做圣诞薄饼，凯利家的厨房因此乱作一团。她给他们俩抓拍到了一张极好的照片，照片上两个人的脸上都沾满了面粉，卡特琳显得尤为兴奋，笑得格外开朗。

在公园的栏杆上，一只知更鸟正唱着歌，它的胸膛挺直，羽毛华丽。朱迪思笑着把它放进取景器里，拉近镜头，紧盯着它明亮的小眼睛，以及它红色胸部和棕色羽毛之间那些神奇的紫色线条。"咔嚓。"她喜欢按下镀铬按钮并启动快门的感觉。她喜欢那沉重又柔软的动作发出的声音，可以真实地感受到快门在她手指的压力下慢慢释放。然后这个瞬间就这么被记录了下来，一个被时间捕捉的瞬间，永远不会再被重温的瞬间。

"朱迪思？"

在空无一人的公园里，这声音把她吓了一跳。然而那熟悉的音调却让她的心开始怦怦乱跳，仿佛要跳出胸膛。她转过身来。

他就站在那里。

她几乎说不出他的名字。

"爸爸？"

颇为讽刺的是，圣诞节这天，科伊德瑟尔林只有蒙哥马利大厅还在营业。他们坐在客人休息室角落的两张大扶手椅上，凑得很近，还分享了同一壶茶，如果帕特里夏现在看到这一幕，她一定会气炸的。

朱迪思瞪着他足足有几分钟才相信了自己的眼睛。她不停地捏着他的胳膊，想确认他是否真的就这么出现了。他留了胡子，也更瘦了，但没错，这绝对是，绝对肯定是，毫无疑问就是，她深爱的父亲，乔治亚斯·安德烈亚斯·查拉兰博斯。

"我没有给你买任何东西，"他说，"我认为你会更喜欢钱。"说着，他拿出一沓钱，塞给了她。

"爸爸，我不要你的钱——见到你已经是我能得到的最好的圣诞礼物了！"

"拿着吧。"

她不情愿地收下了。整整二百英镑。"这太多了。"她说。

"不，这还远远不够，相比我让你经历的那一切，这没什么。"

朱迪思摇了摇头。"爸爸——其实我很高兴你离开了，你明白吗？我当然很想你，但是我希望你快乐，"她犹豫了一下，"你比原来更快乐了，对吗？"

166

乔治只是报以微笑。

圣诞前夜，他开车从苏格兰赶来，住在五英里外一家廉价的汽车旅馆里。当他看到她独自离开帕特里夏的家时，他就跟着她来到了公园。

"我还怕你会生气呢，会叫我走开。"他说。

"你疯了，我为什么要那么做？"

他笑了笑，喝了一大口茶，仿佛正在这柔和的温暖中寻找着勇气。他停了一会儿，整理了一下思绪："朱迪崽，有件事我要告诉你。关于我的，一些你不知道的事情。"他无法直视她的眼睛。

她不忍看到他这么痛苦，便赶紧打断了他的话。"不，爸爸，我得先告诉你一件事。"她平静地说道。

但是乔治太过于专注，有些迫不及待地想把他的话说出来，他并没有真正听到朱迪思说了什么。几个月——实际上是几年——他一直准备告诉她实情，准备面对这一刻。他下定决心要坦白，所以继续开口说道："我应该跟你说过，我年轻的时候住在塞浦路斯……"

她握住他的手："你住在特罗多斯山区一个叫卡科佩特里亚的小村庄里……"

"是的……"朱迪思越说越多，乔治也越来越困惑了。

"你还有个妹妹叫索菲亚，还和克莱欧妮基定了亲，成了未婚夫妇，但你来到威尔士工作，遇到了帕特里夏，你们相爱了，所以你回不去了。"

　　她停顿了一会儿，给了他一点时间来消化这些信息。"我看到了你的信，索菲亚给我看的，"她说着，眼泪顺着脸颊滚落下来，"没事的，爸爸，"她握住他的手，温柔地说，"我知道你的故事。"

　　他用外套袖子擦了擦眼睛，清了清嗓子："不，朱迪崴。恐怕你并不知道全部的故事。"

21

乔治

这所寄宿公寓是工地上的一个男孩路易斯推荐的。泰·马什菲尔德是一栋有四层楼十五间卧室的联排别墅，这里曾是一位富有的煤炭大亨的住宅。如今，这里虽说已经修葺一新，但由于维护不善，昔日的辉煌早已不复存在。

"又便宜又快活，伙计，而且他们说的全是地道的英国话。"路易斯说。

它的价格相当便宜——对他来说也很合适。他攒的钱越多，就能越快回家。去见克莱欧，去见他的家人。塞浦路斯的阳光、橄榄林、烤肉串和西洋双陆棋，现在感觉似乎都是上辈子的事了。

房子离纽波特的乌斯克河东岸只有一箭之遥，河水泛滥时涌上的厚重黑泥仿佛随时可以把他吞没，这里的天空似乎也永远都是阴云密布。他住的房间是全屋最小、最便宜的（他自己选择的），位置在顶楼，有个小窗户，但是关不严实。他那张实用的单人床铺了一条尼龙床单。除了一个几乎起不到什么保暖作用的小型风扇加热器，屋内只有一个五斗橱和一把椅子。沿着铺着油毡的走廊走下去就是浴室，这一小段路非常短，但冬天还是会让人感到寒风入骨，浴室也是和另外三个人合用的。楼下房间后面是一个所谓的"住户起居室"——生活区，面积不大，有一个旧的三座沙发、一张用来玩纸牌的红胶木折叠桌子、两个硬靠背椅子和一台古老的黑白电视机，电视机另一端连在墙上，上了锁，以免被人偷走。

在他工作期间，建筑工地的其他几个承包商也住在那里，乔治结识了几个不算太熟的熟人，甚至还同莱斯特的吉姆和莱瑟姆圣安尼斯的迈克一起去过几次酒吧玩飞镖。但到了周五晚上，他们都会匆匆赶回分散在全国各地的自己家，把他一个人留在泰·马什菲尔德。所以在周六和周日的早晨，他常常是唯一留在阴暗的地下餐厅吃早餐的住户。

那是他们第一次开始交谈的地方。

她的名字叫帕特里夏。他曾看到其他男人用熏肉和鸡蛋同她调情，他也注意到她应付他们时表现出来的自信——尽她所能地给予他们，享受他们的关注，一旦太过分就走开，不再理睬。路易斯曾经说过，如果机会来了，他"一点也不介意"，但她左手上戴的结婚戒指，替她挡住了一切，包括最明目张胆的引诱。

虽然他从来没有加入所谓男人的幽默当中，但他并没有忽视他们所看到的那个她：深褐色的头发扎成精心设计的蜂巢状，她有着饱满的深红色嘴唇和猫褐色的眼睛，她牙齿之间的性感缝隙和她低沉的笑声总是让听她说话的人觉得她是他们最亲密的朋友。她比他大——也许是三十出头吧。她知道自己身材很好，经常穿着不贴身但很优雅的裙子和高跟鞋，露出她纤细的脚踝和腰身，上衣则紧裹着她那丰腴的胸脯。在他到达后的三个星期里，他只和她进行了礼貌的交谈，但在这个特殊的星期六早上，他第一次直视了她的眼睛。

因为那天只有他住在这里，所以她亲自为他做了饭——让餐厅老板兼早餐厨师伦恩享受到了他非常想要的休息日。这顿大餐当然要比平日更丰盛，有双份鸡蛋、双份培根和一大块黑布丁。

但早餐室里不止他一个人。

一个大约五六岁的小女孩，拿着彩色画册和蜡笔，静静地坐在角落的桌子旁。他进来时，她没有看他，而是全神贯注地画着她的大象，眉头一直微微皱着。

当帕特里夏拿着一壶茶和一个牛奶罐轻快地走进来时，小女孩抬起了头。

"你别去打扰哈里斯先生，让他安静地吃早饭。"

"她是我的孩子，"她放下茶壶说，"叫朱迪思，今天我不得不把她带来。"

乔治朝小女孩笑了笑，但她并没有笑。

那天下午，他们三个人坐在波斯考尔的滨海东大道上，一边吃着冰激凌，一边眺望着布里斯托尔海峡。她只是一个朋友，他想。一个带着小孩的朋友。要不是她解释说她守寡，他是不会同意一起出来郊游的。她说她的丈夫在她怀着小朱迪思的时候就去世了，但她一直戴着结婚戒指"以避开不速之客的关注"。

"难道我也是不速之客吗？"话还没来得及想就脱口而出，他这是在调情吗？

"我还不能肯定。"她回答，并向他眨了眨眼。

从那以后，他们经常一起外出。朱迪思总是跟着，并且很快就喜欢上了乔治那"滑稽的口音"。他带着他们去了卡迪夫的圣费根民俗博物馆，在那里朱迪思登上了吉卜赛人的大篷车，还和他一起感叹那排"历尽沧桑"的梯田式矿工小屋。帕特里夏很高兴他能照顾她年幼的孩子，仿佛卸下了重任一般，开始尽情享受着难得的休息时间，间歇还可以抽上几支烟。他们还一起去了巴里岛的巴特林餐厅、彭斯基诺鸟类栖息花园和威尔士国家洞穴。这些旅行可以说得上是互惠互利的：乔治周末不再孤单一人，帕特里夏则享受了免费的托儿服务，当然还有这个英俊的希腊塞浦路斯人的陪伴。

一个星期天的早晨，她在给他端粥的时候问道："今天你愿意来喝下午茶吗？我和朱迪要烤些司康饼。"

他觉得一块烤过的石头①可能会难以消化，但他还是答应了——自从夏天来到这个国家以来，他还没拜访过任何人，不知道他们家里面都是什么样子的，而且现在是十一月，天气太冷了，并不适合远足。

---

① 司康饼（Scones）和石头（stone）读音近似。——编者注

帕特里夏和朱迪思住在离这里二十分钟车程的地方，小镇名字很奇怪，叫科伊德瑟尔林。"在威尔士语里是冬青树的意思！"当乔治记下怎么去她那里的时候，帕特里夏低声笑着告诉他。

　　当她打开前门时，乔治注意到她穿得比平时更漂亮，及膝绉纱裙下搭配的是渔网长袜。她的口红看起来比平时要更暗一些，头发看起来也要更浓密，她穿的也不是平时穿的细高跟鞋，而是蓬松的中跟拖鞋。

　　"欢迎！"她说，并邀请他跟着她。他们走过黑暗的走廊，走下台阶，来到她位于地下室的公寓。"这就是我们的家！"她推开门说。

　　沿着房间尽头的飘窗望出去，可以看到三英尺外的一堵墙和通向人行道的台阶。房间里隐隐约约可以看到些许外面投射进来的阴影，本就细碎的影子被灰色的网格窗帘又阻隔了不少。

　　帕特里夏打开一盏落地灯，说："把外套脱了吧，别拘束。"

　　房间里陈设朴素，但至少是很舒适的，壁炉里的加热器正散发着一些暖意。在角落里，一张小圆桌上铺着一块干净的白布，上面摆着三盘盖着餐巾的大盘子，几乎堆满了三明治、果酱海绵蛋糕和金字塔形的烤饼。

　　帕特里夏向厨房走去，准备烧壶水，然后冲着朱迪思喊道："小朋友！别躲在卧室里了，出来跟乔治打个招呼。"

　　他觉得很不自在，坐在沙发边上，就像坐在牙医的候诊室里一样。

"我穿上了我最好的衣服。"一个细小的声音忽然传来，然后他转过身来，看见朱迪思正站在门口，穿着一身紫红色的晚礼服，背后打了个蝴蝶结，真的是可爱极了。

"天啊！你就像是一位公主！"他说。

两人都没再开口说话，厨房里的水壶此时忽然发出了尖锐的响声，打破了沉默。

"我给你带了一件礼物，"他说，"是一幅拼图。"

朱迪思以前从未见过拼图，乔治把盒子里的东西倒在了地板上。

"我们必须把这些碎片拼在一起，看，要拼出这个旋转木马。这是个有魔力的旋转木马！"

朱迪思很高兴，便立即着手准备。

"我们得从边边角角开始。"

当帕特里夏端着茶回来时，看见朱迪思和乔治正在默默地、勤奋地拼拼图。

"嘿，咱们来大吃一顿吧！"她用一种不太适合她的快活的声音说道。乔治拿了一份鲑鱼酱三明治。

过一会儿，帕特里夏告诉他，楼上的麦茜主动提出要帮忙照顾孩子，这样他们就可以去看电影了，"如果你喜欢的话"。

他被这突然发生的变化吓了一跳：只有两个人的约会，而不是三个人。

他还没来得及回答，朱迪思就说："我也想去。"

"不，你不能去。"她妈妈厉声说。

"我想看《迪格比：世界上最大的狗》！"

"不，你不能去！"帕特里夏重复道，"乔治要带妈妈去看一部关于间谍的电影，对不对，乔治？"

他觉得左右为难。他不愿意让孩子失望，但是他能怎么说呢？"也许我们三个下周一起去看《迪格比》？"

小朱迪思不是个爱生闷气的人。即使她只有六岁，也还是学会了与失望共处，她只是点了点头，然后应道："好吧。"

他们去看了一部跟英国有关的电影——《007之你死我活》，尽管他以前看过。在走出电影院的路上，帕特里夏挽着他的胳膊，不停地和他聊天——主要是说罗杰·摩尔，说他比肖恩·康纳利要好多少，说葬礼上的巫毒场面是多么令人毛骨悚然。直到走到她家门口，她才停了下来。他们以前从未有过类似这样的告别——因为身边总是有一个默默无闻的陪伴者，就是小朱迪思。

"好吧，晚安！"他看着她踏上台阶，走向前门。

她忽然转头，看向他，她的声音现在小多了："朱迪思今晚会在麦茜家过夜。不会有人打扰我们的。"

"哦。"

半小时后，他坐在沙发上，而她正跨在他身上，她的绉纱裙子被撸到了长袜上面，挂在了吊袜带上。现在这一切已经超出了他的控制范围，他陷进去了，完全无法抵抗，理智已经无法占据上风。

"我没有……我身上没带……"

"别担心，乔治，"她在他耳边小声说，"一切都安排好了。"

她的呼吸若有若无地吹拂在他的皮肤上，给他带来了阵阵战栗。她显然比他更有经验，她抓住他的手，在她肉感十足的大腿上抚摸着。"你喜欢吗？"她气喘吁吁地问。

　　"我喜欢。"他低声回答，努力集中注意力，不肯轻易让自己屈服。这是他有生以来第三次做爱，而她非凡的技巧让他感觉更加沉沦。她解开了裙子前面的纽扣，释放了她那对被软垫文胸紧紧包裹着的丰满的乳房。她向前倾了倾身子，用手托着他的下巴，在他的嘴上狠狠地吻了一下。这显然超出了他的承受范围，他屈服了，浑身颤抖着，用希腊文诅咒自己。他不敢看她，感到非常羞愧，为他做过的和没做到的。

　　帕特里夏对他笑了笑，俯下身来，从烟盒里拿了一支烟。"别担心，"她说着，把烟点燃，"我们抽根烟休息一下，再来一次！"

　　这并不是恋爱。他为她着迷，被她吸引，但他并不爱她。即使在性爱过程中，她会问"你爱我吗，乔治亚？"，他总是回答："是的。"但这只会让他更加内疚。克莱欧的身影总是会潜入他的脑海，他羞愧地闭上眼睛。他到底在干什么？

　　现在他们的关系已经改变了，他们之间的互动在公共场合也开始有所不同。帕特里夏以前对他一直表现得很愉快、很友好，对待他就跟对待在早餐室吃饭的其他承包商一样，但她最近开始嘲笑他，或者公然无视他，这种时候，他总是会纳闷自己是否做了什么错事惹她生气了。可能是一些非常细小的事情，比如没有告诉她前一天晚上她看起来很好看，或者在她身边打了一个呵欠。这真的让人感到发自内心的疲惫，灵魂也饱受折磨。乔治正在一条摇摇欲坠的道路上跌跌撞撞地走着。

她想当然地认为他要和她们一起在公寓过圣诞节。午饭后，他和朱迪思一起玩了捕鼠器游戏，然后坐下来观看女王的演讲，帕特里夏在沙发上蜷成一团，紧挨着他。不管怎样，他们三个此时看起来就像一个完美的家庭。但她喝威士忌喝得越来越醉，等到比利·斯马特马戏团开始表演时，她的身体已经开始不舒服了。乔治偶然发表的关于女王和英国在塞浦路斯的统治的评论似乎激怒了她："你要是不喜欢我们的国家元首，就滚回家去吧！"

朱迪思像一只感觉到负能量的小狗，悄悄地站起来，离开房间躺到了自己的床上。与此同时，乔治也意识到他的出现只会让帕特里夏更加恼火，所以他也站了起来。

"你想上哪儿去？"她说。

"对不起，"他结结巴巴地说，"谢谢你带来这么美好的一天。"

帕特里夏心情不好，他觉得自己不应该把朱迪思留在家里，但是两害相权取其轻，他也无能为力。当他走出前门时，就听到身后传来一连串的辱骂。

街上所有的商铺都关门了，连酒吧都没开门。天渐渐黑了。他别无选择，只能沿着死寂的街道步行回纽波特。没有公交，几乎没有一辆过往的汽车可以载他一程。所有经过的人都没有停下来。

三个小时后，他回到泰·马什菲尔德，走进他的小房间，躺在床上哭了起来。节礼日那天的黎明时分，乔治已经做出了决定。他要回家。

他预料当他说出这个消息时，会有人伤心流泪。但他没想到会有这么多人。

然后她告诉他，她怀孕八周了。毫无疑问。

他站在登记员面前，听着他滔滔不绝地说些自己根本听不懂的话，乔治能想到的只有克莱欧妮基。他在想他们的婚礼将会是怎样的——交换花冠，跳舞，鲜花，美味的希腊食物，阳光和爱。爱。这个房间里没有爱。这完全是他的错。他是个软弱的人。一个非常非常软弱的人。

他转身看着帕特里夏。她对克莱欧和他在塞浦路斯的生活一无所知。他曾经想要保守这个秘密，保持它的神圣和纯洁。但现在这已经不重要了。因为他不会再回去了。从他屈服于肮脏欲望的那一天起，他就做出了自己的选择，决定了自己的命运。等写好给妹妹索菲亚的信并寄往塞浦路斯后，他就会把过去从脑海中抹去，彻底接受现在的生活，这就是他的新生活。

帕特里夏说"我愿意"，并对他露出了最迷人的微笑。她整个人都在绽放。娇羞的新娘穿着从卡迪夫商店租来的毛皮镶边天鹅绒套装，小朱迪思站在她旁边，一脸困惑，但还是很开心地当着花童，虽然她不知道到底发生了什么。楼上的麦茜和寄宿公寓的伦恩都是见证人，然后他们都去了伯尼旅馆吃午饭。是乔治付的钱。

他们并没有去度蜜月。帕特里夏看上了维多利亚路上的一栋小房子，她想把他们的钱（他的钱，他为塞浦路斯的家存的钱）用作这个房子的押金。她已经在附近的一家酒店找到了一份新工作，还给乔治在当地工厂的装配线上找了一份工作。她似乎把一切都安排好了。

当乔治到工地递交辞呈时，工头很舍不得他离开。"你是个好工人，乔治。"工头说。工地上的其他人给他凑了十英镑作为结婚礼物。"你得用它买尿布。"他们笑着说。他也笑了。但他的内心已然崩溃。他茫然地四下走动，无法理解这一切发生的速度。这是一场活生生的噩梦，他永远都醒不过来了。

他们很快就搬家了。帕特里夏很高兴自己摆脱了那个又脏又小的公寓，她花大价钱买了新家具，全都是"赊账"买的。乔治对这一切感到恐惧，他觉得自己正在被吞噬。陷入债务，陷入无限的悲伤。他唯一的救命稻草就是小朱迪崽，他对她的爱与日俱增，已经像爱自己的孩子一样爱她了。朱迪思也非常喜欢新房子，她喜欢房子后面的小院子以及远处的山丘，于是一直在和他分享她对这一切的兴奋之情。还有她是多么喜欢她那间更大的新卧室，她是多么想邀请她学校的小朋友拉娜·劳埃德和卡特琳·凯利来家里玩。对他们来说，这是一个新的开始。而且他们的三口之家很快就要成为四口之家了。

当帕特里夏告诉他流产了的时候，他唯一能想到的就是，所以我本不用娶你的，我不需要娶你的。但已经太迟了。因为他已经发过誓，他会一直在她身边，直到死亡将他们分开。他将永远被绑在一个他不爱的女人身上。

他感觉自己病了。无地自容，也陷入绝境。

你活该，乔治亚斯，他想。

又过了五年他才知道真相。一句偶然的评论，一个被缓缓揭开的错误。一个朋友的朋友发表了自己对过去事件的评论，挖出了被掩埋的真相：从一开始就没有什么婴儿。

他总是质疑她的诚实。因为她经常会编造、传播一些善意的小谎言，直到他亲眼目睹了她彻头彻尾的欺骗。所以当他发现她在怀孕这件事上也撒了谎时，他并不感到惊讶。他一开始对此愤恨不已，后来逐渐变得对她漠不关心。但他还是留了下来。就好像他必须付出代价，必须不断地忏悔，这是他这些年来的罪行，他必须受到惩罚。

直到朱迪思确定了她的旅行日期，几乎是立刻，他就下定决心要离开了，终于到了要离开的时候。他在亚伯丁申请了一份工作，同时递交了辞呈，并让老板对此保密；他把现金放在工作场所的储物柜里，把一小袋必需品和一套换洗的衣服也放在一起。1986年8月5日，乔治·安德鲁·哈里斯走出 BDE 电子公司的工厂大门，再也没有回来。他写了一张便条给帕特里夏，并在去车站的路上把它邮寄了出去。上面简单地写道：

帕特里夏，

我不能再和你生活在一起了。

希望你一切安好。

我要在苏格兰开始新的生活。

请对猫咪们好一点，告诉朱迪思我很抱歉。

祝好。

乔治

他离开了科伊德瑟尔林，没有回头。

第二天早晨，一张从克里特岛寄来的明信片被送到了工厂办公室，上面写着一个签名：朱迪崴。乔治的前老板匆匆看了一眼，然后就把它扔进了废纸篓。

22

拉娜

　　她说那份工作是个很好的机会，是她大学毕业后可以写在简历上的出彩经历。事实上，她要做的只不过是一个二流的哄孩子的艺人，打扮成太空外星人，在幕间休息时卖冰激凌、糖果、傻乎乎的帽子和发光的魔杖。跟在伦敦西区剧院工作没什么共通之处。但她知道加雷斯不会知道这其中有什么不同，家里的其他人也不会。如果她接受这份工作，就意味着她可以在吉尔福德多待一段时间，每天晚上都能见到他。

　　她不想说出他的名字，因为这听起来像是在谈恋爱。他就像是她的一个瘾头，是一种冲动。和他做爱感觉很特别。它是愤怒的，有力的，疯狂的，色情的，尽管很羞耻，但是感觉是那么那么好。更重要的是，她每晚都能享受到。尽管她可能会说不，尽管每天早上都向自己保证今天会有所不同，但她每天晚上仍然会出现在酒吧里，然后被偷偷地带回到他的房间去做爱，不说话——除了他在做爱时提出的一些要求——然后再次离开。她的尊严被摧毁了，被她内心燃烧的、莫名其妙的需求摧毁了。

有一次，她向他敞开心扉，抱怨她不能再像这样继续下去了——她觉得非常内疚——他表现得非常冷漠，不带任何感情地、漠然地把她的烦恼撇在了一边。"我没什么意见，亲爱的。你想离开吗？门就在那里。"

这只是一次愚蠢的放纵，是暂时的，它会过去的。她不停地告诉自己，然后努力收回心神，只想着要再次见到加雷斯。但是她在圣诞节回家的那两天，他们大部分时间不是在争吵就是在冷战，这使得回到吉尔福德的想法比之前更加强烈了。

最糟糕的一次争吵发生在圣诞节晚上，当时加雷斯骂她太卑鄙，自以为是；而她则骂他心胸狭窄，没有雄心壮志。他告诉她，他并不为自己没有野心而感到羞耻，他甚至不知道"心胸狭窄"是什么意思——使用这样的词正好证明了他的观点，即她是一个张扬做作的女演员。然后他们在不同的房间里待着，长达半个小时都没说话，最后加雷斯主动走过来坐在她身边，拉着她的手轻声说："看在上帝的分儿上，今天是圣诞节，我们去睡觉吧。"于是她的态度也缓和下来。

那天晚上，他们做爱了，这是几个星期以来的第一次——温暖、犹豫、甜蜜，与达米安·马吉尔的性爱截然不同。拉娜讨厌自己做这样的比较，但事实是，她渴望与贝尔法斯特的那个建筑工人做爱。她到底怎么了？她闭上眼睛，却无法将他从脑海中抹去，所以她一直睁着眼睛，盯着加雷斯。

结束后，拉娜默默地哭了起来。"对不起，我就是一个该死的婊子。"她低声说，在床上转过身去不让他看见她的眼泪。

"嘿，这个评价有点过了，宝贝儿，没那么夸张。"他轻抚着她的头发说。

"等这一年过去，就会好的。"她撒了个谎。

"你太辛苦了。你不应该接受那份工作的。"

"我知道。我真希望我没有。"

他们静静地躺了一会儿，然后他说："明天就不要再回去了，留下来。"

她感到心里发冷。"不行。"

"为什么？"

她没有回答他。她不敢。

"好吧，那我和你一起回去，我可以休假到一月三日。"

"不！"她厉声说。

"拉恩？"

"这样做是毫无意义的，"她说，竭力想缓和她声音里流露出的情绪，"我一天演三场戏，加尔，我得一直待在剧院！"

"我知道，但我们可以睡在一起。"他依偎在她的脖子上低声说道。

她必须阻止这一切。"瞧，我把事情搞砸了。你说得很对，我不应该接受那份工作，但我毕竟接了，我已经得到教训了，我向你

184

保证，等到了复活节，我不会再去吉尔福德做任何愚蠢的假期工作，好吗？"

"如果这只是一份愚蠢的假期工作，你为什么还要回去？"

她被逼到了崩溃边缘，于是直接推开他，爬下了床。"你和我的态度完全不同，加雷斯——我一直致力于我的事业，而你甚至连自己的事业都没有。"她抓起自己的东西，向朱迪思的房间走去，幸好那里空无一人。

加雷斯在她身后喊道："你真可悲！"

她躺在朱迪思的床上，盯着天花板，思考着这肮脏的混乱不仅影响了她和加雷斯的关系，也影响了她和姑娘们的友谊。自从"红男绿女周末"之后，她们就没怎么联系过，今年圣诞节她都没有见到她们一面。这是她们认识这么多年以来从未发生过的事。这完全是她的错。那天晚上，她迷迷糊糊地睡着了，心里充满了悔恨、羞愧和愤怒。

一小时后，她被一声短促的尖叫和头顶上刺眼的强光惊醒了。

"哦，我的上帝！你怎么在这儿？"朱迪思站在门口，喊道。

拉娜用手挡住眼睛。"我也想问你同样的问题。"她嘟囔着，还是半睡半醒的。

"我很抱歉，拉恩。我知道我说过今晚不回来了，但是……"朱迪思的声音越来越低，拉娜看得出来她的朋友哭过了。

"嘿，宝贝儿！怎么了？"她问道，声音干涩而沙哑，"到这儿来。"

朱迪思坐在床上,像是被抛弃了一样,拉娜搂着她的肩膀。

"是长号手林登吗?"

朱迪思微微翘了翘嘴角,她摇了摇头。

"过去的三个小时我都和我爸爸在一起。"

朱迪思继续说了下去,告诉拉娜她那天早些时候和乔治的意外会面,以及乔治告诉她的一切:他和帕特里夏的婚姻是假的,多年前她是如何骗他,让他和她结婚的。"我父母一直在骗我,拉恩。这么多年,两人都是!他们从未相爱过。我是说,我觉得塞浦路斯已经够糟糕的了,我发现了索菲亚和克莱欧妮基的事。但现在,居然还有这样的事情!我他妈都不知道自己是谁了。"说完,她的眼泪又流了出来,拉娜紧紧地搂着她,于是朱迪思像个孩子似的哭了起来。拉娜亲吻她的头顶,用温柔的话语安慰她,直到朱迪思哭着睡着。

那天晚上,她们就像七岁那年那样相拥而眠,第二天早上,拉娜给朱迪思端来了一杯茶。

"你看起来真是糟透了。"拉娜笑了笑,抚摸着她朋友的头发说。

"干杯,亲爱的。"朱迪思的声音有些沙哑,因为感伤而略带颤抖。她呷了一口茶。"对了,你还没告诉我,你为什么会睡在我的床上?"

拉娜闻言,开玩笑地说:"我在研究金发姑娘的角色。"她希望可以逃掉那个不可避免的解释。

但朱迪思比她先一步。"这次你们又吵什么呢？"她问。

"我不知道，朱迪，反正是一些这样或那样的事情，"她现在不想谈论她和加雷斯的关系，她无法面对，"听着，我两点钟有一场演出。你打算怎么办？你要去卡特家吗？"

朱迪思领会到了其中的暗示。"是的，也许吧。昨晚我就想过去的，但我担心他们会探究发生了什么。而林登……说实话，我不太了解他。我还不打算向他吐露我那不正常的父母。"

"你说得对。"拉娜说，她拥抱了她的朋友，"嘿，不过很高兴知道乔治没事。"

"是的。我只是无法忍受他所经历的一切，生活在这样的谎言中。"

"不过也不全是坏事，不是吗，宝贝儿？"拉娜温和地说，"他最后把你当成了自己的亲生女儿，这才是最棒的。"

说罢，拉娜向门口走去，朱迪思微微一笑。"谢谢你这个时候陪在我身边，拉恩。没有你和卡特，我真不知道该怎么办。"

"我们是最好的朋友，不是吗？"拉娜说，"都是作为朋友该做的。"

走出房间，拉娜犹豫了一下，想看看加雷斯是否已经起床了。她驻足听了一会儿，没有一丝声响。她想叫醒他，告诉他朱迪思的不幸遭遇。但她不能保证他会乐意见到她，现在她没有精力再和他争论下去了。

十二个小时后，她回到了吉尔福德，完成了最后一场节礼日表演，她回到了她那什么都没有的学生宿舍。要是换作别的日子，她一个人在那里会觉得很郁闷，但今天她很感激这种孤独。这样她就可以给自己一点时间，舔舐自己的伤口，好重新振作起来。

她在浴缸里躺了一个小时，不时地用热水把浴缸灌满，尽情地享受着加雷斯给她买的奥飘茗浴油。

老天，这真是个出人意料的圣诞节。

一切都是一团糟，拉娜感觉自己身处一个轰炸区。她能感觉到眼泪在侵蚀她的心，但她极力控制，不让眼泪流出来。她立即拔掉了浴缸的塞子，坐在那里，双手抱着弯曲的膝盖，直到水慢慢流干，发出持续的汩汩声。然后一片寂静。她应该穿好衣服，到电话亭给家里打个电话。看看朱迪是否安好，和加雷斯和好……但也许不是今晚。不，她还是明天再打吧。

很快，裸露在外的湿漉漉的皮肤就传来一阵阵的寒意，促使她从浴缸里爬了出来。她擦干身子，穿上她最喜欢的拉绒棉睡衣、一双厚的条纹袜和一件很喜欢的带孔开襟羊毛衫。她想让自己彻彻底底地放松下来，所以选的都是软乎乎的衣服，还把自己裹得严严实实。她伸手到床底下去拿她那双已经变得陈旧的拖鞋，找到了加雷斯和朱迪思去看她演出时送给她的那个手绘板大星星。那天晚上一回来，她就把它塞了起来，丢在角落，因为这份愚蠢的礼物实在是让她感到尴尬。现在她更加无法面对它了，她的负罪感太强了。

走到厨房，她松了一口气，幸好她很有远见地在回家的路上买了黄油和一条面包。今晚她只想坐在电视机前，喝热巧克力，吃吐司；这是个没有达米安·马吉尔的自由之夜。知道他还在贝尔法斯特，她感到一阵宽慰。也许这几天突然的戒断会让她更坚强，也许等她有了足够的抵抗力后就能彻底解决这一切。她内心的火花点燃了乐观的小火焰。这是她几个月以来第一次没有在晚上喝酒。今晚也是她第一次真切地感觉到，她也许可以戒掉对这个讨厌的男人的这种讨厌的癖好。她笑了笑，换了一个频道，抱着她的热水瓶，咬了一大口黄油吐司。

《东区人》刚播了五分钟，门铃就响了。

毫无疑问，她的一个室友提早回来了。他们为什么不用钥匙呢？

她从沙发上站起来，慢慢地走到走廊。她仍紧握着她的热水瓶，伸手去碰门闩，打开了门。达米安·马吉尔正站在门口抽烟，腋下夹着一盒六瓶装啤酒。

"睡衣不错。"他笑着说。

23

卡特琳

"新年快乐！"

"新年快乐！"

"Blwyddyn Newydd Dda!"（威尔士语，新年快乐）

这是他们在上山途中遇到的第七对下山的情侣了。每一次都要礼貌地互道必不可少的新年问候。他们以为自己是唯一一个疯狂到在1987年的第一天早上就来爬威尔士最高峰的人，但显然，很多人持有同样的想法。他们会心一笑——他们好像都是精英俱乐部的一员，都是前一天晚上没有醉酒，然后带着旺盛的热情和活在当下的精神开启新年的有志之人。

这是卡特琳度过的最美好的一个圣诞节。爱德华和阿米莉亚正在邮轮上庆祝他们的银婚，所以莉兹和休坚持让所罗门和他们一起过节。索尔很快就答应了——他很喜欢凯利一家，一开始就很轻易地融入了这个家庭。他和卡特琳一起分担家务，去宾果游戏或教堂聚会上接凯利奶奶回家，和卡特琳的哥哥汤姆坐在一起聊天，汤姆都说索尔很"可靠"。当谈到睡觉的安排时，莉兹和休出人意料地——也令人不安地——不闻不问，不做任何安排。"你们已经有了固定的关系！"休说，好像是在引用什么自助手册上的话，"况且，我们又不是三岁小孩。我和你妈妈对'爱爱'还是略知一二的，对吧，莉兹？"

他向妻子抛了个媚眼，卡特琳觉得自己要吐了。

"嗯，没错。你以为我们不知道你整个学期在卡迪夫都做什么吗？"莉兹说道。

"妈妈！别说了！这太尴尬了！"尽管索尔看起来似乎觉得整件事都很有趣。

"但我们不会讨论避孕的问题。"莉兹继续说。

"不，我们不会的！"卡特琳觉得自己快尴尬死了。

"因为，你知道，身为天主教徒之类的——嗯，这是一种罪过，所以，这事就交给你们自己去决定吧。"

"另外，"休插嘴说，"我们现在还不想听到小朋友小脚走路的啪嗒啪嗒声，明白吗？"

"好了，别说了。话题结束！"卡特琳说道，羞得脸都要烧起来了。她走到楼上，在那个被他们称为书房的小储藏间里铺上一张小的沙发床。

平安夜，他们都去参加了午夜弥撒，那真是太神奇了。尽管卡特琳尽了最大努力控制自己，想要保持自己的不可知论者身份，但当她和她爱的男孩以及她疯狂但可爱的家人一起排着队去圣西奥多教堂领圣餐时，还是忍不住感到一种难以言表的欢欣。她想她的朋友们也会很喜欢他的。虽然圣诞节她们都没怎么见过面。

当然，在这个本该喜庆的节日里，也有一些烦人的事情：一个是朱迪思对乔治的惊人发现；另一个是拉娜和加雷斯之间的紧张关系，尤其是新年前夜在凯利家，这对情侣整个晚上都没有交谈。拉娜只待了几个小时，就说她必须早点离开，得回吉尔福德，因为第二天需要去参加一个午宴。

卡特琳和索尔起床去远足的时候，外面天还黑着，屋子里一片寂静。他们收拾好野餐需要的东西，装进背包里，穿上尽可能多的暖和衣服就出发了，冬日微弱的阳光正在竭力照亮寒冷的一月清晨。

走了两英里后，他们就到达了山顶。三百六十度的景色让他们屏住了呼吸，当然不完全是因为这美景，寒冷刺骨的空气和他们已经爬了一个多小时的事实也为此时的屏息贡献了一份力量，他们其实是有点喘不上来气。索尔伸出手握住卡特琳的手，他们站在那里，在沉沉的寂静中，将一切都纳入眼底，把周围永恒的景色都看在眼里，看进心里。那里没有别人，只有他们两个人，戴着羊毛帽子、手套、围巾，依偎在一起，被深深的爱意包围着。

"走吧。"索尔说道，他领着她走到一块岩石跟前，他们可以坐在上面静静欣赏眼前的景色。"我们喝点咖啡好吗？"他问。

"不用，我挺好的，不渴。"她回答道，还沉浸在眼前的景色中。

"那就来块饼干吧。"他接着说，打开背包。

"不用，等我们要回去的时候再吃吧，可以吗？"她凝视着远方，随口说道。

但是索尔还是拿出了一个特百惠收纳盒，里面装着一些自制的威尔士蛋糕。"卡特，吃一块吧。"

她看着他，好像他正在发生什么古怪的转变。"你还好吗？"她问。

"是的，我只是……我只想让你吃一块。"

"但是我现在不想吃，索尔……"

他又把盒子塞给她。"求你了，就当为了我，看看那该死的威尔士蛋糕一眼吧！"他似乎非常失望，"天啊，这还真是一场灾难。"

"怎么了？"卡特琳很困惑，拿过特百惠的盒子，打开盖子。里面放着一个小方盒，被透明胶带松松地粘在盒底，四周散落着六七块撒满糖霜的蛋糕。卡特琳屏住呼吸，几乎发不出任何声音。"噢，索尔，不是吧！"

"啧，老天，我感觉我搞砸了。"

但是卡特琳现在打开了盒子。里面，在一块小小的天鹅绒垫子上，放着她见过的最漂亮的戒指——一枚银戒指，饰有三颗小蓝宝石。"不，我的意思是，我的天，我简直不敢相信……我有点紧张，我感觉我有点想吐。"

"噢，别别别！别吐啊！"他惊慌失措，把戒指从垫子上拿了下来，"拜托了，能不能就直接说你答应了，说你同意我们结婚？"

泪水和寒冷使得卡特琳的视线模糊了，但她内心却充满了喜悦。她只是说不出话来，仅此而已。

索尔以为卡特琳还无法确定，所以他继续努力，试图说服她："我的意思是，我知道他们会说，我们太年轻了，我们不知道自己在做什么，这只是迷恋而已，外面还有那么多人等着我们去认识，还有我们的学位要怎么办？但这并不会影响什么。我们还会照往常一样生活，只是我们会结婚，我们会永远在一起。我们不需要买房子什么的，我们不需要，嗯，任何东西，只需要彼此。哦，卡特，我爱你，我真的非常爱你……听着，我……"

她耐心地等待着，直到他那充满爱意的碎碎念逐渐消失，然后她开口说道："好吧，那我们就结婚吧。"话音刚落，她就想扯下戴在手上的手套，这样她就可以戴上戒指了。但说起来容易做起来难，她之前因为怕冷就把手套上的绑带绑在了手腕上，很难解开。

"等一下，"索尔说着，帮她把手套摘了下来——眼下这情景就相当务实了，好不容易才搭建起来的一丝丝浪漫氛围一扫而光，"这样就好了。"

甫一得到自由，卡特琳就把手伸出去。然后两人低下头，他把戒指戴到她的手指上，静默了一下，又都抬起头，有些难以置信地盯着对方。

"他们准会气坏的。"他小声说，突然心中一阵不确定。

"是的，他们会的，"卡特琳安慰他说，"但没关系，我不会改变主意的。"

"真的吗？"

"真的。"

他们以一个温柔而羞涩的吻封住了这一刻。

然后，卡特琳挣脱了他的怀抱，问道："那么，我们是订婚了吗，所罗门？"

"是的，卡特琳，我们订婚了。"

他们俩立刻站起身来，跳上跳下，对着寂静的地平线尽可能大声地喊道："我们订婚了！我们订婚了！"群山和田野都在阳光的照耀下闪烁起了光芒，仿佛在为他们祝贺。

24

加雷斯

自从拉娜在新年那天回吉尔福德后，他已经收到了三张她寄来的愚蠢的明信片，还接到过几次电话。这些电话里的沉默多于交谈，有两次她只是打电话过来取消回来过夜的计划。现在已经是二月初了，加雷斯开始怀疑，异地恋是不是注定要失败。一天晚上，他在打台球的时候试探性地向朱迪思征求了意见。加雷斯担心她可能感到自己是他无奈妥协后找到的倾诉选择，但朱迪思坚持说她很高兴能成为一个有同情心的倾听者。"我至少能做点什么，加尔——你也听我唠叨过很多很多的事情……我那以自我为中心的母亲，我那不存在的爱情生活……"

他笑了。"什么不存在的爱情生活，你个白痴。"

"如果你指的是长号手林登，好吧，事实证明他并没有选择和我在一起。"

"你在开玩笑吧！"加雷斯说。

"没有。今天上班的时候跟我说的。他的新年决心之一就是要对每个人说实话，所以他最终承认了。他的父母不太能接受，很介意我的事情。他们已经一个月没跟他说过话了。"

"可怜的家伙，"他又打了一球，没打中，"简直是胡说八道，好吧，那我该怎么办，跟拉娜？"

朱迪思叹了口气。"唉，我不知道。我觉得你们得先在一起超过五分钟才行。你为什么明天不开车去看看她呢？牵牛要牵牛鼻子，你要当机立断，临危不惧。"她笑着说，"当然，我的意思不是说拉娜是头牛。"

"这个感觉不太好，而且她也不喜欢惊喜。"加雷斯嘟囔道。

"但是她喜欢浪漫啊，"朱迪思也笑了笑，"所有的女孩都喜欢浪漫，加尔，内心深处都是这样的。"她用球杆猛力撞击了一下白球，白球又把红球撞进了角落的一个口袋里，强烈的撞击甚至激起了一小团壳粉①灰。

第二天，他决定接受朱迪思的建议，下班后骑上摩托车就直奔吉尔福德了。

路上的交通还不算太糟，他刚过七点就来到了她的门前。手上拿着一盒橙色的巧克力棒，面带微笑，他按了按门铃，不知为什么感到有点紧张。当杰勒德吃着泡面打开门的时候，他那颗因为马上要见到她而激动的心沉了下来。

---

① 壳粉（Chalk），也称"巧粉""巧克粉"，通常为正方体滑石粉块，涂在台球杆头用于增大摩擦力，防止击球时打滑。——编者注

"她不在。"他说。

"哦。在排练,对吗?"加雷斯问道。

"我可不这么认为,"杰勒德讽刺地说,"否则我就不会站在这里了,不是吗?"

加雷斯想抓起那碗泡面倒在杰勒德那目空一切的头上。"嗯,我不知道,"他说,"为什么这么说?"

"因为我是演出的舞台管理,晚上的排练要到下周才开始。"杰勒德叹了口气,"你还要不要进来?"不等回答,他就转身离开了,边走边狼吞虎咽地吃着牛肉味的脱水蔬菜,随手关上了起居室的门。

加雷斯认为这暗示着要他上楼去等。

拉娜的卧室乱糟糟的。这并没有让他感到惊讶,反而让他笑了。加雷斯自己不是个会主动做家务的人,但既然没有别的事可做,反正都要等,他就想先整理一下。他铺好了她的床,洗干净了脏杯子,清空了她的烟灰缸,还收拾好了她扔得满屋子都是的衣服。

当他全弄完的时候,已经过去了一个小时,房间看起来好多了。但拉娜还是没有回来。于是他躺在床上开始翻阅她的一本戏剧书。他还不如读本日语书呢,反正这两者对他来说都毫无意义。他把注意力转向了那台黑白的便携式电视机,他在打扫时发现它藏在一件外套下面。他打开它,拨弄着调谐器,终于找到了《弗尔蒂旅馆》的重播,整个画面都带着一种颗粒感。

现在他已经饿坏了。都快九点了,他不太敢再去打扰杰勒德,问他是否可以给他一盒泡面，所以他唯一的选择就是撕开包装，享用起他自己带来的巧克力棒。

他一定是在那之后不久就睡着了，结果却被一声尖叫惊醒了。拉娜终于到家了。

"天啊！加雷斯！你在搞什么鬼！"

"对不起，宝贝儿，"他微笑着说，"我没想吓你来着。"

"好吧，但你还是吓到我了。"她说道，刚才她甚至都无意识地屏住了呼吸。

"杰勒德没告诉你我在这儿吗？"

"什么？没有，他睡着了。"她点了一支烟，被吓了一跳以后身体还是有些颤抖，然后坐在了床上。

"我来是想给你惊喜的。"他说，鼓起勇气笑了笑。

"嗯，那你确实成功了。"

他的计划没有得到他所希望的幸福、浪漫的结果。他们除了谈论大学的事情，以及她这个学期是如何充实地排练《天上人间》，几乎就没什么别的话可说。奇怪的是，她似乎永远也摆脱不了对他那样吓唬她的愤怒。但更奇怪的是，她没有解释那天晚上她去了哪里。虽然直接问她感觉很奇怪，但当他问出来的时候，她却不予理睬。

"抱歉，我没说过吗？"她脱下衣服爬上床，含糊地说道，"彩排。"

"唔。"

"又怎么了？"她的声音听起来很生气。

"嗯，杰勒德说你要到下周才开始晚上的排练。"她的眼睛里好像闪过些什么，还是说这只是他的错觉？

"杰勒德就是个该死的浑球，"她生气地说，"我们晚上进行的是和声的唱歌彩排。他认为世界都是围着他转的——如果没有他，那什么都不可能发生。不管他了，来吧，让我看看你来吉尔福德到底是为了什么。"他们发生了性关系，但时间很短，而且毫无激情。

"对不起，宝贝儿，"拉娜说，"我真是累坏了。"

"没关系，我们还有明天，"他安慰道，两人舒服地依偎在单人床上，"我请了一天假，这样我们就能有时间在一起了。"

"太好了。"拉娜说。

他告诉自己她声音里缺乏热情只是他的另一种错觉，这不是真的。

早上，他骑着摩托车把她送到了学校。她的心情似乎比前一晚好多了，这是这么长一段时间以来，他第一次感到事情很有可能会回到正轨。把她放下后，他就在市中心闲逛起来，看了一家摩托车店和一家唱片店。他已经好长时间没有休息了，他差不多都忘记了，原来闲逛是这么轻松。

按照安排，他会和拉娜共进午餐，两人去了她新发现的一家素食咖啡馆。他讨厌那里的食物，但喜欢拉娜陪伴在身边的感觉。当加雷斯带她回到学校时，他感到了过去和她在一起时的那种温暖。

他们计划那天晚上去看电影，在电影院吃热狗，喝些茶，然后晚上早点回去。加雷斯必须在第二天早上五点离开，才能及时赶回去上班。在七点去学校接她之前，他还有一个小时可以打发，所以他准备去酒吧喝点酒。"我会习惯的！"他微笑着穿过狐狸和薇薇安酒吧的门，心里想道。

"嘿，兄弟，这份报纸你们看完了吗？"他指着桌子上的报纸，问坐在角落里的两个人。

"请自便。"其中一个说，然后又转身去喝他的啤酒，聊起天来。

加雷斯看了看体育版块，很失望没有卡迪夫城最新的客场比赛消息。这并不奇怪，毕竟他是在英格兰。他找到了填字游戏，开始玩了起来。朱迪思搬进来之前，他从没玩过填字游戏。但她非常喜欢玩，没过多久，他也染上了这种癖好。

他旁边的两个家伙正在聚精会神地聊天。他尽量控制自己不去听，但还是禁不住被他们的口音吸引住了。其中一个听起来有点像索尔，或许是从东北来的？口音比索尔还是要重一些。另一个或许是格拉斯哥？不，应该是北爱尔兰的某个地方。听起来跟那个打斯诺克的丹尼斯·泰勒很像。

加雷斯的填字游戏前面进行得很顺利，现在却有点卡住了，他努力寻找着其中的一条线索。往下数第六个单词有十一个字母，"双重麻烦"——字母 D、空格、空格，然后是字母 L、I 和 C，接下来又是三个空格，最后是字母 U 和 S，到底是什么单词呢？当他在思考答案时，邻桌还是不断传来说话的声音。

"你等着，伙计，七点十五分她就会从那扇门进来，就像发条一样准时，"那个北爱尔兰人说道，"她就是离不开我。"

"但是他妈的这是一夜又一夜，伙计！"另一个人说，"你再这样下去，可能会受不住的！"他们都笑了。

加雷斯抬起头来，与那个北爱尔兰人的目光相遇，礼貌地对他笑了笑，仿佛听出了这个笑话暗藏的一部分。

然后他突然想到。

那个单词应该是：DUPLICITOUS（两面三刀）。

他把空白内容都填好，然后看了看表。他该走了。他伸手去拿自己的摩托车夹克，站了起来。"再见，伙计们。"他说。

达米安·马吉尔举起他的酒杯，朝加雷斯的方向对着空气碰了一下，然后继续和他的朋友闲聊。

"不过，拉恩，你得承认，她有点疯，尤其是用叉子刺人那一段。"他们刚刚去了当地的艺术影院看《巴黎野玫瑰》，现在正在厨房里做热巧克力。

"她不是疯子，加尔。天哪，你的同情心呢？她只是情绪混乱。你想要吐司吗？"

"好吧，你接着说，"他依偎在她身后，"我们躺在床上吃，好吗？"

她转过身来，轻轻地吻了吻他。"谢谢，加尔。你能来我真的很高兴。"

"嗯。"

前门传来敲门声。

"我去吧。"他说。

"如果是一个叫佐伊的姑娘，告诉她我在洗澡，别邀请她进来。一旦进来了，她是不会轻易离开的。"

他闻言笑了，一路走到玄关。当他打开门时，他的大脑宕机了一下，然后才反应过来他眼前所看到的。门阶上的那个人看起来也呆住了。他们俩默默地站了一会儿。

然后达米安·马吉尔说话了。"我找拉娜，"他说，"她今晚没来。"

加雷斯的呼吸加快了，他甚至都可以听到自己的心跳声。他盯着眼前这个在酒吧里见过的北爱尔兰人，没有移开视线，直接冲身后喊道："拉娜！有人找！"

他听见她走近的声音，却没有回头，痛苦地根据眼前所见的事实进行着推断。

达米安·马吉尔的脸上慢慢地掠过一丝微笑。"哦，这可真有意思。"他说着，越过加雷斯的肩膀，看到拉娜站在那里，完全呆住了。

听到她拼命地试图挽救眼前的局面，可真是叫人难受。可以看得出来，她在努力地让自己镇静下来，声音虽然带着愉悦和漫不经心，却还是止不住地颤抖。"哦，嗨，达莫，你是来拿书的吗？"

"什么书？"达米安·马吉尔假装困惑地说。

"这是达米安，加尔，"拉娜说着继续往前走，试图将加雷斯挤到一边，"他是我在大学里的朋友，而且——"

加雷斯抬起胳膊，轻轻地把拉娜推到他身后。尽管肾上腺素在他的身体里以极快的速度奔涌，他的声音还是很平稳。

　　"伙计，你上了我女朋友？"

　　达米安·马吉尔也盯着他，咧着嘴笑。

　　在他身后，拉娜继续着谎言，但没有成功。"加雷斯！你在说什么？我告诉过你——"

　　"不回答吗，达莫？"加雷斯无视了她。

　　"你说呢，太妃糖男孩？"达米安·马吉尔回答说，他的笑容没有丝毫的改变。

　　加雷斯从房子里走出来，朝他走去。

　　"加雷斯，住手！"拉娜喊道，但他还是充耳不闻。

　　"我认为，"他平静地说，"答案是肯定的——你上了我的女朋友。"他狠狠地推了一下达米安·马吉尔的肩膀。

　　建筑工人的笑容消失了。"你不会想这么做的，伙计。"

　　"是吗？"加雷斯又推了他一把。

　　这一次达米安·马吉尔做出了回应，向加雷斯挥了一拳，后者及时躲开了，然后一拳重重地打在了建筑工人的肚子上。达米安·马吉尔弯下腰，加雷斯又朝他挥了一拳。

　　"她就是你在酒吧里说的那个人，对吗？你这个该死的杂种！每晚都跟她见面？嗯？"

　　"加雷斯！"拉娜尖叫着让他们俩停下来，但没有人搭理她。

　　"是的，没错，"达米安·马吉尔说，血从他的嘴角流了出来，扭曲成一个令人作呕的微笑，"我告诉你，他们说的关于威尔士女孩的事都是真的——真他妈的好上极了！"

加雷斯又扑向他，血管里的怒火驱策着他往前冲。但突然间，达米安·马吉尔就打败了他，一眨眼的工夫，他就把加雷斯打倒在地。

"她在雅典的时候就非常性感，而且随着时间的推移，她似乎越来越好了！"他又打了一拳。

加雷斯痛苦地大叫："操！"建筑工人再次瞄准准备挥拳时，却被拉娜击中后背，她正挥舞着从前门随手抓起来的高尔夫伞。

虽然伤得不重，但还是把他打倒在地，加雷斯趁机爬了起来。

拉娜站在他面前，看着达米安·马吉尔站起来，他看起来有些力不从心了，擦了擦嘴角的血，检查了一下自己头部。"好吧，那么，很高兴见到你，加雷斯，"他说，"明天见，拉娜。"

"滚开，达莫！"她尖叫道。

"你会回来的。"他回答说，大摇大摆地走了出去。

加雷斯想跟着他，但拉娜把他拉住了。

"让我看看你的眼睛。"她小声地说道。

但他拒绝了她，盯着她看了整整五分钟。无数的信息在他脑子里转来转去，他拼命想弄明白这一切：圣诞节的工作，情绪低落，不想让他去吉尔福德看她……

一切都说得通，只除了一件事。

"雅典？"他问，"你在雅典就见过他？"

她并没有试图否认。她也没有阻止他离开。

三小时后，他回到了科伊德瑟尔林，走进公寓的时候，朱迪思还没睡，穿着睡衣坐在那里看书。

"天哪，加尔，你怎么了？"她说着，面带惊恐地走向他。

只有在那个时候，只有当他安全到家时，他才最终允许自己的身体承认发生了什么。他的四肢都很疼，头也隐隐作痛。但他的尊严和内心受到的伤害最大。没有什么身体上的伤害能比这种疼痛更严重了。

"噢，朱迪。"他低声说道。

"嘿！过来！"她的声音很温柔，然后用双臂抱住她的朋友，他瘫倒在地，无声地哭了起来。"没关系的，"她安慰道，"一切都会好起来的。"

25

卡特琳

"感觉一切都失控了，"她说，"我们明明要到十二月才结婚，我妈表现得却像是咱们下星期就要结婚！"

索尔在电话的另一端笑话她。正值复活节假期，他回到了贝菲尔德，在家里复习。"她都不让我一个人待着，"卡特琳呻吟道，"跟着我满屋子转，问我关于餐巾、格兰叔叔或该死的糖衣杏仁的问题！看在上帝的分儿上，我只想安静地学习。今天早上她还拿着一张她喜欢的婚纱照片闯进了我的卧室。说实话，我觉得那件婚纱会让我看起来像个灯罩。"

"好吧，如果这也能算是一种安慰，我告诉你，我这边也是同样的待遇。谢天谢地，你不用和一大堆在牙买加的亲戚打交道，也不需为他们的旅行安排操心。我父亲为了订机票都快疯了，而我母亲每隔五分钟就会给蒙哥马利大厅打电话，问旅馆房间里有没有洗脸的法兰绒毛巾或沏茶的工具。"

"索尔，要不我们就这样逃到格雷特纳格林小镇去吧？"

"那他们就再也不会跟我们说话了。另外，我想让我所有的朋友都来听听奥利里神父的口音，真的是太有意思了。"索尔笑道。

"他又不是什么该死的卡巴莱歌舞表演。"卡特琳回答说，尽量让自己的语气显得严厉些。尽管她不得不承认，当他们去见奥利里神父，组织宣读结婚启事并接受他们的婚前指示时，真的很难保持一本正经的态度。

"婚姻就像是经营一家跨国公司，"奥利里神父以卡迪夫式的快声调尖声说道，"你必须不断投资，才能收获回报。所罗门，你和凯特琳在这儿——"

"卡特琳。"索尔纠正了他的发音。

"对不起，凯瑟琳。"神父继续说，"你们俩就像是这家公司的总经理，懂吗？你们是首席执行官，如果你愿意的话，你还得盯着公司账目，明白吗？"奥利里神父似乎对他的比喻很满意，卡特琳和索尔怀疑他把这个比喻强加给了每一对在他的教堂策划婚礼的夫妇。他们还猜测，这是否会成为他在那些大日子上布道的特色。

"我很想你。"她终于平静下来了，默默地抱着话筒。

"嗯，我也想你，"他回答说，"组织学复习得怎么样了？"

"你太煞风景了！复习得实际上还可以。我一直纠结的是神经解剖学。我总是把胼胝体和尾状核搞混。不过，我今天会休息一晚。拉娜要在家待上几天，所以我们三个要在我家吃比萨。"

"祝你好运！"

"哦，应该没事的。她们只需要在一起待上几个小时。"

从拉娜和加雷斯吵架那晚起，她和朱迪思之间的关系明显变得冷淡起来。朱迪思实际上并没有对拉娜说什么，但很明显她站在加雷斯那边。

"我不明白你为什么这么生气，朱迪。"一星期后，卡特琳终于见到了朱迪思。

"因为谎言！"朱迪思难以置信地说道，"在知道我妈妈对我爸爸撒谎的事情之后，我就很不喜欢欺骗。"

"那倒是。"卡特琳点头同意，她知道朱迪思在发现父母婚姻的真相后受了多少苦。

"说老实话，卡特，如果你那天晚上看到了加雷斯的样子，你就会明白的。我从没见过这么伤心的人。感觉糟透了。"

卡特琳不知道该怎么办，她觉得自己很分裂。她能理解朱迪思的观点——还有可怜的加雷斯：在他身上发生的事情太可怕了。但最终，拉娜才是她们的朋友，尽管她是个白痴，但她们应该支持的是拉娜。"如果是你，她也会为你这样做的，朱迪，你知道她会的。"

但朱迪思只是耸耸肩，卡特琳也就不再劝她了。

从那以后，三个女孩之间就几乎没有联系了——部分原因是整个加雷斯-拉娜事件，但也因为她们都开始忙于自己的事情。朱迪思选择参加公务员考试，大部分晚上都在埋头读书；卡特琳除了准备婚礼外，还在为第一年的评估做准备；拉娜则是在不断地排练。

春季学期结束时，卡特琳去看了拉娜大学呈现的《西区故事》。朱迪思没有去，她说自己要复习，但她们三个人都知道这只是一个借口。

"她还在生我的气，是不是？"拉娜伤心地问道。

卡特琳试图安慰她，但也意识到自己的话没有什么说服力。"你是知道朱迪的，"她说，"她对谁都不会生气太久的。"

"每次我给公寓打电话，都是她接的，加雷斯从来不接。也不是说她不友好，或者什么的，但就是……有一种张力，很紧绷。如果我要求和加尔通话，她会说他出去了，或者有几次他根本就不来接电话。我真的太丢脸了。"拉娜叹了口气，"我真的搞砸了，对吗？"

卡特琳无法反驳，于是她只能紧紧地握着朋友的胳膊安慰她。

"你后来还见过他吗？那个建筑工人？"那天晚上，她们在拉娜的床上并排躺着，她问道。在黑暗中，拉娜没有回答。"我的天啊，拉恩，你不会还在和他见面吧？"

"我无法解释……只是——"

卡特琳被震惊到了，她直接打断拉娜的话："你可别告诉我，你爱上了他。"

拉娜坐直身子，打开灯。"什么？当然不是了！如果有什么的话，那也是我恨他。他是个非常讨厌的人。"

"那我就不明白了。"卡特琳说，她真的很困惑。

"听着，我尝试过结束这段关系，真的——我能抽支烟吗？"

"不行。"

"但和他做爱……真的会上瘾。我不想继续这段关系的，但我控制不住，我必须继续下去……我停不下来。"

"真见鬼，拉娜。"卡特琳小声说道，尽量不表现出对朋友失去尊重的样子。

她们沉默了一会儿，然后卡特琳提出了一个解决办法。"还记得我们为了大斋节放弃巧克力的时候吗？"她说，"有时候真的很难拒绝巧克力，但我们做到了，我们三个都做到了，不是吗？你为什么不用同样的办法呢？学会抵抗，学会对那个建筑工人说不。"

"但他该死的不是什么巧克力棒！"拉娜很生气地说道，然后很生硬地道了歉，"抱歉。"

"没事，我只是担心你，仅此而已。"

"听着，他的合同快到期了，他马上就要走了。那时候我就不会再见他了，毕竟别无选择了。"

"好吧。"

"好了，伤感的东西说得够多了，"拉娜强作欢愉地说道，"我们来谈谈你的婚前派对吧！"

"哦，拉恩，还有好久呢，"卡特琳打了个哈欠，为自己在朋友的热情萌芽时就把它扼杀在摇篮里而感到内疚，"咱们回头再聊吧，可以吗？"

拉娜犹豫了一下。"当然可以！晚安，宝贝。"她说。

但她们都知道，之所以闭口不谈卡特琳的婚礼，是因为这只能是她们三人在一起时谈的话题，少了一个都不行。

不过今晚，她们三个终于在一起了。卡特琳的卧室地板上放着两大盒比萨，她们三个人都穿着睡衣，没有化妆，围坐在一起。这让卡特琳想起了她们小时候在外面过夜的时光。

　　起初气氛很紧张。朱迪思和拉娜之间冷冰冰的、单音节的谈话使气氛变得难以忍受。就好像她们已经不认识对方了。卡特琳试图解决她两个最好的朋友之间的暗潮涌动，未果，最终还是休帮了大忙，打破了僵局。在不知情的情况下，他蹦蹦跳跳地跑进房间，扯着嗓子唱道：

> 卡特琳·凯利，朱迪思·哈里斯，拉娜·劳埃德！
> 掉进了泥泞的沟里，弄脏了自己的衣服，
> 身上还有股臭气，
> 所以她们回到科伊德瑟尔林，
> 卡特琳·凯利，朱迪思·哈里斯，拉娜·劳埃德！

　　三个人忍不住大笑了起来。爸爸，干得漂亮，卡特琳想。

　　之后事情就变得简单多了。没人提起过加雷斯，除了拉娜有些别扭地问朱迪思他是否曾经谈起过她之外。朱迪思只得承认，说他没有。然后她们达成一致，都同意不再提起他了。

　　卡特琳迫切地希望气氛可以彻底缓和下来，所以她想到了一个终极手段，绝对管用。"好了，"她边说边拿出一本新娘杂志，"谁想看看我喜欢的婚纱？"

就像挥动魔杖一样，时光好像倒流了十年，三位敏感的年轻女子又一次变成了八岁的公主，她们兴奋地尖叫着。卡特琳觉得事情应该可以恢复正常了。

/

第三部

命运的戏剧性

26

朱迪思

"你为什么不和我一起去呢？"她问，"给你的老骨头来点阳光，吸收点塞浦路斯的维生素 D。"

加雷斯笑了。"嘿，你说谁老！"

"不过，加雷斯，我看得出你很动心。"朱迪思一边说着，一边把夏天的衣服装进背包。

"是啊，谁不会呢？你姑姑的厨艺听起来棒极了。"

"塞浦路斯可不是只有烤肉串！"她笑了。

为了庆祝自己晋升到行政官员的位置，朱迪思决定给自己放个假。想想就很激动——能再见到她的父亲，还有她最近才认识的家人，同时还能在烈日下度过七天。她的航班是下午三点钟的，乔治已经和她约好当晚会在尼科西亚机场接她。他现在已经在卡科佩特里亚住了将近六个月，他写信告诉她说，他觉得自己好像从未离开过。

圣诞重聚后，朱迪思说服了他——不，是命令他回到塞浦路斯，重新开始他自1973年后就远离的生活。"这是你欠自己的，爸爸，"她温柔地对他说，"还有欠索菲亚、欠我的——欠我们所有人的。"

　　可以预见的是，他回国后受到了热烈欢迎，在当地政府办公室找到了工作，并以惊人的速度重新融入了塞浦路斯的生活。他甚至和他的前情人克莱欧妮基和好了，尽管这花了很长时间。她一直没有结婚。乔治的抛弃深深伤害了她，给她带来了无尽的羞辱，她不敢再冒险重蹈覆辙，于是她决定在余生保持单身。乔治下定决心要改变她的想法，并没有放弃尝试，直到最近，他终于成功了，尽管这也付出了代价：克莱欧的哥哥拒绝原谅他，威胁说见他一次打一次。"我想我们必须有耐心。"乔治在给朱迪思的另一封信中说道。但除此之外，塞浦路斯的生活还不错，乔治最想做的就是和他深爱的继女分享这一切。

　　不出所料，帕特里夏对朱迪思即将到来的旅行并没有那么热情。"真不明白你是怎么想的，他甚至都不是你的亲生父亲！"她说。但朱迪思也只是报以一笑：她早已对母亲残酷的嘲笑免疫了。她已经很久很久没有感到过这种满足了。

　　"你打算什么时候走？"加雷斯一边吃着每天的主食——三份维他麦和热牛奶，一边问她。她会从卡迪夫机场起飞，他主动提出用摩托车送她去。她知道他很善良，但她也知道他喜欢找借口去高速公路上飙车，就算只能加速短暂的几秒钟，也会让他很开心。

　　"十二点半？万一堵车呢。"

"好的。"他嘴里塞满了麦片，回答道，然后走回了自己的房间。她暗自笑了笑，继续收拾行李。

收音机开着，里面正在播放《我们的歌》的主题曲，西蒙·贝茨又开始讲述另一个悲惨的故事。"琳恩——这不是她的真名——和格雷戈——当然也不是真名——在一起很长一段时间，他们一直都很开心。"西蒙·贝茨继续描述着这段看似很田园的关系，叙说着琳恩去年是怎么到希腊度假，怎么喝醉了酒，然后和一个在酒吧认识的男人犯了一个愚蠢的错误。主持人说到这里，就自动切入了音乐剧模式，他刻意拉长语句，用短暂却有力的沉默来调节着故事的节奏，用主题歌曲填补空白。"而这个错误让她付出了沉重的代价……"

朱迪思震惊地坐在那里。这是拉娜的故事！"琳恩"就是拉娜。西蒙·贝茨讲述了整个关于不忠、懊悔和心碎的悲伤故事。在国家广播电台！播放给所有人听！

她全神贯注地盯着收音机的地方，根本没听见加雷斯大步走进了她的房间。"你在听这些废话吗？"他说，双手都在颤抖，他把音量调高了，甚至都没有等她回答。西蒙·贝茨正在结束这个故事的讲述。

"所以格雷戈，如果你在听，琳恩想让你知道，伤害你是她一生中犯过的最大错误……她会后悔一辈子。"

"哦，看在上帝的分儿上。"朱迪思咕哝着说，被这出戏剧性的场面吓坏了。

加雷斯转向她，难以置信地盯着她。"接下来是说给你听的，格雷戈。琳恩，她希望，只是希望，你可以原谅她……"

当吉姆·戴蒙德的《我本应该更加明白》的前奏通过电波传出来时，歌词似乎跟当下的氛围格格不入，两个人都没有动。

是的，我一直认为我们的爱是理所当然的。试图解释我哪里做错了，我只是不知道。

加雷斯探过身子，把收音机关掉。

"嘿，你打算怎么办？"朱迪思有些冒昧地问道。

但他没有回答，回到了自己的房间。她知道此刻最好不要跟着他。

过了一会儿，她听见加雷斯出去了，关门前他还喊了一句："我一会儿来接你。"

当他回来时，她问他是否还好，他说还好，更多的问题，朱迪思就不敢再问了。他不可能在这么短的时间内开车去吉尔福德见拉娜，然后再回来，但他去了哪里？他一直沉默不语，帮她背上背包，扶她在摩托车上坐好。

当他们到达机场时，她告诉他不要担心，不用和她一起进去了，她自己可以的。

"去吧，好好享受，"他说，"你是应该休息一下。"

"谢谢。你呢？接下来一整周都会是你一个人在家，你要找一些朋友来开派对吗？"她问，她知道加雷斯现在最不想参加的就是派对，但她还是问了出来。他更有可能沿着 M4 高速公路一路向东，去找拉娜摊牌或者和她重归于好。

他苦笑了一下，说："抱歉，我有点……你知道的。我只是没想到，就是这样。"

她想安慰他，但又不知道怎么安慰。"过来。"她说，伸出双臂抱住他。

"朱迪，你不在的话，我真他妈的不知道该怎么办了。"他小声地说道，声音都有些哽咽了。

加雷斯罕见地露出了自己的脆弱，朱迪思感到有些尴尬，于是迅速改变了话题。"好了，一周后见！"说罢，就朝机场出发大厅走去，加雷斯在她身后喊道："我会来接你的！"闻言，她立刻转过身来，可是他已经走了。

飞行了两千多英里，十二个小时后，她已经抵达卡科佩特里亚，坐在了索菲亚家的餐桌旁，家人都围在她身边，六月的天已经很热了，蟋蟀在草丛里欢快地唱着歌。孩子们早早就睡着了，但大人们依然兴致勃勃。索菲亚的丈夫伊阿尼斯提出要给她加满迈夏尔，但她打了个哈欠，说她真的得去睡觉了。

躺在床上，她回想着这一天经历的所有事情：在机场见到乔治的兴奋，前往卡科佩特里亚的路上不断和他聊接下来一周的计划，索菲亚、伊阿尼斯和孩子们对她的热烈欢迎，甚至院子里的山羊和鸡似乎都很高兴再次见到她。她真的很高兴能再次来到这里。对她来说，这里确实比科伊德瑟尔林更像一个家，而且她向他们展示了自己的希腊语，她很努力地突击学习了一段时间，看起来还是很成功的。每当她努力地说出一个句子时，他们都会很给面子地鼓掌，尽管她说得磕磕绊绊。她应该为再次来到这里而欣喜若狂——她也确实是这样的！她心里只是对加雷斯还有一点小小的担忧，而且挥之不去。

第二天早上，她被丹努拉和安德烈亚斯叫醒，他们想在上学之前再看一眼说话很有趣的表姐。他们给她端来咖啡，尝试跟她说了一句蹩脚的英语："Goot morrrrnink。"（早上好）说罢，他们咯咯地笑了起来，并在朱迪思大笑时跑出了房间，同时用希腊语再次大喊了一句"Kalimera！"（早上好）。

早餐，索菲亚又准备了一顿相当丰盛的宴席，就像她一年前为三个姑娘准备的一样。朱迪思狼吞虎咽地吃着两大块西瓜，享受着甜汁顺着下巴流到手指上的感觉。

乔治看起来像一只兴奋的小狗，胡子刮得干干净净，皮肤晒得黝黑。他穿着一件时髦的衬衫和一条斜纹棉布裤，朱迪思觉得，他看上去与那个科伊德瑟尔林的悲伤工厂工人和圣诞节时她遇到的蓄着胡子的苏格兰石油钻井工人完全不一样了。乔治已经重生，是一个全新的人了。

山间一日游后，他们在绿树成荫的树林里野餐了一顿，然后回到卡科佩特里亚，来到了克莱欧妮基·基里亚科斯的家。克莱欧妮基四十出头，身材娇小，非常苗条，嘴唇性感，一双棕色眼睛相当明亮，穿着朴素而优雅。乔治对他的心上人是如此敬爱，他很有礼貌地亲吻她的两边脸颊，非常正式地问候她，朱迪思看了深受感动。

当他转身把她介绍给朱迪思时，克莱欧妮基的眼里充满了泪水。她张开双臂拥抱朱迪思，仿佛在欢迎一位从战争中归来的、失散多年的亲戚。朱迪思只能听懂几个希腊单词，但乔治帮她翻译了，"她说你很漂亮，就像一只小鹿"。

朱迪思不确定这算不算恭维，但还是决定接受了。"谢谢。"她有些胆怯地尝试着用希腊语道了谢，克莱欧妮基似乎更爱她了。

他们留下来喝了茶，克莱欧妮基还带朱迪思参观了她的小花园，她对这个花园非常自豪。花盆里全是一株株盛开着的美丽的天竺葵、仙客来和牡丹。

"我准备给她做一个花园座椅，这样她就可以坐在角落里的橄榄树旁。"乔治骄傲地说道。朱迪思注意到这对情侣对视了一眼，不约而同露出了一个有些神秘的微笑。

在回家的路上，他们还来到了小教堂的墓地，在乔治母亲的墓前献上了鲜花。这次的祭拜很愉快，因为朱迪思和乔治两个人是一起来的，他们为这种纯粹的快乐所鼓舞。谁能想到呢？这样的事情居然发生了。

当他们准备要回到车上时，乔治说他有话要对她说。他们在树荫下的一个小石头座椅上坐了下来。

她已经猜到他想说什么了，但又不想让她父亲感到扫兴。她看得出他一直在排练，在他整理好思绪后，就大声而明确地说出了这句话。

"我已经向克莱欧妮基·基里亚科斯求婚了，她也已经同意了。"

朱迪思竭力绷住脸，不让自己笑出来，他那拘谨的样子真是可爱极了。

"哦，我知道了。"她取笑道。

"如果你觉得不舒服，我理解，但是——"

"爸爸——"

"但是我爱她，不管有没有你的认可，我恐怕都要娶她——"

"爸爸！"

他停下来，她握住他的手。

"这是好消息，我为你感到再高兴不过了。"

乔治脸上瞬间堆满了微笑，然后拥抱了她。"哦，我的小朱迪崽！"他接着解释说，等到离婚诉讼的终审判决一下来，他们就结婚。

"我知道，帕特里夏特意告诉了我这件事，"朱迪思说，乔治显得有些担心，"噢，别担心。说实在的，爸爸，我觉得她并没有那么烦恼这件事。上星期她还和'捕鼠人'出去约会了。"

"捕鼠人？"

"你还记得住在皮卡德路的诺曼·普罗瑟洛吗？他是害虫防治专家。但我们一直叫他'捕鼠人'。说句公道话，他看起来还不错。"她和乔治相视一笑。

"我原以为，"乔治说，"我离过婚，克莱欧和我就无法在教堂结婚了。但没想到，由于我和你母亲的婚姻没有在这个国家登记过，所以塞浦路斯的教会不予承认！"

"这可真是个方便的偏见！"朱迪思说。

"是的，完全正确。"他停了一会儿，然后谨慎地说道，"还有一件事——"

"说下去。"朱迪思催促他。

"好吧，我决定把房子留给你母亲。毕竟房子是我们共同所有，房子给她的话，至少她就不用卖掉它了。"

"什么？"她的声音有点太大了，"你为什么不让她买下你的份额呢？"

"朱迪崽，"他抚摸着她的手说，"我们都知道，以她的收入，这是不可能的。如果我坚持要卖掉它，她能住哪儿呢？她该怎么办呢？所以我不能。尽管她有那么多的缺点，尽管她做过那么多的事，尽管她对我说了很多侮辱人的话，我仍然觉得我需要给她一点补偿，同意和我离婚的补偿。"

"嗯，你的心地比大多数人都善良，爸爸，这是肯定的。"乔治闻言笑了。

"你知道的，你母亲并非一无是处。"

朱迪思没有说话。

不久，他们又回到家里。当他们把车开进小农场前面的院子时，索菲亚跑出来迎接他们，她在围裙上擦着手，显得很兴奋。她用希腊语对乔治说了几句话，乔治转向朱迪思，给她翻译了一下。"显然，我们来客人了！"

朱迪思想，也许是克莱欧的哥哥来了，来赔罪或者来捣乱的。她踏进房门，由于在外面晒过阳光的关系，眼睛花了几秒钟才适应了屋里的黑暗。但她终于能看见他了。

"加雷斯！"她低声说道。

"嘿，你还好吗？"他笑嘻嘻地回答，"我最终还是决定要休个假。"

27

加雷斯

去塞浦路斯旅行是一个疯狂的、一时冲动的决定。他本来打算这一周都在家干活的，享受自己的休息时间，没事就摆弄一下摩托车。但是听到《我们的歌》以后，事情就不一样了。他那个懒散自在、十分放松地在公寓里度过这一周时间的计划，已经不受控制地奔向了未知的方向。他骑着摩托车沿着蜿蜒穿过布雷肯山的 A470 公路跑了几圈。这是目前唯一能让他清醒的方法了。

和那个北爱尔兰人打架的事已经过去四个多月了，他也已经四个多月没见过拉娜、没和她说话了。神奇的是，他很快就习惯了没有她的生活。这并不是说他没有想过她，只是当他这么做的时候，他已经没有什么感觉了。他甚至怀疑自己是不是一度被施了什么催眠咒，而他在二月那个可怕的夜晚见到的那个人才是真正的拉娜。当时他所感受到的伤害和羞辱是如此强烈，以至于他在接下来的一周里都是完全茫然的状态。他怎么会这么笨呢？怎么就这么容易上当受骗呢？

随着时间的推移，他开始感觉好些了。然后他就听到了《我们的歌》。

他是不是潜意识里就在等着这个呢？这是不是他一直在暗自希望能让一切恢复正常的浪漫举动呢？这是不是丢失的那一块？他知道有什么东西丢了吗？他是不是已经习惯了没有拉娜的生活，抑制了他们能复合的想法？或者他真的最终修补了他破碎的心？

他意识到启示可能会在最意想不到的时刻降临。应该就是这一刻了，他的摩托车还停在卡迪夫机场，而他正坐在上面，听着引擎空转的声音，看着飞机不断起降，看着朱迪思走向出发大厅，这一切再清楚不过了。

他很享受做完这个决定后的兴奋感。第二天，他在科伊德瑟尔林一家小旅行社预定了航班，收拾好背包就出发了。他从不怀疑自己做的事情，他坚信自己是对的，休假也是一样——他也确实需要休息一下。而且朱迪思向他发出了邀请，不是吗？而最后，事实也证明他的这个决定是对的：当他的朋友看到他出现在索菲亚的厨房时，她脸上的震惊和激动真是有趣极了，不枉他大老远跑过来。

他感觉自己相当受欢迎。索菲亚在客厅给他铺了一张床，加雷斯把她摆在他面前的所有东西都吃了，甚至还吃了更多。

又吃了一顿美味的希腊餐后，他揉着肚子说："天哪，朱迪没有在你做饭的事上撒谎，一流水准！"他对索菲亚说，乔治笑着帮他翻译。

认识乔治是件好事。

在那里的最后一个晚上，他坐在外面的阳台上，和乔治一起喝着迈夏尔，抽了一根他的手卷烟。他在等朱迪思换衣服。他们准备出发去看一个当地乐队在村庄广场上的演奏，想体验一下正宗的塞浦路斯夜生活。

"记住，这是卡科佩特里亚，"乔治微笑着说，"不是利马索尔。别抱太大希望！"

这里的夜晚很是温和、宁静，山上吹来的凉风让空气都清新了不少。他们沉默地坐了一会儿，都沉浸在自己的思绪中。

"准备好了吗？"朱迪思的声音忽然响起，打断了他们各自的沉思。她穿着一件奶油色粗棉布上衣、一件吉卜赛裙和一双系带帆布鞋。她的一头光泽的棕色鬈发披散在肩上——与平常的发型不同，她之前都是把头发梳成一个不高不低的马尾。

加雷斯看起来有些不知所措。"你看起来……"他努力想找个合适的形容词。

"是很奇怪吗？"她担忧地问道，低头看着自己的衣服，"我从索菲亚那儿借的上衣。"

"不！当然不是，它很酷。"

"行吧，"但他还是站在那里不动，她说，"走啊你。"

这个乐队确实有些奇怪，这样的形容已经算是很客气的了。他们用传统的塞浦路斯乐器演奏出流行音乐，主唱的声线介于席德·维瑟斯和 Bucks Fizz 的乐队主唱之间。尽管如此，整个晚会的气氛还是很轻松愉快的，他们大部分时间在跳舞或大笑。加雷斯很久没有度过这么开心的夜晚了，他们甚至都没有喝醉——他们只喝了自制的柠檬水，因为他们不想第二天早上五点赶去尼科西亚机场的时候是个宿醉的状态。

"我这几天过得充实极了，朱迪。"当他们慢慢溜达回家时，加雷斯说道。

"噢，我也是，"她说，"谢谢你的到来，我还是不敢相信你居然真的来了！"

他们慢慢走着，渐渐地开始默不作声——偶尔会听到一两只猫头鹰的鸣叫，还有许多星星陪伴着他们。

当他们回到家时，其他人已经上床睡觉了。他们在索菲亚井井有条的厨房里一边做蜂蜜牛奶一边低声交谈。索菲亚还给他们留了一盘美味的杏仁饼干，仍然热烘烘的，让人无法抗拒。他们在那张巨大的沙发上坐了下来，分别坐在两头，拿起饼干，蘸一下热气腾腾的牛奶，吃下去简直是无比的享受。加雷斯懒洋洋地瘫在那里，就像在家里一样。朱迪思则盘腿坐着，也像在家里一样。两人在彼此的陪伴下都很舒适自在。

他意识到，在他待在这里的这段时间里，她从来没有问过他关于拉娜的事。她是那么体贴，果然这才是朱迪。但是他觉得他现在应该向她解释一下。

"如果你不想说，那就不要说了。"她说。

"我知道，"他停顿了一会儿，整理了一下思绪，"都结束了，朱迪。"他轻声说，"这感觉其实还挺好的，真的。我也欠她一个人情,她在《我们的歌》做的那些——它让我能正确地看待这一切。"

"那真的是一个非常了不起的举措,加尔,"她说,吹了吹牛奶让它冷却下来,"难以置信的浪漫。"

"你是这么想的吗?我发现这一切都有点……虚伪。不是吗?你诚实地告诉我。"

他可以看到朱迪思在挣扎,他现在是在考验她对友情的忠诚,这其实对她不太公平。

"哦,我不知道,这就很拉娜。"她很圆滑地回答道。

"是的,也许这就是问题所在。拉娜不再属于我了。别误会我的意思,我希望她一切都好,但是生活还是要继续的。"

"我明白。"

"其实还有点别的。"他说道,不敢正视她的眼睛。

"那你继续说。"朱迪思说着,像只口渴的猫一样连喝了几口牛奶。

他该怎么跟她说呢?他现在别无选择,只能一头扎进去,扔出一枚手榴弹,打破现状。说出来。说出来!

"嗯,我已经……你看,有……现在有别人。"

朱迪思被牛奶呛了一下。"抱歉,"她结结巴巴地说,"是吗?"

"我知道这对你来说很难接受,因为拉娜是你最好的朋友,嗯,我当然会对她实话实说,呃,我会告诉她的……我只是想先跟你谈谈。"

"为什么是我?"她皱着眉头问。

这一切进行得好像不太顺利。于是他尝试了一种不同的策略。

"你对我太好了,朱迪,真的非常好。而且,你一直,嗯,就在我身边,我们……我们现在是好朋友了,不是吗?尽管开局不是很好。"

"嗯,是的。"她谨慎地回答。

"问题是,我有点……好吧,我,有点爱你。"他终于说出来了,但他竭力抑制住任何想要喷涌而出的感情,所以听起来就像他在告诉她水烧开了一样。

"哦,我也爱你,朋友。"她回答。

他立刻意识到自己对整个形势判断失误了。

"不,我的意思是……我爱你,我爱上你了。"他现在甚至都有些绝望了,真希望自己没有开这个口。

她停了下来,不再喝手上的牛奶了,只是紧紧地握着杯子,盯着他。

当他意识到自己的坦白吓坏了她时,他鼓起勇气抬起头来,心里有些发痒。

"不,你没有。"她坚定地说。

他觉得很困惑。"呃,可是,我有!我真的爱上你了。"

"你被自己骗了,就是这样,刚才说的都是胡话。"她站起来,从他手里接过他未喝完的牛奶。

"我以为你会说你也有同样的感觉!"

"加雷斯!"她转向他,试图压抑自己的恼怒,把音量压低,"你今晚是怎么回事?糊涂了?你不爱我,我也不爱你。我们是朋友,我们是室友。就这样!现在我们都要去睡觉了,否则赶不上明天的航班了。所以请你锁上后门好吗？"

"好的。"他回答她，不知道接下来该说什么。

她默默地把杯子洗了一遍，擦干手，朝楼梯走去，就看见他正尴尬地站在那里，她没有停顿，直接从他身边走过。

"朱迪，我很抱歉。我真的做错了，对吗？"

"是的，你做错了。"她说，然后温和地笑了笑。"不过别担心，好吗？"说完她就上了楼，消失在他眼前。

第二天早上，尽管时间还早，她还是充满了活力，表现得极为友善，好像在弥补前一天晚上他的坦白给他们的友谊留下的裂痕。她过分热情的友好态度向他发送了一个无声的信号，似乎是让他不要再在谈话中提及此事，所以他就没有再说了。无论如何，在回家路上，他们都很有礼貌，很友好，在外人看来，他们似乎是最好的伙伴。但一旦他们回到了家，就开始像共享一处房屋的陌生人一样。彬彬有礼的恭敬态度和一种陌生感，让这个公寓里的气氛很是怪异。

加雷斯躺在沙发上，听着碰撞乐队的歌曲，不知道他们还要这样躲着对方多久。到现在已经三天了。朱迪思每天晚上都出去——上希腊语课、游泳，或者其他什么借口。他们还能回到过去吗？或者他们在感情关系上已经无路可退了？他是否仅仅因为完全误读了某些迹象，就毁了一段到目前为止还很美好、轻松的友谊？他无法收回周六晚上说过的话。他也不想收回——毕竟他说的都是事实。

朱迪很可能会告诉拉娜，这会让他们之间的关系更加尴尬。是的，这简直是一团糟。

在音乐的掩映下，他隐约地听见她用钥匙在楼下开了门，听到她每走一步都发出的熟悉的脚步声。她走到了楼梯口，他等着她进屋，随手把门关上，就像他们从塞浦路斯回来后她每天晚上都做的那样。但是今晚她的脚步声却转向了另一个方向，几秒钟后她就站在起居室的门口了，他看见了那副熟悉的愁眉紧锁的样子，她的眉头皱得可真紧。

他站了起来，等待她说出：加雷斯，我想我最好还是另找个地方住……

但她什么也没说。只是盯着他，紧紧咬着下唇。时间仿佛静止了。

歌声充斥着整个房间，似乎越来越响，仿佛有一只看不见的手在放大音量。"我是该留下还是该离开？"音响里此时传来乔·斯特拉默高亢的歌声。

最后他不得不开口问道："你还好吗？"她还是什么也没说，只是点了点头，作为回应。

然后她就做了那件事。她径直走向他，坚定而果断。有那么一瞬间，他怀疑她是不是要打他。

但事实远非如此，她把手放到他的脸上，闭上眼睛，慢慢地吻了他。他足足反应了几秒钟，才闭上双眼，回吻了她。

"我只是想告诉你，"她低声说，"不，你没有弄错。"

她又吻了他一下，碰撞乐队还在继续唱着。

"所以来吧，告诉我，我是该留下还是该离开？"

28

朱迪思

他们睡在一起的第一个晚上是如此激烈，她甚至以为她整个人都会在令人窒息的快乐中死去。后来她甚至说不出话来，他们两个都不能。他们只是躺在那里，疲惫的四肢缠绕在一起，呼吸着彼此皮肤上的甜蜜气息，他们的呼吸是幸福而深沉的，他们的眼睛睁得很大，等待着阳光悄然地从窗口照进来。她只知道她身上发生了一件无法挽回的事情。再也回不去了。

"我们现在怎么办？"她终于低声问道，打破了沉默。

"去烧壶开水。"他回答道，吻了吻她的头，然后滑下床。

他伸了伸懒腰——心满意足地伸了伸懒腰，就像一只吃饱了的猫——她仍然对他们之间发生的事感到惊讶，而且现在她竟然可以肆无忌惮地盯着他的身体，欣赏他全部的美。因为他是她的，她是他的。他们是属于彼此的。

他们坐在床上喝着茶，仍然有些发蒙，他们的手叠在一起，凝视着前方。

"朱迪,昨天晚上……很……"他挣扎着说,"好吧,我想这个词是不存在的。我以前从来没有过这种感觉。"

"我感觉我脑子还是嗡嗡的,"她说,"好像有什么……我不知道,这……电流穿过我身体之类的。一种令人非常愉快的持续的电击。"

一小时后,他们都得去上班,但两个人都无法集中精神,迫切地想要回家,看见对方,重复他们前一天晚上做过的事情。只想去亲身证实这件事情确实发生了。这种情况持续了很多天,当然都是秘密进行的。事实上,除了同事、邮差和街角小店的女人,他们一连好几个星期都没有看到任何其他人,他们渴望着彼此的陪伴,迷失在这个充满享乐主义、内向的新爱情世界里。卡特琳给她打过电话,拉娜给她写过信,但朱迪思对她们俩都置之不理。伦敦政治经济学院也联系了她,问她是否打算在秋季回来复学,她也没有理会。任凭时间流逝,她就只沉浸在爱的迷醉中。除了加雷斯,谁也不重要,什么都不重要。

但在九月一个下班后的晚上,她被人从她秘密的小爱茧中拉了出来。加雷斯答应她,如果她把所有的食材都买回来,就给她做咖喱,饭后他还会洗碗。她走进洗衣店旁边的那扇门,出于种种原因,脸上挂着灿烂的笑容,拖着两大包杂货上楼,边走边喊。

"嘿,梅特卡夫!准备好用你的咖喱肉来向我求爱了吗?"

但加雷斯没有回答她,而是站在楼梯顶上,仍然穿着工作服,神情有些不安和紧张。"我们来客人了！"他强迫自己高兴起来，"卡特琳来了。"

当现实冲击到他们的私人小世界时，朱迪思的胃瞬间一阵翻腾。但她脸上还是挂上一抹微笑，向厨房走去。"卡特！"她说，希望自己听起来不会太虚伪，然后把买来的东西扔到桌上，去拥抱她的朋友。

"嘿，陌生人，你去哪儿了？"卡特琳问道，朱迪思越过她的肩膀和加雷斯交换了一个眼神。这可真是千钧一发。

"哦，宝贝儿！我很抱歉，我真的是忙死了，工作太多了！"

她忽然看到了挂在冰箱边上的粉笔留言板，上面明显地印着朱迪思自己的笔迹：我崇拜死你了，GM，今晚见。朱迪思蹑手蹑脚地走过去，在没有引起卡特琳注意的情况下，轻轻地用袖子把上面的字迹擦掉了。同时默默祈祷卡特琳之前没有注意到这行字。

"我收到了你们从塞浦路斯寄来的明信片，"卡特琳说，"加尔，你能一起过去真的太好了！"

"是的！"朱迪思和加雷斯同时说道，都急于让自己听起来像个普通的朋友。

"还要再喝点茶吗，卡特？"加雷斯问。

"不用了，你们不用客气了。我就待一会儿，马上就走。约了花店谈事情，老实说，筹办这场婚礼的花费实在是太大了。"

朱迪思突然注意到了她和加雷斯的肢体语言，发现即使他们刻意留意了，也无法离彼此更远。"问题是，因为你一直不给我回电话……"

"对不起！"朱迪思叹了一口气。

"……我不得不自己来组织婚前派对。"

"哦，该死。"朱迪思懊恼地说道，她和拉娜之前一直说她们会来安排这件事情的。

"我想拉恩一直想要联系到你。"

"她联系我了吗？"朱迪思睁着眼说瞎话，"哦，上帝，我真没注意到。只是我……公务员考试结束后，我就去了塞浦路斯，然后我又升职了……对不起。"

"快三个月了，朱迪！"卡特琳说，她控制了一下自己，告诉自己不要生气。"不过，没关系，"她接着说，"计划是这样的，我想简单点，就只有你、我、拉娜和我妈妈。抱歉，我妈妈坚持要参加。我已经预订了卡迪夫的天使酒店，我们会一起喝下午茶，然后在城里玩一晚——我妈妈甚至还说她要去金牛牛排馆和奇异果餐厅！"

"哇。"朱迪思偷偷看了加雷斯一眼，但他的眼睛紧紧盯着卡特琳，脸上带着毫无破绽的微笑。

"我已经预订了十月底的房间。我知道还有几周的时间，但你下个月就会回到伦敦政经学院，所以最好提前跟你说一下，一定要把时间空出来。"

一阵短暂的沉默。朱迪思该怎么告诉她自己不回去上学了？

"你认为这主意很糟糕，是不是？"卡特琳问道，误解了她朋友的沉默。

"什么？当然不是！你傻不傻！"

"那就好，我已经告诉拉娜了，她也准备好了。二十四号星期六，行吗？"

"没问题！"朱迪思咽了一下口水，然后开口问道，"顺便问一下，拉娜怎么样了？"

卡特琳尴尬地瞥了加雷斯一眼。"她很好。你也知道拉娜这个人，她做什么事都很投入，总是忙个不停。"

加雷斯垂下眼帘，看着地板，朱迪思点了点头，微笑着，竭力装出若无其事的样子。

"不管怎样，"卡特琳说，强装笑脸，"你会在婚前派对见到她的，不是吗？这样就都可以好好地聊一聊了，咱们实在太久没聚了。"

"是的，确实很久了。"朱迪思说道。

屋子里忽然静了一下，然后卡特琳站了起来。"好吧，走之前我能去一下洗手间吗？"

"当然可以。"

卡特琳走出厨房，边走边和他们聊天，告诉他们她父亲已经写好了他的"新娘父亲"致辞，他一边在花棚里排练，一边被自己讲的笑话逗得开怀大笑。朱迪思和加雷斯又偷偷对视了一眼，脸上都还挂着些许的惊慌，也有些异常的兴奋，默契地继续保持着沉默。

然后卡特琳欢快的说话声突然停止了。他们同时意识到了问题所在。

朱迪思闭上眼睛，叹了口气。

"靠。"加雷斯小声咒骂道。

他们屏住了呼吸，卡特琳走了回来，站在了门口。"你的卧室，朱迪……"朱迪思只能看着她。

"它似乎不再是一间卧室了。"

"是的，"朱迪思应道，几乎说不出来话，"现在是书房……什么的。"

"那么，在这种情况下，"卡特琳问，她已经知道答案了，"你睡在哪儿？"

*

那天晚上，朱迪思和加雷斯蜷缩在沙发上，商量着要怎么处理秘密被发现的后果。早些时候，他们看着卡特琳在那里权衡形势、吸收信息、计算后果。她一直在纠结，一方面认为朱迪思和加雷斯对拉娜非常不忠，另一方面又认为他们俩是一对非常般配的可爱情侣。不过，有一件事她是肯定的，那就是她不会向拉娜透露一个字。

"这得由你来做，朱迪，"这是她临别时的一句话，"但动作要快一些。否则整件事就会这么继续拖延下去的，对我的婚前派对和婚礼来说都不是什么好事，我不想让这两场派对带给任何一个人任何不好的感受。我们彼此之间从来没有秘密，不是吗？"

卡特琳当然是对的，他们不能假装拉娜不存在。"她仍然是我最好的朋友之一，"加雷斯给朱迪思按摩脚时，她对他说，"只要我是你生活中的一部分，她就也会出现在你的生活中。我们无法回避这一点。"

"我知道，"他平静地说，"那么，你要我告诉她吗？"

"不，应该是我去跟她说。我认识她的时间比你长。我想我才是最不忠诚的那个人。"

"首先，没有人不忠，"他恼火地说道，"我和她几个月前就结束了，记得吗？还有，记住，她才是那个到处乱搞的人。"

"好吧，说到这件事，我……"

"哦，上帝，别告诉我你也在到处乱搞。"他笑着说。

"你笑是因为你知道那是我永远不会做的事。"

他停下来，抓住她的手吻了一下。"是的，我确实知道这一点。好了，你继续说吧。"

但是朱迪思没有马上回答，她对自己要说的内容感到有些勉强。

"朱迪？"加雷斯看上去有些困惑。

"怎么说呢，首先我很抱歉没有早点告诉你……"

"嗯……"加雷斯轻声应道。

朱迪思深吸了一口气，闭上眼睛说出了那句话。

29

拉娜

三个月后

记住这一刻，这是她一直在心里念叨的一句话。最好的两个朋友之一的婚礼，她想永远地把它记录下来，烙刻在记忆里。站在圣西奥多教堂里，十二月的阳光并不温暖，正透过圣坛后面的彩色玻璃窗照进来，熏香的味道让一切都感觉如此神圣。卡特琳和所罗门跪在奥利里神父面前，接受着他的祝福，以及教堂里每个人的祝福。她自己并不信教，但今天她感受到了一种以前从未体验过的灵性，一种充满她内心的喜悦。

她瞥了一眼她的另一个最好的朋友，拉娜站在她旁边，穿着一模一样的宝蓝色高腰天鹅绒礼服。可怜的朱迪，她讨厌那件衣服。拉娜也知道原因——她看起来穿着很不舒服的样子，而且似乎很高兴能把自己藏在漂亮的披肩下面，这个披肩设计不仅为裙子增添了装饰的美感，还能抵御十二月的寒冷。拉娜试着对她微笑，急切地想要激发出一种共鸣，一种可以双双感叹"这是不是很神奇"的时刻，但她的热情没有得到回应。尽管如此，她也没有生气，今天很特别，没有什么能破坏它。

可能除了加雷斯。

当然，邀请他参加婚礼的夜间派对本来就不理想。当拉娜第一时间发现这一点时，她提出了抗议："你为什么要邀请他，卡特？有他在，我这一晚就毁了！"

卡特琳的反应也是异乎寻常地暴躁。"是，但这并不是你的婚礼，不是吗？他毕竟是我们的朋友。"

"也许吧。"拉娜说，意识到自己有点自私。

在过去的十个月里，她经常会想起加雷斯——主要是对自己的行为感到内疚。她最近很少见到卡特琳和朱迪思，见面时她曾试着跟她们谈起这件事，但两人都没帮上什么忙。实际上，她们两人最近都有点奇怪：卡特琳十月份的婚前派对就已经有点给她泼冷水了——感谢莉兹·凯利，幸好她带了地狱龙舌兰，最后才勉强算得上一个有趣的夜晚，因为朱迪思和卡特琳一直表现得像两个无聊的老妇人。拉娜曾多次问她们是否出了什么问题，但她们都闭口不谈。

"好吧，你们俩最近到底是怎么了？吵架了？"她终于问了出来，有些恼怒。

没人搭理她。最让人无法接受的是她们两个都说不要喝酒。"看在上帝的分儿上，这可是个婚前派对之夜！"但朱迪思又在进行她那愚蠢的节食计划，而卡特琳也决定在大日子来临之前滴酒不沾。

不过好在，婚礼这一天终于到来了，这一切终于发生了，她现在就在参加这场婚礼。加雷斯现在不重要了，她最好的两个朋友之间发生的事情也不重要了。

"好了，"奥利里神父检查了一下他的笔记，然后说，"我现在要请劳拉·劳恩到前面来，为我们大家唱首歌，请大家鼓掌。"他朝拉娜挥手，让她加入他们，似乎还把喊错名字的习惯也延伸到了她的身上。算了，无所谓了。

尽管已经习惯了表演，但当他们聘请的吉他手开始轻轻地拨动琴弦弹奏前奏时，她惊讶地发现自己的喉咙因为紧张情绪而有点收缩。所以一开始她迟疑了一下，错过了提示音，于是吉他手又弹了一遍。她这是怎么了？她从未感到如此脆弱，如此没有安全感。她离开了自己的舒适区。因为这并不是一场大胆、傲慢的表演时刻，而是发自内心地歌唱和抒写卡特琳和所罗门之间那不可动摇的爱的时刻。拉娜把所有的精力都集中在他们身上，这是她唯一能熬过去的办法。

蒙哥马利大厅的招待非常棒。拉娜来自一个人口众多的大家庭，二十年来参加过很多婚礼，但这次是到目前为止最好的一次。

当休上台作新娘父亲的致辞时，他一直在停顿，让自己镇定下来，每次卡特琳都会捏捏他的手，而这又会使他哭起来。最后没办法，莉兹站了出来，接过了他的提示卡，说道："我丈夫想说的是……"她的控制能力强多了，休写的笑话很受欢迎，大家都很捧场，时不时地会爆发出笑声和欢呼声。然而，当她读到最后几行时，她也绷不住了，这次爱德华·布莱斯接替了莉兹来作这个致辞。这就像是一场家长接力赛，致辞指挥棒从一个家长手中传到另一个家长手中。

"这就是所罗门的岳父最后想说的话。"爱德华说，他的性格比休更严肃，结尾的那句话他念得非常单调，一点儿也不幽默。"索尔，她是我唯一的女儿，没有她我就迷失了，我虽然不是什么黑手党，但也并非一无所有，所以尽管我不会复仇，也不会让你消失，但如果你胆敢伤害她，括号，德尼罗口音，括号，我会把你赶出城的。括号，笑，括号。"

一阵尴尬的沉默之后，爱德华补充道："我想那只是一个玩笑。"于是所有人都开始鼓掌，轻松地大笑了起来。

"我还是规矩点比较好。"索尔在站起来发表他自己的致辞之前低声说了一句。

当他开口说话时，拉娜就明白为什么卡特琳会爱上他了。他以E.E.卡明斯的一段诗结束了致辞，而这段诗像潮水般淹没了在场的每一个人：

> 这是我根植心底，不为人知的秘密
>
> 是根之根，芽之芽，天之天，是我之生命树；
>
> 是高于灵魂所能企及之处，是深于思想所能掩藏之地；
>
> 是星汉之奇迹，若银砾，似屑金；
>
> 我携你心，置于我心

"有些人就是注定要在一起的，对吗，朱迪？"婚礼早餐一结束，拉娜就对她的伴娘同伴说。桌子也都被清理干净了，大家都在为之后的舞会派对做准备。

"我想是的。"朱迪思说。

拉娜现在已经有些醉意了，她享用了不少爱德华和阿米莉亚·布莱斯提供的免费香槟。但朱迪思似乎完全清醒。

"拉娜，我们能谈谈吗？"朱迪思说，"我有件事想要告诉你。"

"当然可以！我们出去呼吸点新鲜空气吧。"

十二月的寒冷夜晚，她们坐在外面已经有些陈旧的凳子上，看着卡特琳的两个小表亲围着桌子互相追逐，然后其中一个孩子摔倒在地上，哭了起来。

"你们这一天太兴奋了！"他们的母亲喊道。

"大人为什么总喜欢这么说？"拉娜笑着问，"等我有了孩子，我要让他们像野狗一样到处乱跑！"

她们沉默地坐了几分钟，不断有参加晚宴的客人腋下夹着礼物走进来，他们看上去比有些白天来的客人更光彩夺目，因为上午那些客人中午吃饭的时候都喝了不少，自然是减少了些许的风采。

"所以，你想聊什么？"拉娜问。

"说实话，我不知道从哪里开始。"

"是要说你的体重吗？我知道你很勉强地把衣服穿上了，但是说老实话，朱迪，你还是那么漂亮——"

"不，不是要说这个。"朱迪思打断她的话，说道。

"那就继续，你要说什么？"拉娜轻声问道，伸手从包里拿了一支烟。

"那个，你能不抽烟吗？让我觉得有点……嗯，你知道的……"

这让拉娜有点恼火，她觉得自己已经对朱迪思奇怪的情绪非常有耐心和纵容了。"我以前抽烟，你可都什么都没说。"

"我知道。"

"而且你的室友也抽烟，加雷斯抽烟，你又是怎么处理的？"

"实际上，他不抽了。他已经戒烟了，几个月以前就戒了。"

"天啊。"又是一阵沉默，然后拉娜说，"所以讨人喜欢的加雷斯·梅特卡夫现在怎么样了？"她笑了，"他还恨我入骨吗？"她曾向自己保证说不会提起他，但是香槟激起的好奇心还是战胜了她的理智。

"我不知道。"朱迪思叹了口气。

"你知道《我们的歌》那事……我把信寄出去的时候喝醉了，我不是故意的。这个他知道吗？我希望他不要误会。"

事实是，当拉娜给西蒙·贝茨的节目写信时，她完全清醒。但是她觉得加雷斯对她认为是浪漫的举动没有任何反应是一种莫大的羞辱，以至于她的自我防御机制启动了，她把它变成了一个酒后犯的大错。

"拉娜，"朱迪思脱口而出，"我怀孕了。"

隐隐约约地，她们可以听到当晚的 DJ 在做自我介绍。

"什么？"拉娜目不转睛地盯着她，无法理解她刚才听到的话，

"你怎么可能怀孕？我的天啊！什么鬼！"

"所以现在请大家都到舞池这里来，新娘和新郎要跳他们的开场舞了……"当所罗门·布莱斯夫妇走到舞池，所有人都在为他们鼓掌时，DJ开始召集现场所有的人。

"卡特琳知道吗？"

"什么？不——是的，我必须告诉她。听着，我一直想告诉你这件事，但一直没有找到合适的机会……"

"但我不明白，"拉娜打断她，"我甚至都不知道你在和别人约会。"

"快来，你们两个！你们会错过的！"出来找她们的休·凯利喊道，他担心女儿的伴娘们会错过她的开场舞。他伸手抓住她们俩的手，领着她们穿过多功能厅的落地窗，卡特琳和索尔已经开始在蜜妮·莱普顿《爱你》的歌声中笨拙地移动起来了。

"噢，看看这一对，"休叹了一口气，"这首歌说明了一切，不是吗？在高音领域，真的没有人能击败莱普顿，听听所有这些尖锐的高音。"

朱迪思和拉娜站在他的两边，两人的目光都锁住了索尔和卡特琳，人们都围在这对幸福的夫妇身边，不断为他们欢呼，她们也加入了进去。

当歌曲接近尾声时，宾客们都为这对新婚夫妇鼓掌，作为回报，索尔和卡特琳邀请其他人加入他们的舞池，第一支舞的旋律融入了理查德·艾斯利的一首欢快歌曲《永远不会放弃你》。

"来吧，阿米莉亚！让他们看看这舞到底该怎么跳！"休拉着所罗门母亲的手喊道，她也高兴得尖叫起来。

"好吧。"拉娜说。她兴趣盎然，眼里闪烁着狡黠的光芒，急切地想结束之前那场谈话。"那么这个神秘的家伙究竟是谁？卡特琳·凯利——噢，不，应该是卡特琳·布莱斯——为什么她会比我先知道他？你这个叛徒！"她笑了起来，试图掩盖她有点受伤的事实，"哦，天哪，你居然怀孕了，朱迪！"

朱迪思看着她的朋友，她的眼睛里流露出悲哀，为她将要做的事而感到伤心。

"朱迪？"拉娜有些困惑，她皱起了眉头。

但这时，另一个声音从她身后传来。"朱迪！"

拉娜跟着朱迪思的目光转过身来，看到了加雷斯，穿着她从未见过的衣服站在那里，头发剪短了，胡子刮得很干净，穿着衬衫，打着领带。这是对他来说非常陌生的衣服。

"拉娜，你好吗？你最近怎么样？还好吗？"加雷斯说得很快，礼貌得几乎无法辨认，还避免和她的目光有任何接触。

她几乎认不出他，他紧张的举止也让她颇为陌生。

"加雷斯！我过得还不错，你还好吗？"

他看起来帅极了，她觉得自己脸红了。她还是觉得他非常有魅力。自从二月那个可怕的夜晚之后，这还是他们第一次见面。

他没有回答她，而是转过身去，用一种令人不安的熟悉语气同朱迪思说话。

"我该把礼物放在哪儿？"他小声地问她。

不需要进一步解释，甚至不需要听朱迪思的回答，拉娜就知道了。

她知道了。

"见鬼，朱迪，别告诉我是加雷斯。"她在理查德·艾斯利的歌声中大声喊道。但朱迪思没有回答，只是低头看着地板。

"我说，"拉娜大声喊道，这次声音更大了，她盯着朱迪思的脸，"是加雷斯吗？他是孩子的父亲吗？你和加雷斯睡过了吗？"

加雷斯伸出手，搭在拉娜的肩上。"我们能找个安静点的地方谈谈吗？"

拉娜推开了他。"你他妈管好自己的事。这是我和我朋友之间的事。"

"我们到外面去吧。"朱迪思一边说着，一边穿过舞池。

拉娜又激动又愤怒，艰难地跟在朱迪思后面，穿着高跟鞋的脚重重地踏着地板，一边走一边撞着跳舞的客人，拉娜的平衡感被她喝下的酒精破坏了。"朱迪！你别走！你当着我的面跟我说清楚！"但朱迪思仍继续走着。

拉娜赶上了她，抓住她的肩膀，把她拉了过来。"告诉我！"她尖叫道。到现在，人们已经停止了跳舞，都在试图了解发生了什么事。

卡特琳停下了与索尔哥哥的舞蹈，跑过去站在她们中间。"姑娘们，你们别这样，拜托了。"

"别跟我说话，卡特琳·凯利！你该死的也不是全然无辜的！虚伪做作！"

震惊中，一种可以听到的集体喘息声充满了整个房间。

"你也知道！"

卡特琳开始啜泣。"对不起，拉恩，但我没有任何立场去说，我求朱迪告诉你，但是——"

"是吗，好吧，至少我们现在知道你对谁更忠心了，不是吗？"

"你不明白……"

"哦，闭嘴，卡特琳。"拉娜生气地说道。

"跟她无关，"朱迪思喊道，"我想自己来告诉你这件事！"

"那你说啊！告诉我啊，我还等着呢。"

理查德·艾斯利的歌还在播放，但现在每个人都在看着他们。

"好的，我和加雷斯在一起了，我爱加雷斯。我很抱歉没有早点告诉你，我真的很抱歉。"

拉娜注视着她，紧咬着嘴唇，努力集中注意力，与香槟的影响作斗争，她意识到每个人都在等待她的反应。她当然应该一走了之。

"你没必要这样弄清楚，"加雷斯轻声说道，"但你现在知道了，所以——"

然后她突然意识到——一种极度的羞辱。不仅仅是因为她最好的朋友爱上了她的前男友，不仅仅是他们要一起生孩子，还因为她的两个最好的朋友居然对她隐瞒了这个秘密，她们串通一气，把她排除在外。她觉得自己像个被遗弃的五岁小孩。

"臭婊子。"她轻声说道，非常生气，甚至发出了咝咝的气音，然后她忽然爆发出更为可怕的愤怒，"你这个该死的奸诈的婊子！"说着，拉娜向前一冲，用尽全力推了朱迪思一下。

朱迪思瞬间就失去了平衡，向后跌倒，在此过程中她想抓住什么东西。唯一的选择是铺着亚麻布的桌子，上面放着三层的婚礼蛋糕。这一切似乎都发生在慢动作中——加雷斯伸出手，但没能阻止她摔下去，白色的冰樱桃海绵蛋糕塔飞到空中，解体成三部分，像湿黏土一样"啪嗒"一声重重地摔在地板上。

阿米莉亚和莉兹尖叫得最厉害。

"拉娜！今天是我结婚的日子！"卡特琳哭喊道，然后被索尔拦腰抱住了。

加雷斯扶着朱迪思慢慢站起身来，她脸上还带着些许的困惑。

"你还好吗？"

起初她什么也没说。

"朱迪！"加雷斯喊道。

然后她点了点头，看起来有些麻木，萎靡不振。

加雷斯再次转向拉娜，问道："你是疯了吗？"

所有人都看着拉娜跑出房间。瑞克·艾斯利的声音在她耳边回响："在内心深处，我们都知道发生了什么……"

30

卡特琳

"你确定我们可以推迟吗？"卡特琳又问了他一遍，"我是说，加雷斯，当然还有我的父母，都会守在这里。"卡特琳正坐在科伊德瑟尔林总医院候诊室的一个硬塑料座椅上。

"嘘，"索尔安慰道，他的胳膊紧紧地搂着他新婚妻子的肩膀，"我爸爸已经处理好了，我们可以周四过去。当然是在你觉得你可以离开她的情况下。"

他们本来打算第二天就去机场，飞往牙买加的金斯敦，开始为期两周的蜜月之旅。但从早上十点开始，卡特琳和索尔大部分时间都待在医院里，等着朱迪思从手术室里出来。无休止地等待。

起初他们以为她没事。她的表现确实很好地说服了他们，当拉娜的离去带来的震惊消退后，客人们慢慢地回到了他们的庆祝活动中。直到一小时后，朱迪思才感到不舒服。卡特琳当时正在和奥利里神父交谈。

"我叫了救护车，"加雷斯冲到他们面前，说道，"她不太对劲。"

爱德华和阿米莉亚·布莱斯立刻来到朱迪思身边，让她放松下来，两位医生长期以来习惯于应对各种健康危机，他们训练有素，非常冷静，尽可能地宽慰着朱迪思。

救护车来的时候，卡特琳想跟他们一起去，但朱迪思和加雷斯都拒绝了。

"这是你的婚礼，卡特，"朱迪思说，她呼吸急促，脸色苍白，"如果你因为我而离开，我永远都不会原谅自己的。我会没事的，别犯傻了。"说完他们就走了。

那天晚上，当卡特琳和索尔躺在蒙哥马利大厅的蜜月套房时，她给医院打了电话，询问情况。

"她现在稳定了，还在睡觉。"电话那头一位好心的护士说道。

"孩子怎么样了？"

"抱歉，恐怕我不能在电话里透露更多的事情，但请放心，你的朋友会得到很好的照顾。"

卡特琳让护士给加雷斯传个口信，让他一有消息就打电话给她。

但他们直到第二天早上才接到他的电话。

"你可以来看看她吗？"他只说了这么一句话。

在去医院的路上，卡特琳又想了想昨晚发生的事。她能阻止这一切吗？可能不行。

自从发现朱迪思和加雷斯的关系，以及随后朱迪思怀孕的事情后，卡特琳一直很混乱。她再三要求朱迪思告诉拉娜这一切。每一次，朱迪思都会说她在等待合适的时机。

"她究竟为什么会认为我们的婚礼是个合适的时机？索尔，我永远都明白不了。"她看着车窗外说道。

"是的，我也是。"他回答说。

拉娜、朱迪思和卡特琳她们的友情一直是平衡的，三个人就像是三角形一样，始终是等边的，这是一项非常了不起的壮举。长久以来，她们之间的关系从来都没有出现过什么二对一。但是，从朱迪思单独把她的秘密告诉卡特琳的那一天起，这种令人愉悦的平衡就被打破了。当然，如果朱迪思从未向她吐露过怀孕的秘密，事情就会容易得多，尽管最终她也意识到她的朋友别无选择。因为首先要做的事情就是修改伴娘的礼服。从朱迪思发现自己怀孕到卡特琳婚礼足足有六个多月的时间，想要掩盖朱迪思隆起的肚子并不容易。幸运的是，这场婚礼在冬天，所以礼服和披肩的设计会有助于隐藏她怀孕这个事实。

在婚前派对的那个周末，以及最后一次试衣时，拉娜和莉兹都私下跟卡特琳讨论过朱迪思体重增加了的事。她都用一种漫不经心的回答搪塞过去了，说朱迪思整天坐在办公桌前，久坐不动，吃了太多茶水推车上的蛋糕，等等。她们似乎相信了这一点。

卡特琳知道朱迪思选择向她吐露心声是想赢得她精神上的支持，因为无论如何，她最终还是要把这个消息告诉拉娜的。但她从来没有预料到拉娜会有如此激烈的反应。

"要是这件事把我们三个人永远拆散了呢，索尔？"她哭了起来，过去二十四小时滞后的情感浪潮终于追上了她，"拉娜不仅生朱迪的气，她还生我的气。"

这一次索尔保持了沉默，他也不再确信事情会顺利进行。

当他们到达医院时，加雷斯正在外面抽烟。他仍然穿着皱巴巴的结婚礼服，看上去疲惫不堪，头发凌乱，胡子也长了出来，大口地吸着香烟。"我又开始抽烟了。"他扬了扬嘴角，脸上还残留着些许的震惊。

"不怪你，伙计。"索尔把手搭在加雷斯的胳膊上，说道。

他们沉默地站在那里，一时都不知道该说些什么，四周都弥漫着一股不甚好闻、略带酸味的烟味。

"哦，顺便说一句，我现在是一位父亲了。"加雷斯加了一句，好像这样重大的消息是事后临时才想到的。

"什么？"

"朱迪思也当妈妈了。很奇怪，对吧？"他的声音有些颤抖。

卡特琳试着消化她听到的消息，"哦，天哪——"

加雷斯还在很努力地继续说着，"是的，一个小男孩。我们叫他杰克。现在只有三磅半，就像……"他喋喋不休地说着，不时地再吸上一口香烟，导致说出来的句子断断续续，并不连贯。他说话的时候没有看索尔和卡特琳，好像他害怕一对上他们的眼神就会让他崩溃似的，"他在一个保育箱里——"

"天啊！"索尔低声说道。卡特琳惊骇地用双手捂住了脸。

"是啊，还没有完全脱离危险期，不过我想他是个斗士。"他试着笑了笑，"但另一个孩子没能活下来。"

"另……另一个？"卡特琳结结巴巴地说道，与索尔交换了一下眼神。

"是……双胞胎？"

"是的，我们本想保密一段时间的，是两个孩子，长得很像。"

"哦，加雷斯。"卡特琳低声叫了他一句，向前用双臂搂住他。

他没有动，身体很僵硬。"是个小女孩，"他说，"她要更瘦弱一些，比杰克。"

"哦，上帝啊！"卡特琳啜泣地说道。

他们沉默地站着，每个人都陷入了自己的思绪当中。

"我要见她，"卡特琳轻声说，"我要见朱迪。"

"你需要我在这儿陪你吗，加尔？"索尔问。

"不用，没事的。我还得去做点事。"他捻灭了香烟。

"我们不能帮忙吗？不管是什么……我的意思是，你难道不想待在这儿吗？"

"不，告诉朱迪，我一小时后回来。"加雷斯说，他走了几步，突然停住脚步。

"顺便说一下，我们管她叫乔治娅。"

当加雷斯说出她的名字时，他的声音终于变了，然后伸手擦去愤怒的泪水。

31

拉娜

那天早上，她妈妈敲了她两次门，两次她都大声喊着让她一个人待着，说她还在睡觉。她不想和任何人说话。幸运的是，她的妹妹杰西要去朋友家过夜，否则她就没有安宁了。自从拉娜上大学后，杰西就霸占了这个她们曾经一起住过的房间，把拉娜真正地推离了这个家。她躺在床上，背对着房门，盯着墙，觉得完全失去了什么，身体也因为宿醉难受不已，还感到深深的孤单。

她怎么可以这样呢？拉娜一遍又一遍地问自己。

朱迪思，她五岁以来最好的朋友，怎么可以这样对她？一定已经持续了几个月的时间了——朱迪思和加雷斯，朱迪和加尔，秘密扮演着一对幸福的夫妇，睡在她曾经和他睡过的床上，做爱，分享笑话，做晚餐，生孩子……

回过头来看，这一切当然都说得通了。在这几个月里，朱迪思对她如此冷淡，即使她们之间的关系显然已经恢复正常，她还是如此——在卡特琳家的比萨之夜，在卡迪夫的婚前派对之夜——她显然一直和他睡在一起。

小偷。

叛徒。

不忠，两面派，暗箭伤人的婊子。

不管怎样，叫她最好的朋友贱人让她很受伤。

但她太痛苦了，更让她痛苦的是卡特琳也知道了。双重的不忠，双重的欺骗，双重的损失。

她根本睡不着觉。一整晚，关于朱迪思和加雷斯的念头都在她的脑海里盘旋，好像所有人都在嘲弄她。她才是那个被不公平对待的人，她才是那个受了委屈、被一脚踢开的女朋友。

哦，不对，她不再是他的女朋友了，当她邀请达米安·马吉尔回到她房间时，她就放弃了这个头衔。那她有什么权利生气呢？然而最让她难过的不是加雷斯——毕竟他们俩之间的事早就过去了。

不。

最让她伤心的是朱迪思的背叛。回想昨天晚上，新娘的两个最好的朋友站在那里，穿着伴娘服，周围是婚礼的装饰、花卉摆设和精致的点缀品……她不后悔。她应该推得更用力一点的。

她隐约听到楼下的门铃响了，然后她的母亲去开门了。拉娜把羽绒被盖在头上，希望全世界都消失。

几秒钟后，楼梯上响起了脚步声，她妈妈的声音忽然提高了——她还在睡觉，亲爱的，你叫醒她，她会不高兴的——这时门突然开了。

"拉娜。"

她努力把注意力集中在房间里的那个人身上，他浑身散发着令人望而生畏的怒气，正紧紧地盯着她。

加雷斯。

"出去！"她喊道，缩回到羽绒被里面。但她刚这么做，被子就又被加雷斯拉开了，他居高临下地看着她，怒火冲天，却又平静得可怕，令人难以忘怀。

"孩子死了。"他说，声音平稳，"现在高兴了？"

"什……什么？"她结结巴巴地说，试图理解他说的话。

他无视她，继续说了下去，选择不告诉她其实是一对双胞胎的事实——虽然她很快就会发现的，但现在他只想让她像他一样痛苦。他是来传达一条明确的信息的："你以后不要再和朱迪思联系了，听到了吗？请你滚出她的生活，也滚出我的生活。我不许你再见她，明白了吗？"

"加雷斯，"她低声说道，震惊得说不出更多的话来，"我真的、真的很抱歉。"但他已经转过身，朝门口走去。

"加雷斯，别这样！"

十二月的大雨打在拉着窗帘的卧室窗户上，拉娜孤零零地抽泣着，没有朋友，孤身一人。

第四部

余波阵阵

2005

32

卡特琳

早上做完手术回到父母家时，卡特琳发现她母亲又开始了，这次是在客厅。

"妈！都说了多少次了？别给罗米穿那件长袍！"

莉兹·凯利看了看她，脸上带着一抹窘迫的神色，就像一个干坏事被逮个正着的学生。

"你看！快穿进去了……哦，上帝保佑，还是算了。"她说着，脱掉了罗米身上那件不合身的衣服，"说真的，别再这么做了，好吗？"卡特琳抱起她的小女孩，她高兴地咯咯笑着，惊奇地睁大了眼睛。

"要不我把衣服改大点，再加个镶饰？"莉兹恳求道。

"不行。"卡特琳打断她的话，语气尤为坚定，听起来像是在训斥一个任性的小朋友。

自从他们定下洗礼的日期后，莉兹·凯利就一直在劝说卡特琳，想让她的小外孙女穿上这件极其难看的传家宝——这是曾祖母威尔逊传下来的，几代人都在家族洗礼时穿过这件礼服，包括卡特琳自己和她的哥哥汤姆。

"你穿的是女生的裙子。"每次他们翻阅家庭相册时，她都会取笑汤姆，他则捏她一下作为回应。

卡特琳完全理解这种对传统的保护，她真的理解，但不能以牺牲女儿的舒适为代价。罗米现在十一个月大了，而这件礼服显然是为新生儿做的。

"要不是你非得等这么久才给这个可怜的小家伙洗礼，她绝对会穿得非常合适。"莉兹无数次地对她说道。

卡特琳知道母亲说得有道理，但她也不是故意拖延。找一个对每个人来说都合适的时间简直就是组织者的噩梦。索尔的父母最近一直在牙买加，都待了半年了，所以并没有帮上什么忙。除此之外，主要是她在罗米教父、教母的选择上出现了问题。索尔的哥哥汤姆倒是很乐意，他说他会竭尽全力来完成他身为教父的角色。教母们才是问题所在。

当然，教母的选择也是显而易见的。

但是，鉴于她们两个已经十八年没有共处一室了，要说服朱迪思和拉娜并肩站在洗礼盆前，共同发誓为她们的教女与恶魔搏斗可不是件容易的事。

双方对此请求的最初反应都是断然的一个"不"字。当然，不是说她们不想当教母，如果只是自己一个人的话，她们都会很开心，但坚决不想将这份荣誉与对方分享。就是说如果朱迪思同意做教母的话，拉娜就会拒绝，反之亦然。

"你不会到现在还以为她们可以握手言和，继续做朋友吧？"索尔问道。

"我知道你什么意思！"她沮丧地回答道，"但看在上帝的分儿上，我们都三十七岁了！"

卡特琳当然想的就是她两个最好的朋友都可以做教母，大家共同度过这美好的一天，而不仅仅是和其中一个。被困在这样荒谬的恩怨中，对罗米是不公平的。难道十八年的时间还不足以让她们冰释前嫌、重修旧好、最终和解吗？还有什么能比庆祝她美丽的女儿来到这个世界上更重要呢？但每一次她的努力都遭到了毫不留情的否定。

"好吧，如果你们坚持的话，那就都别当教母了！"她宣布。不出所料，这一最后通牒引起了强烈抗议。

"我为什么要因为该死的朱迪思·哈里斯而错过这次机会？"拉娜回来以后直接杀上了门，"这不公平！我还没有孩子呢……"

"你也还没到更年期呢！还是可以怀孕的。"卡特琳打断了她的话。但拉娜不理她，继续说道："她偷走了我的男朋友，现在又想偷走我唯一当母亲的机会？"

"拉恩，你别这么夸张行不行？"卡特琳说。

"我是个演员，"她咕哝道，"我天生就是这么的浮夸。"

"顺便插一句，朱迪思没偷你的男朋友。别忘了，我们那时才十九岁！”

"是的，都差不多二十年了，但那个女人还在为以前发生的事责怪我。老天，那只是个意外。"卡特琳闻言，败下阵来。

于是她把注意力转向了朱迪思，和索尔一起去了里士满看望她和她的家人。卡特琳再一次恳求她改变主意，如果她还不同意的话就直接放弃成为罗米教母的机会。

"你这是勒索！"朱迪思抱怨道。

"你说得对，"卡特琳回嘴道，"但我这是没办法了。"

"好吧，但我是不会妥协的，你必须做出选择，"朱迪思宣布道，"只能选择一个，不是我就是她。"

几个星期过去了，什么都没有改变。卡特琳之前一个都不选的威胁并没有产生任何效果。所以她只剩下一个选择了：她必须同时邀请拉娜和朱迪思，然后不通知她们另一个人也要来的消息。

"你这样冒的风险可不小！"索尔警告她说——尽管他当时正在偷笑。

"只有时间会告诉我们答案。"

洗礼时间已经定好了：十号星期日下午两点，当然是在圣西奥多教堂，仪式将由奥利里神父主持，他说自己很高兴，并且欢迎罗茜加入基督的大家庭，看来卡特琳的女儿也无法逃脱被记错名字的魔咒。

随后的宴会将在凯利家举行。"你父亲还想找个酒席承办人，"莉兹对卡特琳说，"然后我告诉他说，'你以为我们是谁，休·凯利？麦当娜和盖·里奇吗？我们在家里搞个自助餐，准备些手抓食物就完事了'。"

朱迪思打算早点来，顺路去拜访一下帕特里夏。拉娜也说会第一时间搭乘火车离开伦敦。卡特琳让全家都替她保守秘密，不要暴露她的计划。因为她知道，一旦朱迪思发现拉娜要来，她会立刻掉头回家。拉娜也是一样。

卡特琳抱起罗米，小家伙穿着一条舒适的连衣裙，好看极了。

"听起来不错是不是，亲爱的？"她低声说道，然后深深吸了一口气，鼻翼霎时充满婴儿皮肤的芬芳。

卡特琳仍然对她的存在感到惊奇，这个他们等了这么久的孩子，安然地躺在她怀里，温暖而轻柔，美好而软糯。毫无疑问，这是他们的小奇迹。

"周日你就是绝对的主角。"她说。

罗米对她咯咯地笑着，踢着她胖乎乎的小腿，她对能看到的一切都表现得兴奋不已：这个小家伙对每个人都会微笑，会让他们觉得自己和这个小婴儿之间有种神奇的联结。卡特琳坚信当她那两个最好的朋友周日出现在教堂后是绝对不可能走出去的。她们会被罗米彻底迷住的。

33

朱迪思

她讨厌他跟自己冷战。前一天晚上加雷斯就已经开始沉默了。她知道他最终会回心转意，跟她说话的，因为他总是这样。但她还是觉得就这么等着真的太无聊了。

"你要吃水果糖吗？"她问道，有些急切地想要缓和气氛。

但他的视线还是紧紧盯着路面："不，谢谢。"

她等了几分钟，然后建议在下一个路边服务站停一下。她想，呼吸点新鲜空气，活动活动腿脚，也许能让他开口说话。

进去后，他们点了两杯卡布奇诺，找了一张离大家都很远的桌子坐下来。她看着他撕开糖包，倒进杯子搅拌起来。

"加雷斯，看在上帝的分儿上，我们得谈谈。"她坚持说。

"我们怎么会不知道呢？你肯定你之前不知道吗？"

"我告诉过你了。"

她知道他不相信她。但这是真的。

当杰克前一天晚上回家告诉他们他恋爱了的时候，他们都很兴奋，这是可以理解的。他们的孩子，他们十七岁的儿子杰克·安德烈亚斯·哈里斯·梅特卡夫，英俊，优秀，最近还通过了驾驶考试，而他终于有女朋友了！可别忘乎所以，她告诉自己，冷静下来。

"哦，那很好啊，"她说，"是我们认识的人吗？"她瞥了一眼加雷斯，后者微笑着朝她眨了眨眼睛。这是为人父母的里程碑之一。

"是的，你们认识。"

"真的吗？让我来猜猜，"她兴致勃勃，完全违反了她上一秒的轻描淡写原则，"是夏洛特吗？"

"不是。"

"好吧，是不是那个青年管弦乐队的女孩？经常让你搭车的那个？"

"呃，不，不是她。"

"嘿，朱迪，你别问了，让他自己说吧。"加雷斯温和地劝说道。

杰克清了清嗓子，低下了头，一想到要和父母讨论自己的爱情生活，他显然有些尴尬。

然后他说出来了。

"是丹。"

一切仿佛都被按下了静止键。大厅里的布谷鸟钟发出声音，宣告已经八点钟了。

"什么？"加雷斯最后还是开口问道，脸上还保持着一抹笑意。

"丹。你们认识的，丹·巴克。"

"橄榄球丹？"朱迪思问，杰克很多朋友的名字都有前缀。

"是的。"杰克的声音极为平稳，他已经为接下来可能出现的争吵做好了准备。

"哦。"

"但是丹是个男孩呀！"她说。

"母亲，您的观察入微十分值得奖励。"

她讨厌他叫她"母亲"，听起来是那么的傲慢，仿佛他高人一等，而她对生活和这个世界一无所知似的。

加雷斯站了起来，嘟囔着："我要出去一会儿。"

"你要去哪里？"她问，发出的声音比她想象的要大。

"就是出去走走。"

他走了出去，留下朱迪思和杰克尴尬地面对彼此，沉默着。

"呃，这种反应比我想象的要好多了！"杰克说道，试图掩饰自己声音中的紧张。

"我只是不知道该说什么才好。"

*

朱迪思觉得杰克有很多优秀的品质，其中之一就是他体贴的天性，他一直都是这样。当他还小的时候，她经常看到他拯救被困住的虫子或者蜜蜂。如果他发现加雷斯伤心了，或者朱迪思很疲倦，总是会及时给他们一个拥抱或一杯果汁。在学校里，老师们都很喜欢他，不仅仅因为他的学习成绩好，还因为他对其他同学都很好。每当班级有了一个新孩子，就会自动交给杰克照顾。现在，他已经成长为一个踌躇满志、充满自信、特别体贴的年轻人了。即使是昨晚，经过了一番艰难的坦白之后，他的注意力也还是集中在朱迪思身上。他挨着她坐在长椅上，尽管她竭力想止住眼泪却还是控制不住。

"我怎么会不知道呢？"她低声呢喃着。

"也许是因为我没有告诉你？"

"可我是你的母亲呀，这种事我应该知道的，我应该能看出来的。"

"我们都有秘密，妈妈。你又没做什么错事。"

她一直相信这种天生的同理心是因为他是一个孤独的双胞胎孩子。杰克是那个赢得了生命之战的婴儿——而他的妹妹乔治娅却在这场战斗中惨败。他是不是潜意识里有着某种幸存者的负罪感？这会是促使他进行补偿的原因吗？在力所能及的范围内帮助人们去解决问题，以某种方式弥补他手足的死亡，付出一些业力代价。

她曾经跟加雷斯分享过她的这种想法，但他说这是一种病态的心理，杰克之所以如此出众，是"因为我们把他培养得很好，仅此而已，宝贝儿"。也许他是对的。但无论什么原因，杰克无疑拥有一个美丽的灵魂。

就连朱迪思的母亲也完全爱上了她的外孙。要知道她对孩子，尤其是自己的孩子，从来都没有表现出任何兴趣。虽然帕特里夏花了一段时间才接受了这个事实，但铁石心肠的她在杰克的温柔面前无能为力。看到杰克引发出自己母亲以前不曾见过的温柔一面，朱迪思略微感到不安，她不记得自己在成长过程中经历过任何类似母爱的东西。

在卡特琳和索尔婚礼的前一天，她终于鼓起勇气告诉了她妈妈自己怀孕的事。

不出所料，帕特里夏对她十九岁未婚女儿"怀孕"的消息反应强烈。她告诉朱迪思，她感到非常羞耻，不想和她或她的"私生子"后代有任何关系。尽管朱迪思早就预料到了，但这个反应对她来说仍然像是一记耳光，狠狠地抽在她的脸上。

后来，乔治娅夭折，杰克早产，朱迪思过于生气和伤心，以至于压根就不想告诉帕特里夏发生了什么事。她觉得首先这是一件相当隐私的事情，而她当时依旧很脆弱，她强烈怀疑母亲很有可能会把这场悲剧归咎在她身上，这是她完全无法忍受的，所以她什么也没说，以为科伊德瑟尔林的八卦网会起作用，帕特里夏最终会屈尊联系她。但她没有。

最后解决问题、平息事端的是加雷斯。当杰克三个月大的时候，他推着婴儿车带着他去散步，然后敲响了帕特里夏的门。她打开门，皱着眉头。加雷斯笑着说："看看谁来看你了！"就在这时，杰克对她咯咯地笑了起来，兴奋地扭动着身体。就像是一见钟情，帕特里夏立刻变成了一个溺爱孩子的外婆。朱迪思一直不明白为什么她母亲爱她的外孙胜过爱自己的女儿，但加雷斯认为这是因为她"老了心就软了"。

在他们还住在科伊德瑟尔林的时候，帕特里夏每周至少会带杰克出去散步两次，给他穿上她不知道从哪里买的一些可笑的衣服。她非常宠爱他，所以当朱迪思 2001 年宣布他们要搬到萨里郡时，帕特里夏的心都要碎了。

前一天晚上，当杰克坐在朱迪思身边，抚摸着她的背时，她低声对杰克说："天知道你外婆发现自己亲爱的外孙是同性恋时会说什么。"

"噢，帕特外婆不会有事的。对她而言，我做的事情永远都是对的。"他开玩笑地说道，朱迪思勉强挤出一丝微笑。

她看着现在坐在对面的加雷斯，盯着他的杯子，看着他用勺子将泡沫从咖啡里舀出来。

"我真的为他感到高兴，"她说，"我是说，丹是个好孩子，不是吗？我们还挺喜欢他的，不是吗？"她知道自己在逼他，但她需要他给她一个回应。

"对你来说当然容易，"他说，"你是一个女人！"

"天啊，这跟我是男是女有什么关系？"

但他回答不出来。

她握住他的手。

有时她觉得加雷斯很可怜，因为他完全是被她的生活裹挟着前进，再也没有属于他自己的立足之地。他一直在全力支持她，这是毫无疑问的。四年前，当她升职时，他非常自豪，两个人对于大幅加薪这件事都很开心。起初，她是通勤上下班，但没过多久，每周至少要去伦敦四次让她开始吃不消了。当她正准备要放弃这一切时，加雷斯提出了搬家。善良的绅士加雷斯，纯正的威尔士人，从未出过公国。就是这样一个人，为了她，选择挺身而出，变成英格兰人。

"只要我儿子还支持威尔士队的橄榄球比赛就行，"他开玩笑地说道，"他如果开始支持英格兰了，我就和他断绝关系！"

"可是你的工作怎么办？"她问，"还有杰克的学校。"

"放心吧，我和杰克没问题的，他和任何人都能交朋友，而我的工作就像理发一样，在什么地方做都可以。"

她脑海里瞬间浮现出加雷斯给老太太理发、染发的画面，没忍住"扑哧"笑了出来。但实际上，她真的很感动。

不到两个月，他们就越过塞文河大桥，在萨里郡最深、树叶最多的地方安家了，他在那里开始做起了自己的小生意。四年后的今天，他已经是里士满梅特卡夫汽车公司的老板了，雇有两名汽修工和一名前台。他这些年来交了很多朋友，他固执地说自己并不想念科伊德瑟尔林。但朱迪思不确定他内心深处是否真的是这么想的。

当然，有时他也会回去。独自一人。就为了去那个特别安静的地方。但祭拜是很私人的，他必须自己一个人去。

"我不会有事的，"他笑着吻了吻她的手，"只是需要一点时间去适应，仅此而已。当然，我们永远也成不了祖父母了。"

朱迪思想告诉他，儿子是同性恋并不意味着他不能生孩子，但是她知道现在不是继续说下去的好时机。她决定把这个问题留到以后再说。如果说她对加雷斯有什么了解的话，那就是他并不擅长一次处理过多的信息。

"行了，"她温柔地说，"我们走吧。"

34

拉娜

该死的摄影师亚当·普赖德，真的惹起她的怒火了。他们在那里已经待了四个小时了，她的嘴唇都开始因为持续的微笑疼起来。他对风力机简直是痴迷，化妆师也不放过她，一直守在她身边，似乎每拍完一张照片都要仔细整理一下她的头发。

"好吧，现在我需要在你的眼睛里看到性欲，"他说，"我需要你通过镜头与我产生联系。"

色痞，她暗自咒骂道。

"我们坐下来试试。"

她毫无怨言地服从了，尽管她的耐心正渐渐耗尽。她非常想喝上一杯，但公关弗兰基在拍摄前私底下跟她透露了一个消息。

"那个，亚当是个，你懂的……他在恢复期，"她说，声音阴郁而严肃，"所以摄影棚里绝对不能喝酒。"

弗兰基和拉娜之前一起做过几次这样的宣传活动，他很快就了解到拉娜拍摄途中会需要喝上些红酒，以便让自己好受些。

"哦，好吧。不过，你可以在我的橙汁里偷偷加一点伏特加！"她为自己的小聪明而扬扬得意。

但弗兰基显然以为她是在开玩笑。拉娜叹了口气，这将是非常漫长的一天。

*

换了四套服装、三套妆容，又过了一个小时，照片才拍完。接下来就是采访了。《周日版》安排了"顶级"名人采访记者瑞恩·皮尔曼来采访她，为她做一篇深入的人物专访。她在这些事情上总是很谨慎警惕，但没有办法，这是必须做的——这是她演艺工作的一部分，接受媒体采访，参与宣传。

她和他一起走到白色的大型演播室的休息区。他已经准备好了两台录音机（对方说是"以防万一！"）、一本破旧的笔记本（她瞥了一眼，发现上面笔迹相当潦草地记录了不少问题），还有公关团队给所有媒体发放的漂亮的宣传包。拉娜正在宣传的新旗舰系列电视剧吸引了大量媒体的关注。不是因为她自己。她也知道这一点。这些都是因为与她一起拍摄的合作演员，美国电影女神卡蒂亚·莫伦斯基。

卡蒂亚之前染上了毒瘾，经历了一段黑暗时期，而这部剧恰好是她康复期结束后的复出之作。但拍摄一完成，她就直接飞去了洛杉矶，所以英国媒体基本上只能采访到拉娜。她是在为团队牺牲自己。瑞恩现在更希望是坐在卡蒂亚对面，他们都知道这一点，但他们还是接受了这个安排。

"所以，"他开始了访谈，"你在剧中扮演了一个要报仇雪恨的性瘾者。"

录音机摆在冲着她的方向，确保她说的每一句话都被录了下来。

"是的，她是个很棒的角色。"她回答说。

到目前为止，拉娜已经做了很多这样的访谈，她对一些问题的答案已经熟能生巧了。

"我一看到剧本就知道，我必须要演这个角色。"她撒谎道。说实话，无论经纪人打电话交给她什么工作，她都愿意接受。去年的工作实在是有点少，她得到这个角色的原因是嘉莉·希思临时退出了。嘉莉是拉娜的死对头。其实她还挺喜欢嘉莉的，她们曾一起合作过几部作品。但她总是能得到拉娜喜欢的角色，让拉娜去捡剩下的。

"我查过你的 IMDb[①]，你觉得在《寂静海域》中饰演米凡维会是你演员生涯的一个重大突破吗？"

"可以肯定地说，是的。我在那个剧组待了五年，我也一直感激他们能给我这个机会。人们总是会对肥皂剧吹毛求疵，因为他们认为肥皂剧是二流剧，但那不过是大家比较势利的一种看法罢了。

---

① 互联网电影资料库（Internet Movie Database），美国亚马逊公司旗下网站，几乎包括所有电影、电视作品及相关人员的资料，其评分是影片质量高低的重要参考。——编者注

可以说我是在那部剧里学的表演技巧，那可不容易，当时的拍摄非常辛苦。"

当拉娜被问及《寂静海域》时，她总是这么说。但他们让她在剧组这么久的真正原因其实是她和执行制片人上床了。他们解雇她的原因就是她不想和他睡了。

"我最近听到过一个传言……"瑞恩狡黠地笑着说。

哦，看，又来了，她想。

"……传言说你和剧组老大，那个保罗·杜兰特有一腿。"

她对此是有充分准备的，所以她笑了笑，那是一种热情洋溢的、迷人的、熟练的微笑。"哦，瑞恩，你真的不应该听信流言蜚语。"

"我可是八卦专栏作家！"他笑着反驳道，他还没有放弃。

"是吗？我还以为你是个非常专业、训练有素、精明能干的记者呢。"很好，一针见血。他现在应该不会再想要纠缠这个问题了。

"所以拉娜，你回过你的家乡吗？我不知道，和当地的男孩们约会，是怎样的？"

天哪，她心想，然后笑了，直接忽略他的后半句。

"是的，我经常回去。按计划我这周日就回去，参加我教女的洗礼。"

她为什么要告诉他这件事？永远不要谈论私人生活，拉娜！

"真的吗？你给我的印象，不像是信教的人。"

"她是我最好朋友的女儿，能被邀请是我的荣幸，你不觉得吗？"

没错，就这样，把问题推回去给他。

"这倒也是，那么你回去以后一般都是怎么处理这类活动的呢？是不是每个人都吵着要和你合照？有一个明星朋友一定很不容易吧！"

"不，其实没有人会为那些事操心的。他们只是把我当成那个熟悉的善良的拉娜。归根结底，我还是很普通的。"

"和家乡的那些人一样普通吗？"

她犹豫了一下。天哪，这家伙可真是卑鄙，这话听起来感觉不太正常，她想。"你是什么意思？"她问，脸上仍然带着微笑，但瑞恩·皮尔曼已经跳过了这个问题，继续问下去。

"你一直没有自己的孩子，有没有后悔过？"

这家伙真他妈胆大。"怎么说呢，我才三十七岁，瑞恩，还年轻呢。"

"啊！你的意思是你已经有人选了吗？做你孩子爸爸的人选？你看，既然你现在又是单身了……"

她心里叹了口气，却还是冲他笑了笑："我们多谈谈演出相关内容好吗？"

"当然！"他平静地说，"那么，你在《魔鬼也分心》中扮演的角色……"

"是分享，《魔鬼也分享》。"

"抱歉，那么这次你扮演的角色，这个沉迷于性爱的坏蛋——拉娜·劳埃德在这个角色中有没有本色出演的成分？"

"并没有。怎么可能？她只是个虚构的人物。"

"这么说你并不喜欢性生活？"他笑了。

她也笑了起来，掩饰住了自己的愤怒。

"瑞恩，宝贝！你现在开始有点惹恼我了哟！"

"要是真能让你生气就好了。"他微笑着回答。

变态。

"听说你离婚了，我感到很遗憾。"他说，竭力露出一抹同情的微笑。

"是吗？你会吗？"

"当然了。因为我自己经历过，所以我不希望其他任何人发生这样的事情。"

"明白了。"她回答道，不知道他到底想要表达什么，不知道这个访谈究竟会发展成什么样。

"但是你经历了两次离婚，拉娜，我的意思是这太可怕了。你的第一段婚姻持续了……多久来着……九个月？"

"八个月，我当时很年轻。"

"第二段婚姻呢？"

她盯着他，决定不开口回答。

"才五年，据我所知……"

管好你自己的事，你个变态。

"是的，瑞恩，很明显我选男人的眼光很差，总是无法正确判断对方的个性。"她说到这里笑了，"我是说，举个例子，我过去总以为你是个体面的小伙子！"

他不知道该怎么接这话，所以他又换了个话题。

他们又聊了更多关于她拍摄时发生的趣事，他还问道卡蒂亚·莫伦斯基到底是个什么样的人，她是不是真的有点喜怒无常。拉娜告诉他，她是个好人，于是他让她举一些有趣的小例子。

"嗯，我想想。对了，有一次我必须吃掉一碗意大利面，但我当时的关注点都放在了叉子上面，没想到面会在我说话的时候从我嘴里喷了出来。卡蒂亚看到咯咯地笑了出来，我也跟着她笑，结果意大利面又从我的鼻子里喷了出来。这很恶心，但真的很搞笑。"

这个故事完全是编造出来的，但现在拉娜已经厌倦了，只想离开这个有些得寸进尺、令人毛骨悚然的记者。

结束前，他请她一起合影。他说："我妻子是你的超级粉丝。"于是拉娜乖乖地站在他身边，他的手臂搂住了她的肩膀，有点太紧了，而造型师用手机快速拍了一张照片。

"所以，我们现在结束了？"她欢快地问道。

"是的，采访非常精彩。它会在第一集播出的时候及时发布的。"

"太好了。谢谢你，瑞恩。真的是非常荣幸。"她转身离开，去换衣服。

当她前往更衣区时，造型师问她是否需要帮助。

"不，不用了。"她开心地回复道，直接躲到帘子后面。

"大家注意，行程结束啦！"助理喊道，于是他们都开始打包收拾。

拉娜开始脱衣服，迫不及待地想脱下她那身奇装异服。当她的手机铃声响起时，她已经脱得只剩下内裤和胸罩了。

　　是卡特琳。

　　"我正在换衣服。"拉娜说着，把手机开了免提。

　　"行程怎么样？还顺利吗？"

　　"你知道的，一直都是老样子，"拉娜靠向听筒位置，小声说，"记者是个白痴，摄影师也是，但现在都结束了。"

　　"你的生活真的是太荒谬了。"

　　"我知道。"

　　"所以周日你什么时间到？"

　　"嗯，我应该会在仪式开始前到那里。是两点钟，对吧？抱歉，我不能早点过去，因为头天晚上我要参加一个慈善活动。"

　　"别担心，"卡特琳安慰道，"但你去教堂的时候，最好从侧门进来，否则大家看到你可能会起哄，找你麻烦。我们会在前排给你留个座位。"

　　"好吧。"她现在已经穿好了牛仔裤，正吃力地拉着上衣。

　　"拉恩？"电话线另一端的卡特琳沉默了半晌，忽然出声问。

　　"怎么了？"

　　"我只是想再确认一下，如果朱迪思在的话，你就绝对不来，对吗？"

　　"我都不敢相信你居然还在问我这个问题。"她不耐烦地说。

　　但是卡特琳没有放弃。

"那都是十八年前的事了！"她喊道。

"就算是一百年前也不行！"拉娜的嗓门也大了起来，"听着，如果你想邀请朱迪思，我就不去了。而且请别再问我这个问题了，卡特。"

"对不起，"她说，"你不会怪我的吧？我只是想再试试而已。"

拉娜拿起她的东西，准备离开更衣区。她拉开帘子，看见瑞恩·皮尔曼像只贪婪的海鸥在附近游荡着。他朝她笑了笑——一种内疚、心虚的微笑。拉娜意识到他一定是在偷听。

蠢货。她想。

35

卡特琳

"上帝啊，我爱你，卡特琳·布莱斯。"索尔低声说，他闭上双眼去亲吻她。高潮最后的余韵使他浑身颤抖，同时也精疲力竭，他翻身躺在一边，从两人纠缠在一起的肢体中挣脱了出来。

他们做爱不像以前那么频繁了，即使他们做了，也只是直奔主题，没有丝毫的前戏。她猜其他任何有孩子的夫妇都是一样的吧。所以还是要见缝插针，要多做！与一些年龄相仿的人相比，卡特琳确实对性更加狂热。

"明天早上他们肯定会把蛋糕送来的，对吧？"在一片漆黑中，她问道。

"是的。"他嘟囔着，她听得出他快要睡着了。"这已经是你第三次问我了，你这个疯子。"他懒洋洋地说，但声音传达的是一种善意。

"很抱歉我这么'麻烦'。"她说，竭力控制住眼泪，让自己的声音听起来很正常。

他转向她，吻了吻她的鼻子。"你在派对前总是这样的。"他温和地说。

"真的吗？"

"是的，"他抚摸着她的头发，"好像还有一个专有名词来形容这种焦虑——'社交参与焦虑'之类的。"

"真的吗？"

"当然不是了！"他笑了，"上帝啊，你可真好骗！现在躺好吧，我们得赶紧睡觉了。明天朱迪思和拉娜要是直接打起来，互相撕扯对方的头发，你还得去劝架呢。好好地养精蓄锐吧！"

没过几分钟，他就睡着了，留下卡特琳一个人默默躺在那里，睁着双眼。她担心的不只是朱迪思和拉娜：她还有更紧迫的事情要面对。因为留给她的时间不多了。

在过去的十年里，她一直在懊悔自己无休止服用避孕药的行为。所有的安排、所有的预防，都源于对怀孕的恐惧，这种恐惧随着年龄的增长变成了一种不顾一切的需求，一种痴迷，甚至差点让她的婚姻都付之一炬。卡特琳只是想要孩子而已。她甚至从来都没有想过这可能会是个问题。拉娜曾经说过，人生的黄金法则就是永远不要想当然。她是对的。

卡特琳和索尔在一起工作了几年之后，认为是时候组建家庭了。所以她按部就班地开始备孕：停用避孕药，不再饮酒，开始服用叶酸，甚至开始跑步！他们开始"尝试"的时候不过才三十岁。这很有趣，他们两人都不否认这一点。他们会做图表，测量体温，有时会在午餐时间赶回家来个快速"爱爱"——他们甚至还在诊疗室做过一次，两个人都相当紧张，觉得这真是个大冒险，但他们整个过程都绷不住在笑。

　　然而，尽管他们有如此决心，并为之付出了努力，却什么也没有发生。一月又一月，他们一直在等待奇迹的发生，卡特琳甚至又重新信了教，不断向天主教上帝祈祷。她不想再去感受小腹部那熟悉的隐隐作痛，这只不过预示着又一次的失望。月经是现在最不受她欢迎的东西了。

　　"不经历风雨，就不会有之后的彩虹。"在那些悲伤的日子里，父亲会像小时候那样，给她一个大大的充满父爱的拥抱，亲吻她的头顶，低声安慰她。但是大雨倾盆而下，彩虹却总是不见踪影。她等啊等，等啊等，却一次又一次地被失望打败。

　　经过三年不断的尝试——奇怪的饮食、不舒服的性爱体位、冥想和更多的祈祷——他们最终还是决定进行体外授精，做试管。当她知道体外受精并不意味着他们无法怀孕，只是需要额外的帮助后，卡特琳又乐观地燃起了希望。

　　但第一次的尝试没有成功。

　　第二次也失败了。

　　第三次，还是如此。

　　所罗门这时候站了出来，让她坐下来，温柔地对她说，现在是时候停止尝试了。他们已经用光了国家医疗服务体系的三次机会，现在他们必须得考虑其他的选择了。

但卡特琳不听，她并没有被打倒，她要继续完成自己成为母亲的使命。这是一个必须完成的任务。成为一位母亲就是她活着的目的，她一门心思扎了进去。她继续预约、申请贷款，尽管索尔不同意，但还是向索尔以及她自己的父母请求经济援助。爱德华和阿米莉亚是唯一能帮得上忙的人，但他们出于宗教原因婉拒了，卡特琳觉得受到了伤害，当他们说不的时候，她勃然大怒，发誓再也不跟他们说话了。

"该死的，他们是科学家！是医生！"她尖叫。

索尔看到妻子露出了他从未见过的一面，无奈搬出去住了一个月。即使这样也没能阻止她。她毫不气馁，绝望地分别向朱迪思和拉娜询问是否可以帮忙。卡特琳知道她们的积蓄比她还少，但她已经失去了所有的尊严，所以也并不在意两个朋友的拒绝给她带来的尴尬。她心心念念的都是体外受精，其余的一概不管不顾，甚至都不照顾自己了，有时候压根不洗漱就去上班，甚至打电话请病假，每天都穿着同样的带污渍的休闲套装，几乎不出门。她整天给诊所或者借贷公司打电话，订购数以百计的书籍和杂志，企图用知识武装自己，把世界拒之门外。直到她消耗了所有的精力，她才放弃了一切希望，陷入了绝望的深渊。

她不再狂热地去追寻那遥不可及的梦，彻底失去了继续下去的意志。

索尔搬回了家，开始向朋友们寻求帮助。朱迪思带着传单来了，试着和她讨论收养的问题，但卡特琳拒绝和她讨论。一周后，拉娜出现了，手里拿着一瓶龙舌兰酒，她告诉卡特琳，她只需要彻夜狂欢，第二天清醒过来的时候，就会意识到生孩子不是生活的一切，也不是人生的结局。卡特琳冲着她歇斯底里地尖叫，拉娜只能落荒而逃。

那天晚上，卡特琳在索尔的怀里崩溃了，哭得声嘶力竭，然后疲倦地接受了一切。是的，一切都结束了。是时候停下来了。尽管还是非常悲伤，无奈之下的认命还是让她感到一种莫名的解脱。这使得他们两个人比之前更亲密了。那晚是他们几个月以来的第一次做爱。

她请了六个星期的假，并向家人和朋友保证，她会重新开始照顾自己。接下来她把房子从上到下打扫了一遍，还从旅行社带了一些小册子回来。她和索尔需要休息一段时间。她购买的都是健康有益的食物，甚至用她那台废弃已久的面包机做了面包。她知道自己现在需要增重几磅，由于之前的悲伤和自我忽视，她瘦了很多。甚至当那个月例假没来时，她还以为是体重减轻了的缘故。索尔那段时间每天都会做上一顿丰盛的早餐，好让卡特琳有些胃口吃东西。然后在一个星期三的早上，她坐下来，看着面前的盘子，上面摆放着渗着油光的培根、鸡蛋和蘑菇，还有一小块黄油……她忽然跳了起来，直接冲向了卫生间。他们真的已经等了太久太久了，当他们都不再抱有任何希望时，雨过天晴，太阳终于像她爸爸说的那样，从云层后面探了出来，彩虹出现了。

经过三次测试之后，他们终于确认了本以为会永远无缘的消息：卡特琳怀孕了。

他们一直保守着这个秘密，接下来的时间里，他们连续做了十六周的孕检，因为他们太害怕了，生怕会出现什么差错。当卡特琳不断增加的腰围再也无法被罩衫和大码 T 恤掩盖时，他们决定冒险宣布这一消息。即使到了那个时候，他们也不敢太兴奋，卡特琳甚至打消了母亲想给孩子织几双靴子的念头。

然后，2004 年 8 月 26 日，罗米·阿米莉亚·伊莉莎·布莱斯蹦蹦跳跳地来到了他们的世界。这个上天赏赐的礼物是如此珍贵，以至于卡特琳不让除了索尔和他们的父母以外的人接触到她。在她出生后的几个星期里，卡特琳都会站在婴儿床前，注视着女儿的每一次呼吸，观察女儿那小小的胸部起伏。但渐渐地，她学会了放手，让罗米自己去成长，因为她不可能一辈子都保护她，让她免受生活中遇到的每一个挑战。而且她现在的心态更加健康乐观了——这也是她同意接受洗礼的另一个原因。她知道她应该早点给孩子洗礼，不过迟做总比不做要好得多。

第二天早上，索尔起得要比她早。当卡特琳穿着暖和的睡衣、睡眼惺忪地走下楼时，发现他正穿着他最好的衣服，系着印有辣妹组合的围裙，站在厨房摊鸡蛋。罗米坐在她的婴儿椅上，一边吃着香蕉和酸奶一边咿咿呀呀地说话。

"天哪，你们这一大早可真卖力。"她说着，吻了吻罗米柔软的绒毛。

"我还没给她穿洗礼服，"索尔一边说着，一边把溏心鸡蛋舀到涂了一层厚厚黄油的吐司上，将盘子递给她，"我想我们应该等到最后一刻再说。我可不想奥利里神父扶着满身都是食物残渣的小家伙接受洗礼。"

"很聪明的做法。"卡特琳说着把黑胡椒撒在了鸡蛋上。她看着索尔给他们俩倒好咖啡，然后在她旁边坐了下来。罗米朝他们俩咯咯地笑着，卡特琳长吁了一口气，很是心满意足。然后为她美丽的小家庭做了简短的祈祷,向上帝表示了感谢。"你看上去棒极了。"她对索尔说道。"你也一样，"他笑着回答，"虽然有点皱巴巴的，一看就知道刚睡醒……"

他们大口地吃着吐司和鸡蛋。他真是个好厨师，这是他众多优良品质之一。她是多么幸运啊，她现在不能粉碎这一切。现在不是提出那个问题的时候。

他像掌握了读心术似的看着她，然后笑了。

"紧张？"

她有些失态了。"什么？嗯，没，我没紧张。"

"那就好，你本来就没什么好担心的。"

他说的是洗礼仪式上拉娜和朱迪思之间的潜在冲突。但她希望他说的是孩子。更多的孩子。

不。现在不是时候。她不知道什么时候合适，但肯定不是现在。卡特琳又一次退缩了，喝了一大口咖啡，按下了自己的紧张情绪。

36

朱迪思

他们中午就抵达了她母亲的家。他们是刻意这样计划的，因为这样就不用待上一个多小时再出发去教堂了。等了好一会儿，帕特里夏才出来开门，看起来还有点衣衫不整。

"妈妈，你这是熬夜了吗？"朱迪思问。

"跟你无关。"帕特里夏低声喝道，打开门让他们跟着她进去。

朱迪思和加雷斯一起笑了笑。她的母亲再也吓不到她了。如果说有什么不同的话，那就是她现在觉得她母亲很有趣。朱迪思早已放下了帕特里夏在成长过程中给她造成的种种伤害。她也早就原谅了母亲那些更为不齿的污点，比如诱骗乔治结婚，或者在女儿怀孕时拒绝她。实际上，她早已对帕特里夏那些失败的育儿方法释怀了，也不再自我怜悯了。因为幸福就是最好的报复。朱迪思现在已经在自己的生活中找到了幸福，她不但是一位母亲、一位妻子，还是个事业有成的女人。如今，她把帕特里夏看作一个悲伤、孤独的亲戚，更像是一个年迈的姨妈，而不是母亲。她和加雷斯会永远照顾她，这是他们的责任，但更多的就没有了。当然，她还是杰克的外祖母，这一点很重要。

房间里乱七八糟。烟灰缸都溢满了，空啤酒罐也丢得到处都是。"看来你是举办了一场派对。"加雷斯说。帕特里夏在长沙发上坐下的时候，他开始收拾东西。看得出来，她见到他们非常不高兴。

"杰克向你问好。"朱迪思说。一提起她的儿子，即使是帕特里夏本人，也会稍微柔和一点，开心一点。

"他为什么没跟你们一起来？"

"不，问题是他——"朱迪思还没说完，加雷斯就赶在她前面开了口。

"他有橄榄球赛。"他打断了一场关于杰克最近的爆料的讨论，有些俏皮地说道，"我去烧壶热水吧。"

每次上门几乎都是一样的。加雷斯称之为"责任拜访"。朱迪思发现她母亲对生活的态度极其消极。两年前，帕特里夏六十五岁的时候，他们给她办了一张公交卡，但她一次也没用过。无论他们什么时候打电话，总是重复同样的对话：

你屁股现在怎么样了？它让我的生活成了人间地狱。

你工作怎么样？我工作得非常辛苦，他们却只付给我微薄的薪水，拜托，我都已经六十七岁了。

谁谁谁现在又怎么样了？他回到他妻子身边去了，谁知道呢，那个人就是个傻瓜。

她从来没有问过任何关于他们生活的问题，除了杰克，那个从来不会犯错的外孙。

朱迪思看着帕特里夏有些吃力地站起身来，然后发现她母亲的晨衣上有一块明显的西红柿酱污渍。

帕特里夏伸手到壁炉台上，拿出两张崭新的二十镑钞票。"把这个给我外孙，"她说，"叫他记得来看看他外婆。"

"我们会的，谢谢。"朱迪思瞥了一眼时钟，"我们得走了，还有半个小时仪式就要开始了。"

然后，在毫无预兆的情况下，帕特里夏脱离了固定的剧本，问道："听说你下星期要去塞浦路斯？"

"呃，是的……是杰克跟你说的吗？"朱迪思有些恼火，因为她特别强调过不要向她的母亲提起她的父亲。虽然帕特里夏知道他们会去卡科佩特里亚，但从来没有把这件事放在明面上来说。

"不，是乔治·哈里斯说的。"在极少数帕特里夏提起她前夫的情况下，都是叫他的全名。

朱迪思简直不敢相信她所听到的。"真的吗？"

帕特里夏没有理她，她在小柜子里的抽屉里翻了翻，拿出一个密封的信封。"他想要这个，你见到他的时候就把这封信给他，然后告诉他，他欠我九十英镑。"

在去教堂的路上，朱迪思一直在想，她父亲究竟会向她母亲索要什么。"我不明白，加尔。他们好几年都没联系了！"

"你不会是想打开看吧？"加雷斯问，声音里充满了谨慎。

"嗯，我想我可以用蒸汽把印泥熏软，然后把它打开。"她说。

"不，朱迪，你不能这么做，这是私人信件。"

"你太诚实了，这对你自己没有什么好处。"她说。

他们来到圣西奥多教堂，朱迪思不得不把整件事抛到脑后，因为他们被观礼的宾客们团团围住了。在教堂门口徘徊的是几张她学生时代熟悉的面孔，都没有穿礼拜服，但都准备好了拍照手机，似乎只是来围观的。朱迪思暗自猜测，卡特琳和索尔都是当地的全科医生，应该算是当地的名人吧。她在人群中认出了贝基·威廉姆斯——她还是像十四岁的时候那样聒噪。她的手臂上有一个文身，是用哥特式字体书写的"宁静"二字，朱迪思想着她们各自走过的不同人生道路。"真是让人感慨万千！"她小声对加雷斯说道，加雷斯说她听起来像个一朝得势的小人。

他们跟着大家走进去，找到了自己的座位。

"教父和教母的位置在前面。"一位教会执事说道，于是他们挪到了前面。

她注意到卡特琳看上去异常紧张。她不明白为什么——这又不是一场婚礼什么的。她把这归结为一种焦虑，一种有这么多朋友和家人在同一时间聚集在同一个地方的焦虑。

奥利里神父开始了仪式。她注意到卡特琳在不停地回头张望。她是在确认大家是否都在吗？

"现在请这个家庭的成员，还有教父、教母，走到教堂后面的洗礼盆那里去。"

朱迪思注意到了索尔的哥哥汤姆，他们都朝对方笑了笑——今天他们将要在此庄严地承诺以耶稣基督的名义教育、监督罗米。这可真是不可思议啊，她想。

在他们就座后，奥利里神父分发了几张印有洗礼圣礼字样的复合 A5 卡片。他轻轻地把罗米从她父亲坚定舒适的怀抱中抱起来，走上摆放着洗礼盆的两级台阶。罗米被他抱在左臂弯里，右手则伸进盆里，蘸了蘸水。"以圣父、圣子和圣灵的名义——"

但他没有再往下说，因为角门处的一阵骚动打断了他。大家都回过头来，想知道这乱糟糟的场面是怎么回事，朱迪思听到这人一直在急切地小声道歉："对不起，对不起……我能不能……座位在哪儿？很抱歉我迟到了。"然后，一个女人突然从过道上冲了出来，走到了洗礼盆边上。朱迪思在对方没有看到她之前，率先发现了对方。

是拉娜。

朱迪思身子忽然晃了一下，她伸出手抓住加雷斯的胳膊，稳住自己。她实在是太震惊了，没有想到自己居然再次见到了这位曾经的朋友，在整整十八年以后。她目瞪口呆地看着卡特琳，但她无声的询问并没有得到任何回应。

"你是客人吗？"奥利里神父问。

人们开始窃窃私语。

"是的，我是教母。"她上气不接下气地说道，旁边有人给她递上了那张 A5 卡片。

但稍后她看见了朱迪思，整个人就像忽然被按下了暂停键。

"什么鬼……"

拉娜还没说完，卡特琳就打断了她。"我们继续吧。"她声音有些颤抖地对奥利里神父说。

"好的。那么现在……"他向拉娜示意，"请你和其他教父母站在一起……"并没有人挪动。

拉娜盯着朱迪思。朱迪思也盯着拉娜。

"拉恩？"卡特琳低声说，招手叫她过去和他们站在一起。

在三十双眼睛的压力下，拉娜似乎别无选择，只能按照卡特琳的要求去做。当她在朱迪思身边站定时，她低下了头，朱迪思闻到了一股强烈的、混合着香烟的香水味。

朱迪思想，她现在还在抽烟。

仪式继续进行了下去。

朱迪思暂时还是无法接受正在发生的事情，她努力不去和拉娜进行任何眼神交流。奥利里神父往罗米头上泼了三次圣水，小家伙霎时就号啕大哭起来。

"魔鬼从她的身体里出去了。"凯利奶奶低声说道，她疯狂迷恋这种神神道道的东西。

当这部分仪式结束时，奥利里神父把婴儿带到他们站着的地方。"现在你们谁愿意在我们点燃许愿蜡烛时抱着这个小家伙？"他问道。

静默了一小会儿。没人知道该怎么做。因为无论朱迪思主动接受还是婉言拒绝，都意味着要与拉娜进行接触。她觉得拉娜应该也是这么想的。

幸运的是，索尔的伯伯介入了。"小宝贝，到你汤姆伯伯这儿来。"他说着，从奥利里神父的怀里把她接了过来。

两位教母每人拿着一支蜡烛，还有一张小卡片，上面写着罗米受洗的日期和地点。朱迪思和汤姆的名字都在上面。还有拉娜。整件事显然是事先计划好的，朱迪思迫不及待地想让它结束。她很生卡特琳的气，也很难过，因为她本来是如此期待今天的到来，她本来以为自己会享受洗礼的每一刻，但现在她一点都不想再待下去了。

他们回到教堂的另一头，奥利里神父宣布仪式结束。然后朱迪思就径直朝教堂的角门走去，加雷斯紧跟其后。

"你觉得她知情吗？"加雷斯问，"我是说卡特琳，还是说你认为拉娜是毫无预兆突然出现的？"

"她当然知道！证书上有那个人的名字！"

在主入口，其他的客人开始涌出教堂，充满了欢乐和庆祝，没有意识到刚刚发生在她们面前的强迫和不情愿的团聚。拉娜和索尔的几个亲戚站在一起说笑，朱迪思甚至都很震惊自己会如此气愤，拉娜表现出来的那种漠然真让人恼火。她也很生气拉娜看起来那么漂亮。这些年来，朱迪思偶尔会在电视上看到她，所以她知道她现在的长相。但看到她本人的感觉还是不同的。她瞥了加雷斯一眼，想看看他是不是也在看拉娜。他真的在看。她心里立刻闪过一丝嫉妒——他会觉得她比我更有魅力吗？她真的对此产生了怀疑。或者他只是好奇？她咒骂自己太不成熟，然后注意到贝基·威廉姆斯把她的相机拿了出来。所以，这就是她和她的亲信来到这里的原因！来看拉娜·劳埃德！上帝啊。当镜头对准她和加雷斯时，朱迪思把目光移开了。

"我妈妈有几个朋友需要搭车回家，"卡特琳叫住他们，然后朝他们走来，丝毫没有提及刚才在教堂发生的事情，"恐怕得麻烦你们送一下了。"

"这么说你早知道了，"加雷斯说，没有理睬她刚刚的请求，"你知道她会来？"

卡特琳脸红了。"嗯，我邀请了你们所有人，不是吗？"她说道，试图让自己听起来更有底气，但是失败了。

"好吧，既然如此，我们先送你妈妈的朋友们回去，然后就回去了。"加雷斯说，显然很生气。

"别闹了，你们可是大老远跑来的！"卡特琳有些惊慌失措地说。

"卡特，你到底在想什么？"朱迪思终于找回了自己的声音，"这根本让人无法接受。"

"我必须做点什么，"她说，朱迪思闻言摇了摇头，"而且拉娜跟你一样，很生我的气。"

他们看了一眼拉娜所在的地方，她还在和一些客人合影。在朱迪思看来，她似乎在用娱乐圈那套肆无忌惮、毫无羞耻心的自我，公然侵占这个地方。

"她看上去一点儿也不生气，卡特。"

"来吧，求求你了，"卡特琳说，"就算不是为了我，也想想罗米。"

朱迪思犹豫了，加雷斯见状耸耸肩。"这取决于你，"他说，"对不起，卡特，但我是不会靠近那个女人的。朱迪，如果你想去的话，我就一会儿来接你。"

她感觉自己很分裂，不知道要怎么办，不过去的话实在是太不礼貌了。

"我只待一个小时，"她最后还是松口了，"但是我不会跟她说话的，想都不要想。"

"行吧，上帝禁区。"卡特琳咕哝着说道。

闻言，朱迪思还有些诧异，在她可爱的朋友嘴里听到讥讽的语气是多么难得啊。

37

加雷斯

十七年前这还是一个僻静的地方，那时候他很喜欢这种隐秘感。他径直走到园区的最边缘。映入眼帘的是一棵只在四月盛开的玉兰树，仿佛是过于羞涩，它的花期也是格外的短暂，灿烂不过两周时间就会凋零，很容易就会错过繁花盛开的美景。他总是会估计着花期过来祭拜，这样就可以见证这一奇观：白色的花朵竞相盛开，亭亭玉立，就像一个自然形成的烛台一样。每次看到这棵玉兰树，他都会想同样的事情：树上应该挂一个牌子，上面写着：来看花吧！花期有限！当然，今天并没有开花。现在是七月，已经太晚了，而且这是一次计划外的祭拜。朱迪思正在洗礼后的派对上帮忙，所以这里似乎是他眼下最好的藏身之地。通常他来的时候都会带着鲜花，还有一瓶威士忌，时不时喝上一口。他开始清理上次带来的花朵残枝，它们现在都已经枯萎、凋谢了。

随着时间的流逝，每次来这里他都会发现新的墓碑。这是对生命轮回、对无情转动着的死亡之轮的悲哀控诉：墓碑上刻着名字和日期，宣告着永不结束的爱、铭记于心的承诺，以及对《圣经》和百首诗的引用。这就像是一把双刃剑——他现在很高兴她的小坟墓不再孤单，但又为别人的逝去感到悲哀。墓碑看起来都很新。即使是那些可以追溯到二十世纪六十年代的墓碑，看上去也还是崭新的，像是刚开凿过的。她的墓碑是白色大理石做的，顶端雕刻着一个漂亮的小天使，替他们守护着她，小天使下面则是他们在迷茫绝望中选择的碑文：

乔治娅·梅特卡夫

生于 1987 年 12 月 13 日

逝于 1987 年 12 月 13 日

朱迪思和加雷斯的爱女，杰克的双胞胎妹妹

小天使请在天堂安然入睡，直到我们再次相见

他们一直后悔没有给她起个中间名，总感觉她会因此更为吃亏。如果他们能有更多的时间去思考，去接受她离开的事实，他们会用加雷斯祖母的名字作为中间名，叫她乔治娅·梅。但当初那一切都发生得太仓促了，没有给他们任何反应的时间，他们甚至有几瞬是万念俱灰的。

加雷斯是自己一个人去登记女儿的出生和死亡的。朱迪思本来想和他一起去，但他考虑到自己都已经心碎到无法呼吸，难受至极，

他不忍她受同样的痛苦。

她仅剩的那点力气需要用来参加葬礼,一场几乎不存在的葬礼。只有他、朱迪思、卡特琳、索尔还有圣公会的牧师出席。他们不想让其他人来。帕特里夏甚至都不知道她的出生,更不用说她的死讯了。他们只想办一个小小的、不张扬的葬礼,就像他们的小女儿那样。乔治娅的白色小棺材永远铭刻在他的脑海里,他们把它轻轻地、小心翼翼地埋进了土里。

六个星期后,加雷斯和朱迪思确实一起去了登记处——这次却是因为更快乐的事情。首先是为了登记小男孩的出生,经历了岌岌可危的生命伊始之后,他终于开始绽放。他们把这个小个子男人带在身边,穿上抵御一月寒冷的暖和衣服,还给他取了两个中间名作为补偿——杰克·安德烈亚斯·哈里斯·梅特卡夫。他的小拳头一直握着朱迪思的拇指,那双充满好奇的大眼睛炯炯有神,经常晃动着小脑袋注视着周围的环境,仿佛知道自己正在被正式承认为人类的一员。不知道他会不会记得她?加雷斯时常会有这样的疑问。他会不会有一些潜意识的记忆,记得那个与他一起在母亲的子宫里度过了整整六个月安全时光的双胞胎妹妹?

他们那天还决定做点别的事。

他们决定结婚。

一切都会好起来的。即使还深陷于刻骨的悲伤当中,也要给彼此一个承诺,抓住那一丝欢乐,好让他们连同剩下的这个孩子可以满怀希望地展望未来。他们邀请索尔和卡特琳做他们的见证人,除了小杰克以外没有其他客人。尽管仪式很安静、很小，但他们对彼此的爱却是无限的。

在乔治娅去世近二十年后，加雷斯现在再来到这里已经不会那么伤心了。事实上，随着年龄的增长，他甚至开始期盼起看望科伊德瑟尔林这个漂亮的小墓地——至少一年两次，基本都是她生日那天，以及玉兰开花的那两周。有时杰克会和他一起来，朱迪思从来没有来过。但是是否独自一人并没有什么差别。对他来说，这是一个可以让他沉下心来思考的机会。每次在这里他都会感到平静。

在洗礼仪式上看到拉娜是一种奇怪的感觉。他已经养成了避免和她有任何接触的习惯——考虑到索尔和卡特琳是他们与拉娜共同的朋友，而且关系都相当亲密，这已经是非常了不起的一项成就了。但他们已经陷入了一种常规——他们和布莱斯夫妇的任何会面都保证不会碰到拉娜。他们都习惯了这样的生活，以至于拉娜的名字从未被提起过。

他经常会想，如果他再见到她会作何反应。不知道愤怒和怨恨是否会减少。但是并没有。看到她站在教堂里，他意识到自己对她的感觉和以前完全一样。奇怪的是，他对此感到很高兴，因为他终于明确知道了自己的态度，他喜欢确定性。

他只是希望他对杰克也能有如此肯定的感觉。

关于杰克前一天晚上告诉他们的事。

同性恋有没有可能只是阶段性的？或者他是否只是太天真、太单纯了？人们会怎么说呢？他们会怎么想呢？会不会说他不是一个好父亲——没有把他的儿子培养成一个合格的男人？天啊，他究竟变成了一个什么样的人？是那些无法接受自己的孩子是同性恋的父母吗？在他年轻的时候，他们甚至不使用"同性恋"这个词。他们说得更难听——什么娘娘腔、娘炮，甚至还有更糟的……就像笑话一样流传开来。现在回想起来，他为此感到羞愧，感到恶心。这就是曾经的自己，小心眼，狂妄悖逆。这是他的儿子啊。他叹了口气。

他的手指滑过乔治娅墓碑上的字。

爱。

这才是最重要的。

杰克找到真爱才是最重要的。

无论他选择的是谁。

他深深地吸了一口气，看着一只金翅雀绕着墓碑飞来飞去寻找食物，然后落在墓碑的小天使身上，停在那里，片刻后又扇动翅膀，再次飞了起来。

是时候回去了。该去接朱迪思回家了，回到他们那非常出色的儿子身边。

38

朱迪思

凯利家，朱迪思在休的温室里找到一个角落坐了下来，然后一直和卡特琳的奶奶聊天。她偶尔会抬起头来，迅速扫视一下房间，确保拉娜不会突然溜进来。但是即使她进来了，朱迪思也不确定自己会怎么做。她一到这里就很紧张，希望加雷斯可以尽快回来接她。反正她也帮过一些忙了。

莉兹·凯利走了过来，端着两个堆满三明治的盘子，将其中一盘推向朱迪思，示意她拿一块吃，她可不敢拒绝。

"是不是很棒？"她说，"多么美好的一天啊。"朱迪思也点了点头，不想给她泼冷水。

"当然我知道这都是为了罗米，"莉兹接着说，"我刚才还对休说，你和拉娜还有卡特琳能重新聚在一起真是太好了，这太难得了。"

朱迪思不知道该如何回应，但又不想显得粗鲁、不礼貌。"我都不记得上次参加洗礼是什么时候了。"她弱弱地说道，咬了一大口三明治，"哇，莉兹，里面的火腿和鸡蛋很好吃啊。"

求你别逼我谈论这件事。

"嘿，你在这里！"卡特琳说着，匆匆走进暖房，怀里还抱着心满意足的罗米，"你还没有和今天的大明星合影呢！"她把罗米递给了她的教母，教母朱迪思的双手突然就被火腿、鸡蛋和小婴儿占满了，这下她无处可藏了，"赶紧出来吧，我爸爸已经把照相机准备好了。"

她很难拒绝。

"好吧，不过加雷斯马上就来了，我们得赶紧上路了。"她对老凯利太太说道。

屋前的花园里有一条小长凳，旁边有两棵盆栽的橄榄树，在阳光的照射下投了些许的阴影在长凳上。从朱迪思记事起这条长凳就在那儿了。十四岁的时候，她、拉娜和卡特琳都把自己名字的首字母刻在了它的背面。莉兹·凯利发现后斥责了她们，称她们三个是"莽撞的破坏者"。不过她还是和往常一样，脸上带着笑意，批评也是不痛不痒。

"朱迪思你坐下来，"休·凯利命令道，"和我们的小殿下坐在中间，"罗米舒服地坐在朱迪思的膝盖上，高兴地玩着挂在她脖子上的彩色珠子。"还有，汤姆，"他对索尔的哥哥说道，"你和卡特琳一起站在后面。"

"爸爸，一定要对焦。"卡特琳看着父亲摆弄着相机，嘱咐道。

朱迪思往后挪了一下那只没有抱着罗米的手，手指在老化的木材上滑动抚摸着。经过多年威尔士恶劣天气的摧残，字迹现在已经有些模糊不清了，但仍然存在——CK、LL、JH，以及刻下字迹的年份：1982年。那是马岛战争①开始的时候。她想起来当时她们都很恐慌，担心世界末日即将来临，想要在历史上留下自己的印记，可以被人铭记——即使这印记只是被刻在一条旧的花园长凳背面。

　　休·凯利打断了她的回忆，忽然开口说道："啊，现在我们的人就齐了！"朱迪思意识到他说的是拉娜，她正朝他们走来。她的心猛地一跳。要不是罗米稳稳地坐在她腿上，她可能已经逃走了。现在朱迪思和拉娜都不可能将对方忽视了。

　　"朱迪思。"拉娜向她点了点头，避免和她视线相触。

　　"你好吗？"她含糊地问道，意识到自己听起来像一个任性的青少年。

　　其他人明显感觉到了气氛的紧张，于是他们故作开心，强行打破了尴尬。

　　"好了，拉娜，你也坐在长椅上，就坐在朱迪旁边。教母们应该在一起，不是吗？"

　　这太可怕了，朱迪思想。

---

① 马岛战争，即马尔维纳斯群岛战争，指1982年4月至6月间，英国和阿根廷为争夺马尔维纳斯群岛主权而爆发的一场战争。

休抓住机会拍了一组照片。朱迪思礼貌而顺从地坐着，内心却在叫嚣，极度不舒服。谢天谢地，卡特琳终于介入了："好了，爸爸，差不多了，就这样吧！"

"好的，"他笑着说，"汤姆，你现在和我去把两家人都召集起来，咱们来拍一张漂亮的全家福。"

"好的，这个主意不错。"

"我去吧。"拉娜说。

"要不还是我去吧。"朱迪思同时表示。

"坐下。"卡特琳命令道，朱迪思很少从她身上听到这种威严的声音。

她看着休和汤姆·布莱斯走向房子，消失在视线里，留下她们三个人在这折磨人的沉默中。感谢罗米以及她的无知，她想。

最后还是卡特琳先开了口。

"所以。"

没有人回应。

"十八年来，我一直在筹划着这一刻。"

"你不应该费这个心，"拉娜说道，她把所有的注意力都集中在罗米身上，"你没有这个权利。"

"嘿，拉娜，"卡特琳说，"我告诉你，你没资格在我女儿洗礼这一天告诉我该做什么，不该做什么。现在至少给我点面子，你们两个都得承认对方的存在。"

还是没有什么反应。

从房子里传来宾客们礼貌交谈的轻柔嗡嗡声，盖过了休·凯利正在播放的佩里·科莫的一张专辑。

突然，罗米咯咯地笑了起来，然后伸出粉红色的小舌头，发出一长串"咯咯咯"的声音，看起来颇为得意。

三个人都试图忽略，但这是不可能的。朱迪思先崩不住笑了，然后是卡特琳，接着是拉娜。笑声很快就消失了，但至少缓和了些许的气氛。

"嘿，看见了吧？什么事都没发生，不是吗？"卡特琳生气地说，"你们俩都没死。"

朱迪思耸耸肩，卡特琳当然是对的。

"我只是希望你们能礼貌地对待彼此，不再将对方无视，仅此而已。我想从现在起能同时邀请你们俩一起参加活动。朱迪，你怎么说？"

"你为什么要先问我？"朱迪思有些不耐烦。

"拜托，你能不能成熟点。"拉娜说，朱迪思更生气了。

"我成熟点？我？"她逼问道，"拜托，是谁忘不了啊？你只不过是二十年前，和加雷斯有过一时的欢愉而已。"

"那不是什么一时的欢愉。是你，你背着我和他约会……"

"该死的，我没有！"朱迪思喊道，"你呢？你在我怀孕的时候把我推倒了！要不是你，我们就——"

但卡特琳打断了她的话，"并不是，朱迪。你现在给我闭嘴，我们都知道那不是真的，明白吗？"卡特琳的反问听起来就不像是个问题，而是一句陈述。

朱迪思叹了口气，因为她知道，卡特琳又是对的。

医生向他们解释这件事似乎是很久以前的事了，他们说并没有证据表明流产是由摔倒引起的；没有证据表明拉娜就是罪魁祸首。他们说这只是其中一个原因罢了。当时，卡特琳想以此作为他们和解的契机，带着这样的想法，她和索尔建议大家保持平和的心态聚一下——就在卡迪夫，在他们的学生公寓里，拉娜、朱迪思和加雷斯三个人一起，看看他们是否可以修复破碎的关系。但是朱迪思和加雷斯直截了当地拒绝了邀请。不管卡特琳和索尔多么努力地说服他们，他们都不想再和拉娜有任何关系，不管医生和朋友告诉他们什么。她和拉娜之间的矛盾现在已经深深地印在她的脑海里了。她深深地感觉到一种分裂。她告诉自己，具体发生了什么只有她自己知道，要相信自己。同时，时间的流逝也在侵蚀着她和拉娜那曾经牢固不已的友情。她很久以前就意识到，离别并不总是会让心变得更亲近，它也同样会让心门关闭。到如今，她对拉娜·劳埃德的感情并不比对干洗店的那位妇女多。她们之间的关系已经破裂，很久以前就已经没关系了。她相信拉娜一定也有同样的感觉。

"呃，嗯。"她含糊道。这是朱迪思能做的最接近让步的事了。

"你瞧，"拉娜轻声说，"那时我试着道歉，一次又一次，但你和加雷斯就是不搭理我。"朱迪思点了点头，因为拉娜说的是真的。她们继续沉默地坐着。

天哪，我真希望我不在这里，她想。

311

"朱迪？"卡特琳说。

这真是太尴尬了，这种谈话让她觉得自己只有七岁，而不是三十七岁，她就像是在被老师训斥一样。

"好吧，对不起，好吗？关于我和加雷斯。我是说，我和他在一起并不后悔，但我很抱歉没有从一开始就对你坦白。"

"是的，你是该道歉。"

"拉娜。"卡特琳责备道。

"但看在上帝的分儿上，我们那时候十九岁！"

"朱迪！"卡特琳又训斥道。她的两个朋友都闷闷不乐地坐着。

罗米又忽然打断了对话，她打了个嗝表示支持。

卡特琳忽然想到什么，她继续说："顺便说一句，既然咱们又提起了旧怨，我想起来一件事，你们两个破坏了我的婚礼，却没有一个人跟我道歉。我公公花了好几个星期做的蛋糕，你们俩提都没提过！"

朱迪思看上去很是窘迫，"哦，卡特……"

但卡特琳简直是超常发挥："还有——在过去的十八年里，我才是那个一直被夹在中间、左右为难的人，那我和索尔呢？你们有谁考虑过我们？永远不准我们提起那个禁止提及的朋友，当然不准提及的对象取决于我们当时和谁在一起。你们能想象那是什么感觉吗？这么多年了。对你来说，朱迪，拉娜已经不存在了，该死的反过来也一样……"

"对不起，卡特，我真的——"拉娜想道歉，但又被卡特琳打

312

断了。

"听着，都已经没关系了。过去的事情已经发生了，但我们能休战吗？或者至少停止争吵？可以吗？"

当罗米高兴地坐在她腿上咯咯笑时，朱迪思将手伸了出来，准备和拉娜握一下手。

"就只是握手？朱迪？看在上帝的分儿上，至少拥抱一下吧！"

"别逼我们，卡特。"拉娜说。当她开口说话时，朱迪思有一种非常奇怪的感觉，因为此刻她和这位前朋友的想法一致，甚至心存感激。这次的握手很是短暂、笨拙，甚至带着些许的漫不经心和勉强。但这毕竟是一次握手，这么多年以来的第一次接触。

"这是个开始。"卡特琳说，看上去如释重负。

当加雷斯的车停在屋外时，朱迪思也松了一口气，她终于不用继续谈话了。当她迅速爬上车时，她可以看到他脸上明显的困惑，但足足过了十分钟她才把刚才发生的事告诉他。因为她自己都不敢相信。

39

拉娜

对她来说，这是晚上最难熬的时刻——凌晨三点半。电视上什么节目都没有，也没有人醒着，各种想法在她脑子里乱转。而且更纠结的是，酒精也没起到任何作用。

在少数几次成功戒了几周酒的情况下，她的生活过得很愉快——早上没有口干舌燥，没有头痛，没有水肿，没有软弱无力的四肢。最重要的是，没有这种午夜的焦虑。

距离罗米的洗礼已经过去六个星期了。很明显，因为拉娜和朱迪思在一起待了五分钟，卡特琳就相信一切都会恢复到以前的样子。卡特琳就是这样——她总是不切实际地乐观，或者拉娜更喜欢称之为"异想天开"。

再次见到朱迪思并不像她想象的那么糟糕。当然，这么多年以来她也一直在想象这个场景。人们是这么说的，不是吗？——对可怕事件的预期，往往比事件本身更糟糕。

朱迪思当然不年轻了。拉娜的祖母可能会说她更"丰腴"了，但朱迪思总是喜欢装腔作势——要知道她过去经常抱怨这一点——总是在节食之类的。而且她比拉娜记得的还要自负得多。诚然，她自己总有自高自大的时候，但是现在，只不过是在政府部门工作，朱迪思就认为自己高人一等了。想到她们曾经如此亲密，拉娜就觉得好笑，而且她意识到，如果洗礼那天是她第一次见到朱迪思，她肯定不会和她成为朋友的，一辈子都不可能。朱迪思就不是拉娜会喜欢的那类人。

　　在罗米受洗的那天，朱迪思离开凯利家后，拉娜开始在几瓶卡瓦酒上写下自己的签名，她需要借此来对付卡特琳不屈不挠的说服策略。

　　"那么现在你和朱迪又成了朋友了⋯⋯"她说。

　　"我们没有再成为朋友，卡特。"拉娜回答，但卡特琳没理她。

　　"⋯⋯也许我们可以来一次女生聚会？一起过个周末？就咱们三个。"

　　最后，唯一能阻止喋喋不休的卡特琳的方法就是回家。

　　从那以后，卡特琳就一直发邮件，同时抄送拉娜和朱迪思，罗列了一堆提议，想要弥补她们过去错失的时光。拉娜从来没有回复，显然朱迪思也没有。卡特琳在这件事上真的有点失败，拉娜希望她可以放弃这些无用的尝试。她不想表现得太苛刻。她知道卡特琳的本意是好的，但有些友谊是有保质期的。

　　"我和朱迪思·哈里斯的友情怎么说呢？我们就像一条已经

变了味的旧面包。有时候拉娜甚至会想，嗯，我爱卡特琳，卡特琳爱朱迪思，所以朱迪思肯定是有她的过人之处。然后她会想她们是否能……？她们是否能消除多年的怨恨，忘掉那些被浪费的时光，重新开始？除了有一个共同的好朋友之外，她们之间还有什么联系吗？"

正是在这样一个不眠之夜，关于朱迪思·哈里斯的那些记忆才慢慢清晰了起来，在她的脑海里不停地纠缠。她忘记了曾经的欺骗、内疚和被拒绝的伤心，取而代之的是那些美好的时光：她们无比开心，甚至笑到尿崩；她们试图把卡特琳的头发染成金色，结果却变成了绿色；青少年时期的叛逆，在商店偷了三包欧宝水果软糖被人抓个正着；为朱迪思的金鱼举行葬礼；一起为考试复习；拿到驾照就开车带卡特琳和朱迪思两个人去布雷肯旅行；她们在学校的最后一天抱成一团放声大哭；当然还有那次希腊之旅。这种温暖的闺蜜之间的爱意依然让人感到新鲜，仿佛这一切就发生在昨天。

她从卡特琳那里得知朱迪思的父亲病得很重。可怜的乔治，她一直都很喜欢他。也许这就是为什么朱迪思今晚会在她脑海里挥之不去。她让卡特琳帮她转交了一张卡片，但还没有收到任何回复。这有点可笑，她知道这一点，凭什么朱迪思要回复一张毫无价值的卡片？她肯定有很多其他事情要担心。但拉娜还是忍不住，她感觉自己被再次拒绝了。她知道这是一种幼稚的表现。很自我。但她心里还是隐隐希望自己没有把它寄出去。

她又尝试入睡，但还是失败了，完全睡不着。现在已经是早上五点了，她像僵尸一样从床上爬了起来，既没有累到想要睡觉，也没有清醒到可以开启一天的工作。家里没有牛奶了，她就给自己泡了一杯浓咖啡，走过去把窗户打开，同时抽了当天的第一支烟。即使在这个时候，伊斯灵顿的上街也已经人声嘈杂了。她喜欢她的公寓。她喜欢坐在那里，有时一坐就是几个小时，凝视着外面的伦敦生活。这里有一种她喜欢的感觉，仿佛可以随意刺探别人的隐私而不被发现。

今晚，《魔鬼也分享》的第一集就要播出了。她已经在演职人员的放映会上看过了，感觉很不错。但她不敢告诉任何人，免得惹祸上身。随着宣传工作的超负荷运转，这部剧肯定会有很多炒作。她已经习惯了在杂志封面和网络报道上看到自己的脸，正如她的经纪人所说，这都有助于"提升你的形象"。那天上午晚些时候，她需要去录制《拉里·道奇秀》，作为嘉宾参与这档节目。这是一档轻松的杂志访谈节目，是在主持人自己家里拍摄的。她真的需要确认一下他们接人的时间。于是她打开电脑，等待邮件的加载。有几封是连夜收到的，但收件箱里有一封邮件很突兀地出现在她面前。

收件人：拉娜·劳埃德

发件人：朱迪思·梅特卡夫

日期：2005 年 8 月 20 日

主题：问好

亲爱的拉娜，

　　我必须承认，自从我收到你那张关于我爸爸的卡片后，好几次我都打算给你回信，但是每次都是写了又删，删了又写。因为我真的不知道要说什么。除了感谢你的安慰。

　　对我来说，我们假装在罗米的洗礼仪式上没见过面会更容易些，然后我就可以像过去十八年所做的那样继续生活下去。但我爸爸现在活不长了。我们家明天会飞往塞浦路斯去和他告别。这也让我重新审视了我的生活，究竟什么才是重要的。所以我想，如果你愿意的话，也许我们应该碰一次面。就你和我。看看我们是否能恢复一些最基本的交流。

　　祝好。

朱迪思

　　拉娜盯着这封邮件足足看了三分钟，起初她不相信这真的是朱迪思发来的，有那么一刻她甚至疯狂地怀疑这是不是卡特琳写的，想不到任何方法后铤而走险什么的。但并不是这样，这太不符合卡特琳的性格了。这就是朱迪思写的。当拉娜接受这一事实的那一刻，她对老朋友的爱意瞬间涌上心头。仿佛她之前的怨恨根本不存在了一样，就好像那些胡言乱语从没发生过一样。她迫不及待地回复了邮件。

收件人：朱迪思·梅特卡夫

发件人：拉娜·劳埃德

日期：2005 年 8 月 21 日

主题：谢谢

亲爱的朱迪，

收到你的邮件后，很难形容我是多么的快乐。我随时都在这里等你。但我知道你现在有很多事要忙，所以等你看望乔治回来后我们再联系。

爱你的拉娜

按下发送键后，她穿上慢跑服，找了些零钱就出门买牛奶了。

呼吸着伊斯灵顿新鲜的空气，她意识到和朱迪思的分离给她带来了多么沉重的负担。十八年了。她一直假装得很好，仿佛这件事对她没有任何影响，但显然，从她刚才的反应程度来看，她是在自欺欺人。她非常渴望能再见到朱迪思，希望她失去的朋友能回到她的生活中。过去发生的那件事真的太荒谬了，但一想到这一切终于要结束了，她就忍不住想放声大笑。

当她走进贾马里先生二十四小时营业的商店门口时，笑意仍然没有消退。她注意到贾马里先生正在整理一堆报纸。

"亲爱的，你今天可真早，天气也不错。"他嘴里叼着一根烟，边说边剪断捆着那堆报纸的扎带。

拉娜走向冰箱，拿出一品脱半低脂牛奶。"嗯，这可是一天中最美好的时光，你说呢？"她愉快地回答，"给我也来一份报纸，谢谢。"

当贾马里拿出一份《周日版》的报纸时，它的杂志增刊忽然掉到了地上。"对不起，亲爱的。"他说着弯下腰，准备将它捡起来。

但是拉娜抢先一步。在脏兮兮的商店地板上凝视着她的是她自己的脸：质感光滑，浓妆艳抹，头发被鼓风机吹了起来，穿着一件她通常不会穿的衣服。下面是一排字母全部大写的标题，尤为醒目：

《拉娜·劳埃德——性、宗教以及与一位老朋友长达十八年的不和》

瑞恩·皮尔曼采访报道

她愣住了。幸运的是，贾马里先生没有注意到。拉娜把杂志藏在报纸里，抓起牛奶，把钱留下，然后就冲了出去。

回到公寓里，她扔下杂志，用恐惧和轻蔑的目光看着它。它也回盯着她。拉娜的脸，拉娜的名字，毫无疑问，瑞恩·皮尔曼撒谎了。她点燃了一支烟，让自己镇静下来，然后深深地吸了一口，直接翻到杂志的中间几页。她没有看全部内容，只是浏览了一下采访，捕捉单个的词汇和短语，试图找到它们之间的联系。

……两次失败的婚姻……一路睡到顶峰……据称与执

行制片人有染……回避有关性的问题，然后立即对自己的胸部做出下流的评论……

真是个十足的浑蛋，她想，呼吸急促。但折磨远未结束。

她说她的家乡到处都是"凡夫俗子"——但她清楚地认为自己很特别……参加她教女的洗礼，尽管她不相信那些宗教相关……

什么？但这些都是他说的话！

然后是最后一击。她在罗米受洗那天拍的一张照片。有点模糊，但可以肯定那是拉娜，正在教堂外抽烟大笑。旁边放了一张朱迪思的照片，看起来很可怜。这些照片究竟是从哪里来的？

然后她想起教堂外面有个女人给她拍了照片，那个女人当时径直走上来，对她说因为你现在很出名。她说她们是老同学，可是拉娜怎么也想不起来那个女人究竟是谁了。维姬？不，贝基！贝基·威廉姆斯，就是这个名字！当时她都没想过会发生这种事，但这个贱人显然已经把她的"故事"卖给了《周日版》。

根据可靠的消息来源，十八年前，当朱迪思·哈里斯从拉娜的鼻子底下偷走了她的男友并生下孩子后，拉娜·劳埃德就和她最好的朋友朱迪思闹翻了……"拉娜从未原谅过她！"那位朋友说。考虑到拉娜·劳埃德还没有自己的孩子，这是可以理解的。当我提起这个话题时，我清楚地看到了她眼中的悲伤。这显然是她的一个痛处，也解释了她对曾经的朋友的嫉妒……

拉娜感到非常难受，有点想吐，这肯定不是真的。她的手机发出嗡嗡声。是卡特琳的一条短信：

我的天啊，拉恩，你看《周日版》了吗？！

40

朱迪思

　　她简直不敢相信这一年她要第三次飞往塞浦路斯，其中原因也让她悲痛欲绝。他们每年夏天——有时是春天——都会飞往塞浦路斯去旅行。自从 1987 年加雷斯跟她一起过去的那一周起，他们就一直以亲戚的身份做客卡科佩特里亚。每一次，她的塞浦路斯家人都张开双臂欢迎。他们三个都很喜欢去拜访那个位于特罗多斯山区的美丽村庄，杰克最喜欢的就是和他的 Pappoús（希腊语：外公）和 Giagiá（希腊语：外婆）克莱欧在一起。朱迪思期待着每一次旅行。除了这一次。

　　因为现在她只是默默地坐在那里，过去她会为可以在索菲亚漂亮的家里待两个星期而兴奋地大笑，会在父亲和他妻子的陪伴下度过快乐的时光，会和表兄妹的孩子们玩耍，会享受传统希腊美食的盛宴，会沐浴塞浦路斯的阳光。

　　但这次不是了。

因为这次他们是去道别的。

他们过完圣诞节其实过去待了一个星期。从他们抵达的那一刻起，就发现事情有些不对劲。克莱欧安静得几乎一句话也不说；她那少女般的咯咯笑声不见了，几乎是面无表情。还有乔治，可怜的乔治——他瘦了那么多。克莱欧一反常态地经常对他发脾气，朱迪思发现每当自己走进来时，都会撞见在黑暗角落里无声进行着的谈话。乔治脸色苍白，甚至有些沉默寡言，他也把烟戒了。难道克莱欧的唠叨最终起作用了吗？这当然是件好事，但他会因此怨恨她吗？他和克莱欧妮基开始貌合神离了吗？

圣诞节那次去拜访的时候，朱迪思问乔治他们两个人是不是已经同床异梦了，但他只是笑着摇了摇头。

"我比任何时候都更爱她，"他说，"她也爱我，这个傻女人！"

朱迪思决定相信他，不再理会他们之间那紧绷的关系。

"可能是新年抑郁吧。"加雷斯说。

但是当他们七月份过去的时候，乔治看起来虚弱多了。

他们到那儿还不到一个小时，他就问她帕特里夏有没有什么东西给他。她拿出密封的信封递给他，这封信放在她那儿已经将近一个星期了，朱迪思极度渴望知道里面有什么。乔治慢慢打开它，展开那两页文件，开始读了起来，朱迪思则一直瞪大了双眼盯着他，像一只鹰一样。

"有什么有趣的东西吗？"她问，拙劣地掩盖着她那炽烈的好奇心。

他在开口前深吸了一口气。"这是你母亲遗嘱的副本,"他说,"我让她写了一份。"

"好吧,"她看起来很困惑,"因为什么呢?"

"我想确保帕特里夏死后会把房子留给你。我可不想她做出什么不可接受的事情。"

"有道理,"她笑着说,"不过我觉得她应该不会那么快就长眠地下的,对吧,加尔?上周我们去看她的时候,她虽然身体有点不舒服,但总的来说,还是很健康的。"

"也许是吧,"乔治低下了头,"但其实……是我。"

他伸出手握住她,然后清了清嗓子,"我的朱迪崽"。他低声说。剩下的就只是一些模糊不清的记忆了。

她听到了"癌症"和"不能手术"之类的话,能感觉到加雷斯的胳膊搂着她的肩膀。她看着克莱欧像慢动作一样举起双手,遮住她自己的脸。

直到那天深夜,她和加雷斯单独在一起时,才回过神来,开始接收、理解这个消息。她的父亲得了肺癌,还有继发性淋巴水肿,他可能只有几周好活了。他知道这件事已经有一段时间了,但一直瞒着克莱欧,直到最后不得不告诉她这个消息。她本想告诉家里的其他人,但他坚持要尽可能长时间地保守这个秘密。他想提前规划好一切,他最担心的就是他去世后,自己的第二任妻子和继女能否得到很好的照顾。

"这就是为什么他让帕特里夏立了遗嘱。他得确保她会把房子留给你，"加雷斯抚摸着她的头发，亲吻了一下她的头，温柔地说道，"即使她再婚或者其他什么情况。他想要她白纸黑字地写下来。可怜的家伙。"

那天晚上她哭着睡着了。第二天晚上、第三天晚上都是如此。一周时间很快就过去了，要朱迪思离开几乎是不可能的，实际上，加雷斯最后不得不把她从她父亲身边拖走。

她真的应该继续待在那里的。在接下来的几个星期里，她都无法专注于工作。卡特琳来看望她，她还是一如既往地善良，尽管她有自己的问题要解决，但还是来了。她还带了一张拉娜给她的卡片。里面没写什么内容：

致朱迪思：

听到可爱的乔治的事我很难过。

祝好。

拉娜

虽然简短，但很体贴。拉娜写这封信一定放下了不少骄傲。这就是朱迪思前一天晚上给她发邮件的原因。对死亡和弥留的反思会让人们做出他们通常做梦都不会做的事情。她也正在学习这一点。当然，拉娜的反应不出所料还是那么戏剧，但那正是她作为演员的本色。

朱迪思确实纠结过是不是不该建议见一面。她们现在已经是完全相反的两个人了：不再是儿时的朋友，而是成年的女人。她要反悔吗？《周日版》的报道让她更加怀疑了。她真的想和这样一个对自己不利的人做朋友吗？拉娜怎么能在公开场合谈论这种私事？这太令人尴尬了。

她打电话给卡特琳对那篇文章大发牢骚。当然，卡特琳曾试图为拉娜辩护，说那名记者是只卑鄙的老鼠，只会造谣生事，把拉娜的话歪曲到让人认不出来的程度。然后贝基·威廉姆斯也插了一脚。卡特琳还说，有人听见贝基在《快乐水手》杂志上吹嘘，说报纸为她的"故事"支付了五百英镑。她还用这笔钱买了套新沙发。情况很可能就是这样。朱迪思当然不会认为拉娜会故意对她怀有恶意，她只是再次意识到了对方有多不靠谱。这让她质疑自己是否真的需要一个像拉娜这样的朋友，可能并不需要。算了，她从塞浦路斯回来后再处理吧。反正她如果想的话，总是能改变主意的。

伊阿尼斯在机场迎接他们。这一次没有微笑，没有咯咯笑的孙辈，只有庄严和悲伤，以及对即将到来的家人离去的深深敬意。

"他快不行了。"他拥抱她时低声说。

在他们周围，度假者们像苍蝇一样嗡嗡作响，他们戴着太阳帽，拎着旅行箱，为即将到来的尽情享乐而兴奋不已。而他们就在其中，四个悲伤的灵魂伫立在这庆祝的人群中，他们走向的却是不可避免的失去。

当他们抵达乔治家时，朱迪思惊讶地发现他并没有像她想的那样躺在床上，而是靠坐在客厅的沙发上。克莱欧把沙发布置得相当漂亮、舒适。沙发上摆放了很多柔软的枕头，他的腰后面也放了几个垫子支撑着，这样他就可以保留些力气，参与到接下来的事情当中去。房间里摆满了克莱欧花园里的鲜花，还有蜡烛和一束束香草，就像是身处于神殿之中，安静得令人害怕。

但这似乎是一个可以让克莱欧忙起来的好方法。而乔治，上帝保佑，感觉他一半灵魂仍滞留在这个世界，而另一半已经抵达彼方。他的眼睛几乎没有睁开，就半躺在那里，脸上带着微弱的笑意，提醒着他们他还没有完全离开。

朱迪思坐在他身边，握住他的手，那手出奇地温暖。

"朱迪崽。"他小声说道，声音很是虚弱。

他看起来相当平静，没有什么太大的情绪，这是注射大量吗啡的后遗症。

时间失去了所有的意义。只有阳光的出现、转移和消失，才能让人恍惚意识到时间的流逝。他们几乎不说话，几乎不吃东西。朋友和家人来了又走，就像游荡的鬼魂一样。

到塞浦路斯的第五天，乔治正在睡觉，朱迪思坐在他身边看书。突然，他动了动，醒了过来。她问他是否需要喝点什么——看得出他非常吃力地想要说话。沙发旁的小桌子上放着一个碗，她从里面拿起一块冰块，轻轻地顺着他干裂的嘴唇擦拭。

他攒了一点儿力气，然后低声说："Parakaló proséxte o énas ton állon。"（希腊语：请你们照顾好彼此）那时她已经懂得足够多的希腊语，知道他是在要求他们互相照顾。

她弯下身子，向他靠得更近，然后回答道："S' agapó Papa。"（希腊语：我爱你，爸爸）她的语气非常坚定，仿佛这是世界上最自然的事情，她意识到这是她第一次用希腊语对父亲说她爱他。

他闻言，留下了最后一抹微笑，然后停止了呼吸。乔治亚斯·安德烈亚斯·查拉兰博斯平静地离开了这个世界。

克莱欧发出一声非人般的尖叫，直接扑到了沙发上；索菲亚在胸前画了个十字，一边哭一边大声祈祷；加雷斯拥抱着哭得像个小孩子的杰克；但是朱迪思却保持了沉默，对这个善良诚实的灵魂表示由衷的感谢，这个对她的生活有重大影响的灵魂现在终于不再痛苦了。

41

卡特琳

"再见，爸爸！"卡特琳大声喊道，她目送着父母坐上拉娜的车，然后开走了。

莉兹、休和拉娜过来待了一会儿，一起庆祝罗米的一周岁生日，拉娜还是特地赶回来的。

"你真的没有必要非得过来。"一周前索尔在电话里对她说。

"她是我的教女。我当然要去参加她的生日聚会。我要让她知道，她可以永远依靠她的拉恩阿姨。"

索尔和卡特琳都笑了起来，拉娜在非常认真地对待教母这个角色。尽管他们俩都不确定她这种状态会持续多久，而且都偷偷怀疑拉娜在暗地里和朱迪思竞争，想在做教母的问题上压她一头，要做得比她更好。

考虑到一个月前全家还为罗米的洗礼举行了盛大的庆祝活动，他们决定低调庆祝她的生日。卡特琳对此很高兴，因为她已经做出了自己的决定：就是今天了，今天会是向索尔提出她想再要一个孩子这一可怕话题的最佳时机。她不能再拖延了。现在罗米正躺在她怀里睡觉，不知怎么，她忽然觉得自己有了底气，肯定是罗米在保护她。于是她深吸了一口气，说出了那句话。它就像是一颗深水炸弹，"砰"的一声砸进了黑夜。

＊

"什么？！"索尔简直不敢相信，"你不是认真的吧？"

"我当然是认真的！"她说着笑了起来，想掩饰自己因他的反问而受到的伤害，"既然我们已经生了一个孩子，为什么不再生一个呢？"她吻了吻罗米的额头，好像在试图证明自己的话。罗米昏昏欲睡，鼻子呼哧出声，似是在给她回应。

"你的口气就跟在说要买一台新车一样！"索尔愤怒地答道。

"我一直想跟你说这件事来着，就是没想好什么时候。"

"好了，现在我们还是别谈这个了，好吗？"他说，显然是想让自己平静下来，所以坚决地停止了谈话。

"没关系，索尔，她睡着了——即使她没睡着，也听不懂我们在说什么！"她的语气无意中流露出一种居高临下的意味。

"我知道，但是……现在不是时候。"

"不是时候讨论这个问题，还是，不是时候再生一个孩子？"她质问道。

他叹了口气，走到她身边，把母女俩紧紧地搂在怀里。"宝贝儿，你知道我什么意思，你也明白我的感受，我们已经有了一个漂亮的女儿，"他低声说，亲吻着卡特琳的头顶，"她就是我们珍贵的宝藏，我们不需要再多的宝藏了。不要贪心。"

这句话直接激怒了她。"贪心？你认为想再要一个孩子是贪心吗？"

"别这样，卡特，"他恳求着，显然非常后悔不该使用这样的措辞，"我不能让你再经历那种痛苦了，我也不想再经历了。"当然，她早就料到他会有这样的反应。

"我先把她放下来，然后我们再好好谈一下。"她说着，把罗米抱起，朝楼上走去。

当她离开房间时，她听见索尔叹了一口气，然后在她身后喊道："这没有任何意义！我是不会改变主意的。"她就当作没有听到。

半小时后，当她回到楼下时，已经打起精神，做好战斗的准备了。但是索尔看起来也是精神抖擞。她不在的时候，很明显他也有足够的时间来思考。

"卡特，"他说，她看得出他在竭力保持冷静，"我不能，也不愿重复整个过程了。这对我们没有任何好处，只会让我们心痛和失望……"他开始哽咽，声音里略带恐慌，"……还有那该死的挫败感。我们不生了，可以吗？"

她知道自己很自私，但还是决定要不顾一切地坚持下去。"我很抱歉，索尔，真的很抱歉。但我必须试一试。不管你支持不支持，我都要这么做。"

房间里一片寂静。

"你在说什么？"

"我有资金，我一直在攒钱……"

"有……资金？你到底在说什么鬼？"

"接受体外授精的钱，我一直在存钱，"她朝他笑了笑，"我的意思是，我知道我们是自然受孕生了罗米，但面对现实吧，这种情况再次发生的可能性微乎其微，所以我认为我们应该再次尝试一下体外受精。"

索尔目瞪口呆地盯着她，问道："你这是疯了吗？"

"我已经和哈特兰医生约好了下周进行第一次会诊。"

就在这个时候，罗米在楼上哭了起来，卡特琳的手机也同时开始嗡嗡作响，是有电话打进来了，响亮而持续的杂音打断了正在酝酿的争吵。

然后她的手机停止了振动，罗米却还在哭。座机此时忽然响了起来。卡特琳和所罗门一直盯着对方看。他们彼此僵持着。

最终索尔率先动了。"我去看看罗米，你去接电话。"

"座机会自动接听的。"很有可能是卡特琳母亲打来的电话，她现在不想跟任何人说话，尤其是在这件事还悬而未决的情况下。

答录机先是传来一声"咔嗒"，然后是"嘀"的一声，紧接着又是劈啪一声。最后是一个声音，遥远的，哽咽的，含泪的。

"喂？你在吗？是我，朱迪。"

卡特琳瞬间从之前的情绪中脱离了出来，抓起了话筒。"朱迪？

是的，我在，抱歉，你这是……"

"他死了，"朱迪思喘着气说道，"我没有爸爸了，卡特。"

她控制不住情绪了。两千多英里以外，卡特琳最好的朋友被悲伤淹没，她却什么也做不了，只能通过一条噼啪响着的电话向塞浦路斯说几句同情的话。

"哦，朱迪，不。可怜的乔治，可怜的大好人乔治。"

*

"请问，您要喝点什么？"空乘问道。

"请给我来杯咖啡。"卡特琳举起边上的小塑料杯。她刚吃完午饭，主食是炖菜和米饭，配了硬面包卷，还有巧克力慕斯，全都挤在一个整洁的塑料托盘里。这不是她有生以来吃过的最好的一顿饭，但现在，独自坐飞机的新鲜感要比享受大餐更为重要。

搭乘飞机去参加葬礼是索尔的主意。莉兹和休说他们可以帮忙带罗米，索尔会安排一个临时医生到诊疗室，代替卡特琳进行会诊。"这种时候，你最好去陪陪她。"他说着拥抱了她一下，生二孩的话题暂时被搁置了，他们需要处理一个更为紧迫的问题——朱迪思的丧亲之痛。

"这对你可能也会有好处，就是……让自己离开家一段时间。给你一些思考的空间和时间，也许可以让你换个角度看问题。"

"我不会改变主意的，索尔！"她发出略显刺耳的声音。

"上帝啊，你真的是疯了。"他摇了摇头，然后直接上床睡觉去了。

两天后，卡特琳去了卡迪夫机场，自从上次吵架后，她和索尔几乎没怎么说过话，就只是交流了飞行时间和照顾孩子方面的事情。所以登上飞机对她来说是一种解脱，因为她觉得自己是在逃离，这让她隐隐有些激动。这也是她成年后第一次感受到自由和反抗。

是拉娜带她去的机场。罗米的生日过后，为了和家人多待几天，拉娜留在了科伊德瑟尔林，所以非常热心地提供了帮助。

"你确定我说服不了你吗？你真的不跟我一起去吗？"当她们把车停在卡迪夫国际机场时，卡特琳说道。

"亲爱的，不瞒你说，我确实考虑过，但我担心现在还为时过早，"拉娜回答说，"我的意思是，我和朱迪还没有完全恢复过去的情谊，说不上是真正的朋友，不是吗？"

"我知道，但是她给你发了邮件！难道不是想让一切重回正轨吗？"卡特琳不服气地说道。

"是的，然后她该死的又给你打了电话，抱怨了一通杂志的事！"拉娜说。

"天啊，我都说多少次了！她知道事实真相是什么，她没关系的。"卡特琳说，尽管严格说来这不是真的。是的，朱迪思的确很不情愿地被卡特琳说服了，承认拉娜无法控制杂志上关于她的报道，那些照片是该死的贝基·威廉姆斯寄给《周日版》的。尽管如此，朱迪思对再次与拉娜见面的、本来就相当谨慎的热情，被那本杂志的访谈大大地浇灭了。卡特琳很明智地将这一点隐瞒起来，没有告诉拉娜。首先，她花了很大的力气才让她们俩重新聚在一起，在这棵脆弱的友谊之花还没有开始生长之前，她可不想把它的嫩枝连根拔起。她真的相信，如果拉娜来参加乔治的葬礼，伤心欲绝的朱迪思肯定会为这一举动所感动，她会敞开心扉，这样这两位朋友就可以彻底和好如初了。

但是拉娜不相信。"我还是等她回来再说吧，卡特，"她说，"然后我再和她约时间见面。这事还是有点敏感的，不是吗？我不想把事情搞砸。"

"你就胡扯吧。"卡特琳回答道，然后突然转移了话题，"我本应该给帕特里夏打电话的。告诉她乔治的事。"

"为什么朱迪思自己不去告诉她？"拉娜问。

"朱迪思说她做不到，所以我提议由我来跟帕特里夏说这件事。你可以帮我转告一下吗？"

那是四小时之前的事了。卡特琳决定不把她和索尔的争吵告诉拉娜，因为她知道拉娜会说什么。她会同意索尔的看法，她会说卡特琳这样很自私，想法非常不现实。或者更糟的是，她可能会为她感到难过。卡特琳无法忍受，她讨厌被人怜悯。所以她决定把注意力集中在当下最重要的事情上，那就是帮助朱迪思。

加雷斯在尼科西亚机场接到她，他们拥抱了很长时间。

"她现在怎么样？"她低声问道。

他叹了口气，说道："说实话，我认为大家都还没有缓过来。"卡特琳感觉到，暂时离开那个充满悲伤的房子一段时间，加雷斯也许也松了一口气。"这不是一件坏事，卡特，"当他们坐着伊阿尼斯的车朝卡科佩特里亚驶去时，他说，"塞浦路斯人很坦率地表达自己的感情，他们与英国人的不苟言笑完全相反，但我觉得这有点过了。他们经常哭泣，也很坦然地对外表现出悲伤。"

"那是因为你太硬汉了。"卡特琳取笑道。

加雷斯也跟着笑了笑。"我只是为朱迪担心。她周围的人都在哭，她自己却一滴眼泪也没掉。"

"我想每个人失去亲人的表现都不一样。"

他们默默地坐了一会儿，都陷入了各自的思绪中，车窗开着，凉爽的特罗多斯山的空气充盈着他们的肺。

接着，加雷斯突然说道："顺便提一嘴，我跟索尔谈过了。他跟我说了孩子的事。"

"什么？"卡特琳结结巴巴地问。

"你想要二孩的事情，他打电话跟我说的。"

"无意冒犯，但他没有权利跟你谈这事，加尔。"

"哦，恕我冒昧，"他说，"索尔是我兄弟。不仅仅是女性需要心灵的交流。"

卡特琳叹了口气。她感到一声呜咽从自己的喉咙里冒出来，让她几乎说不出话来。和索尔冷战太可怕了，她真的很想念他。她真希望他现在能和她在一起，她"逃跑"时的那种虚张声势和兴奋感早就消失了。

"我就说几句，"加雷斯说，卡特琳很高兴他的眼睛一直注视着前方的道路，这样他就看不到她哭了，"如果你不想听，可以随时叫我闭嘴，但我确实理解你的感受，你明白吗？"

他当然能理解她的感受。但她现在能做的只是点点头，示意他继续说下去。

"每天，几乎每天我都在想象如果有两个孩子会是什么样子。真的，每一天都是如此。说实话，我永远也过不去这个坎儿。"

她感觉到他偷偷瞥了她一眼，显然刚才的话是一种试探，他在等她的回应。她强忍住即将将她吞噬的情绪，小声说道："加尔，说实话，有时候我真的感觉自己快要窒息了，那些注定的结局让我无处可逃。"就在她说这话的时候，压抑已久的感情浪潮瞬间涌上心头，这些在她心中埋藏太久了，现在终于有机会释放出来。"这都是宿命，一切都是注定好的——你明白这种感受吗？我不会有更多的孩子了。就是这样，接受它，然后继续生活下去，"她的声音开始变得歇斯底里，"我只是想保持一种可能性。无论这个机会有多小，我都不想把它拒之门外……"

加雷斯点点头："是的，我懂。"

"这不公平，加雷斯！"她哭着说，"这他妈的太不公平了！"

考虑到她的悲痛，他放任她继续哭下去。然后他平静地说："但是你已经有罗米了。"他的视线没有离开路面，只是伸出手来，握住她，紧紧地握住她的手。她看得出他现在也在哭。"罗米很好。我和朱迪，我们有杰克，他也很好，而且……我不知道该怎么说……但珍惜我们所拥有的，好吗？而不是去懊悔我们没有的。因为这就是生活分配给我们的宿命牌，卡特，而且这已经是一副好牌了。"

"不，"卡特琳哭着说，"这是一副绝佳的好牌！"她努力对他笑了笑，在失去中找到了一种悲哀的共情和联结。"谢谢。"她低声说，慢慢平静了下来。很奇怪，她发现自己莫名地松了一口气，她也许不用再去尝试、去战斗了。就这样接受现实，心存感激吧。也许加雷斯是对的。

二十分钟后，他们把车停在了索菲亚的家门口。卡特琳对着遮光板的镜子照了照，不敢相信地说："天哪，我的脸都脏了。"她的眼睛哭肿了，睫毛膏也花了，糊在脸上，她只能试着把脸擦干净。

"别担心，你在那里不会显得格格不入的。"他笑得有些悲伤。索菲亚走出来迎接他们，张开双臂抱住她就哭了起来。

在葬礼前的两天时间里，卡特琳在家里帮忙照看孩子，主要是照顾丹努拉的小儿子哈里斯，他只比罗米大几个月，和罗米一样很安静。这让卡特琳更加想念她，也让卡特琳更加感激她。加雷斯的话在她的脑海里格外清晰起来。

屋子里充满悲伤，但也莫名产生了一种压倒性的庆祝气氛，一种相聚的气氛，也许是丧亲之痛不断地沉积，然后忽然爆发导致的。在这四十八个小时里，朱迪思几乎整个身子都依靠在卡特琳身上，借此来支撑自己。她一直和卡特琳待在一起，不要包括杰克在内的其他任何人。杰克更像他那些塞浦路斯的家人，更加外放地发泄着悲痛，他发现这样更治愈。

"这样更健康，妈妈，"杰克告诉朱迪思，"可以把悲伤从身体里更彻底地清除出去。""每个人都有自己的想法，杰克。"朱迪思答道。卡特琳看着他默默地、温柔地离开了自己的母亲，给她空出一个小空间，让她可以安全地待在那里。

葬礼在中午举行，地点选在卡科佩特里亚的一个小教堂。差不多十八年前，乔治和克莱欧妮基就是在这个教堂举行的婚礼。卡特琳与朱迪思和其他家人一起走在棺材后面的送葬队伍中，灿烂的阳光洒下来，似乎是在温暖他们的灵魂，给他们加油。伴随着庄严的钟声，他们行进在通往教堂的小路上。教堂外面，一些哀悼者正在等候，他们低着头，都默不作声；教堂里也挤满了人，充满了悲伤。

很快就到了仪式的时间，尽管卡特琳听不太懂他们在说什么，但她发现古老的希腊语给她一种莫名的安慰，听起来有催眠的效应。作为仪式的一部分，他们被邀请走近并亲吻棺木和牧师手中捧着的圣像。卡特琳可以看到朱迪思手里拿着她父亲的西洋双陆棋骰子，不停地转动着，似乎在从坚硬的方块边缘寻求着某种安慰。

葬礼结束时，家人排着队接受哀悼者的吊唁。朱迪思抓住卡特琳的手，让她和自己站在一起。

"但我不是你的家人，朱迪！"卡特琳急切地低声说道。

"我不在乎，"朱迪说，声音颤抖着，"我需要你在我身边，陪着我。"

卡特琳不想让她更难过，但又有种鹊巢鸠占的感觉，于是她后退一步，选择站在了她的身后。她不想取代杰克或加雷斯的位置，当然也不想冒犯克莱欧或索菲亚以及其他家庭成员。哀悼者们络绎不绝地走过来，都流下了悲伤的眼泪，亲吻亲属的脸颊，让他们节哀，其中很多人都没有克制地放声大哭，丝毫不在意他人的眼光。朱迪思礼貌地对所有人微笑，带着政治家特有的庄重和优雅。

然后她就看到了接下来的一幕。

困惑和震惊，就像慢动作一样，开始取代她原有的庄重和优雅。朱迪思花了几秒钟的时间处理眼前的景象，推断发生了什么事。当她反应过来的时候，就呆在了原地，完全不敢相信。

拉娜。

拉娜穿着昂贵的裙子，正在哭泣。然后伸出双臂，想要拥抱她，表示哀悼。

"朱迪，我真为你感到难过，"她说，眼睛又红又凄凉，"你可爱的、超级棒的爸爸，"拉娜的胳膊还伸着——试探性地等待着，似乎是为了等一个拥抱——她接着说，"我必须得来。"朱迪思开始颤抖起来。

"你说过你不打算来的！"卡特琳很慌张地小声说道，她意识到朱迪思一看到拉娜站在那里就有点喘不上来气了。

"是你叫我来的！"拉娜小声地下意识反驳，她觉得自己的行为很愚蠢，跟当初设想的完全不一样，完全没有意料到朱迪思会有这样的反应。

当下的情景有点可怕。这真是非常失礼的社交行为。这个举动当然是出于好意——的确，是卡特琳鼓励她这么做的，但这对她来说，也是犯了一个很大的错误。那一刻，她唯一庆幸的是拉娜没有大喊"惊喜！"

哀悼者的队伍在拉娜的后面排得越来越长。一位戴着黑面纱的矮胖女士正安静地等在后面，看起来并不着急什么时候才会轮到她来表示哀思。

加雷斯用胳膊搂住朱迪思的肩膀，呈一种保护姿态，同时靠近拉娜，平静地说："真是难以置信，看在上帝的分儿上，这是她父亲的葬礼！"

"没事的，加尔，"朱迪思镇静下来，礼貌地和拉娜握手，并用肢体语言示意她该离开了，"谢谢你能来，你太客气了。"她看起来像和一个完全陌生的人说话。

卡特琳看着朱迪思转向耐心地等在拉娜身后的那位寡妇。但是拉娜没有移动脚步。

"朱迪，问题是……"她嘟囔着说。卡特琳感觉到气氛越来越紧张，老天，现在可不是讨论的时候！

"拉娜，你先离开好吗？"加雷斯不悦地催促道。

"但我需要解释一些事情……"

"拉娜，你和我，我们两个到外面谈谈，好吗？"卡特琳温柔地说道。

"不是，我不是一个人来的，"拉娜说，"我跟——"看到眼前的景象，卡特琳倒吸了一口凉气。

"帕特里夏！"她的声音有点太大了。

果不其然，那个蒙着面纱的女人——现在不再蒙着面纱了，她把脸露了出来——的确就是帕特里夏。

她似乎没有注意到她自己引起的骚动，或者说她其实享受其中？

"我亲爱的孩子，"帕特里夏说着，使劲拥抱着朱迪思，"你那可怜的爸爸呀。"

卡特琳强忍着想笑的冲动。帕特里夏为什么这样说话？更重要的是，她到底为什么会出现在这里？

悼念者一阵窃窃私语，很快证实了那位神秘的女士确实是乔治的第一任妻子。当克莱欧明白这一点时，她用希腊语大声喊了一句，然后朝帕特里夏的方向冲了过去。

当肃穆的哀悼队伍开始陷入混乱时，加雷斯走到了两名妇女中间。

身处混乱的中心，看到疏远的朋友和自恋的母亲出现在她深爱的父亲的葬礼上，朱迪思终于被过度的情感压力压垮了。

她走出了教堂。

42

拉娜

在卡迪夫机场挥手告别卡特琳后，拉娜叹了口气，把头放在方向盘上。一想到要去看望帕特里夏，告诉她乔治的死讯，她就高兴不起来。但她答应卡特琳她会去的。所以越早赶回科伊德瑟尔林，她就能越早完成任务。

在回家的路上，她想起了索尔和卡特琳。那天早上她到他们家的时候，就感到有一种奇怪的紧张气氛，这种尴尬是她在他们之间从未见过的。当然，肯定不可能是因为缺乏睡眠——罗米非常好带，很容易满足，他们总是吹嘘她如何一睡就一整晚，让她的父母都可以安心入眠。不，他们显然是因为什么事吵架了。拉娜对此有些不安。因为这太罕见了。即使在他们努力备孕、生第一个孩子的那段黑暗日子里，他们也成功地微笑着渡过了难关。拉娜在车上向卡特琳问起过这件事，但谈话直接被她打断了："别傻了，我们什么事也没有！"事实显然不是如此。

卡特琳和索尔的婚姻在拉娜看来会是永恒的，她对此非常敬重。也许是因为她自己离过两次婚，所以对她来说，卡特琳和索尔是理想婚姻的一个缩影。每当她想起第一任丈夫威廉姆的时候，她都会感到畏缩。他是她大学最后一个学期的客座主任。他比她大二十五岁，而且已经结婚了。但拉娜向卡特琳发誓，说他就是她的真命天子，威廉姆结束上一段婚姻带来的混乱和痛苦最终都是值得的。他们的婚礼在吉尔福德登记处举行，规模不大，只有拉娜的父母、卡特琳、索尔和威廉姆的妹妹参加了。威廉姆的独生女对这段婚姻不赞成，所以没来参加婚礼，她不能接受自己和她的新继母年龄相仿这个事实。简短的婚礼结束后，二十二岁的新娘和四十七岁的新郎请他们这一小群客人到附近的酒吧吃了午饭。拉娜对卡特琳发誓说那是她一生中最快乐的一天。直到喝了两瓶酒以后，她在女厕所里对她哭诉说她希望朱迪思也能出席她的婚礼。那个时候，蒙哥马利大厅那次致命的争吵已经过去两年了。

"卡特，今天是我结婚的日子。看在上帝的分儿上，我们三个应该在一起的！"她哭着说，"我应该邀请她的。"

卡特琳静静地安慰着她的朋友。

"你觉得她会有同样的感觉吗？"拉娜抽泣着。

"我不知道，亲爱的。"卡特琳应道。

"好的，也许她和加雷斯哪天结婚了，她会邀请我去，然后我们可以重新开始。你和我都可以做伴娘，"她勉强笑了笑，眼睛里还有泪水，"你得帮我说服她才行。"

然后卡特琳坦白了。"他们已经结婚了。"她小声说。

"什么？"

"呃，朱迪和加雷斯。他们在杰克出生后就结婚了。"

拉娜感觉像是被人打了一拳。伤痛是如此明显，以至于她开始放声大哭，很快她美美的新娘妆就毁了，一个劲流着鼻涕，双眼都哭得通红。

卡特琳不停地道歉："我没法告诉你，我就知道你会很伤心。看看你现在的样子！我当时的决定是对的。"

一想起当初来，拉娜就对卡特琳深表同情。夹在两个最好的朋友中间左右为难，对她来说一定很糟糕。但这并没有让她感觉好一点。

拉娜和威廉姆的婚姻仅仅维持了八个月。当她在《你好，多莉！》的全国巡演中与一名演员同事发生婚外情后，这段婚姻就迅速地宣告了结束。拉娜发誓再也不结婚了。"我讨厌长期的承诺！"她经常开玩笑地说道，还总是和一些年纪较大的已婚男人发生一系列风流韵事，比如说《寂静海域》的执行制片人保罗·杜兰特。

直到1999年，拉娜与电视编剧阿奇·奥斯本相遇并坠入爱河，她才最终决定举行第二次婚礼。这次婚礼规模很大。拉娜那时已经小有名气了，她设法与《绯闻》杂志达成了协议，后者为她进行一整天的拍摄，而她为他们支付餐饮费用。这一次，拉娜无意邀请朱迪思，暗自希望她能从杂志上看到她结婚的消息，然后后悔和她这个大名鼎鼎的人物绝交。她并不为自己的这种想法感到骄傲，但她却无法控制。

在很多方面，阿奇和拉娜的婚姻都称得上稳定，甚至当他们在2004 年结束婚姻，阿奇向他自己、向全世界承认他是同性恋时，他们仍然是朋友。

"我真的认为，"拉娜对卡特琳说，"有些人，像你和索尔，天生就适合结婚。而另一些人，比如说我，根本就不擅长婚姻！就像跳舞一样，有人擅长，有人不擅长。"她说完笑了，这是她感到脆弱时的下意识举动。但卡特琳和索尔的婚姻确实是拉娜生活当中非常重要的一个基础，也是她非常依赖的东西。"你要知道，你们俩永远都不能分离，明白吗？"她接着说，"这不是为了你，而是为了我。"尽管她一直在微笑，但她说的每句话都是认真的。

将车停在维多利亚路帕特里夏·哈里斯的小房子外，拉娜瞬间感到自己被汹涌而来的怀旧情绪左右了。离她上次来这里已经快二十年了，她注意到的第一件事就是这里好像没有任何改变。前门虽然看起来饱经风霜，很破旧了，却还是和以前一模一样。当她敲响那个黄铜门环的时候（她想起门铃一直都是坏的），感觉又像回到了少女时代，她来叫朋友一起去上学。

没人应声，所以她又敲了敲门。如果帕特里夏不在家她该怎么办？当第三次敲门仍然没有反应时，她转身离开，朝自己的车走去。也许她可以写张卡片解释一下，然后把它放进信箱。

"你干什么的？"

帕特里夏沙哑的声音打断了她的脚步。她穿着家居服，手里拿着香烟，在门阶上叫住拉娜，看起来很没精神，有可能是宿醉未醒。

"你好，哈里斯太太，"拉娜边说边往回走，再一次感觉自己回到了十六岁，"是我，拉娜·劳埃德。"

"谁？"

拉娜现在几乎走到了门阶处。

"拉娜，朱迪思以前学校的朋友。"在她和朱迪思已经绝交将近二十年的情况下，把自己说成是朱迪思的朋友，感觉真奇怪。但除此之外，她好像没办法解释清楚自己到底是谁。

帕特里夏盯着她，似乎暂时清醒了过来，可以集中注意力在脑海中搜寻，试图弄清楚眼前这个人是谁。"你在电视上出现过。"她说。

"呃，是的。但你以前也见过我，还记得吗？"

突然，帕特里夏疲惫的脸上出现了一抹意想不到的微笑，她的面容变得柔和起来，露出了昔日美丽的痕迹。她气息有些不稳地说道："我当然记得！小拉娜·劳埃德。进来吧，孩子。抱歉，屋子很乱。昨天晚上玩得太晚了。"她转身进屋，拉娜温顺地跟在后面。

客厅和拉娜记忆中的一样，香烟的味道让她也想抽上一支，尽管她现在正在尝试戒烟。房间的窗帘都拉着，照明仅靠角落里的一盏小灯。

"请坐，"帕特里夏命令道，"把它扔到地上就行。"她指的是挂在沙发扶手上的一个标准尺寸的胸罩。

拉娜坐在沙发的边上。

"你要喝点什么？"帕特里夏边问边走向餐具柜，手里拿着两瓶半满的威士忌和杜松子酒。"哦，不用了，"拉娜说，"我今天开车。"

帕特里夏挑衅地挑起眉毛，问道："你有二十多年没来看我了，现在连一杯威士忌都不肯跟我喝？"

拉娜被一种由来已久的恐惧攫住了，这种恐惧是在她还小的时候，在帕特里夏面前曾经感受过的。是的，是一种恐惧，但也是一种奇怪的崇拜。"好吧，那就喝一点吧，只喝一点点。"

帕特里夏眨了眨眼，说："这才对嘛。"

令朱迪思吃惊的是，在她们的成长过程中，卡特琳和拉娜一直对她的母亲怀有敬畏之心。当帕特里夏向她们讲述年轻时的冒险故事时，她们觉得她既迷人又有趣，帕特里夏以一种她们从来没有在自己父母身上见过的方式震撼到了她们。当她们十五岁的时候，帕特里夏制作了一些非常昂贵的法国香水，装在一个非常重的玻璃瓶里。她给她们每个人的手腕上都拍了一些，让她们感受一下。香水的麝香气味充满异国情调，令人陶醉，仿佛它属于一个她们一无所知的世界。

"当然，你们知道好的香水是用什么做的吗？"她问她们三个。

没有人知道。

"咪鹿的蛋蛋！"帕特里夏喊道。

拉娜突然大笑起来，朱迪思窘得满脸通红，卡特琳则显得很困惑。"咪鹿?"她问。

"对! 香水就是用这个做的。一头咪鹿!"

"你是在说……麋鹿吗?"卡特琳又问。

拉娜本来在喝爱尔兰咖啡(帕特里夏总是喜欢把酒精的魅力强加到她们这三个威尔士青少年的生活中),听到卡特琳的话后直接笑得喷了出来。

"咪鹿? 麋鹿? 番茄? 藩茄? 无所谓了,你知道我在说什么的,"帕特里夏说,"就是那种长角的、棕色的大家伙。"

"是鹿角。"朱迪思笑着说,这是她为数不多的几次欣赏母亲幽默的一面。

想起这件事,拉娜笑了,帕特里夏递给她一个有缺口的杯子,里面装的威士忌说实话有点太多了。

"所以,"帕特里夏说,"让我来猜猜,你来这儿跟我那铁石心肠的婊子女儿有关?"

拉娜在这一点上很不确定——帕特里夏对她和朱迪思之间的争吵知道多少?

"呃,能给我一支烟吗?哈里斯太太?"

帕特里夏把一包帝中宝烟和一个打火机扔给了她,那个打火机似乎长期都放在她的椅子扶手上。"请自便。"她说。

拉娜点起了烟,她拿着打火机对着香烟点燃的时候手一直在抖。"是关于乔治的事,"她叹了口气说,"他在周五离世了。"

拉娜原以为帕特里夏的反应往好了说会表现得相当冷漠,往坏了说也许会直接冷笑一声。她没有料到的是，帕特里夏用手捂着胸口，悲痛万分地哭喊了一声："我的乔吉，我亲爱的，亲爱的乔吉！"她低着头，大声哭了起来，另一只手里还握着一支点燃的香烟。

拉娜不知道该怎么办，她对此完全没有准备。"我知道，"她喃喃地说，作为带来坏消息的人，她觉得自己不太够格，"我很遗憾。"

"当然，其实我早就料到了。"帕特里夏流着泪说。

"哦。"拉娜回答。

"你知道的，我稍微懂点通灵。"

拉娜忍不住想笑，但被帕特里夏随后对朱迪思的冷嘲热讽打断了："真遗憾，那位女士没有勇气亲自来告诉我这件事。"

"呃，那是因为她不在这里，她在塞浦路斯。卡特琳本来要来看望你，告诉你这个消息的。但她得赶飞机，所以让我转告你一下。"

帕特里夏点点头，喝了一大口威士忌，然后擦了擦眼角流出的泪水，坚定地看着拉娜说："那么，葬礼是什么时候？"

这在当时似乎是个好主意。一个非常好、非常善意的主意，是一个可以一劳永逸地修补裂痕的机会；也是一个向朱迪思证明人生苦短，不要一直耿耿于怀，在悲痛的时刻，我们都需要朋友的绝佳机会。朱迪思自己在邮件里不是也说过类似的话吗？当然，拉娜也受到了帕特里夏的影响，这个女人一直在劝酒，让她喝下更多的威士忌，还向她倾吐和乔治的往事：她是如何知道他们之间有分歧的，但她认为那是由于他们之间的激情导致的。帕特里夏声称乔治是她一生中唯一的爱，语气坚定，听起来非常令人信服，但这与多年前朱迪思形容的她父母是无爱婚姻的说法完全矛盾。但是，在更多的威士忌和第二包帝中宝香烟的影响下，拉娜决定给帕特里夏一点信任。

几个小时后，帕特里夏完全赢得了拉娜的信任，拉娜开始向她倾诉和朱迪思之间发生的事情，说起了那已经失去了将近二十年的友谊。"我很想她，崔西，这是真的。"帕特里夏说道，在苏格兰威士忌的影响下，她变得愈发伤感起来，"好吧，是时候采取行动了。你和我，我们俩都有一些矛盾需要去化解。"

即使当时她喝得醉醺醺的，拉娜也觉得帕特里夏这句话听起来杀气腾腾，这让她有些不安。尽管如此，她还是执行了帕特里夏的疯狂计划，在那天晚上六点前，她为她们俩订好了第二天飞往尼科西亚的机票，这样她们就可以准时参加乔治·哈里斯的葬礼了。

在教堂外，拉娜转向帕特里夏，说："我想我们还是走吧。"她们引起的骚乱似乎正在教堂里蔓延，拉娜有一种感觉，那就是这些人明显不欢迎她们。在这种情况下，离开似乎是唯一明智的选择。

几分钟后，她们坐在了教堂旁的小长凳上，沐浴着塞浦路斯的阳光，拉娜回想起自己犯下的巨大错误。我他妈到底在想什么？

"你他妈的到底在想什么？"是朱迪思，她跟在加雷斯和卡特琳后面走着。奇怪的是，帕特里夏——拉娜的新密友——站出来为她辩护了。

"嘿，就一分钟，这位女士！"她厉声对女儿说，一点也不关心这些人因为她而放弃了一个有一百多个悲伤的希腊？塞浦路斯人参加的葬礼的事实，"这是我的主意，我想来参加葬礼，想来悼念，而她只是想帮我而已。现在就向她道歉，听见了吗？"

拉娜很窘迫，她嘟囔着说："帕特里夏，没事的，真的……"但这毫无意义。朱迪思站在那里，却不把她们放在眼里。

"母亲，你想要的不过就是制造戏剧性，制造混乱和不安，就像你一贯做的那样。我想不明白的是，拉娜，你为什么会同意一起来？我真的不知道。而且，你凭什么觉得我会想要她，想要这个人来参加我父亲的葬礼？"

教堂里的哀悼者们开始聚集在他们周围，气氛变得有点紧张。朱迪思一口气没停，接续说道："更重要的是，你又凭什么认为我要让你！拉娜！出现在这里呢？"

拉娜抬起头，看着她，震惊和伤痛在她的血管里蔓延。

卡特琳试图干预："说句公道话，朱迪，是我——"

但是拉娜开了口，声音盖过了她。"我来这儿是因为我们过去是最好的朋友，"她平静地说道，"而且我也很敬重你爸爸，我想过来给你支持。"

朱迪思回瞪着她——她脸上的表情是轻蔑还是厌恶？

"好吧，我不需要你的支持，拉娜，我当然也不需要你的友谊，"她说道，声音越来越大，甚至开始有点歇斯底里，"这些年来没有你，没有你的友谊我也很好地活了下来，而你今天的荒唐举动更证明了一个事实，那就是你永远不会成为我生活的一部分，我不需要你。现在请你带着我这位玩笑般的、无用的母亲，离开这里。"

帕特里夏大声反对说："嘿，听我说……"

拉娜试图道歉："对不起，我真的是太蠢了，而且——"但朱迪思完全不接受。

结束了。

一切都彻底结束了。

"现在就给我离开，"她说，"滚！"

过了好几个星期拉娜才回复卡特琳的电话。她对自己做过的事感到无比羞耻，以至于她根本不想去谈论这件事。因为那意味着她要重新体验一遍那段耻辱的经历。

当她终于鼓起勇气去见卡特琳时，她抢先阻止了任何关于这个话题的讨论。"别再提了，卡特，"她说，"我需要把它从记忆中抹去。我需要假装什么事情都没发生过。"

"当然可以，"卡特琳温和地说，"我很理解你。"

然后拉娜停顿了一下。

"就告诉我一件事，"她低声说，"你觉得她还有可能原谅我吗？"

卡特琳低头叹了口气。"我不这么认为，亲爱的，"她说，"说实话，我觉得没有任何希望了。"

她伸出手，紧紧握住了拉娜。

第五部

人到中年

2017

43

拉娜

声响越来越大了。她也说不上来——也许是远方体育场的掌声？或者是有人在路上滚动一个空的金属桶？这太让人沮丧了——该死，这到底是什么声音？她努力地在脑海里搜索，试图找出相匹配的声音，好弄清楚究竟是什么这么吵。声音越来越响，然后是"嘀——嘀"的声音。啊，对，想起来了。原来如此。是水壶！水壶里的水烧开的声音。拉娜醒了。

"我沏了茶——你要喝点吗？"

拉娜听出了那个声音，确切地说是那个口音，但她既不能睁开眼睛看看是谁在说话，也不能张嘴进行回应。昨晚涂的那层厚厚的睫毛膏，把她的睫毛紧紧地粘住了。她的嘴唇也非常干，以至于上下唇无法分开，仿佛被封住了。她轻轻地咳嗽了一下，结果天哪！这绝对是个大错误，她的头！——脑袋里仿佛有十几块大石头在滚动，就像游乐场里的碰碰车，无情地碰撞着。实在是太疼了。

手好像不是她自己的似的，拉娜慢慢地、异常吃力地将它抬起，摸到脸上，然后用手指掰开右眼。有什么东西正在朝她走来。她眨了眨眼睛，终于看清了那个模糊的黑乎乎的大块头。是米歇尔，天堂酒吧的一个调酒师，他两只手分别端着一个马克杯。他一走到床边，就用手肘灵巧地把三个空酒瓶挪到床头柜边上，腾出地方，然后将两杯茶放下。

她的双手都在颤抖，左眼仍然紧闭着，努力坐起来端起马克杯，颤颤巍巍地送到嘴边，几乎洒了一半。有些水直接洒在了胸口上，烫得她面部肌肉都抽搐了一下，但她并不在乎，她只是极度渴望能赶紧喝上几口水润润，好开口说话。

她终于找回了自己的声音。

"我想，我们做过了。"她声音嘶哑地说。

"我想是的，"米歇尔笑着回答说，"你说，我是你认识的人中技术最好的那个。"

"哦，天啊。"

米歇尔笑了，一口喝干了杯子里的茶，看了看手表。"现在我得离开了。我们会在……三十七分钟后靠岸。"

说罢，他一跃而起，亲了亲拉娜的头顶，走出了船舱，离开时高兴地吹着口哨。她一动不动躺了好几分钟。主要是因为她动不了。

因为今早的宿醉实在是让人难受得要命。

这种"难受得要命"的宿醉和其他普通或者寻常的宿醉有什么不一样呢？首先，不仅仅会感到恶心、头痛、口干舌燥、反胃；也不仅仅是忍受前一天没有用卸妆棉卸妆的痛苦（妆容硬邦邦地僵在脸上，粉底、腮红之类的还会弄脏枕头，眼妆会直接糊在眼角）。更不仅仅是发现她的内裤——五个小时前被随意地从房间的一个角落扔到了另一个角落——现在软软地挂在杂志架上。不。所谓"难受得要命"的宿醉必须伴随着一种恐惧和严重的羞愧感；必须一觉醒来就担心前一天晚上失去意识后可能会发生什么，徒然地希望自己至少没有做什么违法的事情。

拉娜有过几次这样的宿醉经历，一觉醒来，发现手里抓着明显不属于她的东西，看起来很像是自己从前一天晚上的活动上偷来的。有一次是一位绅士的劳力士手表，还有一次是一串车钥匙，甚至还有壁球拍和韦奇伍德花瓶……更尴尬的是，这个清单并没有结束，还有更奇怪的东西——奶酪刨丝器、订书器和猎鹿帽。把所有这些东西都还回去太尴尬了——即使她还记得它们都是谁的。所以严格来说，它们就是被偷的；严格来说，她就是个小偷！但她以"我失去了意识"为自己的行为进行辩护：不知者无罪，失去意识后发生的事情就当什么都没有发生吧。她知道这个理论不合逻辑，但这是她唯一能在身负罪恶的情况下活下去的方法。当然，她把所有这些收藏都捐赠给了慈善商店。是的，包括那块劳力士。

但偷东西并不是醉酒之夜唯一的潜在危害。有无数个早晨，她都在陌生的地方醒来——花园棚屋、马厩，甚至是建筑工地的运货料车。她还丢过鞋子、钥匙和裤子。有一次，她醒来时发现自己穿着别人的裤子——确切地说，是一条男士内裤。还有一次，她突然醒过来的时候，正直挺挺地坐在一把诗歌音乐比赛会的椅子上，身上只披着一件灰色的塑料雨衣，其余什么都没有。不过说句实在话，至少雨衣扣得还是很紧的。

除此之外，她酒后还会发短信、打电话或发邮件，这些其实是有破坏关系的风险的。或者她也有可能发送危及尊严的醉酒推文。她不记得昨晚联系过任何人，也不记得自己是否上网了，但这并不意味着她没做过这些事情。她总是要花上几个小时才能让自己鼓起勇气查看手机。她需要先让自己坚强起来，才能有胆量知道她到底得罪了谁、怎么得罪的。很多次，她都会在一大早收到短信说，"别再联系我了——你太可怕了"，或者"嘿，小妞儿，你昨晚太饥渴了……"迄今为止，她也在好几个清晨接到过卡特琳的电话，她想确认自己是否还活着，因为"你的情况很糟糕，拉恩。我以为你会……你知道的，做些蠢事。你一直在哭，说你很孤独，说你的生活毫无意义！"

"我有吗？"她会怀疑地问道，"我的天，我完全不记得了！"然后她会一笑了之，并再次向自己保证，她必须，必须，必须在任何一滴酒精进到嘴里之前关掉手机。因为她一喝醉就会胡言乱语。天知道，她并不孤单！她在世界上最迷人的高级邮轮上工作，她是一个非常成功的歌手和表演者！她的生活并不是毫无意义的！说真的！这真是小题大做！

拉娜焦急地环视着她的船舱，试图寻找能把昨晚的事情拼凑起来的线索。没什么特别的——她为扮演席琳·迪翁所穿的红色亮片连衣裙被遗弃在套房旁边的地板上，她可以看到袖口底下压着一只银色的细高跟鞋。这些为什么会出现在这里？显然，昨天的某个时间，她和米歇尔回到船舱以后还在继续派对的狂欢。她一定是从什么地方弄来了酒，但她不记得和他有过任何谈话，除了在演出结束后，在他给她调那几杯内格罗尼酒的时候。

诚然，她对米歇尔想和她上床这件事感到有点惊讶——她以为他喜欢男人。但是，嘿，谁知道呢，她的同性恋雷达总是不稳定。

有什么东西一直戳着她的后脖颈，她伸手把那枚讨厌的发夹弄了下来，同时意识到她头上的假发不见了。该死。她赶紧四下寻找起来，然后惊恐地发现假发在梳妆台上，就像一只被遗弃了的、生着病的小动物，黑黑的、毛茸茸的、被吓坏了的小玩意儿。肯定是昨晚太热了，她把它扯了下来，然后直接扔到了房间的另一头。但那是在做爱之前还是之后？她和米歇尔做的时候戴着假发吗？或者这就是她在他眼中的模样——她自己的头发各种打结，用发夹固定着，又平又油，紧贴在头皮上。嗯，还是有魅力的！

"马来西亚女王号"已经停靠在码头上两个小时了，拉娜对此表示了无声的感谢：没有波涛汹涌的海浪来加剧她本来就难以忍受的恶心。更重要的是，今天是她为期四周的假期的第一天。

只要她能把东西收拾好，爬下床，她就可以去洗澡、穿衣、打包，然后离开这艘该死的船。她已经在海上航行三个月了，早就该回家探望了。通常，她都会回到她在卡迪夫湾的公寓，翻看一大堆信件，然后和她的房客马尔科姆聊聊八卦。但这次回家不一样。也许这就是她昨晚喝得这么醉的原因——为了驱散六周前收到卡特琳发给她和朱迪思的邮件邀请后就一直笼罩在她头上的不祥之云。

卡特琳和所罗门·布莱斯，邀请您提前参加2017年6月2日（周六）在科伊德瑟尔林蒙哥马利大厅举行的结婚三十周年纪念活动，时间为晚上七点至深夜，收到请回复 drcatrinblythe@btinternet.co.uk。

在收件人那栏看到朱迪思的名字和她的名字在一起是一种很奇怪的感觉。

这使她仍然有点犹豫不决。

并不是因为她在过去的十二年里没有见过朱迪思。事实上，"葬礼门"事件以后，她们每年至少都要参加一次布莱斯家族的聚会，卡特琳一直坚持着她的承诺，采取外交手段，公平对待她们两人。在这些聚会中，拉娜和朱迪思总是彬彬有礼、亲切友好，进行着最简单的交流——你怎么样？我很好。你呢？我们挺好的——然后她们就会错开，整个晚上都躲着对方。其实就是礼貌问题，忍忍就过去了。尽管如此，拉娜也从来都不期待和朱迪思见面。因为总是感觉很假。她比较喜欢加雷斯的态度，他在这些场合完全不理睬她，不知为什么，她反而会感觉更舒服一些，也许是因为某种程度上他更诚实。

在过去的十二年里，拉娜有好几次都放下了自己的骄傲，试图与朱迪思"握手言和"（她是真的很讨厌这种表达方式）。虽然她最后总是后悔。2012年，她第三次结婚，嫁给了保罗，一个肉饼大亨。他喜欢奢华生活，而且坚持签署婚前协议。虽然这段婚姻只持续了十八个月，但他们也诚心诚意地在法国南部举行了一场婚礼，卡特琳说这可能是与朱迪思和好的好机会。"每个人都喜欢婚礼，拉恩，"她坚持说，"给她发个邀请，我们得迈出第一步。"

拉娜听从了朋友的建议，把朱迪思和加雷斯·梅特卡夫夫妇列入了宾客名单。但她几乎在把邮件发出去的同时就收到了朱迪思的回信。

非常抱歉，我们无法出席。加雷斯那个周末要和朋友们去看大奖赛（Grand Prix），而我有一大堆审计工作要做，周六的时间都占满了。无论如何，希望你这一天过得愉快。

拉娜很难接受又被拒绝的事实，于是就把责任推给了卡特琳。"这都怪你。你干吗非让我邀请她？我现在觉得自己是个不折不扣的笨蛋。"

"别怪我啊。她忙我也没办法！"

"忙个屁，"拉娜说，"这绝对是我最后一次了！我再也不会和那个女人有什么牵扯了。"

虽然她生卡特琳的气，但事实上她内心真的很受伤。因为拉娜一直是那个努力想要修复裂痕的人。总是拉娜在操心，从来都不是朱迪思。总是拉娜在道歉。去你的，朱迪思·哈里斯，去你的。我再也不会妥协了！想到朱迪思被她骂走的场景，她确实笑了，但笑容很快就消失了，取而代之的是伤痛。

拉娜把手伸到床头柜里，找到了藏在里面的一些扑热息痛片，就着已经没那么烫的茶水喝了下去。然后试探性地打开手机，翻看短信的发件箱。呼，什么也没有。

推特？也没有。

干得好，拉娜。也许你终于学会做个好女孩了。

最后她检查了她的邮箱。

我的天。

它就在那里。可耻地躺在她的发件箱里。

收件人：朱迪思·梅特卡夫
发件人：拉娜·劳埃德
日期：2017 年 5 月 21 日
主题：我就是个蠢货

亲爱的朱迪思：

好吧，我很生气。我的浴室里有个西班牙酒保，而我整晚都在想你，想我，想我们，卡特，还有几周后的派对，听着，我会去的，好吗？卡特说你也去。我希望咱们能和好，朱迪，我想你了——你觉得现在已经太晚了吗？我不知道，我真的不知道。我唯一知道的一件事就是我是个白瓷……白吃……白痴！我讨厌我自己。

但我爱你朱迪，我真的真的真的爱你。

拉娜

我的天。我的天。我的天。

44

卡特琳

　　他们本来打算在结婚二十五周年举行派对的。但卡特琳当时"身体不适"，由于她自己犯的愚蠢的错误。

　　七年前，她又开始跑步了。她这样做是为了防止自己四十三岁就进入更年期。"大多数女人要到五十岁才会进入更年期！"她向朱迪思抱怨道，"我的一个病人已经五十三岁了，但她还有月经，这不公平！"她试图拿这件事开玩笑，但她内心还是很受伤。因为更年期实在是太残酷了。生不了第二个孩子还不算什么，命运还要给她额外一击：荷尔蒙在更年期的剧烈变化让所有拉娜称之为"设备"的功能都开始关闭了，这对她来说真的是额外的、非常严厉的打击——如果你曾经想过你不再是个女人了，更年期会告诉你这是真的！

　　所罗门说她太荒唐了。但她对此进行了反驳，他不可能知道那是什么感觉，因为他"根本就不是女人"！从那以后，她决定勇敢地面对困难,要跑得比挫败感还快,从而战胜它。就是字面上的意思。

一开始她非常痛苦,进展也很缓慢。不过绕着街区慢跑了一圈,她就满脸通红,大口喘着粗气,发誓再也不跑了。但有什么东西在激励着她继续跑下去。直到她可以跑两圈,然后是三圈。现在,这几乎成了一种仪式,类似于幸运符的存在,她必须每周跑三次,否则……"否则什么?"索尔笑了起来。

"我不知道。末日审判?天启?"

"好吧,但这些相信我是能搞定的,你可以依靠我,毕竟天塌下来有高个子顶着。"

慢慢地,她就可以跑到四公里了。然后每周六都会去公园跑步,接着就攻克了十公里。一年后她跑了半程马拉松,再一年后就跑了全程马拉松。

然后,就在他们计划以一场盛大的狂欢来庆祝银婚纪念日的两周前,卡特琳报名了女子铁人三项,和跑步俱乐部的女孩们进行比赛。做了两年规律性的剧烈运动,卡特琳都不曾受伤——除了偶尔会起水疱。但这次她在训练中从自行车上摔了下来,导致右臂和右股骨骨折。

"我想我更喜欢末日审判。"索尔温和地说道,彼时他们正坐在急诊室的小隔间里等待 X 光检查结果。

他们别无选择,只能取消这次的周年纪念派对,决定在五年后的三十周年再举行。

在那时,五年后听起来仿佛是遥不可及的永恒,但现在,那一天马上就要来临了。她知道自己听起来很像妈妈，但她真的想感叹一句时光飞逝！在不到一周的时间里，他们将在蒙哥马利大厅迎来八十位朋友和家人，与他们一起享用豪华的晚餐，这距离他们在那里举办婚礼已有二十九年半了。

他们决定提前六个月举办周年聚会，主要是因为六月的天气更适合，同时也因为蒙哥马利大厅圣诞节期间的预订已经满了。

"别担心，我到时候会带你去过我们真正的结婚纪念日的，"索尔说道，"巴黎或罗马，我们来一次幽会。"

"我们这个年纪还能幽会吗？"

"但愿可以吧。"他笑着说。

无论什么时候举办派对，都意味着要面对拉娜和朱迪思共处一室的惯常压力，但这已经是现如今的常态，持续很多年了。当然，总是有一种极小的可能性，那就是这次派对没准可以实现她的愿望，也许会是她两个最好的朋友终于和好的场合。

但现在没时间想了，她要开始上午的看诊了。

她低头看了看病人名单，发现了一个她一直害怕见到的名字：帕特里夏·哈里斯。

当卡特琳和所罗门成为科伊德瑟尔林的新医生时，她就接受了自己有时需要治疗认识的病人这个事实，包括和她一起长大的人，或者学校朋友的父母，等等。但是，尽管帕特里夏·哈里斯也会来挂号，但除了奇怪的抗生素处方外，她似乎从来不需要任何医疗照顾。在这种情况下，卡特琳几乎就没撞上过她。并不是她对帕特里夏有什么不好的感觉，她只是有些害怕见到她，怕她会对朱迪思大发雷霆。

在帕特里夏灾难性地出现在乔治葬礼之后的几年里，卡特琳眼睁睁地看着朱迪思对她母亲的愤怒逐渐平息，直到她们的关系沦为一种客套的、非必要不联系的关系。她们唯一的联系就是朱迪思每年一次的拜访，以及偶尔的电话问候。帕特里夏哪种方式都不喜欢，以至于每次朱迪思都会抱怨自己没事找事，还不如一开始就不去做这些没有意思的事情。

卡特琳和帕特里夏当然也会有相遇的时候，卡特琳总是彬彬有礼，非常礼貌地对待她。但年龄并没有让哈里斯太太变得成熟圆滑，她变得比以前更戏精。每当她在科伊德瑟尔林遇到卡特琳的时候，她总是非常大声地和卡特琳说话，通常谈论一些非常不恰当的话题，然后就开始诽谤卡特琳最好的朋友。卡特琳只是不知道怎么去应对，所以回避是最好的选择。

但是两年前，帕特里夏摔伤了，她的健康状况开始恶化。由于行动不便，她很少出门，所以一般都是医生直接去维多利亚路的那间屋子里出诊。社会服务部安排了一天两次的拜访，并把她那间小早餐室改成了卧室兼起居室。帕特里夏百分之九十的时间都待在那里，拉着窗帘咒骂外面的世界。

卡特琳知道，归根结底，帕特里夏只是一个孤独的老太太。多年来，她疏远了很多人，没有任何朋友可以倾诉。她仅有的家人——朱迪思、加雷斯和杰克还住在一百五十英里外的萨里。她还有一个朋友叫埃德温娜，帕特里夏雇她每周打扫一次房子。她人很好，但即使是这样，这段关系也因为帕特里夏的苛刻变得紧张起来。

这种情况对朱迪思来说显然很尴尬，但她当然不想让母亲搬来和他们一起住，所以她选择依靠卡特琳和索尔帮她"照看这只忘恩负义的老山羊"。

每次诊所的人去看望帕特里夏，都发现她似乎变得愈加抗拒外界，甚至有人说她可能会被送进养老院。但一年前，随着艾德里安·奥利弗的到来，一切都变了。

他一开始只是过来推销好物购家居产品的。帕特里夏虽然独居，却仍然很轻浮，总是邀请他进屋，坚持要他和她一起喝威士忌，吃鱼酱三明治。他的拜访越来越频繁，在不到一个月的时间里，艾德里安就开始每天都来拜访了。

卡特琳知道他的存在，是因为社会服务部门有一次打电话给他们更新现状的时候提到了他。

"他真的帮了大忙，"护工说，"给她搭架子、换灯泡、粉刷门……"

当卡特琳告诉朱迪思这些时，她很感兴趣。"他有养老金吗？喜欢我妈妈吗？是已经退休了吗？"

"呃，不，事实上，艾德里安显然很年轻，三十五六岁的样子。"

"原来如此。但是为什么一个有自尊的三十多岁的男人会和我妈妈厮混在一起？"

"嗯，我想这个世界上什么人都有。"卡特琳说。

"杰克说她就像一头美洲狮！跟它的习性简直一模一样！"朱迪思笑了。

"他的确给她做了不少事情，"卡特琳说，"她已经有三个月没有要求上门问诊了。"

一天下午，卡特琳突发奇想，好奇心占了上风，她决定"顺道拜访一下"，看看帕特里夏现在怎么样了。

八十多岁的老妇人微笑着打开了门，虽然她的脚步还是有些蹒跚，但她的举止有了惊人的进步。

"快进来，亲爱的！"

屋子里相当明亮，窗帘敞开着，你甚至可以感受到微风拂过，这地方充满了卡特琳以前从未见过的新鲜气息。帕特里夏甚至给她泡了一杯茶，这是以前想都不敢想的。

卡特琳做好了心理建设以后，便提起了艾德里安·奥利弗的事。帕特里夏说："哦，他只是个会经常来拜访我的孩子罢了。说老实话，对他，我感觉还挺抱歉的。"

卡特琳没有预料到这一点：她显然是被埃德温娜误导了，埃德温娜说帕特里夏被他"迷住了"。然而正当她要离开时，那个男人自己来了，她的困惑很快就得到了澄清。

"朱迪，他这个人，怎么说呢，就很……毫无特色，"那天晚上卡特琳给朋友打电话的时候说道，"还有点吓人，像幽灵一样，头发油腻腻地缠在一起，胡子总感觉有股腥臭味，手也是，特别的潮湿。"

"呃……"朱迪思有些迟疑，然后问道，"他和我母亲在一起感觉怎么样？"

"唔，他看起来很喜欢她，"她困惑地说，"他一直跟我说她是他的梦中情人！"

朱迪思笑了："我能想出很多词来形容帕特里夏，但绝对不会有'梦中情人'这种说法。"

她们都觉得虽然艾德里安可能被骗了，虽然这件事看上去有点奇怪，但他毕竟没有带来什么坏处。他会带帕特里夏去玩宾果游戏，去剧院看演出，去波斯考尔买冰激凌。如果他能让她开心，那又为什么要破坏他和梦中情人的关系呢？

"医生，哈里斯太太找你。"对讲机传来接待员的声音。

"好的，让她进来吧。"卡特琳答道，准备好迎接十分钟的"帕特里夏式狂风暴雨"。

过了一会儿，艾德里安·奥利弗推开了门，用脚把半开的门小心翼翼地抵着，然后熟练地把坐在轮椅上的帕特里夏推进了诊室。她打扮得十分华丽，浓妆艳抹，像只扬扬得意的孔雀。

"嗨，亲爱的，"她打了声招呼，就像女王莅临一样，"你已经见过我的艾德里安了？"

"是的，"卡特琳说，"你们怎么样？"

"噢，不用管我，医生。我只是陪着帕西而已，对吧，宝贝儿？"

"没错，"帕特里夏说，"现在，亲爱的，我需要你帮我一个忙，跟医学有关的一个东西。"

卡特琳闻言笑了笑："哦，需要什么？假日保险吗？"

帕特丽夏看了一眼艾德里安，有些羞涩地笑了。"不是，我需要一个证明，说我心智正常什么的。"

"我不太明白。"卡特琳答道。

"我要给艾迪 PA。"

"她说的是 POA[①]。"艾德里安平静地纠正道。

"POA？委托书吗？"卡特琳问，努力让声音保持平稳，"你要给……艾德里安……委托书？全权负责你所有相关事务？"

"是的，没错，"帕特里夏说，好像这是世界上最自然的事情，"你也别想着去告诉我那个没用的女儿。"

"嗯，她当然不会。对不对，医生？"艾德里安嘴里说着，眼神透露出略显嚣张的得意，"因为那样就会违反医患之间的保密协议了。"

布莱斯医生感到脖子后面的鸡皮疙瘩都起来了，一阵冰冷的颤抖。

---

① POA（Power of Attorney），授权委托书。——编者注

45

朱迪思

"她炒了我鱿鱼，"埃德温娜在电话那头强忍着泪水说，"不，实际上，严格说来也不是她。艾德里安才是干这肮脏勾当的人。"

那天是布莱斯夫妇周年纪念聚会的前夜。加雷斯患上了重感冒，正躺在床上休息，于是杰克和多姆过来帮他们做晚饭，第二天早上再一起开车去威尔士。

在这之前的几个月里，埃德温娜给朱迪思打了很多电话，一直在表示对帕特里夏的担忧。要知道朱迪思宁愿自己是只鸵鸟，可以把头埋在沙子里，什么都不管。但无论如何，帕特里夏仍然是她的母亲，她不能忽视这个事实。

她给埃德温娜开了免提，这样所有人就都能听到她们的谈话。

"可是为什么呢？"朱迪思问道。

"我不知道！"埃德温娜说，"他半个小时前给我打的电话，说从现在起由他来负责打扫卫生，不再需要我了。"

这件事本身就已经够让人担心的了，但是自从两天前，埃德温娜就开始透露一些信息，说帕特里夏家里正在发生一大堆其他的不愉快的事情。"比如说，"埃德温娜告诉朱迪思，"艾德里安打印了她所有的银行对账单。"

"什么？"朱迪思简直是目瞪口呆，"但我母亲对她的开支总是很注意的。"

"嗯，但现在不是了。他还拿着她的银行卡——"

"我很惊讶她居然会有银行卡！"朱迪思直接打断埃德温娜。

"艾德里安说服她申请了一张。他说这样更方便。上个月他就开着一辆崭新的车出现了。看在上帝的分儿上，他只是卖好物购而已，他怎么可能突然间就买得起一辆新的福特嘉年华车呢？"

乔治死后，人们发现他不仅把房子给了帕特里夏，还以养老金的形式给她存了一笔数额可观的储蓄金，这会让他的前妻在未来的日子里过得相当舒适，完全不用担心财务状况。当时，朱迪思觉得这很令人沮丧。"她都那样对他了，加尔！我的意思是，凭什么啊？"

"因为他是个好人。"加雷斯说。

知道了这一点，埃德温娜最近披露的情况就更加令人担忧了，因为如果像他们怀疑的那样的话，艾德里安·奥利弗接管了帕特里夏的生活，那么他很可能会在金钱方面影响她，决定她花钱的方向。

除了这些，卡特琳还不断地劝朱迪思多来看看她母亲。

"你需要跟她谈谈，朱迪。我知道她很烦人，但你得问问她发生了什么事。你需要和她沟通！"

朱迪思对此很是愤怒。但可能只是因为她知道卡特琳是对的，即使卡特琳对此表现得有点过于热心了。

不可否认，朱迪思从圣诞节后就没见过她母亲，但一个月前她还跟她通过电话，她一次也没提到这些事情。

"他现在把自己说成是她的私人看护。"埃德温娜继续说。

"什么？她还给他钱？"杰克一边在他们的法式洋葱汤上撒上奶酪，一边问道。

"呃，她说她没有，但他去年已经去度假三次了。他哪儿来的钱？我跟你说，朱迪思，那个人绝对有问题。"

*

一个小时后，他们围坐在餐桌旁，把埃德温娜传达的消息告诉了鼻塞、一直流鼻涕的加雷斯，他像往常一样站在了魔鬼一方。

"问题是，亲爱的，如果你母亲想在他身上大手大脚地花钱，你也管不了啊，不应该由她自己决定吗？"

"是的，当然，如果有人疯狂到想和我母亲在一起，那他当然值得一辆全新的福特嘉年华！"

"但最让人担心的是……"杰克插嘴说。

"继续。"加雷斯说着，不紧不慢地喝了几小口汤。

"显然艾德里安有点太喜欢威士忌了，有一次有人看见他带着坐轮椅的外婆去镇上……"

"不过他经常带她出去玩，不是吗？"加雷斯吸了吸鼻子。

"是啊，但是听着，他们出了门，去了镇上，埃德温娜从大街的另一边看到了他们。她说艾德里安在人行道上走来走去，好像很生气。接着，轮椅的轮子好像是绊住了什么东西，外婆直接飞了出去！"

"她最后四肢着地，趴在了一元店外面。"多姆补充道。

加雷斯没忍住笑了出来，"对不起，继续说"。

"没事，我知道这很可怕，"朱迪思说，"但也确实有点像滑稽电影里的片段。不管怎样，埃德温娜冲过来帮忙，艾德里安态度极为恶劣，说他心里有数，一切尽在掌握之中，让她滚开。埃德温娜说她从大老远就能闻到他身上的威士忌味。"

"我的天！"

"切换到几天后，"杰克继续说，"埃德温娜突然去拜访——"

"她不是被解雇了吗？"

"不，这是在被解雇之前。外婆一个人在家里，所以埃德温娜认为她说话能更自由。结果发现她前一天晚上有客人来过。"

"谁？埃德温娜？"

"不，是帕特里夏有客人，"多姆答道，"是艾德里安的母亲，她狠狠地训斥了帕特里夏一顿，叫她别再给她儿子喝威士忌了，说她没这个权利，说他是个该死的正在戒酒的酒鬼，过去两年一直在去嗜酒者互戒协会！"

"什么？！"

"令人惊讶，不是吗？"杰克不敢相信地说，"所以她不得不把威士忌都藏了起来，还得保证不让他靠近那些东西。"

"你觉得他们之间，嗯，肯定没有什么，你懂的，'浪漫的事'吗？"

"嗯，我一直觉得不是，"朱迪思说，"但埃德温娜说她有一次去敲门，艾德里安慌慌张张的，还满脸通红……他们看对方的眼神，就像恋爱中的青年男女，互相叫对方'宝贝''甜心'之类的。"

"我的天，不是吧！"

"加尔，这听起来真蹊跷，是不是？"

"你说得对。"

"不管怎样，"杰克平静地说，"我们明天早点出发，去看望一下外婆。我觉得我们需要控制一下当下的局面，首先要说服她给妈妈一份永久授权。万一这个叫艾德里安的家伙对她有什么企图，我们还可以及时制止。如果他是个好人，那当然更好。但咱们还是小心为上，对吧？"在这种时候，朱迪思总是特别自豪，为儿子宝贵的专业知识感到高兴，因为他是一位很有成就的财产律师。

"妈，你别担心。你们都知道的，我可以轻而易举地说服外婆，"杰克向朱迪思保证，"我们会解决这个问题的。"

话音刚落，加雷斯也打了个喷嚏表示同意。

第二天早上，加雷斯觉得自己病得太严重了，决定不跟他们一起了。他为自己感到难过，然后浑身酸痛地躺回了床上，发誓要在羽绒被底下睡上四十八小时。

朱迪思已经给帕特里夏打过电话了，告诉她他们会在去派对的路上顺便看看她，因为他们需要私下讨论一些事情。中午，他们抵达了科伊德瑟尔林，把行李先放在酒店，让多米尼克去买些鲜花和香槟，准备稍后带去参加派对。朱迪思和杰克开车去了帕特里夏家，到了以后，惊讶地发现朱迪思的钥匙打不开门锁。

在朱迪思试探性地敲门的时候，杰克发现了一个钥匙密码盒——挂在墙上的一个崭新的小金属盒子。但他们没有时间讨论这个问题了，因为门已经被艾德里安打开了，他开门的方式略有些浮夸，看起来颇为华丽，脸上还挂着一抹微笑。

"欢迎！欢迎！"他叫道，声音听起来像是在打鸣的公鸡，然后稍微挪了一下，给他们空出位置，让他们进去。

他的出现让朱迪思感到不知所措。她明确告诉她的母亲，她想单独见母亲一面。

"我给你们倒杯茶好吗？"艾德里安绞着双手，愉快地说道，这让朱迪思想起了狄更斯《大卫·科波菲尔》里的尤赖亚·希普。

"我就不用了，谢谢。妈妈，你呢？"杰克非常有礼貌地问道。

"不用了，谢谢，我们刚喝了杯咖啡。"

他们闲聊了一会儿。卡特琳和索尔的周年纪念派对似乎成了镇上的热门话题。

"我的朋友蒂娜在蒙哥马利大厅工作，"艾德里安故作神秘地说，"我跟你们说，他们真的使出了浑身解数。香槟啊，所有一切。"

"哦。"朱迪思谨慎地应道，她觉得与这个相对陌生的人谈论自己朋友们的私人生活不太舒服。

"要是能被邀请就好了！"帕特里夏咕哝着，"我从她五岁起就认识她了。"

"他们能邀请的人数应该是有限的。总之，"朱迪思改变了话题，说道，"别麻烦了，艾德里安，别让我们耽搁了你的时间。"

"是的，我们需要和外婆谈谈，"杰克笑着说，"需要说一些家里的私事。"

艾德里安紧张地咽了咽口水，对帕特里夏微微一笑，然后继续说道："实际上，是有人要我留下来。"

"什么？"杰克说。

"看，就是这么回事，妈妈有她自己的计划。"

朱迪思不知道是什么让她最恼火——是艾德里安如此公然地无视他们请他离开的要求，还是他刚刚称帕特里夏为"妈妈"？她张嘴就要抗议，但杰克打断了她。

"等一下，"杰克温和地说，"当艾德里安说你有计划的时候，外婆，他这是什么意思？"

"我有个朋友是财务顾问。"艾德里安插话道。杰克又一次用冷静的外交辞令打断了他。

"外婆，你为什么不告诉我们你想要什么，而是让别人代替你说话呢？"

"我想让艾德里安帮我解决一切事情。我完全信任他。他就像是我的儿子一样。"

"这就是他开始叫你'妈妈'的原因吗？"朱迪思问，无法掩饰她的讥讽。

"对不起，"艾德里安说，"刚才那是口误。我知道你会有点震惊，但说句公道话，我见你母亲的次数比你多太多了。我随时待命，一天二十四小时，一周七天，我一直在，她知道她可以信赖我。"

"哼，她也没有多少选择的余地，"朱迪思说道，"因为你解雇了她的清洁工，换了门锁，还在门上安了一个钥匙密码盒！顺便问一下，密码是多少？"

艾德里安看向帕特里夏，仿佛在向她询问。"很抱歉，这不是我能透露的，这取决于妈妈……我是说，你妈妈。"他结结巴巴地纠正自己。

朱迪思瞪了他一眼，又瞪了帕特里夏一眼。

"外婆？"杰克礼貌地问，"密码盒的密码是多少？"

帕特里夏看起来很困惑："我不……我不知道。"

"什么？！"朱迪思厉声说道，杰克又一次轻轻地抚摸着她的手，示意她控制住脾气，"要是着火了怎么办？如果有人需要进来怎么办？"

"他们只需要给我打电话，我马上就会到这里。"

"外婆，"杰克轻声说，"你介意艾德里安给我们密码吗？"

"给他们吧。"帕特里夏不情愿地说。朱迪思觉得艾德里安的脸上闪过了一丝挫败。

"是5、9、8、2，"他笑着说，"实际上是我的出生日期。"

"哈！"杰克一脸无辜（朱迪思知道他是在装腔作势），"你只比我大五岁！"

"唔，你可能已经知道了，妈妈……你妈妈已经将授权书给我了……"

"什么？！"朱迪思叫道，不相信自己的耳朵。

"……我们正在走申请流程。"艾德里安平静地继续说道。

"但是你得有医生的证明才行，"杰克说，"确认外婆的精神状态良好。"

"哦，别担心。"帕特里夏插嘴道，"那些事我们都做了，对吗，艾迪？"

"是的。事实上，是你的好朋友卡特琳医生给我们做的证明！"

"卡特琳？"朱迪思喃喃道，"卡特琳开的证明？可她为什么不告诉我？"

"唔，她不能这么做，不是吗？法律上不允许！"说这话的时候，艾德里安看上去甚是喜悦。

"你有权立委托书给你选择的任何人，外婆，你知道这一点吧？"杰克理智地介入了对话，"我只是不明白你为什么不先问问我妈妈。"

"我为什么要给她授权？"帕特里夏咆哮道，"她什么时候替我操心过？她一年能来看我一次，我就很幸运了！"

"你能怪我吗？"朱迪思喊道。

"我和多姆来看过你很多次，外婆。"杰克温和地说。

"是的，但是这个人每天都会来！他不觉得麻烦。如果不是他，我早就死了！"

"行了，你别小题大做了！"朱迪思厉声说道。

"妈妈……"杰克说。她知道杰克是在提醒她，她也知道他这么做最终是为了她好。

朱迪思准备起身离开，再次意识到她的母亲随随便便就让她情绪激动了起来。杰克这时又开口说道："外婆，我能理解你为什么想给艾德里安委托书。如果你不想给我妈妈授权，当然可以，这是你的特权。"朱迪思闻言，怒视着他，他在说什么？杰克不理她，继续说了下去。"但是如果你授权给我呢？毕竟，我是个律师，我每天都要处理这种事情。"

朱迪思看到帕特里夏退缩了，态度也软化了下来，她知道杰克的话起了作用。她还看到艾德里安面色开始发红，下巴上的肌肉都在颤动。

"我的意思是，你们可以专注于享受彼此的陪伴，何必让艾德里安来承受这些法律上的负担呢？这有点愚蠢，不是吗？"

天啊，他真棒。朱迪思看着漂亮的儿子牵着他冷淡的外祖母的手，心里想道。

帕特里夏的眼睛开始在杰克和艾德里安之间扫来扫去时，她脸上明显地流露出内心的挣扎。"我不……我不确定……"

"我想妈——帕特里夏想说的是，我们讨论了很久，整个过程非常艰难，做出这个决定并不容易，但她现在已经决定了，并且感到很幸福，不是吗，亲爱的？"艾德里安说，他试图对杰克进行反击，拉起了帕特里夏的另一只手。

眼前这幅画面很是滑稽——两个年龄相差不大的男人，各自牵着八旬老人的一只手，而这位老人正尽力模仿圣母马利亚的虔诚表情。

杰克先让步了。

"我知道了，"他说，"最重要的是，外婆，你要做你认为正确的事。"说着，他站起来穿上外套，"如果你需要任何帮助，给我打电话就行了。"

"我们就这么算了？"几分钟后，他们走到外面时，朱迪思低声问道，"我们就这样让他来接管、负责她的生活？"

"目前是的，"杰克说，"没有必要现在就把事情弄得一团糟，让他的美梦破碎。如果他认为自己逃脱了惩罚，那么我们就更有可能抓住他。"

"可卡特琳在搞什么？她为什么不告诉我？所有那些暗示，什么'去看看你妈妈，朱迪……跟她谈谈，朱迪……'她应该直接说出来的。拜托，我可是她最好的朋友。"

"妈妈，今晚不要提这件事。这对卡特阿姨不公平。她当时的处境一定很糟糕——医患保密之类的。"

"好吧，但我也不会告发她啊，不是吗？"

"这不是重点，艾德里安会告发她的。现在，请你暂时把这事忘掉，让我们集中精力享受派对吧。"

朱迪思不情愿地点了点头。庆祝是她现在最不想做的事。

46

卡特琳

"你看起来真年轻!"罗米说。他们把气泡膜撕开,露出了一张 8 英尺 ×6 英尺的放大版照片,是罗米的父母在 1986 年拍的。

"这张照片是在一个叫撒玛利亚峡谷的地方拍的,"卡特琳看着眼前熟悉的照片,感慨地说道,"我们第一天见面的时候。"

"我知道,妈妈,你跟我讲过的,成千上万遍啦!"罗米表现得就像是一个不耐烦的青少年,用哭诉的语调抱怨着,心里却隐隐为父母的爱情故事感到骄傲。

她还得去蒙哥马利大厅,为当晚的派对做准备。"这就是我们当年举行婚宴的地方!"她爸爸又来了——她早就听过啦!——罗米无法控制地翻了个白眼。看来今天的一切都将沉浸在各种怀旧之中。

"唔,看起来你们至少从二十世纪八十年代就开始装饰这个地方了!"身后传来一个熟悉的声音,卡特琳转过身,看见她的公公婆婆慢悠悠地走了进来，爱德华提着一个巨大的塑料蛋糕盒，阿米莉亚一如既往地板着脸，看起来对一切都无动于衷。但经过这么多年的了解以及过去那些尴尬的社交事件，卡特琳现在非常清楚，这只是她婆婆处理自己害羞的方式。

"奶奶！爷爷！"罗米尖叫着，像个疯狂的保龄球一样冲向她的祖父母。

"我最最喜欢的孙女哟！"阿米莉亚笑着，张开双臂，紧紧抱住罗米。卡特琳很喜欢公公婆婆表现出来的对她女儿的爱。索尔的哥哥汤姆有三个儿子，也很受两位老人的喜爱，但卡特琳为罗米是他们唯一的孙女而感到骄傲。

打过招呼后，他们打开了爱德华做的牙买加姜味焦糖蛋糕。自从退休后，他就开始从事烘焙工作，无论什么庆祝都会做一个蛋糕。"让我们祈祷你的朋友们不会突然决定把它撕成碎片！"他笑着说道，阿米莉亚也喷了一声，并没有完全原谅朱迪思和拉娜三十年前那场可怕的交恶。

为了转变话题，阿米莉亚提出她也来帮忙，一起把索尔和卡特琳的巨幅照片挂上去。"天哪，你看起来可真年轻！"她说。

"我也是这么说的，奶奶。那是他们第一次见面的日子！"罗米喊道，不过这次语气颇为骄傲。

他们把这张照片挂在主桌后面的两个大钩子上，下面还有一条横幅，上面写着：卡特琳和所罗门——快乐的三十年。是的，这三十年来大多都是快乐的，卡特琳看着索尔和他爸爸轻松地聊着天，罗米帮着阿米莉亚按照之前规划好的，把一个个写有人名的牌子放在不同的桌子上。差不多三十年的快乐时光……简直就是一个伟大的成就。

几个小时后，来自全国各地的八十位宾客将聚集在此，和他们一起庆祝。其中超过半数出席了他们在 1987 年的婚宴。当然，有些人已经不在了，比如他们的祖父母和索尔的叔叔肯——毫无疑问他会在介绍"缺席的朋友"的演讲环节提到他们。想到索尔的演讲，她笑了。他明明已经习惯了在公开场合演讲，尤其是他最近还在给新人进行工作培训，但他还是对自己会在今天说上几句话而感到异乎寻常的紧张。过去的几个晚上，她好几次都听到他在书房里喃喃自语，尽管她从未听清楚他说了什么。

"现在我们最好回家去换衣服，亲爱的。"索尔依偎在她的脖子上说道。

"离你妻子远点！"爱德华笑了，"你又不是刚结婚！"

三个小时后，索尔已经身着西装和皮鞋，陪在一身礼服、打扮得漂漂亮亮的卡特琳身边，俩人啜饮着杯子里的酒，与客人们打成一片。"嘿，你好！好久不见！""你一点儿也没有变老！"房间里满是老朋友和亲戚重逢的声音，有些甚至整整三十年都没有见过面。一个由四人组成的爵士乐队在一个临时搭建的舞台上演奏着八十年代的流行歌曲，餐厅服务员则端着盛有香槟和精美开胃小菜的托盘穿梭其中。大家都在叽叽喳喳地议论着，气氛很热烈，到处弥漫着一股怀旧的氛围。

在门口，卡特琳看见朱迪思来了，后面跟着杰克和他丈夫多米尼克。"加雷斯在哪儿？"她喊着，和索尔一个健步走过去，一个接一个地拥抱着他们。

"得了流感，在家歇着呢。"杰克笑着说。

"噢，不，公平地说，他很难受地躺在家里。"朱迪思说，她似乎不太高兴，"说实在的，留他一个人在家感觉不太好。"

"哦，可怜的加雷斯，上帝保佑他。"卡特琳说。

"卡特，我们今天去见了帕特里夏……"

卡特琳虽然意识到了朱迪思想说什么，但她还是暗自祈祷自己想错了。让她松了口气的是，她看到杰克朝他妈妈那边瞟了一眼，然后迅速改变了话题。

"不管怎么说，我爸爸是真的很想来的，卡特阿姨。"杰克说道，卡特琳看到朱迪思无奈接受了他的示意。

"是啊，他以为他今天早上会好一些。"

"唉，流感是得病上一段日子的，尤其是最近。"卡特琳说。

"我们都不年轻了！"

"你这口气听起来像是奶奶辈的人！"索尔闻言大笑，吻了吻他妻子的头发。

"可不是，你说话的方式会让人觉得你是老年人。"杰克说。

"我们不就是老人嘛！"

"只有你而已——我才刚做完脂肪填充。"

听到声音，他们都转过身来。是拉娜。她手里捧着一大瓶香槟和一大束几乎拿不住的鲜花。

"另外，两天前我刚跟一个比我小二十岁的男人上过床。伙计，我可一点都不像是老年人！"

朱迪思翻了个白眼，杰克咧嘴一笑，显然很高兴看见眼前这个刚走进来的人。"是拉娜阿姨吧？"

"别叫我'阿姨'，小伙子！"拉娜假装不赞成地回答。

"我们见过一次面，在塞浦路斯，"杰克说，"在我外祖父的葬礼上……"气氛似乎停滞了一瞬，"我是杰克——朱迪思和加雷斯的儿子。"

当然！他们只见过一次面。这么多年来，在拉娜和朱迪思共同出席的为数不多的几次场合中，杰克从未和他们在一起过。当卡特琳意识到这一点时，一种莫名的情绪忽然涌上心头。

"啊，著名的杰克·梅特卡夫。"拉娜说，显然也感觉到了，同时拼命地想掩盖乔治葬礼忽然被提起的尴尬。她迅速朝朱迪思的方向瞥了一眼。

"你还好吗，朱迪思？"她微微扬了一下嘴角，略显冷淡地笑了一下，"我的伴娘朋友！"

"你好，拉娜。"朱迪思回答，同样有些冷淡，两人的交流只能说是遵守了基本的社交礼貌。

万幸所罗门此时介入了，向拉娜介绍了多米尼克。"这是杰克的丈夫，多米尼克。"他笑眯眯地说。

拉娜故意用夸张的好色目光上下打量着他。"这对我们直女来说是多么巨大的损失啊！"他们都笑了。除了朱迪思，卡特琳注意到她又翻了个白眼。

"我帮你拿着花吧。"多米尼克接过拉娜的花说。

"那我来给这坏孩子找个家，"杰克说着抓起拉娜另一只手上的大酒瓶，"就放在我们那瓶旁边吧！这主意不错吧？"

他们说完就拿着花和酒离开了，杰克走了两步还回头冲他们喊道："我们一会儿就回来！"

一阵尴尬的沉默，幸亏此时来了更多的客人。

"索尔，是你叔叔，乔来了。"卡特琳说着，抓住她丈夫的手，当场决定抛弃拉娜和朱迪思，让她们自己去打破沉默，"过会儿见，姑娘们，你们俩好好叙叙旧吧。"说完她就匆匆离开了，留下了一个嘀嗒作响的"定时炸弹"。

47

朱迪思

有一个服务员向她们走来，满脸惊讶，显然他认出了经常出现在电视里的拉娜。朱迪思想知道她怎样才能逃离，完全不想参与接下来将要发生的事情。她本希望今晚能完全避开拉娜·劳埃德的，但到目前为止，这个计划还是失败了。

"香槟？"服务员问拉娜，完全忽视了朱迪思。

"哦，是的！"拉娜说着，给自己端了两杯。

朱迪思一开始还以为是每人一杯，但没过几秒钟，拉娜就把两杯都喝光了，然后又把空的杯子放回了托盘。

服务员见状笑了，说："我和我妈妈，我们都很爱你。我们太喜欢看《寂静海域》了！电视台一直在重播，在黄金时间。你演的那个角色太坏了。"朱迪思在他说话的工夫小心地给自己拿了一杯酒。

"天啊，那都是几年前的事了，不过谢谢你，你想要和我合影吗？"

"我可以吗？"

"只要你一整晚都别给我断酒就可以，成交？"

"成交。"激动的服务员一口答应，拉娜向他眨了眨眼。

天啊，让我离开这儿吧。朱迪思边想边打量着附近的客人，希望可以找到她认识的人。

"可以麻烦你帮我拿一下吗？"服务员说着，把手机不由分说地递给了朱迪思，"我手抖得太厉害了，没法自拍！"

他看都没看朱迪思一眼，就把手机朝她的方向递过去，完全被名人的魅力吸引住了。"你只要轻敲底部的圆圈就行了。"他说，眼睛还是紧紧地盯着拉娜。

"呃，我知道怎么用苹果手机！"她说。但是又一次被忽视了。

拉娜用手臂搂住服务员，在他的脸颊上狠狠地吻了一下，朱迪思吓了一跳。"多拍几张，总有一张能用。"

朱迪思别无选择，只好服从。服务员对拉娜表示了充分的感谢，并承诺会去拿更多的香槟。朱迪思注意到并没有人感谢她拍了这么多照片。

又只剩她们两个了，尴尬又开始蔓延。她们都站在那里，环视着周围。

"呃，"拉娜说，眼睛并没有看向她，"很久不见，朱迪，你还好吗？"

"很好，谢谢。你呢？"

"我还不错。我没有再演戏了，卡特跟你说了吗？我现在在邮

392

轮上工作。给的钱特别多。"

"哦。"

更加沉默了。

"你呢？"

"我还在当地政府工作。"说完朱迪思就后悔了。她的生活听起来还能再无聊点吗？

"天哪，这都三十多年了吧——你还真是始终如一啊，朱迪！"

别叫我朱迪，好像你是我最好的朋友似的。

"加雷斯呢？"

"他来不了。"不知怎地，朱迪思觉得告诉她加雷斯病了不太合适。她感觉这是一个非常私密的信息。

"乱扯，是因为我在这里，对吧？"拉娜说。

朱迪思闻言有些生气。"首先，这说不通，加雷斯参加了好几次卡特琳和索尔举办的派对，而你也在场……"

"他根本没理我！"

"……其次，拉娜，不是所有的事都跟你有关！"

让朱迪思更生气的是，拉娜忽然笑了起来。"嘿，放松点！别这么凶，你太严肃了！"

朱迪思往嘴里灌了一大口香槟，泡沫一下子呛到她鼻子里表示抗议。她抑制住想打喷嚏的冲动。

"听着，"拉娜压低声音说，"我给你发的那封邮件……"

"没关系，"朱迪思说，"你解释过了，那时你喝醉了。"

有时，尽管朱迪思很努力压制，她还是无法避免声音里的嘲讽语气。

"对，我当时喝醉了。有机会你也应该试试。你知道吗？可以让你放松不少。"

她还没来得及回答，杰克和多米尼克就回来了。

"妈妈告诉你孩子的事了吗？"

朱迪思怒视着儿子。与拉娜分享任何私人家庭信息的想法是绝对不允许出现的。

"我以为我们要保密。"她说，但这毫无意义。拉娜像一只饥饿的小猎犬一样抓住了这一点消息。

"什么意思？"她问，从路过的女服务员的托盘里又拿起一杯香槟。

"我们要有孩子了，"多米尼克说道，微笑着看了一眼他的伴侣，"我们找了一个代孕①。她现在已经怀孕四个月了，孩子足够安全了，所以我们觉得是时候公布这一消息了。"

"哇！那太了不起了！"拉娜说，眼睛里含着泪水，"恭喜你们，两位准爸爸！"她接连拥抱了杰克和多米尼克，他们都自豪地对她表示了感谢。然后她微笑着转向朱迪思，说："还有你，你要成为奶奶了，恭喜你。"

---

① 男同性恋者去提供精子，委托第三方女性提供卵子进行体外授精，再植入母体内孕育孩子，称之为"部分代孕"。无论何种代孕，在中国都是非法的。——编者注

"大家都往自己的座位上去了。"朱迪思回答道，故意无视拉娜的良好祝愿。也许她表现得很刻薄。但这个喜讯是不能分享给拉娜的。朱迪思假装没有注意到她前朋友脸上受伤的表情。"走吧，"她对儿子说道，"很高兴和你聊天，拉娜。"于是她走开了，不想和她再聊下去了。

"朱迪思，"拉娜平静地说，一把抓住她的胳膊，杰克和多米尼克则在前面继续走着，"你真的没有必要这么粗鲁。你以前可没这么贱。大概是因为更年期吧。"

朱迪思回瞪她。"得了吧，拉娜，"她说，"你喝醉了，又喝醉了。"

"是的，但是明天我就清醒了，而你仍然是个婊子！"拉娜说完，脚步略有些踉跄地走开，很快就在桌子那边找到了自己的座位。

朱迪思觉得自己的喉咙哽住了，她强忍住想哭的冲动。

48

所罗门

"于是我母亲说：'你好吗，托马斯先生？'托马斯先生说：'不太好，今天早上我给我的猫做了安乐死。'然后我母亲搂着他说：'恭喜！'托马斯先生不解地看着她：'我的猫死了，你为什么要祝贺？'我母亲说：'噢，我以为你说你拿到学位了！'"

客人们都笑了，索尔继续说道："并不是说我母亲痴迷于学历或其他什么……我是说，我完全支持养老金领取者的权利，但托马斯先生已经八十三岁了！"

他环视了一下房间，看到了一张张笑脸——他做得不错。每个人都玩得很开心，这个派对举办得相当不错。

"现在，我想说点比较严肃的事情，"他清了清嗓子，专注于手中手写的白色卡片，"你们都知道，五年前，为了庆祝我们的银婚纪念日，我们本应该举办一次这样的夏季派对，请柬什么的都发出去了。结果就在一周前，我勇敢的妻子决定参加女子铁人三项，为她心爱的慈善机构筹款。结果不仅摔断了胳膊，还摔断了腿。铁人三项真的让她损失了一只胳膊和一条腿……"这个糟糕的笑话惹得全场起哄。

"我知道，我知道，我只是趁机开了个玩笑。不管怎么说，"他接着说，"你们知道的，在那段时间里，卡特被禁锢在石膏里，几乎不能动，你可以想象这对她的打击有多大。她非常沮丧。在她卧床修养的第三周，正好是一位年轻女士的生日……"

他转过身来看着罗米，整个房间的人都把注意力集中在她身上，她的脸都羞红了。"爸爸！"她咯咯地笑着，很不好意思，躲在一个心形的淡紫色气球后面，气球上面写着卡特琳和所罗门这两个名字。每个人都跟着她笑出了声，都被她尴尬的反应逗笑了。

"罗米在她八岁生日那天走进我们的房间，把她所有的生日贺卡、蛋糕和气球都带来了，她把它们放在床上，说：'妈妈，如果你愿意的话，我可以把我的生日给你，因为这样你就会经常笑了！'她确实做到了，她确实让她的妈咪笑了起来，对不对，我的小南瓜？从那以后，我的妻子就几乎一直在笑。除了橄榄球比赛里英格兰队打败威尔士队的时候。"

屋子里充满了善意的嘘声，卡特琳再次抬头看着他，满脸笑容。

"还有……呃……不好意思！"他清了清嗓子，接着说，"所以啊，我们每天都会为这个淘气的小天使祈祷，向她表示感谢……"

"嘿！"罗米又笑了。

"……感谢她在十二年前出现在我们的生活中——是的，她现在十二岁了，伙计们！"他停顿了一会儿，继续说道，"最重要的是，是出现在我们生活中的这些人，造就了现在的我们，你们不觉得吗？"

听到这里，大家慢慢安静了下来，取而代之的是一种略带深沉的气氛，这句话引发了所有人的思考。

"父母、祖父母、教父母、孩子、侄女、侄子、叔叔、阿姨、堂表兄弟姐妹和朋友……"说到这里，他注意到朱迪思偷偷瞥了拉娜一眼，拉娜也看了她一眼，然后又移开了视线。

他接着说："……基本上，你们所有人都包括在内。没有你们，我们就不会站在这里。所以我真的很想跟大家说一声谢谢，谢谢你们成为我们婚姻中如此重要的一部分，谢谢你们在过去三十年里一直陪伴着我们……嗯，实际上是三十一年。"

他能听到自己的声音在颤抖，能感觉到自己的整个身体也开始不受控制地颤抖，就好像他已经担心了好几周的演讲终于要说完了。

"三十一年，卡特琳，从我们一起坐上那辆开往克里特岛峡谷的、尘土飞扬的大巴起，到现在已经三十一年了。"他意识到自己一直在很努力地握紧手上的提示卡，甚至左手手指已经开始抽筋了，他想偷偷地伸展放松一下那些手指头，但没有成功，情况变得更糟了。"看看现在的我们，"他继续说道，泪水让他的声音哽咽起来，"我美丽的妻子……我爱你，我还像初遇那天一样爱你，你……"

他停了下来，无法继续下去了。他知道他想说什么，但就是说不出来。他的嘴完全不听使唤。

他周围的人开始大笑、欢呼，用勺子敲打着玻璃杯，怂恿他尽快结束演讲。他低头看了看提示牌，看着它们像一片片大的方形花瓣一样慢慢地从他手上落在他面前的桌子上。他看到父母脸上的笑容慢慢发生了变化——他们是在恐惧吗？然后他看向卡特琳，她正摇着头，张嘴在说些什么，但他听不到，因为嗡鸣声，因为他耳朵里忽然出现的持续的嗡鸣声。还有罗米，她一直抱着她心爱的心形气球，她哭了起来，惊慌失措，以至于松开了气球的线。他看着气球慢慢地飘了起来，越来越高，越来越高，那颗巨大的淡紫色的心，自由了，它飞向了天空，飞到了大家都够不着的位置。

然后一切都变成了白色。

然后一切都化为虚无。

在所罗门·布莱斯庆祝与他唯一爱过的女人结婚三十周年的那个夜晚，他的心脏停止了跳动。

49

拉娜

休·凯利的苹果树傲然地矗立在草坪中央，枝杈伸展着，果实在仲夏的阳光下开始成熟。

拉娜在过去的一个星期哭得太厉害了，声音都嘶哑起来，她那填满填充物的脸颊也变得又红又干。天啊，她看起来一定糟透了。她又点燃了一支烟，深吸了一口。

她想起来了。她们在这个花园里度过的时光。

如果她仔细看，她几乎能看见年轻时自己的影子，她们在这里玩捉迷藏、唱歌、谈论男孩子。她的心因为悲伤而异常地沉重，甚至隐隐作痛。

他去世已经一周了。虽然他们都假装自己已经很成熟了，假装知道该做什么，但没有一个人真的做到了。他们都被失去的悲痛吞没了。

她取消了下一次的巡航，延长了在街角小旅馆的住宿时间。她的父母早在十年前就移民到了马略卡岛，离开了科伊德瑟尔林。她几乎再也没见过他们，这更让她没有了归属感。她现在多么渴望能有一些安全感啊。一个锚、一家店、一个家，什么都行。因为现在，比以往任何时候都让她更能感受到自己与这个世界的脱钩。

索尔已经死了。她亲爱的老朋友死了。

卡特琳难过得说不出话来，无意中更加孤立了拉娜。

她真的只是想要一个拥抱。

上个星期，她偶然在凯利家遇到朱迪思，她仍然礼貌地轻视她。老天！即使在这个时候。

但就这样吧。拉娜已经没有力气说服她改变了。不管怎样，这些似乎都不再重要了。

每天她都会去凯利家，卡特琳和罗米两个人无比悲痛，一直紧紧地依偎在一起，为索尔的葬礼做准备。葬礼，这两个字听起来都是如此残酷、可怕。

她慢慢地走进屋里，沉浸在悲伤之中，莉兹·凯利不断地给大家提供着茶饮和蛋糕。拉娜一点儿也不想吃。她不记得上次吃东西是什么时候了。她这几天都是靠黑咖啡、香烟和杜松子酒度日。人们漫无目的地在房间里走来走去，不断嘀咕些什么，进行着悲伤而毫无意义的交流。

她每天都来看卡特琳。一天至少两次。卡特琳和罗米躺在她的旧卧室里，眼泪都流干了，一个字也不说，仿佛被按下了静音和暂停键。

他们设法说服她每天洗漱，至少吃一片烤面包，到花园里去呼吸几口新鲜空气。实际上，只能说他们尽了全力让她保持活着的状态，就像一株凋零的植物，抬着她，带着她从索尔的死亡走向索尔的葬礼。他们还有其他一些实际的事情要做，比如把罗米带出房间换个环境，或者去药店给卡特琳买安眠药和其他的药。

那天下午，拉娜主动提出去商店采购。莉兹需要更多的面包和牛奶。为了保持房子里一切的运转，为了让她的女儿活下去，为了能让她喝上一杯又一杯的茶。葬礼之前，朱迪思那可爱的儿子和他可爱的丈夫也来了。当然还有加雷斯。她不想和他待在同一个房间里，造成任何无益的尴尬，于是她主动承担了买面包和牛奶的任务，以便可以离开这所房子。"我和你一起去。"杰克说。拉娜想，为什么不呢？

商店离这里只有五分钟的步行路程，但他们买完东西后，拉娜不打算马上就回去。说实话，她快疯了，她想暂时换一个新环境，去看一些新面孔。

"你想去皇冠酒吧喝上一杯吗？很快的。"她问杰克，"你不想去也可以，我只是——"

"好啊，走吧。"

最后他们两个一起去了酒吧。他真可爱。有时她发现自己会盯着他看，并没有真正听他认真地谈论卡特琳，以及她没有了索尔会怎么样。

杰克看起来更像加雷斯而不是朱迪思。同样的眼睛，同样形状的嘴唇。她的视线落在杰克的唇上，他一直在说话，单词、短语、观点不断从那里蹦出来，但是她却一个字都没有听进去。拉娜，你清醒一点，她想，意识到自己有可能会陷入毁灭性的怀旧之中，因为杰克会让她想起年轻时的加雷斯，曾经和她关系相当亲密的加雷斯。她不想这样。

"我们能谈点别的吗？"她突然脱口而出，"抱歉，只是我听够了关于死亡的话题。这有点自私，我知道。"

杰克笑了笑："当然，我完全理解……对了，昨天我去见了我们孩子的母亲。她状态很好。"

"啊，太好了。希望你们未来能有一个活泼健康的小宝宝！"

"我们当然也希望。"

然后他们又安静了下来，啜饮着面前杯子里的酒，陷入了各自的沉思，不想从中爬出来。

"你外婆最近怎么样？我们失去了联系。"一想到帕特里夏，她就会退缩，想起多年前那场灾难性的塞浦路斯之行。

"哦，你知道帕特外婆的。还是那么疯狂。你听说那个小白脸的事了吗？"

当杰克向拉娜讲述帕特里夏和艾德里安·奥利弗的故事时，她笑了，这是一个星期以来的第一次。

"真的是一团糟，"他接着说，"原来这家伙得到了一个叫史蒂文·迪恩的金融顾问的帮助，他们是在匿名戒酒会上认识的。"

"天哪。"拉娜完全被这个故事吸引住了。

"就是那个人率先提出了授权书的想法。而且他还设法说服了帕特里夏，让她把房子托管给信托机构，这样社会服务机构'就没法对这个房子做手脚了'，她会过得更好。而且令人非常惊讶的是，文件上的受托人是艾德里安本人和他一个叫蒂娜的朋友，而那个蒂娜外婆从来没见过。整件事都很可疑，令人难以置信。但他们目前还没有做什么违法的事，所以我们有点难办。还有，外婆精神健全，大脑完全清醒。她知道自己在做什么。"

"但我敢肯定，我们去参加乔治的葬礼时，帕特里夏提到过她立了遗嘱……乔治让她必须把房子留给朱迪思，不是吗？我的意思是，我知道那虽然已经是几年前的事了，但她肯定不能把房子托管给信托机构吧？"

"这就是我一直在跟我妈妈解释的。我外公确实要求外婆把房子留给我妈妈，但她完全有权利再次更改遗嘱。如果她真的这么做了，我妈就站不住脚了。"

"你外婆可真难搞，"拉娜说，"我的意思是，她现在都八十多岁了，可她还是那么让人讨厌。"

杰克笑了笑。"战斗离结束还早着呢。"

他们喝完酒就往回走。

"我真的很高兴，可以多了解你一些。"他们离开酒吧时，拉娜对杰克说。

"是啊，"他沉思了一会儿，然后说，"你和我妈妈，真的很可惜。我觉得她可以和你这样的人做朋友。这样会让她开心点，她有时候确实过于严肃了。"

"嗯，这也不是一件坏事。说实话，扮小丑并没有让我走得太远。"拉娜伤感地说道。然后她突然想到，如果就这么走回去的话，朱迪思和加雷斯还在凯利的房子里——拉娜意识到她刚刚恢复的那一点精力并不足以应付再次被忽视的伤害。

明天的葬礼需要她竭尽全力。

"杰克，亲爱的，我想我得早点睡了。"

"啊，不，你不回去了吗？"

她对他笑了笑，紧紧地拥抱了他一下。"是的，对不起。明天教堂见。你和你爸爸都需要去抬棺，对吗？"

"是的。"

他们都低下了头，伤心至极，同时也疲惫不堪，以至于无话可说了。

"晚安，拉娜阿姨。"杰克小声说。

拉娜笑了，强忍着眼泪，转身朝相反的方向离开了，她要回自己的住处了。

50

朱迪思

　　她想步行去教堂。一个原因是卡特琳已经有足够多的亲友在殡葬车里陪着她了。其次就是她真的很讨厌灵车。

　　"可是进行仪式的时候请你坐在我们旁边，好吗？"休·凯利在离开前小声说道，"你和拉娜。我们需要你们在上面。"

　　"好的，没问题。"她低声回答。

　　她拥抱了一下加雷斯和杰克，两人都穿着深色西装，打着黑色领带，很时髦。杰克穿着西装很自在，加雷斯则像一条离开水的鱼。"你会让他感到骄傲的。"她说着，勉强笑了笑，然后离开房子，向圣西奥多教堂走去。

　　她选择绕道而行，避开了教堂旁边的那条小巷。几十年前，她们三个会躲在那里，偷偷摸摸地喝上几杯苹果酒或者抽上几支香烟。今天她再也不能忍受任何的回忆了。她的心已经过于沉重，几乎要被失去和悲伤压垮了。

她缓缓走到贝西默广场与主街相连的拐角处，看见一些人身着黑衣正朝着教堂走去——有的孤身一人，有的成双成对，还有一些三五成群，这些人都因失去亲友而聚在一起。毫无疑问，仪式上一定会挤满人。朱迪思一想到即将到来的葬礼，心就像突然熄了火的引擎一样。

然后她看见了她。当然，这是不可避免的，也没有必要躲起来。

"拉娜。"

"嘿，朱迪。"她答道，朱迪思有些伤心地记起，这曾经是她们之间一个与披头士乐队有关的小笑话。但现在没人笑了。当然，在过去的一周里，她们偶尔会沟通一些实际问题和安排。但那几次交流都是不得已而为之，非常简短，非常礼貌。这是她们现在唯一知道的沟通方式。即便索尔的去世，也没有改变这一点。

两人相距数英尺远，彼此之间的不确定感慢慢消逝了，但在是否要拥抱的问题上，她们都犹豫了一下，最后决定还是算了。

"简直不敢相信会发生这样的事，这太荒谬了不是吗？"拉娜问道，她的声音颤抖着，在包里摸索着找出一小瓶急救宁，然后像喝威士忌一样大口地喝了下去。

掩饰着对此的不赞成，朱迪思说道："他们想让我们站到前面去。"

"什么？不会吧，我不知道我能不能应付得了……"拉娜惊慌地答道，"离棺木那么近……我不太擅长……"

"但今天的重点不是你，拉娜，你明白吗？"朱迪思厉声说，这是她本能的反应，"是卡特琳。"

尴尬就像一块遭到撞击的玻璃，裂纹逐渐蔓延开来。天啊，她真希望自己没有出现在这里。接着，拉娜突然扯下披在肩上的黑色丝绸披肩，迅速拍打着裙子的领口。"该死的潮热。"她嘟囔着骂道。

朱迪思强忍着想笑的冲动，一种对老朋友的异样喜爱突然涌上了她的心头。她从包里掏出一把西班牙风格的扇子，咕哝着说道："给你这个，借你的。"

"谢啦。"拉娜说着，像跳弗拉门戈舞那样将扇子甩开，对着自己扇出微风，慢慢地，她凉快下来了。过了一会儿，潮热消退了。

"我们现在进去吗？"朱迪思试探地问。

"走吧，"拉娜凝视着朱迪思，"我们可以做到的，对吗？"

51

卡特琳

　　她注意到很多不相关的细节。比如说奥利里神父长袍上有些磨破的褶边；还有祷告者的那些外来词——哦，上帝的羔羊，除去这世间的罪，赐予我们你的平安……为什么他们称耶稣为羔羊？她很好奇。他是威尔士的羔羊吗？或者是春天的羔羊？被剁碎的羔羊？

　　羔羊。

　　羔。羊。

　　为什么"羔羊"要有个"羔"字呢？

　　不知为什么，她觉得这很有趣。她先是扬了扬嘴角，然后"扑哧"一声，咯咯地笑了起来，再然后是放声大笑，甚至笑出了泪水，人们都在盯着她看，有人在说些什么。是所罗门的哥哥吗？他面向他们所有人，读着纸片上的字……每个人都还在盯着她，因为她还在笑，这是一个非常不恰当的举动。她就是一个不负责任的成年人，在不合适的时候做着不合适的事情。她感觉到拉娜的胳膊环住了她，朱迪思紧握着她的手，告诉她她想说什么就说什么，想笑就笑，想要做什么就做什么，她们会护她周全。"亲爱的，你做的任何事情都是对的。"拉娜对她说。朱迪思也低声说道："如果你愿意的话，你可以站起来，对着奥利里神父秀出你的胸部。"这句话让她笑得更开心了，直到笑声转为眼泪，眼泪又转为尖叫，她们一直紧紧地抱着她。

她在这个世界上最好的两个朋友。

人们把他埋在地下，她们仍旧紧紧地抱着她。

她想起了"白漂亮"，她在医学院学解剖时被分到的那具尸体。在他的墓地旁，她小声说："你现在是一具尸体了，所罗门。"奥利里神父在一旁念念有词，语速飞快地说了一些什么尘归尘、土归土、上帝有很多房间之类的。所罗门的母亲哭泣着，把玫瑰撒向棺材，然后每个人都看着她，催促着她，让她做同样的事情，让她把玫瑰扔到地上。但她不能这样做，因为她拿着的玫瑰非常漂亮，所以她把它握在手里。

她要把它带回家送给索尔。

不，她不能这么做。

因为索尔已经不在那里了。

她们仍然紧紧地抱着她。

她在这个世界上最好的两个朋友。

52

朱迪思

终于回家了，她从来没有像这样如释重负过。她已经离开三个星期了，疲惫是显而易见的。同事们都非常包容，但她知道自己的离开给他们带来了很大的压力，让他们非常忙碌。实际上，第二天就能回去上班也让她很高兴，虽然会无聊，但回归正常的生活秩序总归是好的。除此之外，她还发现离开加雷斯这么长时间，真的很不容易。虽然他也参加了葬礼，还有葬礼前的周末他们也在一起，但其余时间他都待在家里，她很想他，想他的恬淡寡欲，想他温和的性格和脚踏实地的精神。

她躺在散发着天竺葵精油香味的浴缸里，还点燃了一支祖·玛珑香烛，放在窗沿上。她抬头望着天花板，叹了口气，温暖的水不但温暖了她，还抚慰着她隐隐作痛的骨头。

不仅是丧友之痛伤害到了她，不仅是失去了他们亲爱的所罗门——虽然这件事本身就足够让她虚弱的了，也不仅仅是看到她最好的朋友悲痛欲绝而感受到的令人筋疲力尽的痛苦。不，还有一个问题一直萦绕在她的脑海里。

拉娜。

葬礼结束后，他们回到了凯利家，朱迪思想去呼吸一些新鲜空气，想逃离威士忌、眼泪和哀思带来的令人窒息的气氛。拉娜显然也有同样的想法，而且朱迪思看到她独自一人，手里拿着一杯酒，坐在花园前的长凳上抽烟。拉娜没有看到她，所以朱迪思决定悄悄溜回屋里，不让人发现。但是转过头，发现站在门口看着她的是杰克。

"别像个胆小鬼一样，妈妈，"他小声说，递给她一只空杯子和半瓶马尔贝克红酒，"看在上帝的情分儿上，去说点什么吧。"

她觉得自己像个不情愿服从指示的任性女学生。

"你什么时候回卡迪夫？"她问。拉娜从沉思中惊醒，一个激灵，显然被吓了一跳。

"哦，天哪，是你，朱迪思……唔……应该是明天吧。也许会是周四。"

"哦。"

沉默。

朱迪思没有等着被邀请，就坐在了拉娜旁边的长凳上，给自己倒了些酒，然后给拉娜倒了一杯——这是一个小小的、试探的姿态。

"谢谢。"拉娜说。

"我本想说咱们干一杯，但现下也许不太合适。"

拉娜耸了耸肩，直视着前方，过了一会儿她忽然开口："你知道吗？我对你一无所知，卡特琳什么也没告诉我。"

"我也是一样。"朱迪思浅笑了一下。

接着又是一阵尴尬的沉默。

"天啊，这就像在 Tinder 上约会一样！"拉娜一口气喝干了杯子里的酒。

"我不太了解 Tinder。"朱迪思回答道，马上意识到自己的话听起来硬邦邦的。她知道自己一紧张就会这样，不怪拉娜总是防御性对她进行反击。

"不，你并不需要 Tinder，因为你和我的前男友已经幸福地在一起生活了三十年。"

"我真不该过来。"朱迪思说着站起身就要走，但拉娜温柔地伸出手阻止了她。

"我很抱歉，我刚才的话太幼稚了。"

朱迪思叹了口气，又坐了下来。"好吧，咱们和好吧，重新开始，好吗？"

但是，最奇怪、最意想不到的事情发生了。

"其实，朱迪，还是算了吧。"

朱迪思有些蒙，她是没有听清吗？

"亲爱的，事情是这样的，"拉娜继续说，"曾经有一段时间，总是我向你伸出手臂，总是我向你伸出橄榄枝，一直是我主动。天知道这么多年来我真的、真的一直在努力。我不断地向你道歉、解释、赔罪，而你每次都毫不留情地拒绝我……"

"我知道，"朱迪思轻声说道，她对她们一贯的互动方式突然发生的变化感到惊讶，"我很抱歉。"

"怎么说呢，但我对此很感激，真的，"拉娜说，"我认为是时候该接受自己的失败了，你说呢？我们年纪都大了。而且说实话，我们一点共同点都没有。"朱迪思点了点头，她现在唯一的感受就只是震惊。

"咱们就到此告一段落吧，一切都落幕了，这没什么好遗憾的，对吧？"她站起身来，拍了拍朱迪思的胳膊，就回屋去了。

朱迪思后来在花园里待了足足半个小时，试图消化刚才发生的事情。但是，尽管她非常想一笑置之，大脑却不受控制，不断地回想起拉娜拒绝了她的事实。她感觉自己受到了伤害，觉得自己很愚蠢，但最糟糕的是，她知道这是她应得的。

她向前探了探身子，放掉浴缸里的水，然后从里面爬了出来。她感到浑身沉重——她需要早点睡一觉。尽管她在威尔士的这段时间有很多事情都被搁置了，但那些越来越多的待办事项还是要等一等了。她给自己沏了一杯甘菊茶，向加雷斯道了晚安，就去睡觉了。

到了下周四，她终于感觉到自己的精力开始恢复了，感觉自己又像以前一样了。但在她下班回家的路上，她接到了杰克的电话。

"妈妈，外婆那边有新情况。"

索尔死后，帕特里夏和艾德里安的事情就被搁置了。朱迪思大脑的空间有限，已经被卡特琳和她的未来，以及她自己失去朋友的痛苦填满了。

"好消息还是坏消息？"

"我不太确定。"

杰克接着说，他一直在调查史蒂文·迪恩，就是艾德里安·奥利弗那个金融顾问"朋友"的背景。就是这个人将帕特里夏的房子托管给了信托机构，也是他申请办理的授权书。

"我查了公司注册处，发现他多年来担任过好几任管理职务，管理的公司声称提供各种金融服务……"

"然后呢？"朱迪思说。

"其中三家公司已经解散了。"他补充说。

"听起来没有问题，他没有违法。"

"他还破产了两次。"

"也没有违法。"

"是没有，但后来我在网上找到了一份金融服务管理局的报告。"

"金融服务……？"

"……管理局，是的。原来这个史蒂文·迪恩——坐过牢！"

"什么？"

"是的！因为欺诈罪被判了六个月。而且不是那种老式欺诈——他实际上是骗走了几位受益人的遗产！"

"妈的！噢，对不起。"

"我喜欢你骂街的样子，妈妈。这里面真的有大问题。"

"我们该怎么办？"

"唔，外婆肯定不能无视这一点，不是吗？老实说，她终究还是个精明的老太婆，她不会想把钱白白浪费掉的。你明天能过去一趟吗？咱们越早让她知道越好。我明天一整天都有会议，但明天中午，你和她在一起的时候可以和我视频聊天。与此同时，我会给处理授权书的律师们寄封信。他们就在普雷斯顿。"

"看来不是本地公司。"朱迪思说。

"我在谷歌上搜索了一下，他们的办公室看起来有点像尼森式活动房屋，只是没那么漂亮。他们跟这个叫史蒂文·迪恩的家伙一定是狼狈为奸，串通好的。"

"你是说他们也有问题？"

"看起来是的。"

"我一直以为律师都是老实人。"

"你太天真了，母亲。"

"我生了个小怪物，"她笑着说，"那么你要跟他们说什么呢？"

"我就告诉他们我们所知道的史蒂文·迪安的历史，并对他们把公司设在两百英里以外的地方表示关切，问问他们是怎么为他们的委托人——比如说外婆——的精神状态做担保的。这在法律上没有任何意义，但可能会把他们吓跑。他们似乎连电子邮件地址都没有，这也给咱们敲响了警钟，但我会用公司的抬头纸给他们发传真的。"

于是，二十四小时后，她就坐在帕特里夏的小客厅里了，正试图说服她的母亲，艾德里安·奥利弗不是个好东西，杰克则在朱迪思智能手机屏幕的安全保护下充当两人之间的"和平守护者"。

"我们没骗你。"她说，发现自己出乎意料地为母亲感到难过，今天这位老人看上去与她的年龄相仿了，"杰克有证据。他的一个朋友，那个叫史蒂文·迪恩的，他是个罪犯，妈妈。还有艾德里安……还有很多事情我都没说。比如他拿着你的银行卡，他有你的银行对账单。埃德温娜说他去年把你送进养老院三次，然后就去度假了。这些我都不知道。"

"这难道还不能说明问题吗？"帕特里夏转过身来，看着自己的女儿说，"你莫名其妙来到这里，喊着一些不知所谓的话，攻击可怜的艾德里安，他除了照顾我，什么都没做……他当然需要假期！"

"你给他买了辆车！别告诉我他把你的退休金拿去花了，那是爸爸送给你的礼物！"紧接着，她又想到一个更可怕的可能性，"天哪，他让你把房子再次抵押了吗？"

"妈妈？外婆？"杰克的声音和他在手机里的人像一样小，完全被母女俩的争吵声淹没了。

"是的，我确实给他买了辆车！这样他就能开车送我去各个地方，去拍照，逛商店，一日游——你又为我做过什么？"

"我们能不能都冷静下来？"坐在伦敦办公室里的杰克劝说道。

"我已经够容忍你了，妈妈。这就是我为你做的。我各种满足你、纵容你。我的母亲是全校最糟糕的，我为此感到羞耻，却还是像个该死的殉道士一样忍受着。你给我的不是童年，你给的是工作——

我就是一个他妈的侍女，一个保姆，一个道具。然后你还赶走了我唯一一个像样的亲戚……"

"哼，对，把那块希腊老腊肉也放进去。他甚至不是你的生父……"

朱迪思喘着粗气，不敢相信母亲是如此残酷无情。"你真可怜，你知道吗？你就是个可怜的小老太太！把本来会关心你的人全都赶走了，取而代之的是一个寄生怪胎！假装是你的儿子！然后榨干你所有的钱！你知道吗，妈妈？祝你好运。你们完全配得上彼此。他想让我离开你的生活，你也想让我离开你的生活，现在你们俩都会如愿的。"

说完，她怒气冲冲地走出了房子。在她离开的时候，她听到帕特里夏正在用快速拨号呼叫艾德里安。"艾迪，你快来，这太可怕了！"

朱迪思站在外面，靠在墙上，喘着粗气，平复着情绪。她忘了杰克还在电话那头，而他目睹了整个摊牌过程。

"很好，进展得很顺利。"他说，朱迪思立刻哭了起来。

53

卡特琳

人们警告她不要这样做。太早了，他们说，你会后悔的，你还不需要做任何决定。有趣的是，她想，有些人看起来像是悲伤方面的专家；有些人知道悲伤的时间表，知道丧亲之痛的时间表、曲线变化；有些人还表现得好像他们最了解这一切。

但事实是，他们一无所知。

从她躺在他们床上，他却不在的第一个晚上起，她就知道她得搬家了。实际上，她从来没有在他们的床上单独睡过。因为从第一天晚上起，罗米就和她一起睡在那里，像一只吓坏了的小鹿一样紧紧地抱着她的妈妈。自那以后的每一天都是这样，即使当她们住在她父母家的时候。在那些服用了镇静剂以后极度平静、情绪麻木的夜晚，卡特琳只能勉强意识到女儿的存在。只能勉强意识到，躺在她身边的那一团不断抽泣的、温暖的爱，正渴望得到她的保证、帮助和安慰。但卡特琳除了躺在她身边，什么安慰也提供不了。事实上，她几乎说不出话来。而且如果呼吸是可以选择的，她甚至都不想费这个心。

它在她周围蔓延。

生活。

连续几周她都感觉自己的头像是被淹没在水中，她能听到房间里的人说话，讨论该怎么办才好，但他们的声音是如此模糊、不连贯，甚至沉闷。而且，每个人似乎都对她露出试探性的微笑，好像在征求她的同意。

这段时间由于备受打击，她一直在服用安定。这是她唯一能生存下来的方法，活下去——在大量合法药物的帮助下——尽管她不太确定她活着是为了什么……除了那只抽泣的小鹿。

除了她的孩子。

是的。

除了罗米。

围绕在她周围的雾终于慢慢地、慢慢地开始消散了。但从各个方面来说，她都希望自己没有清醒过来。因为当一切都开始明朗的时候，她浑身都疼。她的胳膊，她的腿，她的胸部，她的头……一切都悸动着，刺痛着，就像在火炉前烤暖冻伤的手指，就像从冬雪中钻出来的濒临枯死的古老树木，喘着粗气，无比渴望从暗淡的阳光中汲取一丝生机。

哈。太阳。索尔，再也没有索尔了，再也没有太阳了。

所以她的世界将永远、持续、不可挽回地变成灰色。是的，她知道这一点，但这没什么。只要她不再感到刺痛，不再感到那无法愈合的伤口，不再感受伤害、灼烧、几乎要毁灭的灵魂。是的，只要她感受不到，一切就很美好！笑一笑，笑一笑，笑一笑！

和她的小女儿一起睡在她以前的卧室里感觉很奇怪，但不知为什么，这又是如此自然。她会告诉女儿自己十几岁的时候，是如何在那里和拉娜阿姨、朱迪思阿姨待上几个小时，分享秘密，放声大笑，窃窃私语，甚至争吵。这给了她巨大的安慰。她时不时地会去看医生——他们诊所的临时医生（她现在必须得和索尔聊聊，得找个医生能够永久地替代他——哦，不，她不能那样做，因为索尔已经不在了）——是的，临时医生，她很可爱。她的名字叫爱丽丝，声音柔和，心地善良，也是从卡迪夫毕业，但比卡特琳小几岁。爱丽丝给她开了一些抗抑郁药，并且推荐她加入了一个小组，里面的人每周都会聚一次。她会坐在一个橙色塑料椅子上，房间里全都是和她一样难过的人，他们会在一起哭，会讨论他们知道的那些死去的人。直到有一天，她犯了一个错误，她说死人都只是尸体而已。其他人很不喜欢她这种说法，就建议她不要再来了。

拉娜觉得这很滑稽。"你被一个为丧亲之人服务的自助小组踢出来了！我的天，你在各种小组里一直都是个老好人！竖笛小组、跟登特太太一起的那个吉他小组、篮网球小组、象棋小组——你总是那个好女孩！卡特琳，你从来没被赶出来过！"

卡特琳对拉娜微笑，尽管她并不知道她到底在说什么。就好像拉娜在说法语或者其他什么语言。

那么，事情是什么时候开始改变的呢？她不知道是不是有过什么决定性的时刻，让她的悲伤就像某个游牧首领一样，忽然决定进入下一个阶段，去找寻一块不那么痛苦的土地继续生存下去。伊丽莎白·库伯勒·罗斯——悲伤的五个阶段理论。她说的是对的。她从大学时代就学过这个了。但在她的一生中，她想不起都是哪些阶段了……也许其中一个是愤怒？可是她没有感受到愤怒啊。她怎么会对可怜的索尔生气呢？他现在已经是一具尸体了，她又这么想了，想象他躺在地下，如果不像可怜的"白漂亮"那样使用福尔马林，他的身体两个月后就会彻底腐烂。不，银色相框里的那张纸会让他不朽。

拉娜住在离这里只有半小时路程的卡迪夫，她告诉卡特琳她每周都会过来帮忙搬家。一开始会先给她看各种房子的图片，都是要带她和罗米去看的房子的照片，然后告诉她们说，宝贝儿，我们先租个地方，好吗？之后如果你觉得不错，再考虑购买……再然后她们就会坐上拉娜的车，有时她父母也会一起，到处去看各种各样有可能会住的房子——别墅、公寓、新房子和旧房子——她一直保持着微笑，如果房主是女性，拉娜就会和对方沟通；如果是男性，休就会上阵。罗米会跑进所有的房间，把这当作一次大冒险。整个过程卡特琳就只保持微笑，直到最后她觉得其中一个地方要比其他房子都要好，她说就是这套了，罗米也点头同意。拉娜提醒她租期只有六个月的时间，之后她们可以重新考虑要不要购买什么的。

当她们终于准备搬家的时候，拉娜和她爸妈对她表现出过分的关怀，都围在她身边各种忙碌，开箱，重新摆设，让整个房子焕然一新——她则站在那里，一动不动，任由他们替她打造这个新的巢穴，这个新的开始，这个索尔从未在里面呼吸过的家。

她要求在房间里放一张崭新的单人床。床上不会有她已故丈夫的记忆，柔软的织物和填充羽毛的被子，只是睡觉而已，差不多就可以了，不过就是功能用品罢了。晚上她们终于搬了进来，她坐在崭新的、没有沾染索尔气息的小沙发上，看着她的母亲打开一个箱子，里面都是照片、装饰品和小摆件，被包裹得严严实实的，搬家工人很细心。接下来就需要给这些东西，在这个没有灵魂的、被打扫得干干净净的房子里，找到合适的地方进行摆放。

也许是莉兹从盒子里拿出来的第八或者第九件物品让她的身体忽然打了一个激灵，她猛地一震，突然清醒了。她看到母亲小心翼翼地揭开外面那层用作保护的报纸，一件用金纸包着的小礼物就露了出来，旁边的标签上写着"周年快乐，我亲爱的丈夫"。

莉兹盯着它，低声说："哦，天啊，卡特琳！"

拉娜坐在厨房水槽的滴水板上，手里夹着烟朝着窗外，在室内抽烟主要是因为外面太冷了。她忙问道："什么？是什么？"莉兹犹豫了。

"亲爱的，你想让我把它扔了吗？"她低声问。

"不。"卡特琳说着伸手去拿那件还没打开的礼物。

她看了一会儿，深吸了一口气，然后打开包裹。

装在崭新银色相框里的是一张三十年前手写的纸条，所罗门在上面写了他的电话号码和一句话……和卡特琳钱包里藏着的纸条是一样的。就是那个在雅典的某个地方被人从她的背包里偷走的那个钱包，那个伤透了她十八岁的心的钱包。

"我跟你们说过吗？"她问，声音嘶哑而虚弱，"我们回来一年后，我的钱包就找回来了。我应该告诉过你吧？"

"是的，我记得。"莉兹轻声说。

"里面没有钱，只有我的借书证，还有这个……"她举起那个厚实的银色相框，"我把它放在了一个盒子里，放了好多年。我把它给忘了，真的。然后……我忽然又发现了它。就想着为了我们的结婚纪念日，我把它裱起来了……作为礼物……"

"给爸爸的吗？"罗米问道，她的眼睛因悲伤而睁得大大的。

"上面说的什么？"拉娜轻声问。

卡特琳停了一下，积蓄了一点力气，才断断续续地说了出来："所罗门·布莱斯，091 066 5879……然后……"她停了下来，眨了眨眼睛，因为不知不觉泪水已经模糊了她的双眼。

拉娜从水槽上跳了下来，站在她朋友身后，握住卡特琳颤抖的手，大声念出了相框里的字。

今天当我们建造卵石金字塔时，我的愿望就是能再次

见到你。我相信这必将实现。

大家都没有动。

卡特琳盯着相框里的那张纸。

罗米盯着卡特琳。

莉兹盯着罗米。

拉娜盯着她们三个人。直到卡特琳打破了眼下被新的痛苦压得喘不过气来的沉默。

"还会发生吗？"她问她们，"我还能再见到他吗？"

然后它来了。她一直在等待的释放，她一直无法宣泄的泪水。

"索尔……"她哭泣着，把那个小小的相框紧紧地搂在胸前，"我那么美好、那么美好的索尔……"

54

朱迪思

他们在去科伊德瑟尔林的路上，准备去卡特琳的新家拜访她。朱迪思有点小嫉妒，因为这房子是拉娜帮她选的。但她明白一点，小小的嫉妒和怨恨不是什么好事，她不想变成她母亲那样。她已经一个多月没跟她母亲说过话了。

当他们抵达科伊德瑟尔林的时候，杰克打来电话说，普雷斯顿的律师终于联系他了，由于不可预见的情况，他们将不再跟进艾德里安·奥利弗的授权书要求，也不再处理帕特里夏将房子进行托管的申请。

"太好了，杰克！"朱迪思说，她把电话开了免提。

"是的，做得好，小家伙！"加雷斯坐在方向盘后面问，"是不是你那唬人的抬头和强硬的措辞起的作用？"

"似乎是这样。估计他们就没打什么好主意，否则不会这么轻易投降。而且，就算他们没想做坏事，应该也不想惹祸上身。"

"唉，"朱迪思说，"希望我妈妈可以明白，别再做这种事情了。"

加雷斯建议，鉴于他们有了新的进展，最好还是和帕特里夏讲和，尤其再过三周就是圣诞节了。"我们对人要友善。"他说。

"别提这茬儿，加雷斯·梅特卡夫。那是我的痛点。"

他笑了。他知道她同意了他的看法。"我们可以带她出去吃午餐，然后你就完成了部分的节日活动，"他说，"我觉得这样挺好，不过你得给她打电话，提前安排一下。"加雷斯认为这是恰到好处的退让。

那天晚上，在卡特琳的新家，他们都很高兴地看到她的眼睛里又开始有了一丝生机。罗米为他们做了晚餐——她在学校学的素食肉酱面——他们都尽量表现得热情而愉快，尽量避开那个话题。

他们唯一一次差点提到索尔，是罗米告诉他们邮轮的事。"拉娜阿姨要带我们去过圣诞节！"她宣布，"在一个迷你邮轮上。"

卡特琳看上去有些胆怯。"哦，不，亲爱的，我们还没决定呢。"

"这是在说什么？"朱迪思问道，竭力装出一副若无其事的样子。

"呃，我还不确定，拉娜觉得我们暂时离开这里会好一些，她圣诞节期间正好在特纳利夫岛的迷你邮轮上工作，她能给我们弄到一间免费的船舱。"

"嗯，只是个提议而已。但你确定这会是个好主意吗？"朱迪思说。

"这个肉酱面太好吃了，小罗。"加雷斯打断了一场关于最好的朋友之间竞争的谈话。

第二天早上，在去看望帕特里夏的路上，朱迪思又提起了这个话题。"我说真的，加尔，那个女人太不负责任了。"

"嗯，你说过了。"

"卡特琳现在最不需要的就是远离这里。她需要熟悉的环境给她足够的安全感、熟悉感。"

"是的，这个你也说过了。"

"听着，我知道我现在在烦你，但我想我们中间应该有一个人站出来严厉地批评一下。"

"我相信你会的，"加雷斯边说边把车停在帕特里夏的家门口，"但现在，让我们把注意力集中在你母亲身上，好吗？我们先来扑灭这团火。"

朱迪思点点头。加雷斯，他总是能这么镇定自若。

"记住，"他转向朱迪思说，"如果你觉得她让你生气了，就深呼吸，提醒自己再过几个小时我们就可以离开这里了。"

"嗯，我知道。"

她把钥匙保险盒的挡板打开，输入数字密码，但没有奏效。她以为自己输错了，又试了一次。但还是没有用。

"根本没用。"她说，正要第三次尝试时，门开了，艾德里安·奥利弗出现了。

"密码换了。"他郑重其事地说。

"呃？"加雷斯疑惑道。

"你们最好先进来。"

朱迪思小心翼翼地走了进去，加雷斯跟在后面。帕特里夏穿着华丽的衣服坐在那里，双手交叉放在膝盖上。艾德里安占据了她旁边的位置，就像保镖一样。

有几秒钟没有人说话，然后加雷斯打破了沉默。"你还好吗，帕特？"他故作愉快地说。

帕特里夏深吸了一口气，然后开始了显然是事先排练好的演讲。"你知道你给我惹了多大的麻烦吗？"

"什么？"朱迪思不解地问。

"别装无辜了，我的姑娘。你插手我律师的事，让我损失了一大笔钱！你为什么就不能放手不管呢？"

"因为，母亲，"朱迪思说道，尽量保持冷静，"我已经告诉过你了，史蒂文·迪恩有欺诈前科。艾德里安没有告诉你这件事！而这正是我们认为你不应该给他授权的原因之一，我们也不认为你应该把房子托管给别人。我们在保护你！"

"一派胡言，"帕特里夏回答说，"你就是不想让我幸福。在你眼里，我总是屈居第二。乔治也是这样。你们总是把对方放在我前面，从来没有把我放在第一位过，而他甚至都跟你没有任何血缘关系。"

"哦，帕特，我们还是不要提这个，好吗？"加雷斯说。

"你闭嘴！"帕特里夏厉声说道。

朱迪思注意到艾德里安脸上一闪而过的微笑。

"看来你是不想和我们一起共进午餐了。"加雷斯反驳道。

帕特里夏没理他，趾高气扬地继续说道："你以为你能挡住我的路，是吗？然后就可以命令我，我能做什么，不能做什么，对吗？"

"不，当然不是。"

"别骗我，你这个卑鄙小人。"

"我们走吧，朱迪。"加雷斯说，他不想让他的妻子被他恶毒的岳母欺负。眼下不是一个可以和解的局面。

当他们走到门口时，艾德里安忽然说："哦，还有一件事我们想告诉你。"他看了一眼帕特里夏，她接收到了他的暗示。

"是的，"她说，带着朱迪思很多年都没见过的恶意微笑，"我想给你看这个。"说着，她松开双手，得意扬扬地把左手朝女儿伸过去，展示着她无名指上戴着的那枚廉价的单粒钻戒，那戒指太紧了，都嵌进了肉里。

"老天！"加雷斯小声说道。

"帕特里夏和我要结婚了。"艾德里安说着，挑衅地伸了伸下巴。

"明年五月！"帕特里夏补充道，"不管你喜欢与否。"

第六部

回暖

55

加雷斯

今天，他带来了一个优雅的节日花环，由冬青、槲寄生、常春藤和冷杉编织而成。再过两天就是圣诞节了，那株木兰迎着冬日霜色的阳光瑟瑟发抖，未成形的嫩芽从沉默的枝干里探出了头，反射着光，一闪一闪的。

加雷斯扫去几片落叶和掉落的小树枝，把花环放在小小的墓碑上，然后拿出他的小威士忌瓶，喝了一大口，身体稍微暖和了些。离他站的地方几排远的地方，安放着所罗门的墓碑，即使从这么远的地方，他也可以看到那里仍然摆放着很多献花。现在已经过去六个月了，加雷斯对索尔的思念远超他的想象。

当他到达墓园的时候，他看到一个女人在阅读索尔的墓碑，戴着大大的太阳镜，但穿着很是暖和，足以抵御这刺骨的寒风。他们并没有相互打招呼，而且公平来讲，他们的距离实在太远了，不可能进行任何眼神交流，这让他很高兴。这么多年以来，他已经意识到一件事情，那就是在同一片墓园区，哀悼者们都秉持着一种奇怪的尊敬；如果他真的和其他人在这里相遇，通常都只是点点头，这是大家的一种默契，是对对方悲伤的理解和尊重。墓园里很少有人交谈。不知怎么地，就是会感觉很庸俗。

加雷斯又喝了一大口威士忌，很高兴这酒可以给他带来温暖和鼓舞。

"所以你外婆又在耍她的老把戏了，乔治娅。"他从未告诉过朱迪思他给他们的小女儿起的秘密名字——乔治娅，因为给一个才活了一天的孩子起了个父亲的绰号，感觉像是在行骗一样。"我刚把你妈妈送到了卡特琳阿姨家，她准备把发生的这一切都告诉你阿姨。律师、社会工作者、医生和各种各样的人都参与了进来，说实话，这真的很烦人。而且现在她居然要订婚了！和一个三十六岁的男人！不得不说那个女人是真的难搞。当然我说的是你的外婆，不是你的母亲，"他忽然笑了出来，"我觉得卡特应该会很喜欢听所有的细节，这样她就有别的事情可以关注了。她比之前好多了。时间真的可以治愈一切。"

他停了好一会儿，然后继续说道："嘿，不知道有没有见过你的所罗门叔叔？哈哈！看来，我注定要成为一个无神论者！"他笑了，想象着乔治娅这个可爱的小精灵在他周围又跳又笑，"你哥哥的孩子现在随时都有可能出生。他们给她起名叫艾薇，是因为，你懂的，现在是圣诞节。① 她应该是你的侄女。很奇怪，是不是？乔

---

① 艾薇的英文 ivy 字面意思是"常春藤"，与冬青树、槲寄生一起，均为圣诞节的传统装饰物。

治娅姑姑？"他又停下来，深吸了一口气。

其实他来看乔治娅的时候很少哭，尤其是近年来，但往往让他破功的是人生当中一个又一个的里程碑：他会意识到这是乔治娅错过的又一件人生大事或重要成就。

"我爱你，"他低声说，"无论你能不能听见。"他吻了吻自己冰冷的手指，然后触碰了一下刻在墓碑上的女儿的名字。"亲爱的，圣诞快乐。"他知道这很愚蠢，他只是在亲吻一块石头而已，但这总能宽慰的他。

"加雷斯？"一个声音打断了他的沉思，"是你吗？"

他转过身来，看到了他之前在所罗门墓碑旁注意到的那个女人。她摘掉了太阳镜。

他叹了口气。

"拉娜。"

*

加雷斯三十年来对拉娜的怨恨已经成为他生活中的一部分。这种怨恨不再像以前那样灼热，他也已经习惯了它的存在——他几乎每天都在想着如何指责她。

但索尔死后，加雷斯越来越不能假装拉娜不存在，也越来越难证明他永远不原谅她到底是对还是错。

没有人意识到——他甚至自己都不想承认——他想继续去指责拉娜。

因为这会向他证明乔治娅死亡的真正原因。

因为如果她的死不是因为拉娜在卡特琳婚礼上的那一推，如果这真的只是一场无法解释的、不幸的意外，那么他觉得自己根本无法忍受，他觉得这整个想法都令人窒息。这只是原因之一，一名医生告诉他，他当时真的想痛打他一顿。不，他女儿的死就是因为朱迪思那个恶势力朋友在她怀孕时把她推倒了。

他把这个信念变成了事实，一个让人隐隐感到安心的事实。乔治娅的死是有原因的。如果他原谅了拉娜，那么这个理由就会瓦解。

当然，这也有帮助，因为他通常一年只见她一次，而且是在一群派对客人中间，隔着一段距离。长久的缺席会让这种指责变得更强烈，也让他的信念变得更强，让这一切变得更容易控制。但可以肯定的是，自从索尔的葬礼后，拉娜·劳埃德——或者不管她最近姓什么——又开始悄悄地出现在他的脑海里。很轻易地，她就可以让人感到她那不受欢迎的存在。

而现在她却穿着昂贵的冬衣站在他面前。这感觉真奇怪，他完全没有被吓到，好像他一直期待见到她似的。

"我来接卡特琳和罗米，"她说，仿佛她们之间这种闲聊很正常，"去朴茨茅斯，你应该听说了。我会带她们去乘坐邮轮。"

他点了点头，打量了一下她。一缕浓密的头发从她那顶俄罗斯式的人造毛皮帽子的帽檐下露了出来。她涂了一层厚厚的粉底，然后用散粉定了妆，在唇边的法令纹和眼角的鱼尾纹都留下了痕迹。他记忆中的淡褐色眼睛现在没那么有活力了，但是深棕色的眼影和厚厚的睫毛膏还是增添了一些正面效果，让这双眼看起来与以前相差无几。她的嘴唇比年轻时要更薄一些，涂着红色的口红——确实是"涂"上去的——泛着深红色的光泽，他注意到她的门牙上还沾上了一点。他不觉得她有魅力，但也不觉得她令人厌恶。如果说有什么不同的话，那就是他对她的温柔感到很惊讶。尽管妆容精致、衣着华丽，她的举止看起来却很普通，甚至有些怯弱。

"喝杯咖啡？"她说。

56

拉娜

在拜访莉兹和休·凯利、向他们保证卡特琳和罗米一起乘圣诞邮轮出游确实是个好主意之前，她先去看望了索尔。然后发现了他，就站在那里，站在他心爱的宝贝女儿最后的安息地旁边，上面立着一块她不忍细看的墓碑。她在他身后站了一会儿，只是看着他，不知道是否该让他意识到她的存在，还是说最好悄悄地溜走而不被他发现。

加雷斯·梅特卡夫。

尽管多年来她一直远远地见过他，在六月的葬礼上也相遇过，但这是她第一次真正这么仔细地看着他。他曾经宽阔的肩膀随着年龄的增长变得有些佝偻了，但当他穿着摩托车夹克站在那里时，仍然显得很挺拔。在这样一个私密的地方，这样一个私密的时刻出现在那里，让她觉得很不自在，所以她叫出了他的名字，想结束那种类似偷窥的行为。当他转过身来的时候，她马上就有种想哭的冲动，但还是忍住了，像什么都没有发生似的随意唠叨了两句，一如她每次紧张的时候。

二十分钟后，他们坐在科伊德瑟尔林大街上的米尔扎咖啡厅里喝上了咖啡，周围都是在进行圣诞节大采购的人，一直在嗡嗡地说话，咖啡机转动的咝咝声和蒸汽声掺在其中，还伴随着乔瓦尼和他顾客之间亲切的喊叫声。他们坐在靠窗的座位上。"真是太神奇了，这家店居然还开着！"拉娜一边说，一边搅拌着刚放进咖啡里的三个糖块。

"而且还在用同样的杯子和碟子。"加雷斯说。

他们有些尴尬地随口闲聊着，视线都望着窗外的大街，尝试分散自己的注意力，都拖着不想去聊那个他们最终必须谈到的话题。

米尔扎的马路对面是那家自助洗衣店。"看起来还是很忙，不是吗？"拉娜说，他们看着一个男人抱着两筐衣服走了进去。"不知道现在住在楼上的是谁？"她试探地问道，意识到自己现在踏入了危险的"旧情"领域。我们在那里做过很多次，她想。所有那些事情！想到这里，她的脸红了。

不知道加雷斯是否也想到了这点，但他什么也没透露。"那是很久以前的事了。"他轻声说。

他终于转过身来看着她。

"拉娜。"他说，凝视着她。

她插话道："我能不能先说，我真的——"

"别，"他打断说，"这有什么意义呢？它改变不了什么，不是吗？"

"不，"她回答说，"如果你能让我说声对不起，我会感觉好一点。因为愧疚一直纠缠着我，加雷斯。每一天。我总是觉得自己是有责任的，尽管卡特琳一直在跟我说跟我无关。"

加雷斯叹了口气，摇了摇头。

"过去的事情已经发生了，拉娜。你对此没有什么责任，就像待在邮局外面的那个女人一样，你的责任并不比她大。"

拉娜瞥了一眼那个正在打电话的金发女人，她脚边全是购物袋，看起来很紧张。"那是杰拉尔丁·哈珀吧？"

加雷斯戴上一直被放在夹克里的眼镜，仔细看了看。"天哪，对，就是她，朱迪告诉我她现在都是曾祖母了。"

"不奇怪，"拉娜看着加雷斯喝了一口咖啡，然后说道，"一头肮脏的母马。"

加雷斯一口喷出了嘴里的咖啡，哈哈大笑起来。这也逗笑了拉娜。气氛终于缓和了起来。

过了一会儿，他开口说："无论如何，如果有人需要道歉的话，那也是我。我只是……我不知道，就好像我们已经习惯这样了，但是我们才是书写这些故事的人，不是吗？我已经习惯让你当坏人了。这太愚蠢了……而且毫无意义……"

"不，不是的。"

"就是这样的。我想，如果不是我，你和朱迪也许已经和好了。"

"我不确定我们会不会和好。"拉娜盯着她的咖啡杯，若有所思地说。

"你会想她吗？"他问。

这个问题让她吃了一惊。

"现在不会了。"这句话卡在她的喉咙里，意味着这可能是个谎言，"事实上，你想想看，我们做敌人的时间远比做朋友的时间长得多。而且现在我们俩大概都已经习惯这种状态了。"

加雷斯皱起了眉头。"我觉得敌人这个词有点极端，你不觉得吗？"

"嗯，也许吧。你知道的，我向来都是小题大做。"

他笑了笑，然后她说："算了，别提了，加尔。今天才是最重要的，不是吗？我的意思是，我们总不能对天上的大老板说，哦，对不起，我在二十世纪八十年代犯了一个错误，能不能让我回到过去，重新开始？我们只是现在的我们，不是吗？"

加雷斯点点头，意识到对方想要改变话题，他们只能说这么多了。

"罗米告诉我你现在是雪儿的模仿者！"

"是的，还有席琳·迪翁。"

他笑了。"很不错。"

"薪水高得令人作呕，我还能戴上漂亮的假发。"她笑了起来，却也感觉有点尴尬，毕竟面前这个人在她十八岁的时候就认识她了。那时的她野心勃勃，渴望拥有更大的成就。

"卡特琳说像得不可思议！"

"到了我这把年纪，只要有工作，干什么都行。我加入的这家新公司，他们在新年已经给我安排了四次现场演出，所以……"

"很不错啊，"加雷斯说，他看了看手表，"我得回去了，朱迪最近神经比较紧绷，一直惦记着她的孙女，小家伙随时都有可能出生。"

"孙子辈。天啊，加尔，谁把这些年偷走了，嗯？大浑球。"她把手伸到桌子那边，捏了捏他的手。

"回见。"他微笑着，也捏了捏她的手。

57

卡特琳

最后，拉娜没费多大力气就说服了她，让她和罗米踏上了这趟邮轮之旅。

"它会让你焕然一新的，"拉娜说，"不会再纠结于一些事情。"

但当卡特琳告诉她父母这个计划时，却遇到了很多阻力。她们怎么可以离开家去过圣诞节呢？这还是第一个没有索尔的圣诞节，他的父母又会怎么想？

"他是你的丈夫，"拉娜对卡特琳说，"罗米是你的女儿。"

令人惊讶的是，罗米并不需要说服。卡特琳之前一直在担心，不知道要怎么跟她的小姑娘说这件事，毕竟要在圣诞节把她从家里带走，结果这一切根本没有必要。罗米没有抱怨错过家庭传统，比如在树下拆礼物，和外公外婆一起去教堂，或者和朋友们一起玩节礼日橄榄球……这些似乎都没有引起她丝毫的烦恼。

"妈妈！我们会到地中海！在圣诞节那天！这太神奇了，你不觉得吗？！"卡特琳闻言笑了，松了一大口气。

当罗米上前拥抱她的妈妈时，还是有些感伤的，小姑娘轻声说："不管怎样，爸爸不在，拆礼物总归还是不一样的。"

"不，小甜豆，不会的。"

"所以，你们怎么说？"拉娜见状改变了话题，她现在很是兴奋，因为她成功地敲定了一笔大交易：为了得到一间带有私人阳台的豪华家庭舱位，作为交换，她需要在为期五天的迷你邮轮之旅中，每天晚上扮演雪儿，向她致敬。

"我们同意了，谢谢你，拉恩阿姨！"卡特琳笑了。

平安夜，罗米舒服地蜷缩在邮轮舱位的床上，大声宣布："等我大学毕业以后，我就在船上工作。"

卡特琳笑了。"怎么，你想成为像你拉娜阿姨那样的邮轮歌手吗？"

"哦，我太感动了。"拉娜取笑道。

"不！我想当船长！"罗米咯咯直笑，拉娜和卡特琳也笑了。

在邮轮的第一个晚上，罗米她们与船长共进晚餐——这是她的"仙女教母"安排的款待。罗米问他有没有女性当过邮轮的船长。船长告诉她，到目前为止，他只听说过两位女船长，但他也不知道这是为什么。罗米告诉他这不公平。他很同意，并问她是否愿意参观驾驶室，看他如何指挥这艘邮轮。结果平安夜的大部分时间她都待在那里，深深着迷于这艘邮轮的机械和动力，而且所有这些都由一个人掌舵，这对她来说太酷了。

"太神奇了，妈妈！"她说，"这艘船重两千多吨，但是你可以在这么小的一个地方对其进行操作。而且你知道吗？不论什么东西在水里都会轻得多。"

"这是阿基米德原理。"卡特琳说。

"什么？"

突然间，毫无征兆地，卡特琳接入了自己那经过科学训练的大脑，很快地说出了她几十年前学到的定义："阿基米德原理说，浸入液体中的物体受到向上的浮力，无论是完全浸入还是部分浸入，浮力的大小都等于它排开的液体受到的重力。"拉娜和罗米坐在那里，嘴巴微微张开，简直是目瞪口呆，然后拉娜开始慢慢地给她这位聪明的朋友鼓掌。

"干得漂亮，卡特，干得漂亮！"

"妈妈，你可真是个书呆子！"

"这就是船能浮在水面上的原因，也是当你在海里时，你能载得起比你重得多的人的原因。你还记得吗？你小时候经常和你爸爸这么玩。"

"嗯……"

"你过去以为这是魔法，你在游泳池里可以把他举起来，推着他到处游，好像他轻得像根羽毛一样！"

三个人又陷入了悲伤。这是这几天以来经常发生的事，而且可以肯定的是，接下来的日子里还是会如此——当然，这是不可避免的。但至少"尤金妮公主号"的环境是全新的，是一个卡特琳和罗米以前从未踏入过的世界。这里是一个没有索尔记忆的区域。

圣诞节那天早晨，卡特琳醒得很早。在逐渐清醒的那几秒钟里，她完全忘记索尔已经去世了。这种事几乎每天都发生。她回头看了看拉娜和罗米。拉娜睡死过去了，罗米也在她的床上打着鼾，睡得香甜。她叹了口气，悄悄爬下床，用毯子裹住肩膀，走到阳台上，然后坐下来，凝视着大海。早晨的空气非常清新，还是雾气蒙蒙的，但她大致能辨认出远处陆地的形状。她本来不想哭的，她真的是不想哭了。哭泣到底什么时候才能停止？

几分钟后，她听到门打开的声音，拉娜也出来了。她还有些迷糊，但也来到了阳台，准备解一解烟瘾。

"挪一挪。"她说着点了支烟，和她悲伤的朋友一起蜷缩在毯子下面。

"你太臭了。"卡特琳说，想缓和一下气氛。

"你身上的味道也没那么好闻，"拉娜边说边吞云吐雾，才不管卡特琳有多讨厌烟味，"你要抽一口吗？"

"拉娜，你最清楚我这辈子从来没有抽过烟。我为什么要在五十岁的时候开始尝试呢？"

"因为今天是圣诞节，因为你伤心到心碎，因为我想让你心烦意乱，好分散你的注意力。"

"一点儿新意都没有。"

她们静静地坐着，让圣诞节早晨的海上空气来抚慰她们。

"它永远不会消失，"拉娜说完，呼出一股刺鼻的烟味，"总会有这样的事情发生……那些缺失的部分。"

卡特琳点点头，紧紧握住朋友的手，望着大海。

"你只是还处于早期阶段。总有一天你会感觉比现在好得多。"

"我只是不知道下一步该走向哪里，我不能去想未来，只能过一天是一天。有时我只能坚持一个小时，然后就会开始崩溃。你说，我现在是不是该回去工作了？"

"没有什么规定，卡特琳。别想着当什么女生代表了！"拉娜笑着亲了一下她朋友的头，"你知道要怎么吃掉一头大象吗？"

"啊？"卡特琳有些不解，"我不知道……"

"一次咬一口。你只能这么做了。"

卡特琳突然笑了起来。"你可真讨厌！"

"我们都很想他，宝贝儿。这个世界上很多人的生活中都有一个'所罗门'形状的洞。人们永远不会忘记他的。"

她们就这样默默地坐了半个多小时，头发都被雾气弄湿了，邮轮的轻柔摆动使她们在各自的思绪中都得到了安慰。

她们的遐想被舱门打开的声音打断了，罗米穿着睡衣，睡眼惺忪地走了出来。

"我们现在可以拆礼物了吗？"

拉娜回以诺迪·霍尔德式的唱腔，声音格外洪亮："圣！诞节！到了！！"

58

朱迪思

她接到电话时正在照顾孩子。可爱的小艾薇·梅，现在已经三个月大了，在节礼日出生，重达九磅，是全家人的掌上明珠。多米尼克和杰克从三月初就开始上班了，平时都是由贴心的保姆照顾孩子。但今天她打电话请病假了，他们只能向朱迪思和加雷斯寻求帮助。

"这不是家务，这是一种乐趣！"当杰克那天早上把女儿送到他们这里时，朱迪思对他说，"我只希望我和你爸爸不要因为谁抱她次数最多而争吵！"她试图让他放松下来，因为她知道，杰克和多姆都因无法照顾孩子而感到内疚。

所以，一个小时后，当朱迪思的座机响起时，她以为是紧张不已、神经兮兮的新爸爸杰克或者多姆，来过问他们新生儿的状况。

"别担心，我们都很好！"她一边接电话一边说。但电话那头并不是杰克，或者多姆。

是卡特琳。"我一直在给你手机打电话！朱迪——你最好尽快过来一趟。"

卡特琳从诊疗室给她打的电话，她同意做一天临时医生，只是想感受一下重返工作的感觉。

"我刚见到了格里塔·休斯，"她语速很快地说道，"你还记得她吗，朱迪？她是咱们以前的食堂服务员。"

"是的，我记得，我以前叫她嘉宝！继续说下去。"朱迪思说。她希望卡特琳能开门见山，直切重点。她正一边把电话搁在脖子上，一边照顾熟睡的孙女。

"抱歉，呃……所以，在她离开的时候，她说她有一些八卦要跟大家分享。我本来是想找借口搪塞她的，因为，你知道的，我们不是来八卦的……"

"我的天，卡特！直接说，你想说什么！"朱迪思低声喊道，以免吵醒艾薇。

"是你妈妈，"卡特琳说，"她要结婚了。"

"她就是这么一说，"朱迪思说，"她已经推迟了好几次了。"

"不是！她今天要结婚了！两点钟！"

一小时后，朱迪思、加雷斯和小艾薇上了 M4 公路，一路开往威尔士。加雷斯开车，朱迪思和她的孙女坐在后面。

"她到底想干什么，加尔？"朱迪思无数次地问道。

自从艾德里安去年十二月宣布此事以来，杰克、加雷斯和朱迪思都不知疲倦地努力劝说帕特里夏，说她正在犯一个错误。她似乎也确实缓和了下来，把结婚日期推迟了两次，改在了今年晚些时候。

杰克一直很乐观。"我觉得她不会这么做的，妈妈，"他说，"咱们那位社会工作者也觉得如此。他们会盯得很紧，放心吧。"

因此，朱迪思并不是对婚礼漠不关心，她只是开始相信婚礼永远都不会发生了；只是相信帕特里夏会始终如一，好好地稳住艾德里安，并一直坚持下去。

而现在，他们正前往威尔士，试图阻止一场帕特里夏非常想要举办的婚礼。

"她就是一个狡猾、善于操纵别人的老巫婆，他也不是什么好东西，"她说，"他们显然在对我们撒谎，一直打算偷偷摸摸就把婚结了！"

*

电话响了，又是卡特琳。"我联系不上我爸妈！"她对着免提电话喊道，"所以他们帮不上忙，我这还有一长串的病人等着呢，所以我也去不了！朱迪，也许你只能接受你无法阻止她这一事实。"

"想都别想。"

在卡特琳的背景音中，他们可以听到她的接待员告诉她下一个病人马上就到。

"听着，还是有人能帮忙的，"卡特琳急忙说道，"但你得打个电话，我现在把号码发给你。如果上午坐诊结束我能溜出来的话，我就在那儿和你会合。"

卡特琳挂断了电话。几秒钟后，朱迪思的手机收到了一条短信。

拉娜·劳埃德的联系方式。

朱迪思叹了口气。

59

拉娜

当时正值午餐时间，她在为卡迪夫一家同性恋酒吧的活动做准备。同性恋酒吧似乎都很喜欢她，但她不想把她最近的受欢迎程度视为理所当然。谁知道下一个拥有出色长相、和那些明星声音相似的人什么时候会出现呢？有传言说，庞提赛门的"芭芭拉·史翠珊"非常优秀，曾在现场掀起一阵风暴。所以她不能放松警惕，也不能降低自己的标准。

电话铃响的时候，她正在给她的雪儿假发加上几根螺旋状的鬈发。她不认识这个号码，但这并不奇怪。可能是一家新酒吧想要跟她预定时间。她用她最好的、流畅的、丝滑的、像雪儿一样的声音接起了这个电话。"嗨，宝贝儿，请问有什么事吗？"

"拉娜？"

对方说她的名字时有一种莫名的熟悉感，但她又想不起来是谁。于是她清了清嗓子，声音恢复正常地说："请问你是？"

对方沉默了片刻，然后说：“我是朱迪思·梅特卡夫。”

嘿！

“啊，嗨。”

稍稍停了一下，然后又传来朱迪思的声音：“听着，很抱歉这么突然打电话给你，如果我不是走投无路的话，绝不会打给你，但我真的很急。我需要你帮我一个大忙，一个非常大的忙。”

60

帕特里夏

　　布景当然一点儿也不浪漫。在任何层面上也称不上威严或者让人印象深刻。如果是在市政厅，这个地点至少会显得庄严肃穆些——会有几根用来系缎带的石柱，也许还会有一些二十世纪三十年代的木质镶板，或者到处都嵌有彩色玻璃窗。但是科伊德瑟尔林没有市政厅，只有一个不起眼的登记办公室，坐落在一栋砖砌市政建筑内，设计并建造于二十世纪六十年代末。那是一个特别缺乏想象力的时期，所以不难想象它为什么如此乏善可陈。它除了干净、自夸对轮椅使用者友好以外，什么都没有。从其他方面来看，它不仅丑陋，而且整个建筑看起来都摇摇欲坠了——有些地方的墙壁实际上已经在崩塌了。它早在几十年前就应该被拆毁，让它从痛苦中解脱出来。

　　最小的那间两用仪式房被命名为理查德·伯顿套间。这是一种诙谐的尝试，试图利用小镇与电影世界的微妙联系：科伊德瑟尔林的英文译名毕竟是好莱坞（Holly Wood）。这个房间很实用，很空旷，但明显缺乏个性。醒目的条状霓虹顶灯确保新婚夫妇在登记时可以看清楚字迹，但极为普通的高窗提供不了什么自然光，也欣赏不到什么美丽的景色，完全无法给结婚的喜悦锦上添花。这里更像是太平间，而不是婚礼场地。一张桌子，一支笔，五个人：伴郎史蒂文，伴娘蒂娜，登记员艾莉森，当然还有这对幸福的夫妇。

帕特里夏穿着一身白色的衣服，双腿间夹着一束铃兰——花当然是假的。她不会带真花的。她可不想冒鼻窦炎发作的风险，尤其是在今天这样的场合。艾德里安穿着她给他买的灯芯绒裤和一件时髦的海军夹克，没有系领带，但帕特里夏不介意。只要他觉得舒服就好，就像他经常挂在嘴边说的那样，他对着装一点儿都不看重。

不可否认，帕特里夏更喜欢在教堂举行婚礼，去拉斯维加斯旅行也行。她乐意出钱！他们可以随便找一个猫王去过的地方举行结婚仪式——天啊，他们一定会玩得很开心！但艾德里安还是一如既往地、温和而理智地指出，"因为我一直把你放在我的心尖上，帕特里夏，这种长时间飞行对你来说太困难了。即使是在卡佩尔·贝塞斯达这样的小教堂举行婚礼也会引起太多关注。帕特，你知道科伊德瑟尔林的人都什么样儿，一群贱人，大多数都这样。当然，如果朱迪思发现了，她肯定会插手的，她会把这一切都毁了"。

他是对的。一如既往。因为，就像他说的，今天是属于他们俩的日子。这是他们之间特殊而私密的一天。越简单、越安静、越私密越好。

他总是想着她，从来没有想过自己，甚至今天，他还在她的轮椅把手上插上了几枝铃兰。当他扶她上车时，他看着她说："记住，今天是属于我们的日子，好吗？不要提那些不该提的人，明白了吗？"

她腼腆地笑了笑。她喜欢他发号施令的样子。毫无疑问，他会保护她不受朱迪思的伤害。

在泽塔·琼斯［二十世纪九十年代，这个斯旺西姑娘因拍摄电视剧《五月的花朵》（*The Darling Buds of May*）一炮而红，这个大厅也因此改名］大厅的走廊上，一对来自庞蒂德鲁尼的夫妇正在举行一场印度－威尔士婚礼。与她的婚礼相比，那间屋子显然更加丰富多彩。对方的婚礼实在是太不一样了，宾客超过了一百二十人（超过消防规定允许的三十人），很多穿着纱丽的人在气球、鲜花、彩带之间来回穿梭，争抢空间。锡塔琴和手鼓的柔和旋律从泽塔·琼斯大厅一路飘到了理查德·伯顿套间，那里唯一的声音是挂钟沉重的嘀嗒声和登记员艾莉森低沉的说话声。

她抬起头来看着艾德里安，他正凝视着前方，专心地听着，额头上有一条她已经非常了解和喜爱的严肃的小皱纹。

他仿佛感受到她的视线，转向她，向她眨了眨眼睛，用嘴型问道："你还好吗？"她点了点头，笑了。她好得不能再好了。

登记员艾莉森转向他说："艾德里安·艾伦·奥利弗，你愿意娶帕特里夏·玛丽·哈里斯为你的合法妻子吗？在你们的有生之年，你愿意爱她，尊敬她，珍惜她，保护她，不另作他想，忠诚地对待她吗？"

艾德里安深吸了一口气，同时瞥了一眼他的伴郎史蒂文。史蒂文也报以鼓励的微笑，点点头表示赞同。

保佑他吧，帕特里夏想，他正在给自己加油鼓气！她的艾迪，一贯冷静自持的艾德里安，从不被任何人或任何事吓倒的艾德里安，正面临着一项挑战：她的艾德里安，她深爱的艾德里安，看起来是如此百感交集。她还不习惯看到他如此脆弱，如此害羞——他的小男孩甚至露出了一张害怕的脸。

他清了清嗓子，她可以看到他深吸一口气，努力让自己振作起来，然后大声回答道："我愿意。"

史蒂文连头都没抬，把他的手放在艾德里安的肩膀上，然后捏了一下，低声说："做得好，亲爱的。"

然后艾莉森忽然不说话了，她的注意力被门口的一阵骚乱吸引住了，帕特里夏不知道发生了什么——她坐着轮椅行动不便，没办法快速转身。

等艾莉森看清眼前的景象时，她大吃一惊。

"我的天，你是……？"

"对不起，"一个上气不接下气的女人说，"我很抱歉，但这场婚礼必须停止……必须立即停止。"

帕特里夏花了几秒钟才明白发生了什么。

"天啊！"伴娘蒂娜尖叫道，她之前一直都表现得很无聊，"雪儿！你是雪儿吗？"

"我是你的超级粉丝。"艾莉森紧接着连声说道。

"该死的，还有我！我也是你的粉丝。"蒂娜拿起手机开始拍摄，这段视频在 Ins 上肯定会引起轰动的。

"不，我不是雪儿！我只是雪儿的模仿者，"那个女人尖声说道，"我从演出现场直接赶过来的，没时间换衣服。本来大家是要在这里会合的，他们现在应该已经到了，但是……算了，不管怎样，这并不重要。"她显然感到很沮丧，很尴尬。

"很抱歉，但你和她长得一模一样。"艾莉森有些感叹地说道，脸红得要命。

"这是，"帕特里夏终于转过身来，"拉娜·劳埃德，是我那愚蠢不中用的女儿的一个熟人，自从她出生那天起，我这个女儿就只给我带来痛苦和不幸,什么也没做过,我不想再和她有任何联系。"

"帕特里夏，听着……"拉娜说着，扭头看了看身后，想寻找支援，"我不太清楚发生了什么事，我……"

"离我远点！"帕特里夏尖叫道。

"但是，说真的，你真的不是雪儿吗？"蒂娜坚持道，她脑子一直不太灵光，"我能拍张照吗？你在科伊德瑟尔林做什么？"

"闭嘴，蒂娜。"史蒂文小声说。

"帕特，我很抱歉，"拉娜急促地说道，她的脸因为奔跑变得通红，"但你不能继续下去了！求你了——等朱迪思来，好吗？"

"你给我滚！"帕特里夏的声音愈发尖锐，只是听起来更像是在说"你给我棍"。每当她情绪异常激动时，发音总是不太准确。

"好了，我们都冷静下来，好吗？"艾莉森劝道，她已经恢复了自己的职业素养。居然有一个反对结婚的人，她激动得满脸通红。在艾莉森主持婚礼的这二十年里，她从未遇到过反对结婚的人。幸运的是，她之前接受过相应的训练，知道如何处理这种情况。她清了清嗓子："我叫艾莉森·布斯，我是今天这里的高级登记官，我已经完全知晓当下的局面和冲突，包括哈里斯太太想要结婚的意愿，而她的女儿和你都持有反对意见。"

"你知道吗？"拉娜平静地说，"这位七十九岁的老太太被人利用了。"

"天啊，帕特！"蒂娜叽叽喳喳地感叹道，她正在通过手机上的摄像头观察每一个人，"我从来不知道你已经七十九岁了——我以为你只有，嗯，五十岁左右，这虽然也很老，但是七十九岁，我的天，就像，就像精神错乱了！"

"蒂娜！我说了，你给我闭嘴！"史蒂文·迪恩厉声说，"还有，把那该死的东西关掉！"

蒂娜无视他，继续拍摄。这可真是个大新闻。

"哈里斯太太已经接受了心理测试，社会服务机构也来了解过情况了。"但是拉娜已经不再看登记员了，她开始盯着史蒂文·迪恩。

"我是不是在哪里见过你？"

史蒂文看上去很生气。"我对此表示怀疑。"

"是的，我见过你。我在莫林斯基酒吧见过你几次。"

"我们现在能继续了吗？"登记员问。但拉娜是带着捣乱的任务来的。

"……绝对是见过的，我，你，还有你的男朋友，是叫阿德，对吧？几周前我们一起喝了龙舌兰酒，你还记得吗？当时我在扮演席琳·迪翁。"

然后她又看了两眼，相信憨豆先生也会为她骄傲的。"等一下……"她边说边打量艾德里安，"是你！你就是那个阿德！"

"他叫艾德里安，"帕特里夏严厉地说，"现在别打扰我们。"

"帕特里夏——你不会要嫁给他吧？"

"别理她，帕特。"艾德里安说。然后，他转向登记员艾莉森，催促道："继续吧。"

就在艾莉森准备继续仪式的时候，一个声音响了起来，洪亮，有力，完全在调子上。"如果我能让时光倒流！"拉娜唱着，"如果我能找到办法……"他们都看着她。

然后，在吸引了所有人的注意后，拉娜·劳埃德立刻退出了雪儿的角色，恢复了她科伊德瑟尔林人的身份，并发自内心地恳求帕特里夏，其真诚程度会让任何一个政客汗颜。

"帕特里夏，你不能嫁给这个男人。因为他是同性恋。而且他很爱他旁边这个男人，"说到这，她开始在手机上搜索一些东西，"这是他两周前在卡迪夫的莫林斯基同性恋酒吧里对我说的。看，这是证据！"然后她给他们看了一段短视频，这是拉娜在现场演出的时候拍摄的，在视频中史蒂文·迪恩正在深情地亲吻艾德里安·奥利弗。"这个你总不能反驳吧，艾德里安？"

"呃，"艾莉森·布斯忽然打断说，"我要指出的是，奥利弗先生的性取向并不一定是他娶哈里斯太太的障碍，只要哈里斯太太知道并愿意继续仪式，那么这个婚姻就是成立的。"

　　他们都看着帕特里夏。

　　在泽塔·琼斯大厅的走廊尽头，手鼓敲响的最后一声预示着整个事件的结束，世界仿佛霎时间就静止了。

61

拉娜和朱迪思

登记处外面聚集了一小群人，包括朱迪思、加雷斯、小艾薇和卡特琳，他们和拉娜与帕特里夏站在一起。几个人都有些难以置信地看着警车载着艾德里安·奥利弗、史蒂文·迪恩和蒂娜·格雷走了，他们会被送到科伊德瑟尔林警察局。目前这个阶段只是"审问"而已，但正如杰克在视频通话时向他们解释的那样，"他们一到那里就会逮捕他们——任何刑事指控都需要将人抓捕。我不是说他们一定会起诉，但看起来他们还是会这么做的"。

"警察不能因为他们是同性恋就起诉他们！"拉娜笑着说，尽管天气很冷，她的脸还是热得发红。

"当然不会，你这个白痴！"杰克笑了，"最有可能是以共谋诈骗的名义起诉。"

"我要把他告个半死！"帕特里夏喊道，"诡计多端的臭小子！

榨干我的每一分钱，还想剥夺我留给女儿的遗产。我一看见他，就知道他是个坏蛋。"

朱迪思和卡特琳盯着她看了一会儿，完全说不出话来。她们都在想同样的事情。

只有拉娜有勇气说出来："天哪，帕特，你这个变化无常的浑蛋！一个小时前你还准备嫁给他呢。"

"我知道，但后来你让他变成了一个卑鄙小人！"

拉娜看了看朱迪思，朱迪思也看了看她，然后她们俩突然大笑起来。

"拉娜，谢谢你，"朱迪思说，不知道对方是否会接受她的感谢，"如果不是你……"

"我会嫁给一个怪物！"帕特里夏直接喊道。她现在正大口喝着一瓶威士忌，这瓶威士忌一直放在她的新婚包里，本来是"以防紧急情况"的。

"说实话，我什么都没做。"

"不，你做了，"卡特琳说，"你阻止了整件事！我就是中看不中使。"

"是'不中用'！！"朱迪思和拉娜齐声喊道，她们已经好多年没有联合起来对付卡特琳了。

大家的情绪稍微平静了一些，然后朱迪思率先开口。

"我很抱歉，我就是个浑蛋。"她说。

"嘿，浑蛋可是我的角色！"拉娜笑了起来，和往常一样，自我调侃道。

"今天这个角色可不能给你。"朱迪思微笑着说道。拉娜也冲她笑了笑。三十多年的隔阂似乎被这一笑化解了不少，缺失已久的友情终于有了被挽回的希望。

62

卡特琳·凯利、朱迪思·哈里斯和拉娜·劳埃德

"谁还要再来一点？"休·凯利走进客厅，手里拿着一瓶刚打开的香槟酒，最近他的脚步愈发缓慢了起来，"离 2019 年还有不到一个小时了！"

他们现在都聚集在凯利家里，参加莉兹和休的新年前夜常规派对。这是一个比以前小得多、保守得多的派对，但乐趣丝毫没有减少。卡特琳和罗米坐在一起，休和莉兹一起，杰克和多米尼克一起，加雷斯和卡特琳的哥哥汤姆以及他的妻子坐在一起，拉娜抱着小艾薇，后者睁着一双大眼睛，也在享受着派对。帕特里夏身着盛装，坐在朱迪思旁边，轻松地靠在沙发上。

在科伊德瑟尔林登记处发生的戏剧性事件已经过去九个月了，但不知为什么，感觉像是发生在几十年前一样。

在那场未完成的婚礼之后，帕特里夏病情就开始恶化，在医院住了两周，之后医生建议她暂时住进养老院。他们原以为她会讨厌

这个主意，没想到她却如鱼得水。帕特里夏并没有退缩到自己的壳里，而是开始在新的环境中茁壮成长。她参加了养老院组织的每一项活动，成了活动室的名人，被称为科伊德瑟尔林的生命和灵魂。她玩扑克，在轮椅上做有氧运动，参加读书俱乐部，看电影。她经常说自己的生活从来没有这么好过，而且她还有几个男性追求者，可以享受脚踏多条船的快乐。"这叫欲取故予，欲擒故纵！"当要她回家的时候，她大声而坚定地回答："不可能。"

对艾德里安·奥利弗意图诈骗的起诉和判决花了几个月的时间。他被判了两年监禁，而他的犯罪同伙兼爱人史蒂文·迪恩也因为之前的定罪被判了五年监禁。蒂娜·格雷则需要进行为期三个月的社区服务，她在自己的 Ins 上形容这个惩罚是一种"令人恶心的威慑"，还附上了几张添加滤镜的噘嘴自拍照。如果他们的计划得逞，艾德里安·奥利弗作为帕特里夏的丈夫，将会继承她的房子和存款。

"天知道她会过着什么样的生活。"卡特琳说。

"可不是嘛！"拉娜说，她无法抗拒对戏剧性事件的诱惑，"他可能会在接下来的几年里试图把她弄死。有一天你会接到一个电话，说她不知怎么地把脸埋进了汤里，憋死了。"

"至少她现在安全了。"杰克说，声音始终是那么平静。

他们决定卖掉房子来支付帕特里夏在养老院的费用，如果在她"死后"还有剩余的钱，那么这笔钱将归她的曾孙女艾薇·梅所有，她已经成了帕特里夏新的心肝宝贝。

"看来你被降级了。"加雷斯对杰克开玩笑地说道，杰克则带着父亲般的自豪凝视着自己的女儿。

朱迪思和她母亲有一次独处着实震惊到了她，因为帕特里夏居然对她表示了感谢，感谢朱迪思为她所做的一切。那一刻，朱迪思几乎感动得流下了眼泪。当她告诉拉娜和卡特琳时，她们也是难以置信。

"什么？她真的用了'谢谢'和'你'这样的词汇吗？"拉娜问道。

"实际上，她说了'谢谢你，亲爱的'——真的。"

"我的天啊！她是因为年纪大了，所以脾气变软了吗？"

"当然不是！"朱迪思笑了，"接下来她让我把电视的音量调低，问我是不是想把她弄聋。"

"我猜就像麻风病患者治不好身上的斑点一样（Lepers and spots），她只是秉性难移。"卡特琳说，她的朋友们交换了一下眼色。

"你总是把这句俗语说错！"朱迪思说。

"不，我没有。"卡特琳反驳道。

"你有！人家说的是猎豹，猎豹改变不了身上的斑点（Leopards and spots），用来比喻江山易改，本性难移。你这个傻瓜。"拉娜笑着说。

"但我一直以为是和麻风病有关。有皮肤问题的那种病，就像《圣经》里说的那种——麻风患者和斑点。"

"她该死的还是个医生！"朱迪思对拉娜说，两人都有些哭笑不得，对她们这位共同的朋友爱得不行。

在前几个月的时间里，拉娜和朱迪思慢慢地、稳步地恢复了一部分友情。现在，相处的时间越长，她们之间的关系似乎越融洽。但一切都不如从前了。她们俩都已经接受了她们会一直这样下去的可能性。毕竟三十年以来，她们对彼此都是如此冷漠，如此疏远，以至于即使有卡特琳夹在中间作为黏合剂，她们也无法再回到过去的那种亲密了。

拉娜有一天说道："逝者如斯夫，我们有太多无法挽回的过去和时间了。"

"我以为使用隐喻是卡特琳特有的技能？"朱迪思说。

"哦，闭嘴吧，别装模作样了。"拉娜笑着反驳道。

现在离午夜只有半小时了。帕特里夏竭力控制自己不要睡过去，休正在确认电视是否在播放正确的频道，他们想看零点播放的烟花。

"女士们，"卡特琳说，"上楼来一下，我们还得做一件事。"

朱迪思和拉娜困惑地跟着她们的朋友上楼。

当她们走进卡特琳以前的卧室时，发现她正得意扬扬地坐在那里，手里拿着一本破旧的硬皮笔记本。

"几天前我在整理阁楼的旧盒子时发现的。"笔记本的封面上整整齐齐地写着几个字，是九岁的卡特琳的笔迹：

《秘密承诺之书》

作者：卡特琳·凯利、朱迪思·哈里斯和拉娜·劳埃德笔记本的第一页，发黄的透明胶带粘着的是一张褪色的科里威利巧克力棒包装纸，看起来相当脆弱，仿佛一碰就会化成粉末。这个包装纸就是她们在1976年宣誓时用的那一张。接下来连续好几年，在每年的十二月三十一日，她们都会写下自己的新年决心。1978年，卡特琳承诺要通过芭蕾舞二级考试，朱迪思发誓不再咬指甲，拉娜则立誓要把印在《流行歌曲》上的阿巴乐队的每首歌的歌词都背下来。

最后一次记录是在1985年，当时她们都试图预测自己大学入学考试的成绩，并互相承诺她们将在希腊度过有史以来最好的时光。

"噢，我们的确是那样做的。"朱迪思想起来了。

卡特琳翻到第一张空白页，用大写字母整齐地写着：

2018年，新年前夜

"现在，谁第一个来？"她说，脸上露出了灿烂的笑容。

"我！"拉娜说，她深吸一口气，拿起笔记本和笔，"2019年，我决定……"她想了一会儿，用圆珠笔在下巴上敲了敲，"我决定为我们三个人策划一个盛大的生日聚会。庆祝不一样的五十二岁生日！我们都五十多岁了，还是一事无成啊。"

"该死的，有必要提醒我们自己多大了吗？"朱迪思叹了口气说道。

"五十岁就是新的三十岁，差不多啦，"拉娜一边写一边大声说，"不要老是抱怨。"

卡特琳笑了，从拉娜手里接过笔记本，递给朱迪思。"好了，朱迪，轮到你了。"

"好吧，嗯，我的计划是申请工作调动，最后搬回威尔士。"

"真的吗？你要搬回来了？"拉娜说，非常震惊。

"是的，也许会搬到山间的小别墅里。加雷斯想了好多年了。"

"喜大普奔！"拉娜喊道。

另外两个人困惑地看着她，她耸了耸肩，说："现在的年轻人都这么说，你们不知道吗？"

"你可真是荒唐，你自己知道吗？"朱迪思笑着说，拉娜伸出舌头冲她做了个鬼脸。

"嘿！你知道我们还应该做什么吗？"拉娜补充道，"明年夏天的时候。"

朱迪思和卡特琳耸了耸肩。

"我们应该再去一次希腊，我们应该再来一次跳岛游。"她的声音充满了欢乐。

"哦，我的天啊！"朱迪思说，"咱们是去一个星期还是？"

"等一下。"卡特琳轻声说。

"嘿，姑娘们，还有五分钟就零点了！"休·凯利在楼下喊道。

"马上就下去。"卡特琳也喊道，然后转向她的朋友们。

"当然还有塞浦路斯。"拉娜说。

"是啊，我们得去塞浦路斯！所以我想我们需要比一个星期更长的时间……"朱迪思沉思着。

"姑娘们，有件事——"

朱迪思和拉娜看着卡特琳。

"听着，朱迪，我觉得你搬回来住是件好事。"她说。

"但是什么？"拉娜问。

"问题是……"卡特琳说，小心翼翼地试探着。

房间里的气氛突然就变了。

"你想说什么？"

"问题是……我不会在这里的。"卡特琳说，等待着朋友们的爆发和攻击。

"天啊，你不会是要死了吧？"拉娜说。

"闭嘴！"朱迪思呵斥道，"你在说什么，卡特？"

卡特琳停了一下，她不久前秘密做出的决定就要公开了。

"有人给了我一份工作……"

"然后？"朱迪思谨慎地说。

"它在新西兰。"

"你认真的？"

"从一月底开始。"

她们沉默了一会儿，楼下的喧闹声隐隐约约地传了上来。

"你究竟为什么要到新西兰去？"朱迪思不解地问。

"我签了一年的合同，但可以延长期限。在东海岸陶兰加的一个可爱的小诊所。在北岛。"

"哦，好吧，如果是在北岛，那就完全不一样了，"拉娜讽刺地说，"我的意思是，想象一下，如果是南岛呢？那可是上帝禁区……"

"噢，别说了，拉娜，真的。"朱迪思生气地说。

"我就要说，凭什么不让我说？"拉娜抱怨道，变得激动起来，"你终于搬回来了，朱迪，我们三个终于要重新在一起了，在三十多年的间隔之后，我们没准儿又可以成为真正的朋友了，然后她决定，她要搬到这个该死的世界的另一边去！"

"冷静下来，好吗？"朱迪思说，然后她转向卡特琳，"你父母是怎么想的？"

"我还没告诉他们呢，"卡特琳不好意思地说，"听着，我知道你们很吃惊。"

"你可真是轻描淡写！"

"我也很抱歉没有早点告诉你们这件事，但是我不想让你们审问我、劝阻我。"

"我们本来是可以阻止你的。"拉娜生气地说。

"天啊，拉娜！"朱迪思说，"别再往你身上扯了，卡特，你继续。"

"别生气了，这是我必须要做的。去到一个完全不同的地方，一个从来没有和索尔去过的地方。"

"那就搬到兰彼得① 去吧！或者彭布罗克郡② 海岸。"拉娜恳

---

① 兰彼得（Lampeter），威尔士的一个风景优美的小镇。

② 彭布罗克郡（Pembrokeshire），威尔士西南部的一个郡。

求道。

"拉娜，"卡特琳拉着她的手说，"这并不会改变我们，不是吗？不会改变我们三个人的关系。我们只是不经常见面而已，并不意味着我们之间的联系就彻底中断了。"

"但这太极端了。"

"我和罗米想要一次崭新的冒险，仅此而已。我想让我们的生活往前走，你们明白吗？不要再回头看过去，或者懊悔'如果怎么样就好了'……住在这里，有那么多的回忆，那么多的提醒，过去总是不断再现——"

"我以为你会觉得这是一种宽慰，"拉娜说，"我曾经有一段时间就是这样的，但现在好多了。"

"我明白了。"朱迪思轻声说道。

她们默默地坐了一会儿，消化着卡特琳带来的爆炸性消息。

"还有一分钟！"莉兹·凯利在走廊上喊道。

没有人回应。

"好吧，我觉得你就是个十足的浑蛋，居然把我一个人留给她。"拉娜含泪笑着说。

"我也有同感。"朱迪思答道，眼泪也流了出来。

"你们会好的。"卡特琳笑着说，"你们没准儿还会互相成就彼此呢！"

拉娜翻了个白眼。

"谁知道呢？"卡特琳说，"我没准儿到了以后发现自己不喜欢那里，也许六个月后我就回来了。"

她伸出双手搂住了她们两个。"过来。"她低声说，心中充满对两个最好朋友的爱。零点时分，大本钟的钟声从休·凯利的电视机里飘到楼上，她们依旧紧紧相拥，轻轻摇晃着。

尾 声
1976 年

　　泰勒小姐喜欢课间活动时间的一个主要原因就是可以在室外呼吸着新鲜空气抽烟。这毫无意义，她知道。但是，在员工休息室里抽烟实在让人有点受不了，尤其是艾伦·琼斯也在的时候，他烟斗的味道太糟糕了。科伊德瑟尔林小学总共有十四名教师，其中八名都会抽烟。这就导致课间休息时，大家都挤在校长办公室旁边那个有一排椅子的房间里，大口大口地吸着金边臣香烟，喝着醇鸟咖啡。

　　诚然，站在操场上，你需要忍受二百五十名小学生不断的呼唤，说："老师！老师！谁谁谁又干了什么事！"这种代价可不小。因为你还得时不时地大喊："离栅栏远点！"但至少她可以好好地享受她的香烟，享受属于自己的这五分钟时间。

　　她真的应该在铃响前活动一下腿脚，在操场和周围的草地上快速跑一圈，经过这几个星期的干燥天气，草地已经开始变黄了。离学期结束还有二十天，然后她就可以和杰瑞去德文郡了。噢，她还得买新的泳衣，她那些红色的泳衣松紧带都已经松了。

　　她朝着操场的边缘走去。在栅栏周围如卫兵般站立的小树底下，她可以看到三双穿着瓢虫袜子的脚从三条裙子下面探了出来——一条牛仔裙，一条英国花布裙，还有一条绿色灯芯绒裙——三个人全都面朝里挤成一团。一开始，她不知道这三个小朋友是谁，一件红色的防风衣像魔术师的斗篷一样披在三个人身上，三个小脑袋瓜在下面挤成一团。但当她走近时，她听到八岁的拉娜·劳埃德自信的声音："所以你们得跟着我说……"

　　泰勒小姐暗自笑了笑。如果这是拉娜，那么另外两个一定是朱迪思·哈里斯和卡特琳·凯利——这个可爱的三人组合，从三年前她们第一天来到科伊德瑟尔林小学时就形影不离。她去年教过这三个孩子。

　　"我以这张科里威利巧克力棒包装纸发誓……"

　　另外两个人咯咯地笑起来，因为被风衣盖住了脑袋，笑声有些沉闷。拉娜的情绪一下子就被打断了。

　　"你们得认真对待，否则没用的！"

　　"对不起，咱们重新开始吧。"朱迪思说。

　　"把包装纸拉直。"卡特琳补充道。

　　"现在，跟着我念：我以这张科里威利巧克力棒包装纸发誓……"

　　两个声音尽职地重复着这句话："我以这张科里威利巧克力棒包装纸发誓……"

476

"……我将永远会是你们厚实的朋友。"

"是忠实，不是厚实，你这个娜娜！"朱迪思说，"是'忠'！"

"是吗？"拉娜困惑地问。

"朱迪思管拉娜叫娜娜！"卡特琳咯咯地笑着，朱迪思也跟着她笑了起来。

偷听的泰勒小姐也差点要笑出声，她勉强压了下去。

"噢，好吧，那咱们换个人带头吧，卡特，你来！"

"好吧，把包装纸给我。"

她们随即走马换将，转移了那张神圣的巧克力棒包装纸，发出窸窸窣窣的声音。

"快点，马上就要打铃了！"朱迪思说。

"好的，"卡特琳清了清嗓子，"来，跟着我说，'我们三个永远都会是最好的朋友'……"

"我们三个永远都会是最好的朋友……"

"我们发誓，我们会一直相伴左右，不离不弃……"

"我们发誓，我们会一直相伴左右，不离不弃……"

"不管他妈的会发生什么！"

"卡特琳！"

"我们不能说这个！"

拉娜和朱迪思既震惊又高兴。她们从来没有说过脏话，现在都有些蠢蠢欲动，觉得好像很有意思。

"我们正在发誓不是吗？那么我就可以骂街啊。继续！"

沉默了一会儿，然后她们一起兴高采烈地喊道："不管他妈的会发生什么！"

泰勒小姐被这番天真的忠诚誓言惊呆了，奇怪的是她也被感动了。这让她想起了杰瑞，从五岁认识他到现在，已经二十年了。二十年，感觉就像一生那么长。她不知道这三个小女孩的友谊是否也能维持这么久。

她一看表，发现休息时间已经结束了。她放弃了遐想，回到教师模式，开始摇晃那沉重的铁质手铃。

三个朋友被声音震得跳了起来，然后从风衣下面钻了出来，羞得满脸通红。

"赶紧回教室去吧，"泰勒小姐在铃响后说道，"课间时间结束了！"

她们朝教室方向跑去，把科里威利巧克力棒的包装纸孤零零地扔在草地上。

"嘿，卡特琳·凯利！不好意思，学校不能随地扔垃圾！现在去把它捡起来！"

"老师，对不起。"卡特琳照她说的做了。

垃圾桶摆放在学校的入口处，当她走过去，正准备要把它丢掉时，不知道为什么她忽然改变了主意。她把它叠起来，放在自己绿色灯芯绒裙子的口袋里，然后赶紧去追她两个最好的朋友。

歌 单

第21页的歌词来自菲尔·科林斯（Phil Collins）写的《勇往直前》（现在看我一眼）*Against All Odds (Take A Look At Me Now)*。

第74页歌词来自音乐剧《生命的旋律》（*Sweet Charity*）插曲《如果我的朋友现在可以见到我》（*If My Friends Could See Me Now*），作曲科尔曼（Cy Coleman），作词多萝茜·菲尔茨（Dorothy Fields）。

第131页上的歌词来自弗兰克·洛瑟（Frank Loesser）创作的音乐剧《红男绿女》（*Guys And Dolls*）。

第220页的歌词来自吉姆·戴蒙德（Jim Diamond）和格雷厄姆·莱尔（Graham Lyle）所写的《我本应该更加明白》（*Should Have Known Better*）。

第234页歌词，选自碰撞乐队的《我是该留下还是该离开》（*Should I Stay Or Should I Go*），由托普·黑登（Topper Headon）、米克·琼斯（Mick Jones）、保罗·西蒙（Paul Simonon）和乔·斯特拉默（Joe Strummer）创作。

第252页的歌词来自斯托克·艾特肯·沃特曼（Stock Aitken Waterman）写的《永远不会放弃你》（*Never Gonna Give You Up*），瑞克·艾斯利（Rick Astley）演唱。

第460页的歌词来自《如果我能让时光倒流》（*If I Could Turn Back Time*），作曲黛安·沃伦（Diane Warren），雪儿（Cher）演唱。

图书在版编目（CIP）数据

永远的女孩 / (英) 露丝·琼斯著；万亚莉译. —
北京：北京联合出版公司, 2022.6
　　ISBN 978-7-5596-5935-4

Ⅰ.①永… Ⅱ.①露… ②万… Ⅲ.①长篇小说—英
国—现代 Ⅳ.①I561.45

中国版本图书馆CIP数据核字(2022)第051573号

北京市版权局著作权合同登记号　图字：01-2022-1841号

永远的女孩

作　　者：[英] 露丝·琼斯
译　　者：万亚莉
出 品 人：赵红仕
出版统筹：慕云五　马海宽
项目监制：慧　木
策划编辑：李楚天
责任编辑：徐　樟
营销编辑：陶星星
封面设计：陆　璐@Kominskycraper

北京联合出版公司出版
（北京市西城区德外大街83号楼9层　100088）
北京联合天畅文化传播公司发行
三河市中晟雅豪印务有限公司印刷　　新华书店经销
字数311千字　880毫米×1240毫米　1/32　15.25印张
2022年6月第1版　2022年6月第1次印刷
ISBN 978-7-5596-5935-4
定价：59.00元